Ni una boda más

· **Dirección editorial:** Marcela Aguilar
· **Edición:** Thania Aguilar y Florencia Cardoso
· **Coordinación de diseño:** Marianela Acuña
· **Diseño de portada:** Carolina Marando
· **Diseño de interior:** Cecilia Aranda

Publicado originalmente por Entangled Publishing, bajo el título: *Always a Bridesmaid* - Derechos de traducción gestionados por Sandra Bruna Agencia Literaria, SL

www.vreditoras.com

-MÉXICO-
Dakota 274, colonia Nápoles
C. P. 03810, alcaldía Benito Juárez, Ciudad de México
Tel.: 55 5220 6620 • 800 543 4995
e-mail: editoras@vreditoras.com.mx

-ARGENTINA-
Florida 833, piso 2, oficina 203, (C1005AAQ), Buenos Aires
Tel.: (54-11) 5352-9444
e-mail: editorial@vreditoras.com

Primera edición: noviembre de 2021

ISBN: 978-607-8712-90-8

Impreso en México en Litográfica Ingramex, S. A. de C. V.
Centeno No. 195, Col. Valle del Sur, C. P. 09819
Alcaldía Iztapalapa, Ciudad de México.

Cindi Madsen

Ni una boda más

Traducción: Estela Peña Molatore

A mis hermanas, Randa y April.
Las hermanas son nuestras primeras y eternas amigas,
yo soy feliz de tenerlas a ustedes.

CAPÍTULO 1

Era irónico, pero cada vez que Violet Abrams llegaba a Las Dudas, Alabama, sentía una gran incertidumbre. No ayudaba tampoco el hecho de que, en casa, en la capilla que solía ser su favorita, se estuviera llevando a cabo una gran ceremonia sin ella.

Sí, hoy todo era muy irónico.

Tal vez estaba usando el término *irónico* de forma equivocada. Las palabras nunca habían sido su fuerte. Era capaz de capturar imágenes que podían decir mil palabras sin necesidad de pronunciar ni una sola.

O al menos, solía hacerlo.

Antes de que un imbécil que le había jurado que sería su "por siempre y para siempre" se burlara de sus planes. Obviamente él no había querido caer en las definiciones clásicas de *siempre*, *eternamente*, *sin excepción*.

Lo que la llevó hasta la molesta palabra *nunca*. Como cuando juró que nunca jamás volvería a vivir en Las Dudas, Alabama. No a menos que alguien la arrastrara por los pelos.

Sin embargo, allí estaba el anuncio que le daba la bienvenida al pueblo.

Los recuerdos de la última vez que estuvo en Alabama emergieron, impulsándola a mirar por el espejo retrovisor.

Violet hizo un gesto con la barbilla y aferró con más fuerza el volante. Trataba de dejar atrás el pasado. Buscaba el lado bueno de las cosas y apartaba las ideas y emociones negativas. *Mientras mis mejores amigas están en Spanx, enfundadas en vestidos entallados y arriba de tacones criminales, yo voy muerta de risa en estos cómodos pants de yoga.*

El empleado del 7-Eleven en el que se detuvo a recargar gasolina y cafeína definitivamente se dio cuenta. La observó con atención y, como todavía llevaba el maquillaje del día anterior, se sintió un tanto halagada.

Aunque se fijó demasiado en su trasero.

Fue curioso pero la mujer en el pasillo de las papitas también le miró el trasero. Y Violet se preguntó si por accidente estaba dando la vibra equivocada, gracias a todo lo que había despotricado últimamente sobre los hombres.

Cuando Violet quitó el tapón del tanque de gasolina y vio su reflejo en el espejo lateral del auto todo cobró sentido. Sus pants de yoga color lila eran tan transparentes que dejaban ver con claridad los brillantes corazones rosas y la leyenda de sus bragas: "nos vemos, por ahora".

Estaba de más decirlo, pero adiós a Victoria's Secret.

Aunque fue supervergonzoso, al menos llevaba ropa interior linda y no calzones de abuelita.

Mírame, soy optimista.

Los frenos rechinaron cuando detuvo el auto frente a la Pastelería Maisy, haciendo que la carpeta que Violet detestaba, pero que no se atrevía a tirar, se deslizara desde debajo del asiento del copiloto.

Tanto trabajo. Tantas imágenes hermosas que alguna vez la alegraron. Todas dentro de una abultada y brillante carpeta color púrpura que hacía que le dieran ganas de llorar. *Precisamente ahora que estoy trabajando con el pensamiento positivo. Muchas gracias, no me ayudas, señora Carpeta, así que vete a... tu lugar.*

Violet se estiró por encima de la consola y empujó la maldita carpeta debajo del asiento, junto con la botella de refresco vacía y las envolturas de caramelos de cuatro horas de viaje en carretera desde Pensacola, Florida.

Ah, ¿y si llamo a esto un sabático? No, mejor un viaje de autodescubrimiento. Como en Comer, rezar y amar.

O Alma salvaje, *pero sin tanta caminata y con menos rollo al aire libre.*

La última página de esas inspiradoras memorias acudió a su mente: *Y al final descubrí que comer pastelitos en una habitación con aire acondicionado y corpulentos cazadores solitarios que se bañan con regularidad es el verdadero camino a la felicidad.*

Ah, ya me siento iluminada. Como era una chica de todo o nada, Violet unió sus manos en posición de rezar y añadió un "Namasté".

Funcionó como por arte de magia. La incertidumbre, junto con toda la mierda que se retorcía en su interior, se alivió al ver las letras doradas que anunciaban en el escaparate "Pastelería Maisy".

Se sintió llena de emoción y jaló de ambos lados la coleta despeinada hasta que la liga chocó con su coronilla. Para asegurarse de que esta vez su trasero llamara menos la atención, Violet sacó su sudadera de la caja que estaba en el asiento delantero.

Marcos multicolores sobresalían del interior de la caja y dejaban ver parte de las imágenes que contenían. Lo suficiente para saber en qué boda habían sido tomadas. La diadema magenta con joyas pertenecía a Leah, la primera en casarse de su grupo de amigas. La otra foto estaba al revés, mostraba los vestidos malva que Amanda había elegido para sus damas de honor junto con los tacones plateados que les cortaban la circulación en los dedos.

El siete era el número de la suerte de Violet. Pero la boda de Maisy marcó la séptima ocasión en la que participó como dama de honor y después de que resultara un desastre, Violet renunció a todo lo que tuviera que ver con ellas. "Ni una boda más", se había prometido.

El problema era que resultaba difícil no pensar en bodas cuando: a) tu trabajo más importante tiene que ver con ellas y b) tus fotos favoritas son de las bodas de tus mejores amigas.

Piensa en Maisy, en cupcakes y en mejillas de bebé. En cuanto tuviera estas tres cosas ni siquiera tendría que trabajar en reprimir sus emociones conflictivas.

Violet salió del auto y puso la alarma, a pesar de que Las Dudas era uno de esos idílicos lugares donde el único crimen es no saludar.

Todas sus pertenencias estaban allí, incluyendo su carísima cámara Canon 5D Mark IV que alguna vez se sintió como una extremidad más.

Allí voy otra vez. Maisy y yo tenemos un plan y todo estará bien si consigo llegar a las últimas horas del día.

Cuando entró, la campanilla de la puerta de la pastelería repiqueteó, al tiempo que Maisy se despedía de un cliente con un: "Hasta luego, ¡que tenga un dulce día!".

—¡Violet! —chilló Maisy tan fuerte que el cliente se sobresaltó. Su media hermana rodeó el mostrador corriendo y Violet se apresuró dando un par de zancadas.

Un instante antes de que se encontraran, Violet vaciló, solo era una ligera duda de si ir con todo, ya que nunca habían hecho el combo de grititos y abrazos.

Pero Maisy cubrió la distancia que las separaba y le dio un abrazo, digno de una pitón, que le sacó el aire. Quedarse sin aliento nunca había sido tan tranquilizador.

Por su complicada dinámica familiar no estuvieron cerca cuando crecieron y los abrazos que antes intercambiaban solían ser rápidos y robóticos. Sus conversaciones habían sido más o menos siempre las mismas hasta los últimos meses.

—Estoy tan feliz de que estés aquí —dijo Maisy—. Obviamente, la pastelería necesita una remodelación... pero no es que tengas que empezar de inmediato. Llevo todo el día esperándote y ya estás aquí y, por si no lo notaste, estoy muy emocionada.

—Creo que el término correcto sería "tengo un subidón de azúcar".

Maisy se rio y se acercó como si estuviera a punto de revelar sus secretos comerciales.

—También invertí en una máquina de café expreso. Tras muchas noches sin dormir, pasó de ser un deseo a una necesidad.

Sonó la campanilla de la puerta y Maisy vio que entraba una familia de cinco miembros.

—No te preocupes por mí —dijo Violet, moviendo la cabeza de un lado a otro para liberar la tensión del cuello tras el largo viaje—. Echaré un vistazo y empezaré a hacer planes. Nos pondremos al día cuando cierres la tienda.

Maisy asintió y se acercó para ayudar a la familia a estudiar el muestrario de golosinas. El aire se llenó con su charla y Violet se preguntó cuántos expresos y cupcakes habría tomado Maisy, y si una buena cantidad de azúcar y cafeína le ayudaría también a ella para contrarrestar el sabor agridulce que sentía en la garganta.

Estar aquí era… surreal.

Hablando de surrealismo, ¡centrémonos en el arte! Violet colocó las manos en las caderas y estudió las sucias paredes de la pastelería. Definitivamente necesitaba una remodelación, pero estaba segura de que podría mejorar los desolados muros blancos y las polvosas decoraciones.

Podía pintar la parte inferior del mostrador delantero con un color más oscuro para que la vitrina llamara más la atención. Los suelos de madera eran hermosos y, con una pulida, y tal vez una capa de barniz, serían perfectos.

Hay mucho potencial. Al observar cómo Maisy colocaba sus azucaradas obras de arte en una caja rosa pálido mientras sonreía a sus clientes, le resultó obvio que su hermana hacía lo que le gustaba. De la nada, una ola de cariño golpeó a Violet con tanta fuerza que le temblaron las rodillas. Era genial ver a Maisy en persona otra vez.

Había creído que las llamadas telefónicas se desvanecerían, sobre todo desde el nacimiento de Isla hacía un mes. Los bebés recién nacidos consumen mucho tiempo y Violet lo habría comprendido.

Pero, por el contrario, ella y Maisy hablaban cada vez más. Y cuando Violet se quebró, soltó la sopa y le dijo que hoy sería horrible, Maisy insistió en que viniera y se quedara con ella una temporada. Al menos hasta que se repusiera.

–No quiero ser imprudente –dijo Violet, pero Maisy chasqueó la lengua y le dijo que con su esposo trabajando lejos de casa estaba desesperada por un poco de compañía. Además, tenía una habitación extra, sin cargo.

Como no quería sentirse como una vividora, insistió en que hicieran un trato: Violet remodelaría la pastelería mientras estuviera en la ciudad. Lo cual le tomaría, si lo hiciera a su manera, solo un mes. Dos, a lo mucho.

–¡Que tenga un dulce día! –se despidió Maisy del último cliente del día. Volteó el cartel de la puerta para cerrar y se dirigió hasta donde estaba Violet, que miraba todavía la pared.

Los muros en blanco solían transmitirle vibras de una felicidad cosquilleante. Por desgracia, la chispa no se encendió como por arte de magia.

–¿Y? –preguntó Maisy–. ¿Qué te parece?

–Como dicen, el lugar tiene potencial. Y el suelo es increíble –dio una patadita como para comprobar lo que decía–. Con pintura nueva, unas notas de color, obras de arte bien colocadas, reflejará cómo se siente la gente cuando prueba uno de tus deliciosos postres.

La sonrisa de Maisy era muy parecida a la de su madre, pero a diferencia de las "sonrisas" que Cheryl Hurst le dirigía a Violet, la de Maisy era genuina.

–Estoy tan contenta de que estés aquí para ayudar. Cuando compré el lugar, me tuve que concentrar en sustituir los electrodomésticos. Después de eso, apenas tenía dinero para los ingredientes. Ahora por fin tengo los medios para renovar el resto, pero, gracias a mi adorable bebé, no tengo el tiempo. Además, no soy buena en decoración.

–Sí, recuerdo tu habitación de cuando eras niña. Era como si un daltónico la hubiera decorado.

–Oye, no estaba tan mal –Maisy le dio un empujoncito en el hombro.

–Como alguien con entrenamiento en colores complementarios –apuntó Violet después de soltar una risita–, puedo decir con total seguridad que sí estaba muy mal. Sobre tu cama también tenías un póster de ese tipo cavernícola de cabeza grande, nariz enorme y boca extrañamente pequeña.

Maisy suspiró tan fuerte que resonó entre las paredes.

–Era un póster de *One Tree Hill*, si no captaste el encanto de Nathan Scott es porque no viste la serie.

–Sí la vi, Lucas Scott era mucho más guapo que su hermano.

–¿Lo dices en serio? Tiene la cara aplastada. Y nunca abre los ojos por completo.

Violet iba a comenzar a discutir, pero prefirió cerrar la boca.

–Buen punto en esa última parte, pero tenía una cabellera genial. Además, los paliduchos de pelo oscuro no son mi tipo.

Maisy se escondió detrás de la oreja un mechón de pelo castaño que había escapado de su cola de caballo.

–¿Descartarías a un tipo solo por eso?

Aunque a Violet nunca le había gustado el apellido Hurst, no le quedaba más que aceptar el mismo tono café rojizo oscuro en su cabello que el de su padre, su media hermana y su medio hermano. Cada vez que los visitaba, ese era el rasgo característico que hacía que los lugareños exclamaran: "Vaya, eres toda una Hurst".

Era perturbador Cuando era adolescente lo llevaba rubio para no confundirse con la familia a la que nunca había pertenecido.

Por supuesto que la idea de mantenerse alejada de cualquier parecido con su padre había sido una teoría absurda, al menos una que no le había evitado el dolor, pero de todas formas se había aferrado a esa fantasía. En los últimos meses demasiadas cosas habían cambiado y Violet anhelaba lo familiar.

–Tengo un sistema muy preciso. Básicamente, miro a alguien y si es un tipo sexy que me da alas durante años y años, decido que ese es el indicado.

Como esa afirmación era verdad, la broma no tuvo gracia.

Antes de que Maisy pudiera compadecerse, Violet agitó una mano en el aire. Se había vuelto buena en fingir que la pérdida de una década entera de planes no la había afectado.

–En fin, ese era mi antiguo sistema, antes de que renunciara a los hombres en general. ¿Quién los necesita?

–Yo –suspiró Maisy y con tono soñador añadió–... Solo desearía que el mío no estuviera tan lejos.

Violet se estremeció, pero no solo porque las palabras se sintieron como un pinchazo en el corazón.

–Lo siento. Eso fue insensible de mi parte. Sé cuánto lo extrañas, Travis es uno de los buenos.

Esta vez, fue Maisy quien agitó una mano en el aire.

–No pasa nada. Entiendo lo que quieres decir –colocó su brazo alrededor de los hombros de Violet y apoyó la cabeza en su hermana–. Espero que algún día, cuando conozcas a la persona adecuada, cambies de opinión.

Muy lindo deseo, pero Violet ya había decidido que la persona "correcta" no estaba en su destino y, la mayoría de los días, estaba en paz con eso.

No era como si casarse fuera su principal objetivo en la vida. Y a pesar de lo que su ex o cualquier otra persona que hubiera estado en su vida durante la última década pudieran pensar, su casi obsesión con la planificación de su propia boda en realidad no tenía nada que ver con la celebración.

En el pasado, cuando la musa de la fotografía solía ser benévola, las bodas eran su trabajo favorito. Se emocionaba y dominaba el arte de capturar momentos sin seguir un guion: el padre de la novia abrumado por dejar de ser el hombre principal en la vida de su hija; los abuelos recordando el día de su propia boda mientras compartían un baile; los niños escondiendo pedazos de pastel en sus elegantes trajecitos; y las damas de honor riendo juntas, trabajando para asegurar que la novia tuviera el día perfecto.

Luego estaban los votos. Esa era su parte favorita de las bodas y lo que siempre la hacía llorar. La declaración ante todo el mundo de que elegías a esta persona para pasar con ella toda tu vida, y la promesa de seguir haciendo todas esas pequeñas cosas que las hacían sentir amadas.

Por siempre y para siempre... El pinchazo en el corazón se convirtió en una puñalada, una que reabrió viejas heridas.

–¿Violet? ¿Estás bien?

Violet parpadeó, molesta al notar esa humedad que se aferraba a sus pestañas.

–Lo siento. Estoy tan acostumbrada a trabajar en silencio que empecé a repasar en mi mente posibles combinaciones de colores.

Una huella de escepticismo se dibujó en los labios de Maisy, pero fue amable y evitó llamarla mentirosa, mentirosa, plan de boda desastrosa.

–¿Significa que mi idea podría funcionar? –preguntó llena de esperanza.

Durante la escuela de arte, Violet había incursionado en varios medios. La teoría era que emprender un trabajo con poca presión haría que sus jugos creativos fluyeran.

A medida que la imagen de la pastelería renovada tomaba forma en su mente, la chispa que antes había buscado en vano, comenzó a centellar.

–Unas rayas o unos grandes lunares de colores alegres irán en esa pared divisoria –una familiar corriente eléctrica recorrió su piel y le aceleró el pulso. No era tan intensa como cuando miraba a través de la lente de su cámara, pero le susurró que la pasión estaba todavía en algún lugar en su interior–. También podríamos pintar y retapizar las sillas para que hagan juego.

–Confío en ti –dijo Maisy, y Violet sintió un tironcito en el centro del pecho.

El teléfono de Maisy pitó.

–Es hora de recoger a Isla de la guardería. Solía ser organizada, pero tenerla me frio el cerebro. Perdí la noción del tiempo, así que necesito poner una alarma. De vez en cuando regreso con ella para terminar el trabajo y hoy va a ser uno de esos días.

–¿Te importa si me quedo y hago una lluvia de ideas?

Además de que deseaba aprovechar la chispa creativa, Violet no quería ver gente. En especial no quería ver a su padre y a su esposa. Con todo lo que le ocurría hoy en día, no era capaz de manejar un incómodo encuentro con el resto de los Hursts.

–Para nada –Maisy se quitó el delantal y lo tiró en una mesa cercana–. ¿Pero podrías hacerme un favor? Preparé la masa para un par de tandas de cupcakes pero estaba esperando a que el horno se precalentara. ¿Puedes meterlos?

–¿Solo meterlos? –era una petición simple, pero la sola idea de cualquier cosa que implicara hornear la ponía nerviosa. Le había dicho a Maisy que con gusto le ayudaría a vender y a comer cosas, pero que no esperara ayuda en la cocina.

–Sí. Pon el temporizador quince minutos –Maisy abrió la puerta–. La guardería no está lejos, así que volveré pronto.

Solo hay que meter los cupcakes y poner un temporizador. Suena bastante simple.

–Antes de que me olvide, ¿hay almendras en alguno de los pasteles? No es que vaya a comerlo todo, pero también podría hacerlo y preferiría no entrar en un choque anafiláctico cuando lo haga.

–No te acerques a los panecillos de semillas de amapola ni a las garras de oso. Aunque en esos se pueden ver las almendras trozadas en la parte superior. Aparte de eso, puedes comer lo que quieras –repuso riendo.

Violet rodeó la pared que separaba el frente de la pastelería de la cocina. Encontró dos bandejas gigantes de cupcakes con masa color rosa, amarillo y café. De repente, se le antojó un helado napolitano.

Al abrir la enorme puerta del horno el calor le golpeó el rostro. *¡Guau! Apuesto a que este lujoso equipo prácticamente hornea solito los cupcakes.*

Su teléfono pitó mientras metía la segunda bandeja. Violet lo sacó vibrando de su bolsillo y como se trataba de su compañera de habitación de la universidad que había sido la responsable de su primera vez como dama de honor, respondió.

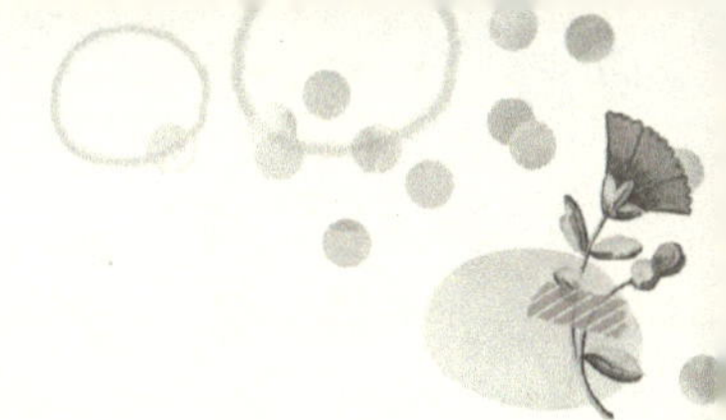

–¿Hola?

–Oh, cariño –la saludó Leah–. ¿Cómo estás?

Mierda. Debería haber sabido que no debía responder. Todo lo que esa conversación iba a hacer era recordarle exactamente qué día era.

–Estoy bien. Estoy con mi hermana y…

–Tu boda habría sido mucho más elegante. El vestido de la novia hace que los invitados se sientan totalmente incómodos. Un solo movimiento de la chica y se le escapa un pezón, yo estoy a punto de hacer el jueguito pasivo agresivo de "Rock Your Body" para revivir cuando Justin Timberlake le arrancó el top a Janet Jackson y dijo que fue un problema de vestuario. Amanda y yo te enviamos fotos por el chat del grupo para que lo veas por ti misma.

Violet cerró la puerta del horno con la cadera y miró fijamente los extraños botones y controles. Y ella que pensaba que la estufa de su apartamento era desconcertante. Presionó uno, cinco, y buscó el botón del temporizador.

–Benjamin tomó su decisión y honestamente espero que sean felices juntos –las palabras le rasparon al salir y le dejaron la garganta adolorida, en carne viva. Aunque trataba de ser una mejor persona, todavía no lo conseguía.

–Le doy a este matrimonio menos de un año –soltó Leah.

"Seis meses", escuchó Violet en el fondo, lo que significaba que Amanda estaba allí y estaban sentadas juntas.

–Solo prométeme que si el bastardo vuelve arrastrándose hacia ti, no lo aceptarás de nuevo.

Al tiempo que Violet presionaba más botones sonó un *bip*, *bip*. En el reloj digital no se veía que iniciara la cuenta regresiva, así que continuó presionando botones.

–No lo haré, lo juro. Ahora mismo, estoy intentando no pensar en él o en la boda en absoluto.

Ni en el hecho de que le propuso matrimonio cuando llevaban solo dos meses y se está casando tan solo seis después de haberla conocido.

–Lo sé, lo sé. Pensamos que te haría sentir mejor saber que Crystal se ve muy vulgar. Tú eres mucho más divertida y realista...

En realidad eso quiere decir más sosa, pero con una personalidad ingeniosa que compensa la simplicidad.

–Pero ahora también estoy pensando... –Leah pasó del modo chismoso al llorón en dos segundos, lo que significaba que había estado disfrutando de la barra libre–. Es mi culpa por presentarlos a ustedes dos en primer lugar. No iba a venir a esta farsa de boda por principios, pero Ben es el mejor amigo de Casey, bua, debes saber que sé que el imbécil nunca te mereció. Vas a encontrar a alguien mucho mejor.

Si le decía a Leah que había renunciado a los hombres solo la haría llorar más. Y luego jalaría a Amanda para que pudieran hacer FaceTime y se lamentaran por cómo se sentía. Tal vez incluso le sugerirían amigos solteros, a pesar de que habían estado en el mismo grupo de amigos desde siempre y conocían a la misma gente.

Violet le aseguró que estaba bien y le sugirió que fuera a disfrutar del baile con su esposo, que era un gran tipo.

Como no estaba segura de si había ajustado bien el temporizador, puso una alerta en su teléfono, haciendo lo posible por ignorar el chat de grupo que habían titulado La Tripulación de las Damas de Honor. Como sus amigas de la universidad tenían vidas ocupadas y se conectaban en diferentes momentos, lo habían creado para mantenerse en comunicación sin importar lo que pasara.

Se formaron gotas de sudor y el calor empujó a Violet hacia el frente de la pastelería, donde se enganchó con una galleta de azúcar escarchada.

Se sentó en la orilla de una mesa y frotó la pantalla de su teléfono contra la tela gastada de sus pants de yoga. Comenzó a quemarse el muslo, urgiéndola a darle vuelta a su celular y a estudiar las fotos de la boda de su ex que no quería ver en absoluto. ¿Por qué se torturaba de ese modo?

Como si otra persona estuviera a cargo de su cuerpo, giró el teléfono. Sin su permiso, su pulgar tocó el mensaje de Leah. Y allí estaban. Su exprometido y su nueva esposa sonrojada.

Yo también me sonrojaría si llevara ese vestido. El escote del vestido de Crystal se prolongaba hasta la mitad del ombligo. En una mujer delgada, de pechos pequeños, podría pasar por elegante, pero las tetas falsas de Crystal estaban a punto de desbordarse. La cinturita de avispa mostraba el hecho de que, a diferencia de Violet, Crystal no necesitaba perder diez kilos, y la falda y la cola estaban adornados con ¿qué iba a ser? cristales.

Tal vez el vestido era de lo más atrevido, pero no se podía negar lo radiante que estaba la novia.

Leah había añadido un GIF de Heidi Klum haciendo caras, con la palabra *guau* abajo, y Amanda había añadido un *puaj* que mostraba a Britney Spears con cara de que acaba de ver algo desagradable.

Con la tortura en pleno apogeo, Violet se metió la última galleta en la boca y pasó a la siguiente foto que había enviado Amanda.

Su corazón dejó de latir al ver el ramo de la novia y el color de los vestidos de las damas de honor. La imagen se desdibujó cuando sus ojos se llenaron de lágrimas sin derramar.

Había tantos colores, pero ¿púrpura? ¿En serio? ¿Benjamin no pudo decirle a Crystal, *Ey, espera, el color favorito de Violet es el púrpura y he visto fotos en una carpeta de bodas de ensueño que son similares de un modo inquietante a todo lo que has elegido?*

¿Cómo se atrevían a quitarme eso? ¡Está en mi propio nombre!

Ya sin control de su cuerpo, Violet salió furiosa de la pastelería. Abrió de un tirón la puerta del pasajero de su coche y buscó la estúpida carpeta que no quería volver a ver.

La liga del pelo se enganchó en uno de los tornillos debajo del asiento, un agudo dolor acompañó al tirón que la liberó. Se sintió un poco mareada al extraer la carpeta. Como burlándose de ella, brilló bajo los últimos rayos de luz del día.

Violet tomó el encendedor de la guantera y como una tromba se internó en el callejón junto a la pastelería.

"Algún día, ¡mi trasero redondito!". *Algún día* solía ser la mentira favorita de Benjamin. La promesa con la que la engañó durante toda una década.

Nos casaremos después de graduarnos de la universidad.

Después de que consiga este trabajo.

Cuando tengamos más dinero ahorrado.

Estoy tan estresado ahora mismo, cariño. Esperemos hasta después de que consiga el ascenso.

Algún día pronto, pero en serio necesito un coche nuevo y es la inversión más inteligente.

Después de cada boda a la que asistían juntos, y en la mayoría de ellas Violet participaba, Benjamin la miraba amorosamente a los ojos y le decía: "Nena, somos los siguientes".

Había esperado diez años.

Cuando estaba por finalizar la recepción de Maisy, donde fue, otra vez, dama de honor, Violet se puso a buscar a su novio. Estaba decidida a decirle que ya era hora de que fijaran una fecha y que dieran el maldito paso de una vez.

Cuando finalmente lo encontró en una habitación abandonada del salón de banquetes, una de las invitadas estaba sentada a horcajadas sobre él, con la falda alrededor de la cintura y la lengua de Benjamin en su garganta.

"Ese imbécil". Violet lanzó su carpeta de boda contra la pared exterior de la pastelería. Una mezcla de satisfacción e ira la recorrieron al ver las páginas esparcidas por el suelo sucio.

Se puso en cuclillas y arrancó más páginas, lo que no fue fácil, ya que había deslizado todas las hojas en protectores de plástico reforzado. Sacudió las brillantes páginas de revistas con sus hermosos pasteles de varios niveles y vestidos de novia y ramos, todos en varios tonos de púrpura.

Eso debería ser suficiente leña para prenderle fuego al resto, pensó mientras giraba el pulgar sobre el encendedor.

Una llama azul y anaranjada chisporroteó, no podía esperar a que creciera para que terminara con sus esperanzas y sueños perdidos.

* * *

–Para los vestidos de las damas de honor, estoy pensando en ombligueras y faldas cortas –dijo Ford mientras se dejaba caer en el sofá para la que sería la primera de muchas reuniones de planificación de boda según les habían anunciado–. No tan cortas como para que deba esconder mi paquete, pero quiero mostrar estas piernas musculosas que me ha dado el entrenamiento como bombero.

Addie, una de sus mejores amigas y la futura novia, se rio y Lexi se sonrojó. Los tres cachorros de pastor alemán que le entregaron a principios de la semana se alborotaron.

Desde el otoño pasado, varios eventos inesperados habían sucedido al interior de su unido grupo de amigos. Su amigo Shep, Will Shepherd como casi todo el mundo lo conocía, se había casado con Lexi, la rubia debutante que ahora recargaba su cabeza contra Ford. Luego, en medio de todas las actividades previas a la boda, dos de sus otros amigos más cercanos se enamoraron.

Al principio, Ford odió la idea de Tucker y Addie. Pero al ver todo el esfuerzo de Tucker para ganarse a la chica que estaba a su lado, lo bien que estaban juntos, y lo más importante, cuando se dio cuenta de que el grupo no se iba a dividir por su matrimonio, se sumó a los preparativos. Ahora estaban a punto de casarse.

Cuando Murph, conocida como Addison Murphy en el resto del pueblo, le pidió que fuera parte de su cortejo de honor, por supuesto dijo que sí. Haría casi cualquier cosa por sus amigos.

Lexi, otra de las damas de honor junto con Alexandria, la hermana de Addie que tenía la suerte de quedar fuera de los preparativos de la boda por vivir en el estado vecino, extrajo de un sobre una carpeta gigante y unas cuantas revistas gruesas de su bolso. Las dejó caer sobre la mesa de café que estaba junto a los juguetes de los perros y los controles remotos, donde contrastaban con el montón de ejemplares del *Alabama Outdoor News*.

–Esto debería servir para empezar –dijo, con cuaderno y bolígrafo en mano.

–¿Para empezar? –Addie contempló la pila de revistas–. ¿Vamos a comenzar un incendio? Porque eso es lo que ese montón de tonterías me provoca.

Lexi suspiró y cruzó una pierna sobre la otra, la falda de su vestido rojo revoloteó con el movimiento.

Como dijo, haría cualquier cosa por Murph, que siempre había sido uno de los muchachos, pero los planes de boda se pasaban un poco de la raya. Los ojos de la chica estaban abiertos como platos y suponía que los suyos estaban igual, pero hacía mucho tiempo que había jurado no dejar a ningún hombre atrás.

Como él era parte de las damas de honor y Addie no tenía idea sobre cosas de chicas, Lexi era la única con experiencia en todo lo que una boda implicaba, de modo que ahí estaban, mirando una carpeta con códigos de colores.

Addie alcanzó el paquete de cervezas Naked Pig Pale Ale. Después de tomar un gran sorbo de la botella, levantó la carpeta de la mesa con vacilación.

Que le pusieran delante un incendio que combatir, un excursionista perdido que encontrar, o una fuerza destructiva de la naturaleza con la que lidiar, y se lanzaba sin miedo. Pero ¿el embrollo de una lista de cosas por hacer para una boda? Vaya, estaba a punto de llorar como un niño pequeño que busca a su mami.

Era de locos. Por desgracia, después de la reunión tenía que entrenar a los cachorros en búsqueda y rescate, así que más le valía permanecer sobrio.

Ford tomó una cerveza sin alcohol y la abrió. Murph pasó la página hasta la sección llamada "Mesas" y entrecerró los ojos.

–Um, supongo que empezaremos con… ¿decoraciones de mesa?

–le echó una mirada a Ford, como si él tuviera idea de qué tipo de adornos poner. ¿No bastaban la vajilla y los platillos? El resto era un estorbo durante la comida. Al inclinarse para ver por encima del hombro de Addie, el cuero del sofá crujió.

–Claro. Esos manteles se ven bien –dijo, señalando las hileras de tela multicolor. Lexi frunció el ceño.

–Esos no son para las mesas, son para las sillas.

–¿Las sillas necesitan manteles? –preguntó, y Lexi suspiró.

Addie le dio un codazo.

–Sí, ¿no lo sabías, Ford? Así, en vez de usar el mantel como servilleta, te limpias en la silla.

–Una solución inteligente –todos rieron, Lexi frunció los labios.

Desde que comenzaron con esto de ser parte del cortejo de Shep como damas de honor, Addie se había vuelto más cercana a Lexi, pero en momentos como este se ponía de manifiesto lo diferentes que eran. Si dependiera de Addie y Tucker, harían una ceremonia pequeña. Sin embargo, la costumbre del lugar era que las bodas se organizaban tanto para los miembros de la familia y la gente del pueblo como para la pareja. Era más fácil seguir la corriente que lidiar con las críticas el resto de sus vidas.

Los cachorros empezaron a juguetear y a ladrar y sus gruñidos llenaron el aire. Pyro, el fiel pastor alemán negro de Ford, alzó la cabeza desde su cama junto a la chimenea. Aunque ya estaba retirado, Pyro no podía evitar ayudar. Por eso era el mejor perro de rescate de todo Alabama.

Por eso y porque Ford, que entrenaba a las unidades K-ninas para misiones de búsqueda y rescate, lo había entrenado personalmente desde que era un cachorro juguetón.

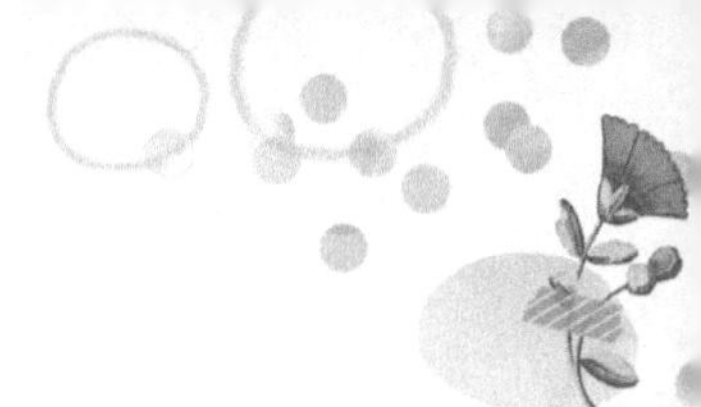

Lexi lanzó una mirada a los perros.

–No niego que tu nueva camada es ridículamente linda, pero así no podemos planear una boda. Son muy ruidosos.

–Ruidosos. Te sorprenderás de lo mucho que mejorarán en una semana, más o menos.

Ford todavía no elegía el nombre de los cachorros, pero el más inquieto levantó su pierna y orinó en el zapato de tacón alto de Lexi.

A su favor, Lexie no gritó ni regañó al cachorro. Pero arqueó la ceja mirándolo para dejar en claro que el lugar de Ford estaba en la casa del perro.

–Por favor, ¿me puedes servir un *hors d'oeuvre* para acompañar mi *odeur du pipí*? Ah, claro. No tienes de esas cosas.

Decir que Lexi estaba acostumbrada a hacer de anfitriona era quedarse corto. Solía dejarla ser, pero si los cachorros se quedaban mucho tiempo solos destruirían la casa.

–Saqué carne seca y un paquete de cervezas, ¿no?

–Creo que acabamos de elegir el menú de la boda –dijo Addie–. Carne seca y cerveza para todos.

–Oye, oye –Ford le dio una mordida al extremo de carne seca de Addie, y luego ambos dieron mordiscos gigantes.

A juzgar por la expresión de desprecio en la cara de Lexi, los dos terminarían en la casa del perro.

–La próxima reunión la haremos en tu casa –dijo Ford en tono apaciguador.

–Sé que es abrumador, pero estoy aquí para ayudar –Lexi se inclinó sobre la mesa de café y pasó a una página marcada como "Paleta de color"–. Una vez que escojamos cuáles son tus colores y fijemos otros detalles importantes, el resto será muy sencillo.

–Lo único que quiero es que no sea rojo carmesí –atajó Addie–. Sin ofender –añadió porque sabía que ese color había sido uno de los favoritos de Shep en su boda–. Pero trabajo para la universidad de Auburn y sería vergonzoso que en mi boda los entrenadores se pregunten si soy una traidora por usar los colores de la competencia.

–¡Vamos, águilas guerreras! –Ford levantó su cerveza.

Lexi se pellizcó el puente de la nariz.

–Otra vez no. Ya se los expliqué. Me gusta el rojo. Y aunque me doy cuenta de que dije "elige lo que quieras"', una boda color naranja universidad sería horrible. Dudo que quieras que tus damas de honor se vean como si se hubieran escapado de la cárcel.

–Considerando el tipo que está a mi lado, no sería raro –bromeó Addie.

Pyro levantó la cabeza y ladró, Ford se enderezó de inmediato. Si los cachorros ladraran no se inmutaría, pero Pyro no ladraba a menos que hubiera una razón.

–¿Qué pasa?

Pyro saltó de su cama y ladró de nuevo, su nariz apuntaba a la chimenea.

–McGuire –le dijo Addie, con un tono de regaño en la voz–. ¿No hablamos de que apagarías la radio para estar presente? ¿Y sobre cómo tienes que evitar sobrecargarte de trabajo?

Sus amigos lo habían sermoneado porque nunca se tomaba un descanso y respondía a todas las llamadas, sin importar lo grande o pequeño que fuera el asunto. A veces eran del pueblo de al lado y él aparecía cuando ya todo había terminado. Intentaba recuperar el equilibrio en su vida pero, hasta ahora, había fracasado.

El problema era que no quería nunca más tener que cargar en su consciencia con otro "¿y si...?".

Cuando Ford escuchó el pitido en su *beeper*, se puso de pie y tomó su radio de encima de la chimenea. Presionó el botón y escuchó el mensaje. Había humo en la Pastelería Maisy.

–Es un incendio.

Aunque en todo el condado había varios paramédicos, en la ciudad eran pocos los bomberos voluntarios. Fue casi un alivio tener una razón válida para atender la llamada sin tener que dar explicaciones de cómo había pasado la noche. Lexi y Addie asintieron con la cabeza.

El botón de encendido crujió cuando Ford prendió la radio.

–Estoy respondiendo a la situación en la Pastelería Maisy.

–Recibido –repuso el de la base–. La persona que llamó dijo que no hay mucho humo, pero prefiere pecar de precavida. Darius está cerca de la estación y va a llevar el camión, por si acaso.

Las llaves de Ford tintinearon cuando las tomó de la repisa de la chimenea mientras Pyro se ponía a su lado, listo para entrar en acción.

–Me reuniré con él allí.

* * *

Ahora me doy cuenta de lo que nos faltaba. Por qué nunca pude fijar una fecha de boda. La explicación que Benjamin le dio a Violet después de atraparlo *in fraganti* la desgarró de lado a lado, pero la jabalina a su corazón expuesto llegó cuando le explicó que con Crystal fue amor a primera vista.

–Y si lo piensas –había dicho, dando la estocada final–, qué bueno que ella y yo nos conociéramos antes de que tú y yo cometiéramos un gran error y nos casáramos.

–Ahora verás cuál fue tu error –dijo Violet al tiempo que los engranajes de metal se clavaban en la almohadilla de su pulgar mientras volvía a encender la llama que se había apagado. Bajó el encendedor hasta las páginas arrugadas de las revistas de novias, pensando en lo catártico que sería ver el fuego consumir todo el montón.

Las sonrientes novias se retorcieron sobre sí mismas cuando los bordes se enroscaron ennegrecidos. Los protectores de hojas de plástico se fundieron con los papeles que Violet había recortado con devoción para añadirlos a su colección.

Entonces una brisa se levantó, el montículo que había formado se encendió de naranja brillante. Un par de páginas parcialmente quemadas revolotearon y volaron separándose de la parte superior del montón, una de ellas aterrizó sobre la hierba seca, que se encendió.

–¡No, no, no! –Violet la pisoteó, persiguió la otra hoja e hizo lo mismo. Mientras su corazón latía por la adrenalina, pensó en lo fácil que era que el fuego se extendiera sin control.

En un instante, Violet regresó a su cuerpo y la mujer desquiciada que la había poseído la abandonó.

Eso había sido una estupidez muy peligrosa.

Y después de todo, no iba a cambiar nada.

Se quitó la sudadera y la usó para apagar el fuego, cuando las llamas comenzaron a extinguirse con los últimos destellos y chispas, dio también unos pisotones. Tan pronto como estuvo segura de que la pila de papeles se había apagado, se dejó caer al suelo.

Sintió el peso de la derrota sobre ella, sacó la carpeta derretida de debajo del montón chamuscado, la abrazó contra su pecho y soltó las lágrimas que había tratado de contener todo el día.

Olfateó en el aire y juró que olía a un humo diferente del que había acompañado a la quema de las páginas de la revista. ¿Era un olor menos químico, acaso?

Bajó su carpeta destrozada y la miró con atención, para comprobar que no estaba en llamas.

Le ardían los ojos y los vapores acre le quemaban la nariz.

¿Qué rayos...? Se puso de pie al ver que de la puerta trasera de la pastelería emergían bocanadas de humo gris.

¡Los cupcakes!

Corrió y con la punta de los dedos tocó la manija antes de aferrar el metal con toda la mano. Como no se quemó la palma, jaló la puerta.

Por suerte, no estaba cerrada con llave. Pero al entrar y ver el humo y las llamas que salían por los bordes de la puerta del horno y subían por la pared, dejó de sentirse tan afortunada.

Echó una rápida mirada, pero no pudo ubicar el extintor de incendios, así que tomó un guante de cocina y trató de abrir la puerta.

No se movía, el calor que se filtraba por su piel se intensificaba, lo que hacía imposible que siguiera intentándolo.

–Espera. ¿Por qué estás a trescientos grados? –le gritó al horno cuando vio la temperatura en la pantalla.

Como el aparato no le respondió y el humo se hacía cada vez más denso, marcó al 911, esperando que en este pueblo de mala muerte no tardaran una eternidad en responder.

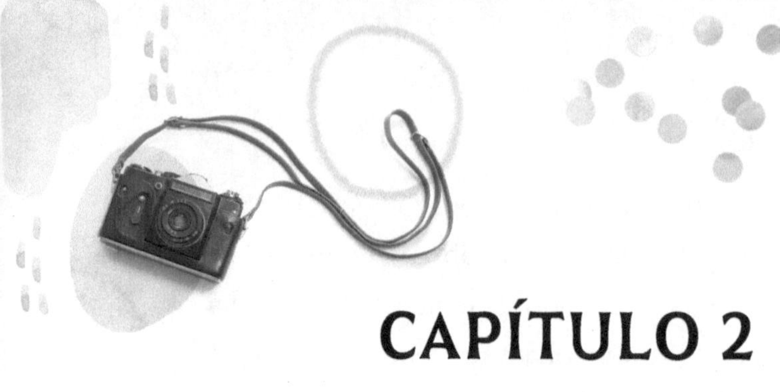

CAPÍTULO 2

Ford pisó el acelerador de su Dodge Ram Cummins Diesel, el motor rugió y salió disparado por las calles secundarias de la ciudad antes de frenar y cruzar la calle principal.

Clavó la nariz de la camioneta en el callejón entre la Pastelería Maisy y la tienda de manualidades de Lottie, y corroboró que sí había humo.

Ford hizo una rápida evaluación.

Color: blanco. Volumen: escaso. Velocidad: baja. Densidad: fina.

Llegar solo no era una buena idea, pero esperar a que el fuego creciera tampoco lo era.

De un salto bajó del vehículo y tomó su hacha, junto con el botiquín. Los incendios no eran muy comunes en esta época del año, de modo que había dejado el traje de protección en el camión de bomberos. Se le aceleró el pulso cuando escuchó una voz femenina gritar:

–¿Por qué no abres? No puedo apagar el fuego si no me dejas que abra –seguida de una tos seca que hizo que Ford se apresurara hacia la puerta con Pyro pisándole los talones.

Una mujer parecida a Maisy, aunque no del todo, estaba parada frente al horno. Con guante de cocina manoteaba contra las llamas al tiempo que murmuraba cosas sobre que su hermana había confiado en ella y que era el día más mierda de la historia.

Ford se interpuso entre la chica y el horno, y la empujó hacia atrás. El sofocante aire se filtró a través de su camisa que se adhirió con fuerza a la piel. La voz de la experiencia se hizo cargo de la situación y se enfocó en la evacuación del edificio.

–¿Hay alguien más dentro?

–No, solo estoy yo –contestó la chica tosiendo–. Por eso…

–Yo me encargo, señorita. Por favor, salga del edificio.

Con suavidad Pyro le mordió los pantalones y tiró de ella, tratando de convencerla de que se salvara.

Como no se movió, Ford estuvo a punto de dejarse llevar por la adrenalina para sacarla y llevarla afuera. Pero su cerebro ya se había puesto en modo analítico y le daba vuelta a los hechos tan rápido como su corazón le martilleaba el pecho.

No había nadie más en la pastelería y el fuego estaba contenido en el horno. *Sofocar la fuente de calor será el curso de acción más seguro y rápido para todos.*

Ford se subió la camisa para cubrirse nariz y boca, y se concentró en inhalar y exhalar por las fosas nasales.

–Retroceda.

Con el hocico contra las piernas de la mujer, Pyro la empujó hacia la puerta abierta y Violet pareció notar al perro por primera vez. Retrocedió, dándole a Ford el espacio que tanto necesitaba.

El maldito enchufe no quería soltarse del tomacorriente y una creciente sensación de urgencia se apoderó de la base de su cráneo.

Aferró el mango del hacha y usó el borde de la hoja para liberar el plástico duro.

Con el oxígeno agotándose en el horno, una pequeña corriente de aire podría convertirse en un gran problema así que, aunque se pudiera, ahora abrir la puerta del aparato no era una buena idea. Ante el riesgo de que se propagara el fuego y de que la pastelería se incendiara, no podía dejar allí el horno.

En cuanto baje la temperatura, me ocuparé del fuego.

Se escuchó una sirena cada vez más y más fuerte, Ford colocó una mano en la espalda de la mujer y la sacó del local. Darius condujo el camión de bomberos hasta la puerta.

Él y Ford se pusieron el equipo de protección. Los gruesos guantes dificultaban un agarre firme, pero los protegían de las quemaduras. Hacer pasar el horno gigante por la puerta trasera fue como dar a luz a un elefante, pero por fin se las arreglaron para maniobrar el aparato hasta el centro del callejón, donde esperaron a ver si ameritaba que lo rociaran con la manguera.

Tras haber contenido el peligro, Ford fue a buscar a la mujer que había estado en la cocina intentando apagar el fuego por sí misma sin mucho éxito.

Pyro estaba a su lado, observando la conmoción, listo para entrar en acción si era necesario. A veces Ford pensaba que su perro era tan adicto a la adrenalina como él, lo que no siempre era bueno ya que los había metido en apuros más de una vez. Retirarse o arrepentirse era el incómodo dilema que lo perseguía desde hacía tiempo.

–Buen chico –dijo Ford, al tiempo que rebuscaba entre dos capas de tela y sacaba un premio para Pyro.

–Lo siento mucho –se disculpó la mujer con un movimiento de cabeza–. Puede que haya dejado los cupcakes demasiado tiempo, pero no entiendo cómo se incendiaron. O por qué la puerta no abría.

Ford terminó de acariciar la cabeza de Pyro y se enderezó.

–Estaba en modo de autolimpieza. Eso provoca que la temperatura suba y quema todo lo que hay dentro para que luego se pueda limpiar la ceniza.

El rostro de la chica, lleno de tizne, palideció.

–¿Y si adentro había dos bandejas gigantes de masa para cupcake?

–Hierven y comienza el fuego.

La joven se tambaleó y Ford se apresuró a sujetarla por los hombros, preocupado de que sus rodillas no la resistieran. Pyro brincó alrededor de sus piernas, mirando a Ford y la chica intermitentemente, esperando órdenes de cómo ayudar.

–Estará bien –le aseguró a su perro–. Solo está un poco en shock.

La joven se tapó el rostro con una mano.

–Más bien estoy mortificada y con ganas de que la tierra se abra y me trague entera.

–Entonces Pyro y yo tendríamos que excavar para sacarte y creo que estarás de acuerdo en que ya hemos tenido suficientes emociones por hoy.

Apartó la mano y, al levantar la barbilla, él la vio por primera vez. Su cabello era del mismo color del café que a él le gustaba: una de crema y dos de azúcar; cara en forma de corazón manchada de tizne y lo que sospechaba eran rastros de rímel; y una nariz algo prominente que llamaba la atención sobre sus iris, de un profundo tono café que casi se fundía con sus dilatadas pupilas.

Continuó mirando en las profundidades, buscando... ¿qué? ni siquiera estaba seguro qué era lo que buscaba, pero fuera lo que fuera, estaba relativamente seguro de haberlo encontrado.

Pyro ladró y lo despertó del hechizo. La gente comenzaba a reunirse en la boca del callejón, como una multitud de polillas entorno a una llama, literalmente.

La chica bajó la cabeza y con una mano se cubrió para taparse el rostro.

–Oh, genial. ¿Por qué aparece todo el pueblo?

–Es probable que hayan visto el humo o que hayan escuchado o visto el camión de bomberos. No solo es gigante y rojo con luces intermitentes, sino que rara vez sale. Además, no hay mucho que hacer en la ciudad. Es probable que esto aparezca en la primera página del periódico.

La chica gimió. Y aunque él sabía que no debía decirlo, su aspecto desaliñado sugería que había tenido un día de mierda como ella decía.

–Y yo que trataba de pasar desapercibida.

–Un pequeño consejo: Las Dudas no es el lugar para esconderte si estás huyendo. No se nos da mucho lo del bajo perfil.

Dejó escapar un resoplido, que en parte era risa y en parte sollozo, pero al menos la había hecho sonreír un poco. La chica dio un paso atrás, alisó la despeinada coleta en la parte superior de su cabeza y frunció el ceño al tocar un mechón que sobresalía como la cresta de un gallo. Con un resoplido, dejó caer los brazos.

–Gracias por tu ayuda...

Él le tendió una mano.

–Ford. Ford McGuire.

–Suenas muy tipo Bond, James Bond, presentándote así –dijo y deslizó su pequeña mano en la de él. Como si hubiera tocado el extremo de un cable, una sacudida atravesó su brazo, y tuvo que hacer un esfuerzo por no darle un apretón más allá de la cortesía.

Una naricita húmeda empujó la mano que el bombero dejó caer y Ford le dio una palmadita en la cabeza a su peludo compañero.

–Y este es Pyro.

Una chispa de burla se adivinó en el rostro de la joven, suavizando su exasperación y haciendo que él quisiera decir algo más ingenioso.

–¿Un bombero con un perro llamado Pyro?

–Me gusta pensar que soy listo –repuso Ford–. ¿Y tú eres…?

–¡Violet! –Maisy se abrió paso entre la multitud y la cautivadora incendiaria que tenía delante de él corrió hacia la mujer dueña de la pastelería.

Chocaron en un abrazo y la joven, Violet, comenzó a disculparse mientras Maisy preguntaba si estaba bien. Un comentario sobre si estaba bien y sobre no iniciar un incendio antes de que la conversación se transformara en palabras chillonas que Ford ya no pudo descifrar.

Easton se acercó, vestido con su uniforme de policía. Se saludaron con un gesto de cabeza y Ford le dio un rápido resumen. Dadas las travesuras que habían hecho de chicos, los amigos a menudo bromeaban sobre cómo habían podido terminar del lado correcto de la ley. Tener a su amigo ayudándole en las emergencias era muy útil y siempre que deleitaban al resto de la pandilla con sus historias, hacían lo que hacen los pescadores: con cada relato, las aventuras que tenían se hacían más grandes.

Ya con Easton al tanto de la situación, ambos guardaron silencio y la voz de Violet se elevó por encima del estruendo.

–... no estoy segura de cómo voy a pagarlo, pero si el horno se echó a perder, trabajaré en la esquina de la calle más cercana para conseguirte uno nuevo.

Como no era ajeno a las exageraciones, Ford captó el sentido de la frase. Sin embargo, la idea de la Violet curvilínea parada en la esquina... A pesar de que últimamente él estaba fuera de circulación, podría no ser capaz de contenerse.

No es que alguna vez hubiera pagado por ello, pero llevaba tanto tiempo y... *Esto ya está tomando un rumbo extraño.*

–No seas ridícula –dijo Maisy, abrazando de nuevo a Violet–. Me alegro de que estés bien.

–Sí, pero ¿y si tú hubieras estado allí? ¿O Isla? –alzó el tono de voz, sus palabras teñidas por el pánico–. ¿Está bien? ¿Dónde está?

–Ella está bien. Lottie, la dueña de la tienda de manualidades de al lado, la está cuidando mientras yo arreglo esto.

–Bueno –Violet retorció las manos y una lágrima gorda recorrió su mejilla.

Ford sintió su presión elevarse debajo de sus costillas, su instinto de ayudar se activó, aunque nunca había sido muy hábil para lidiar con las lágrimas femeninas.

Pyro lloriqueó y le lanzó una mirada a su amo, preguntando en silencio cómo consolarla. Cuando él asintió, Pyro se acercó y frotó su nariz contra su mano.

Violet dejó que la olfateara antes de acariciar su peluda cabeza.

–Me olvidé de agradecerte, ¿no? Intentabas mantenerme a salvo y yo estaba demasiado agobiada para ponerte atención.

Supongo que yo también debería poner mi nariz contra su mano. A ver si me pasa los dedos por el cabello. Probablemente sacaría la lengua y jadearía como lo hacía Pyro. Más tarde esa noche, discutiría con su perro sobre cómo él había hecho la mayor parte del trabajo y Pyro había conseguido la mayor parte de la atención.

Un destello púrpura atrapó la atención de Ford y se puso en cuclillas junto al neumático del camión de bomberos y sacó la... Aghhh. La carpeta de boda de Lexi debió de impresionarle más de lo que pensaba, porque juraría que se parecía a la que había visto poco antes en su mesa de café. Solo que arrugada y salpicada de grasa y de ceniza negra.

–Noooo –chilló Violet, saltó hacia él y le arrebató lo que fuera que tenía entre las manos. Abrazó contra su pecho el paquete de papeles y la brillante cubierta púrpura.

–Lo siento. Es solo... privado –dobló y recogió los papeles sueltos, algunos de los cuales definitivamente se habían quemado, sin mencionar los separadores plásticos que se habían derretido–. De todos modos, perdón otra vez por todos los problemas y gracias por tu ayuda. De nuevo. Sí, así que... –se enderezó con tanta fuerza que la parte superior de su cabeza golpeó contra la barbilla del bombero, haciendo que sus dientes chocaran entre sí.

–¡Auch! –dijo Violet al tiempo que se sobaba la cabeza y retrocedía como si él hubiera sido el responsable–. Voy a levantar esto.

Tan solo unos instantes antes, él había querido arrancarle una sonrisa, pero la mueca que ahora se dibujaba en el rostro de la chica tenía un toque maniaco. Hablando de cambios bruscos de humor.

Parte de la reciente sequía en su vida tenía que ver con su indiferencia por salir a conocer gente. Había renunciado a las relaciones serias hacía unos cuantos años. Aun así, después de una misión de búsqueda y rescate en el sur, las citas casuales perdieron su atractivo. Las interacciones superficiales no parecían valer la pena y su vida no le dejaba tiempo para actividades poco satisfactorias.

Pero Violet... Era innegable que había algo intrigante en ella.

Aunque, ¿quién lo diría? Era la primera vez en años que sentía la chispa con una mujer y al parecer ella estaba en medio de la planificación de una boda.

Probablemente, su propia boda.

* * *

Violet examinaba fijamente el interior carbonizado del horno junto con Maisy, a pesar de que no tenía ni idea de cómo saber si el daño había sido tan serio como para requerir uno nuevo.

¿Se podía saber con solo mirar?

La culpa se instaló en su intestino, junto con un duro bulto de injusticia que la hizo querer dar un zapatazo. Había estado tratando de ayudar y evitar un desastre y, en uno de sus ya clásicos movimientos, solo había empeorado las cosas.

Como cuando intentó demostrar que estaba muy bien y programó una sesión de fotos de compromiso apenas dos días después de que Benjamin se mudara. Entonces se desvaneció y tuvo una crisis nerviosa que terminó con el reembolso de la sesión de la pareja y los remitió a otro fotógrafo.

No era de extrañar que ya no estuviera inspirada.

¡Diablos! No era de extrañar que Benjamin no hubiera querido darle un anillo. Además de ser la ñoña de la que él a menudo se burlaba, era un completo y total desastre. Algo de lo que era muy consciente delante del fornido bombero que estaba a unos cuantos metros de distancia. Sin duda había pensado que estaba loca por la forma en la que le arrancó la carpeta de las manos.

La idea de que él viera sus esperanzas y sueños fallidos…

Incluso en este momento, hizo que su piel se sintiera demasiado tensa.

Tras tomar su carpeta chamuscada la fue a esconder en uno de los gabinetes de la cocina. Luego regresó al callejón para enfrentar el desastre que había causado.

Y para enfrentar también al sexy bombero de voz profunda y perfecta para las palabras sucias. Por no hablar del mentón desaliñado y de los brazos con cicatrices, que exhibía ahora que se había quitado la chaqueta de bombero.

Su compañero bombero también era guapo, unos centímetros más bajo que Ford, pero más fornido. Y también llevaba un anillo de bodas que contrastaba con su piel más morena. La escena evocaba escenarios de fantasías de bomberos. Solo que en la vida real, la mortificación mermaba su capacidad de apreciar el banquete para la vista que tenía ante sus ojos.

Si Violet no pensara que Ford y su perro intentarían revivirla, se desmayaría de la vergüenza.

Como si su hermanastra sintiera que necesitaba consuelo, Maisy la abrazó.

–Le pudo pasar a cualquiera.

Violet se sorbió los mocos, porque no era como que el tipo que estaba del otro lado de Maisy fuera a mirarla dos veces, ni siquiera en su mejor día, ni aunque estuviera bien arreglada.

–Es muy lindo que digas eso, pero soy la chica que no sabe ni siquiera meter unos cupcakes en el horno.

–Maisy tiene razón –intervino Ford para quitarle importancia al asunto–. Sucede todo el tiempo.

Ahí estaba de nuevo esa voz profunda. Aguzó el oído, rogando porque dijera algo más. El único defecto del tipo era su pelo oscuro que le llegaba hasta la barbilla, irresistiblemente despeinado y que contrastaba con su piel clara.

No es que el estilo "así-me-levanté" no le gustara. Completaba el look sexy de chico campirano que pescaba con sus propias manos y luchaba con cocodrilos por diversión.

Sí, lo bueno es que no le gustaban los tipos de cabello oscuro y piel clara, porque claramente era lo único que se interponía en su camino. *Aghh, ¿podría ponerse peor este día?*

Al menos la multitud en la entrada del callejón había disminuido, la mayoría de los mirones había decidido que la parte emocionante había terminado y se habían marchado.

–Espera –dijo frunciendo el entrecejo–. Dijiste que el camión de bomberos no sale muy a menudo.

Ford le sonrió torciendo un poco los labios lo que le hizo recordar las películas viejitas de Elvis que su abuela, su Bubbie como ella la llamaba, solía ver.

–No muy a menudo. Cuando hay un incendio es porque una fogata se sale de control o algún electrodoméstico provoca un corto circuito. Tostadoras, licuadoras –le dio una palmadita al ennegrecido cacharro junto a ellos–, hornos.

–Aunque se ve bastante mal, no creo que esté dañado –dijo Maisy–. Pero, si así fuera, tengo un seguro para estas eventualidades.

En un intento de tranquilizar a Maisy, Violet asintió, pero pudo oír a su ex en su cabeza. *Clásico de Violet. Tienes todo un plan de boda y de vida bien trazado, con los puntos a seguir, pero vas a la tienda y no eres capaz de regresar con la única cosa por la que fuiste.*

En incontables ocasiones se ponía a preparar la cena para luego olvidarse por completo de la comida. Benjamin se frustraba tanto, decía que las comidas quemadas eran un desperdicio y se quejaba porque la casa olía siempre a humo.

Eres la persona más desorganizada que conozco, le decía con frecuencia.

Los pulmones de Violet se contrajeron. Parte de los motivos por los que insistía en la organización era para ayudar a manejar su TDAH. La atención dispersa y la incapacidad para concentrarse eran los síntomas más conocidos, pero la otra cara de la moneda consistía en estar tan inmersa en las actividades que disfrutaba que se olvidaba de todo lo demás.

Por mucho que lo intentara, se perdía a menudo en la edición de fotos o en añadir imágenes inspiradoras a su carpeta de boda. Lo que parecían minutos se convertían en horas y cuando salía del relajante mundo dentro de su cabeza encontraba uno caótico, lleno de confusión. Y, lo peor de todo, con un Benjamin decepcionado.

Eso alimentaba su ansiedad y, a partir de ahí, le resultaba casi imposible hacer algo bien.

Por fin, los bomberos y el policía se marcharon y Maisy cerró la pastelería. Le dio a Violet las llaves de la casa y le dijo que se sintiera como en su propio hogar mientras recogía a Isla.

Después de aventar sus bolsas en la recámara de invitados y de ducharse, Violet volvió a sentirse medio humana.

Tan pronto como entró en la sala, Maisy señaló los dos vasos de vino que había servido. En lugar de tomar uno, Violet agitó sus dedos con el clásico movimiento de *dame*.

–Lo primero es lo primero. He estado esperando todo el día para acurrucarme con mi sobrina.

Isla estaba calientita, olía a aceite de bebé y llevaba puesta una pijama con una estrella en el trasero.

Violet se instaló en el sofá, colocó a su sobrina en su regazo antes de alcanzar el vino y tomar un sorbo. Devolvió la copa al posavasos y luego pasó un nudillo por la mejilla regordeta de Isla.

–Un día, cuando seas mayor, la tía Violet te dirá lo que no debes hacer con tu vida, porque resulta que es una experta en el tema.

–Detente. La gente que lo tiene todo resuelto es aburrida, por no decir molesta –Maisy levantó su copa–. Y piénsalo de esta manera. A partir de ahora, el resto de tu estancia solo puede mejorar.

–¿Todavía estás segura de que me vas a aguantar tanto tiempo?

Maisy meneó la cabeza como si hubiera hecho una pregunta absurda.

–Todo el mundo comete errores, Vi. ¿Sabes cuántos pasteles he arruinado en mi pastelería? He probado tantas combinaciones raras que me han hecho desear no tener papilas gustativas. Pero después de cada decepción, dejo la masa y vuelvo a intentarlo. Así es como se me ocurrió mi tarta de tres moras y avellanas, famosa en esta zona. Y en caso de que no te acuerdes, yo te rogué que vinieras a visitarme.

La vehemencia de su media hermana sorprendió a Violet. En el pasado, había sentido como si Maisy, y en realidad todo el clan Hurst, siguiera un guion haciendo por ella solo lo "apropiado".

–Bueno, haré todo lo que esté en mis manos para evitar causar más fiascos –repuso Violet–. Y si no vuelvo a ver un camión de bomberos, estoy del otro lado.

–¿Estás segura de eso? Entre tú y Ford parecía haber... –Maisy se inclinó hacia Violet–, ¿me atrevo a decir, chispas?

Violet cerró los ojos, como si eso la ayudara a retroceder en el tiempo y a borrar lo desastrosa que fue delante del tipo.

–Las únicas chispas eran las del horno, pero en serio ¿por qué él tiene que ser tan irresistiblemente sensual? ¿Y por qué tengo yo que ser tan sosa?

–Te veías... –Maisy hizo una mueca y le dio una palmadita en la rodilla a Violet–. Digamos que encantadoramente despeinada.

–Supongo que es bueno que haya renunciado a los hombres –repuso Violet después de gemir.

–Eso es lo que digo sobre el chocolate todos los días, pero como te darás cuenta mis caderas no son precisamente más estrechas –el brillo de alegría en la expresión de Maisy le produjo un destello de aprensión–. Sabía que te gustaban los chicos de pelo oscuro.

Negó con la cabeza y los cabellos aún húmedos tras la ducha le hicieron cosquillas en el cuello y en las mejillas.

–No... no es solo el pelo, ¿recuerdas? Claro, puedo reconocer que ciertos miembros de la especie masculina de pelo oscuro y piel clara no son del todo desagradables. Eso no cambia el hecho de que no son mi tipo.

–Mmm...

Isla comenzó a moverse y a inquietarse, y Violet la sentó y miró sus grandes ojos azules. Con dos dedos, formó un rizo con el mechón de pelo de su sobrina.

–En cambio, a ti te fascina el pelo oscuro y la piel de marfil. Ya lo creo –besó la mejilla regordeta de Isla–. Mua, mua, mua. ¿Estás lista para muchos abrazos y pellizcos en los cachetes? ¿Qué tal una fiesta nocturna donde bebemos mucha leche y nos quedamos dormidas en el sofá?

Isla abrió la boca como si tuviera una respuesta preparada. Hizo ruiditos y el corazón de Violet se derritió, junto con el estrés del día. Si hubiera seguido el primer borrador de su plan de vida, a estas alturas ya tendría uno, si no es que dos hijos. Pero cada vez que mencionaba la idea de un bebé, Benjamin salía con su famosa respuesta: "Seguro, algún día".

Hoy en día, y con esta edad, no necesito un hombre para tener un bebé. Solo su esperma y puedo tenerlo sin tener citas, así que… ¡ja!

Naturalmente, ella querría un donador grande, fuerte y valiente. Algo así como Ford, el bombero arrojado, que sabía qué hacer y que fue amable con ella, a pesar de su actuación irracional.

Aunque dudaba mucho de que esa clase de hombre frecuentara los bancos de esperma. Pero antes de que terminara trazando un plan con puntos a seguir y una carpeta llena de posibles nombres, artículos para bebés y cuartos de ensueño, supuso que debía poner su vida, es decir, su carrera, en orden.

Primero, rellenaré mi pozo de la creatividad ayudando a Maisy con la decoración de la pastelería, ya luego veré dónde estoy y haré un plan a partir de ahí.

Violet puso a su sobrina contra su hombro y se acurrucó cerca de ella, y en ese momento, su vida no le pareció un caos. Era culpable de apilar una cosa mala sobre otra hasta sentir que el peso aplastaba su espíritu.

Que la hubieran arrestado precisamente cuando estaba en su punto más bajo no había ayudado, pero era otro hito en el espejo retrovisor que esperaba dejar atrás.

Maisy apoyó su codo en el respaldo del sofá y luego las lágrimas le llenaron los ojos.

–Me lo perdí, Vi. Podríamos habernos divertido mucho juntas cuando te quedabas con nosotros durante los veranos, pero estaba tan enfadada de que mi padre engañara a mi madre y que no pudiéramos seguir adelante porque...

–Por mi culpa –terminó Violet, con la voz entrecortada–. Me temo que fui una niña egoísta y horrible. Yo siempre quise una hermana y luego tuve una y, en lugar de abrazarte, mantuve mi distancia.

Como niñas había sido difícil no comparar. Maisy tenía una nariz pequeña y respingada, preciosos ojos azules y cejas delicadas que no necesitaban ser domadas todo el tiempo. Tenía el amor de papá a raudales y Violet recordaba haberse preguntado cómo sería tener un padre de tiempo completo que se enorgullecía de ella durante la cena, como hacía papá con Maisy y con su hijo, Mason.

–Está bien.

–No, no está bien. Ahora que Travis no está, nuestras llamadas son la única razón por la que no he perdido la cabeza. Me encanta Isla, pero el resto de mi familia como siempre está ocupada y extraño la conversación adulta. No puedo decirte lo contenta que estoy de tenerte aquí –apartó la lágrima que rodó por su mejilla–. Me gustaría intentar recuperar el tiempo perdido y darnos la oportunidad de ser hermanas conforme a la definición más clásica.

Violet sintió un nudo en la garganta.

–Para ser honesta, también me he sentido sola. Me encantaría robarte tus Barbies y tomar prestada tu ropa sin preguntarte y... cualquier otra cosa que hagan las hermanas.

Maisy se rio y abrazó con suavidad a Violet, incluyendo a Isla en el abrazo grupal.

–Gracias por estar aquí.

Aunque Violet quería señalar que solo había traído calamidades a su vida, decidió que este no era el momento para el autodesprecio. A pesar de que le ponían los nervios de punta los incómodos encontronazos entre su padre y su esposa, Violet se concentró en el afecto que la invadía y que curaba lentamente viejas heridas.

Era agradable sentir que tenía una hermana, no solo porque compartían el mismo ADN, sino por elección. Lo que hizo que el título de media hermana saliera sobrando.

Una hermana y una sobrina, un lugar donde estar y una pastelería que decorar.

El sentido de propósito, que desde hacía tiempo la eludía, la llenó de ánimo y le inyectó una muy necesaria dosis de optimismo, sin caer en "ser positiva". Tal vez un día, en un futuro no muy lejano, podría arreglárselas para por fin poder dejar el pasado en donde pertenecía.

CAPÍTULO 3

Mientras le daban la vuelta al Lago Jocassee, Ford se tropezó con la maraña de correas. Su padre solía decir que un perro era de mucha ayuda, dos perros eran la mitad y tres perros no eran más que problemas.

Solía no estar de acuerdo, pero esta mañana, podía ver más o menos lo que su papá quería decir.

Por supuesto, su padre también aplicaba la misma teoría para Ford y sus dos hermanos. Papá les asignaba tareas separadas y convertía todo en una competencia. En lugar de trabajar juntos, los chicos competían para ver quién se ganaba los elogios de papá.

El pasado inundó sus pulmones y su respiración se volvió demasiado superficial como para contrarrestar el esfuerzo que hacía.

La perspectiva de la supervivencia del más apto había hecho que sus relaciones terminaran siendo tóxicas: en lugar de impulsar a los hermanos a ser mejores, los había orillado a jaloneos entre ellos. Y por ese motivo Ford se negaba a usar ese método.

No ayudaba que los arneses de los cachorros tuvieran correas de seis metros de largo. El primer paso en el entrenamiento de búsqueda y rescate requería una longitud mayor. Una vez que se acostumbraban a los arneses, Ford usaba una almohadilla de olor y los recompensaba hasta que pudieran oler a larga distancia sin distraerse.

Pyro miró a los cachorros, su exasperación era evidente. Llegado el momento de trabajar, tenía un estilo igual al de Ford.

Ford se divertía y eso ayudaba a diluir las vibras negativas que surgían cuando pensaba en su familia y aminoró la marcha lo suficiente para inclinarse y acariciar a Pyro en el costado.

–Son jóvenes todavía. Una vez que los entrenemos, estos ejercicios saldrán mejor.

Pyro alzó las cejas y después soltó algo parecido a la versión perruna de un suspiro.

Ford sintió que lo invadía una ola de cariño, le ajustó el bozal y el perro puso los ojos en blanco.

–¿Te estás poniendo viejo y gruñón conmigo, muchacho? Pronto estarás ladrándoles a los niños para que salgan de nuestro jardín.

En respuesta, Pyro ladró y echó a correr, como si estuviera decidido a demostrar que todavía tenía la misma energía y fuerza que los más jóvenes.

Los cachorros echaron a correr tras él, intentando igualar las largas y rápidas zancadas de Pyro.

Las fibras de las cuerdas rozaban la palma de la mano de Ford conforme los perros se entrecruzaban y sus rodillas crujieron cuando se enderezó y retomó el paso. La hembra de la camada era la más concentrada y su hermano mayor era el de máxima resistencia.

Mientras tanto, el cachorro con la cara más oscura y el temperamento más animado se distraía con cada brizna de hierba y con las ondas en el agua. Vagaba cerca de la orilla y sus patas llenas de lodo eran un desastre.

–Vamos –dijo Ford, con una nota severa en la voz y dando un suave tironcito. Esta semana, gracias a los bribones caninos, sus tiempos de correr habían bajado y eran una mierda. *Sí, seguro es por eso. Bien pensado.*

Aunque lo negara, cuando los cachorros lo miraban con sus enormes ojos dorados, se convertía en un gran tonto. Una sensación de ternura lo invadía y tenía que recordarse a sí mismo que era un trabajo y que no podía simplemente ponerse a jugar con los perritos.

Nada de contacto visual. Debes. Permanecer. Firme.

Finalmente, él y su tropa peluda lograron un ritmo decente.

Pero entonces el cachorro distraído alzó las orejas.

–No, por favor –alcanzó a decir, a pesar de que el animalito ya estaba girando en dirección del lago.

La inercia del cachorro lo impulsó hacia adelante y tropezó con la rama que sus hermanos habían esquivado con facilidad.

Cayó y se deslizó de hocico por el lodo. Pataleaba con las patas traseras intentando detenerse.

Ford sacudió la cabeza, rio y enderezó al cachorro.

–Amigo, te caíste. Eso requiere cierta recalibración, pero primero tienes que volver a poner las patas debajo de ti. ¿No es mejor así?

El cachorro le lamió el brazo y dejó un rastro pegajoso antes de echar a correr tras sus hermanos. Su ladrido quejumbroso parecía decir *¿Cómo se atreven a dejarme atrás?*

Cuando regresaron a la camioneta, Ford revisó el reloj del tablero.

Debido al incendio y al retraso de la sesión de entrenamiento, no había tenido tiempo de ducharse o cambiarse para la noche de póquer. Menos mal que sus compañeros lo aguantaban, limpio o no.

También sería la oportunidad perfecta para socializar a los cachorros con la gente y con Flash, el perro de Tucker. Con la mente despejada, Ford condujo la corta distancia hasta la casa flotante y se estacionó junto a la fila de camionetas.

–¿Se van a portar bien? –les preguntó a los cachorros.

El cachorro con TDAH de inmediato mordió la oreja de su hermana, así que no. Como para entrar a la casa flotante era necesario recorrer una pasarela de madera, Ford levantó a las tres bolas de pelo y las llevó al interior, seguido por Pyro.

A pesar de que apenas había espacio para dos personas y un perro, y no para un grupo de tipos con perros, los chicos los recibieron con gusto.

–Espero que no les importe –dijo al tiempo que deslizaba la puerta corrediza de la cubierta. Dejó afuera a los cuatro pastores alemanes. Por suerte, Tucker había puesto una barandilla a prueba de cachorros para su labrador blanco, que ya casi era un perro adulto.

Flash saludó a los recién llegados con un ladrido de emoción. En apariencia y en personalidad, él y Pyro eran polos opuestos, pero se llevaban bien.

Pyro ya tiene a quien ponerle los ojos en blanco.

Después de asegurarse de que no había ninguna agresión con los nuevos cachorros, Ford cerró la puerta de cristal y dejó abierta apenas una rendija. Luego caminó por el estrecho pasillo que separaba la cocina de la sala de estar y se instaló en su lugar habitual en la mesa circular.

Addie repartió y, una vez que Ford miró sus cartas, se acercó a ella para tomar la bolsa de Doritos y una botella de cerveza.

–Qué asco, Ford –dijo Addie, apartándose–. Apestas.

Él la rodeó con el brazo y metió su cara debajo de su axila. La bolsa de papitas crujió entre ellos.

–Tal vez has estado con Crawford demasiado tiempo como para recordar cómo huele un hombre de verdad.

Con expresión divertida, Addie le estampó un buen puñetazo contra sus sólidos oblicuos.

–Número uno, un hombre de verdad se ducha. Y número dos, gracias a esa apuesta sobre quién podía cruzar más rápido la piscina del centro comunitario, y a que decidiste hacerlo en ropa interior porque según tú era más aerodinámico y, con todo y todo, yo gané, ya sé lo que tienes –se encogió de hombros–. Eh… y no estoy impresionada.

Vaya, tenía que recordar eso.

–¡Teníamos diez años! Eso fue antes de alcanzar la pubertad y, créeme, esa etapa fue generosa –Ford se enderezó y comenzó a deshacer en broma el nudo del cordón de sus shorts de baloncesto–. Te lo voy a demostrar.

Tucker puso su mano en el antebrazo de Ford.

–¿Qué te parece si evito que te demanden?

–Cómo si me fuera a demandar –murmuró Ford–. Si realmente se lo enseñara, Murph enterraría mi cuerpo en una fosa y nunca nadie más me encontraría.

–Es verdad –repusieron a la vez Easton y Shep, y Addie sonrió como si fuera el mejor cumplido que había recibido.

–Ayyy, gracias, chicos. Yo también los quiero.

Comenzaron la primera ronda de póquer y, después de tomar un trago de cerveza, Ford giró el cuello y se olió la axila. No olía tan mal. Solo a desodorante usado y una saludable dosis de humo.

–Escuché que hubo un incendio en la Pastelería Maisy hoy –dijo Shep, probablemente por el olor de la evidencia.

–Es cierto, ¿cómo estuvo? –Addie lanzó un par de fichas de póquer al centro de la mesa–. Los rumores oscilan entre una llamada falsa y un infierno ardiente donde salvaste a mujeres y niños, pero un término medio parece más acertado.

–Fue un caso fácil. No hubo heridos y el fuego estaba contenido en el horno, así que lo desenchufé. Luego Darius y yo lo llevamos al callejón para que se enfriara –igualó la apuesta de Addie y su mente voló hacia la intrigante mujer responsable de la llamada de emergencia de hoy–. Y… uh, conocí a la hermana de Maisy. ¿Alguien la conoce? –todos lo estudiaban, entrecerrando los ojos como rendijas. El juego se hizo lento–. ¿Qué? Es solo curiosidad, pensé que tal vez ustedes la conocían de antes.

Cuando iban en el colegio, Ford no había prestado mucha atención al alcalde Hurst y a su familia. Su naturaleza rebelde y su infame familia lo hacían desconfiar de las figuras de autoridad.

Una a una, Addie colocó tres cartas boca arriba sobre la mesa.

–Tú ganas. Pensé que Maisy Hurst solo tenía un hermano mayor. ¿Te acuerdas de Mason? Era corredor cuando estábamos en primer año y ahora es entrenador el fútbol universitario.

Eso si le sonaba familiar. Pero Violet definitivamente no.

–¿Es ella? –Easton lanzó dos fichas blancas y una azul al centro–. Por un segundo pensé que estaba viendo doble y había dos Maisys. Cuando levanté el informe, la chica se veía agotada.

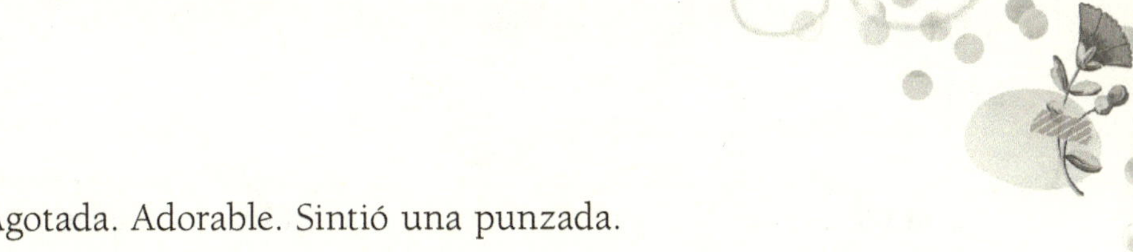

Agotada. Adorable. Sintió una punzada.

–Ah, solo se sentía mal. Es que activó el modo de autolimpieza sin querer. Podría haberle pasado a cualquiera, supongo.

Shep se retiró y también Tucker.

Ford se dijo que era mejor olvidarse del asunto, pero recordó esos grandes ojos cafés y la forma en que habían despertado algo que había enterrado y dado por muerto. No pudo evitarlo. Quería saber más sobre Violet.

Quería saber por qué se había puesto tan nerviosa cuando él recogió su carpeta. ¿Serían planes de boda? ¿O él había llegado a esa conclusión por la reunión que habían tenido?

Ella mencionó que quería pasar desapercibida. Tal vez era una espía del gobierno, con una brillante carpeta, enviada para infiltrarse en Las Dudas. Sí, eso tenía sentido. La mayoría de los espías tenían dificultades con los dispositivos electrónicos más simples.

Si estaba comprometida, sería mejor averiguarlo cuanto antes para apartarla de su mente. Porque no se metería en un asunto así y la sola idea de una mujer deseosa de casarse le provocaba ganas de salir corriendo, así que todos salían ganando, ¿no?

Easton le dio un codazo.

–Hermano. Es tu turno.

–Doblo la apuesta –no era la mejor idea, teniendo en cuenta que había estado pensando en Violet en lugar de prestar atención a las caras de sus amigos o calcular sus probabilidades.

Sácala de tu cabeza. De todas formas, no es como si tuvieras tiempo extra ahora mismo. Estaba hasta el cuello entrenando a una bulliciosa camada y eso lo tendría ocupado de primavera a verano. Lo cual, como paramédico, era su temporada alta. La gente pescaba, hacía excursiones y acampaba más. Los niños iban en bicicleta, saltaban en trampolines y encontraban escondites "secretos" para guardar fuegos artificiales.

Aunque sus amigos se preocupaban a menudo por su incapacidad para relajarse, su carrera era lo que más disfrutaba en la vida. Ningún día era igual a otro, lo que alimentaba su apetito por la aventura y, en muchos sentidos, era su manera de ayudar a equilibrar el universo.

Usar las habilidades de supervivencia, que había aprendido de la forma más dura, para ayudar a la gente que quería volver con su familia. Solo porque su historia no hubiera tenido un final feliz no significaba que las de los demás estuvieran condenadas al mismo destino.

Al final de la ronda, los tres que no se habían retirado revelaron sus cartas. Easton ganó por mucho lo que le valió una maldición de Addie. La chica odiaba perder.

Ford también odiaba perder. Pero en las siguientes rondas, su pila de fichas de póquer se redujo y pareció no importarle.

Más que nada porque el rostro de Violet seguía dando vueltas en su mente. Tal vez era por el complejo de héroe que sus amigos lo acusaban de tener, pero ella parecía necesitar ayuda. Del tipo que iba más allá de apagar un horno en llamas.

No tienes tiempo para personas inestables y complicadas. Ya has estado allí, ya lo has hecho y perdiste hasta la camiseta.

Hubo un momento en que ella se había caído contra él. La broma de James Bond y la forma en que se burló del nombre de Pyro. El estremecimiento que recorrió su brazo después de que ella pusiera su pequeña mano en la suya.

–Por si no te has dado cuenta, McGuire –dijo Easton–, estás perdiendo. Entonces, ¿por qué demonios estás sonriendo?

Ford parpadeó con rapidez lo que lo devolvió al momento presente y resistió el impulso de apilar sus fichas, una vieja costumbre que había aprendido a reprimir.

–¿Qué uno no puede ser un hombre feliz?

–No –repusieron a coro.

–No cuando estás perdiendo –añadió Murph.

Easton repartía las cartas e hizo una pausa.

–Se trata de la hermana de Maisy, ¿no? ¿Nuestro chico está pensando en darle otra oportunidad al amor?

–Aww. Crecen tan rápido –dijo Tucker mientras se llevaba una mano al pecho de forma dramática.

–¿Qué es esto, el Club de los Gatos Artesanos? –preguntó Ford, haciendo alusión al grupo de señoras del pueblo que se reunía para hacer manualidades, chismorrear y que usaban sudaderas de gatitos–. Menos chisme y más póquer.

Shep se acercó a Easton para tomar los Doritos.

–Deja de hacerte el loco y suelta la cerveza.

Ahora toda la atención se concentró en Shep.

–¿Qué? Estoy rodeado de adolescentes todo el día. Y siempre dicen "suelta la sopa", pensé que decir "suelta la cerveza" sonaba un poco más adulto.

Como Shep había sido la pesadilla de los profesores cuando era chico, siempre se burlaban de que él ahora fuera profesor. Era también miembro del consejo escolar y algunas de las señoras mayores del pueblo se ofrecieron como voluntarias porque estaban seguras de que Will Shepherd era todavía, de algún modo, incorregible.

–Como sea –dijo Shep–. Yo soy *cool* y estoy en onda, mientras que ustedes ya usan frases de señores –lamió el polvo naranja de las yemas de los dedos antes de recoger sus cartas–. Volvamos a la chica que conociste en la pastelería. Debe ser muy sexy.

–No dije eso –Ford alzó la voz después del *flop*, esperando que sus amigos dejaran el tema por la paz.

–Ya la has mencionado dos veces.

–No, la mencioné una vez y ustedes asumieron que estaba pensando en ella cuando sonreí. Estaba pensando en… algo más.

Los amigos estallaron en risas y se arrepintió de haber sacado a relucir a Violet. Evidentemente había un acuerdo tácito de que el juego no se podía reanudar hasta que Ford se sincerara.

–Eh. Ella es linda en una forma de desastre perdido y andante. Pero también es algo volátil y estoy seguro de que todos recordamos por qué "me retiré". Sin duda, mi camioneta si se acuerda.

En algunos estados, el amor que sentía por su camioneta debía ser considerado ilegal, pero la chica nunca lo había defraudado. La enorme parrilla, la barra estabilizadora y los grandes faros le permitían transitar por terrenos difíciles sin problema.

Trina, que había sido su inestable novia durante el colegio y el infausto año posterior a que se graduara de la universidad, tenía cambios de humor erráticos. Todo iba bien y de pronto ella se le echaba encima.

No solo no podía hacer nada bien, sin importar lo mucho que lo intentara, su relación empezó a interferir con las llamadas de emergencia. Trina le exigía que se quedara a discutir, aunque él siempre perdía, incluso cuando la salud y ocasionalmente la vida de las personas pendían de un hilo.

Cuando Ford finalmente le dijo que ya no quería seguir, de forma definitiva, Trina rayó el capó de su camioneta con una llave.

–¿Qué es "cal-ron"? –había preguntado Tucker cuando salieron del bar La Vieja Estación de Bomberos y vio la obra de Trina.

–Creo que dice "cabrón" pero le costó escribir la bolita de la letra B y le faltó el acento en la O.

Durante dos meses enteros, había conducido su camioneta "cal-ron", sin dinero ni tiempo para arreglarla. Cuando su querido papá lo vio, se rio y le echó limón a la herida con su "Te lo dije, hijo. Todas se vuelven locas tarde o temprano".

–A mí me gustan las mujeres un tanto volátiles –intervino Easton y Ford hizo todo lo posible por no reaccionar, a pesar de la extraña y tóxica incomodidad que sintió en la barriga. Con seguridad no eran celos.

Seguro era... una indigestión. Sí. Por no cenar y luego comer papas fritas y beber cerveza. Tenía que ser eso.

Easton se levantó y por alguna extraña razón, el ruido de sus fichas contra la mesa crispó los nervios de Ford.

–Y también tiene un buen trasero.

Ford volteó con rapidez y habló con la mandíbula apretada.

–Ya basta, Reeves.

Un *ooh* recorrió la mesa, junto con un "lo sabía" de Easton.

Okay, era cierto. Ford también le había mirado el trasero en esos pants de yoga. Había hecho todo lo posible por contenerse, pero entonces ella se inclinó a ver el horno y... bueno, a través de la fina tela de los leggins pudo ver corazones y un indicio de letras, y por un momento se deleitó antes de recordarse a sí mismo que era un caballero.

–Saben, se me olvida por qué salgo con ustedes, tarados –era su turno de nuevo y, como tenía una mano de mierda, se retiró–. Hablando de mujeres, Shep, la tuya está muy organizada. ¿También planea el tiempo que pasan entre las sábanas? ¿Te da una paliza si te sales del programa?

Shep lo volteó a ver. Una sonrisa cruzó su rostro.

–¿Adivina lo que hemos tenido que hacer como padrinos hasta ahora? –su sonrisa se transformó en la mueca de un villano malvado–. Na-da.

–Ni una maldita cosa –corroboró Easton.

Addie se estremeció.

–Lo siento –dijo dirigiéndose a Ford–. No pensé en la parte de la planificación cuando te pedí que fueras mi madrino de honor.

–Estoy bromeando, me gusta –pasó un brazo sobre sus hombros y esta vez ella no lo empujó. Si Addie tenía que soportar la planificación, él estaría a su lado en cada sesión por más detallada que fuera.

–Sí, yo también –dijo Addie, y Tucker rio–. Nena, por lo general eres mejor disimulando.

Ella lo pateó bajo la mesa. Sus ojos se iluminaron cuando Tuck gruñó y se frotó la espinilla.

–¿Y adivina qué vamos a hacer mañana? Degustación de postres en Pastelería Maisy.

Las expresiones burlonas de los padrinos se desdibujaron de sus rostros.

–Como padrinos, también deberíamos asistir y asegurarnos de que consigan el pastel y el glaseado correctos –dijo Shep.

Addie volteó su cola de caballo sobre su hombro.

–Lo siento, chicos. Es estrictamente para damas de honor. Y para mi abuelita-niña de las flores, ya que es imposible decirle que no a mi *nonna*.

Y para Maisy y su hermana, Ford añadió mentalmente. Tratándose del pastel, él estaba apuntadísimo. Y si volvía a ver a Violet porque era parte del cortejo nupcial…

Bueno, había peores formas de pasar un sábado por la mañana.

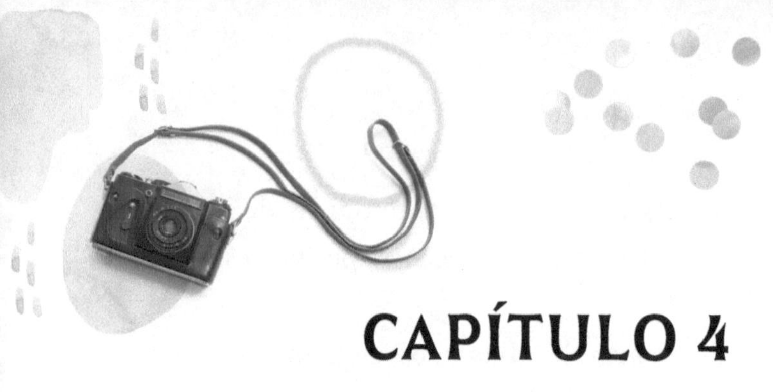

CAPÍTULO 4

Cuando entró en la pastelería una oleada de aire dulce recibió a Violet. Inhaló y se deleitó con el aroma, como lo haría un buen adicto. Si quería volverse a poner en pie sin tener que cargar con kilos de más, la única manera de hacerlo era inhalar y cerrar la boca.

Terminó de escribir su respuesta en el chat de La Tripulación de las Damas de Honor. Leah y Amanda eran las más activas, pero Camille, Alyssa, Morgan y Christy respondían de vez en cuando con la misma rapidez.

VIOLET:
Hasta ahora sobrevivo a la vida de provincia. En la tienda de Martin's Trading Post hay pintura, herramientas y ropa de camuflaje por si alguna vez me decido a hacer una excursión campirana.

LEAH:
Si lo haces, voy a necesitar fotos.

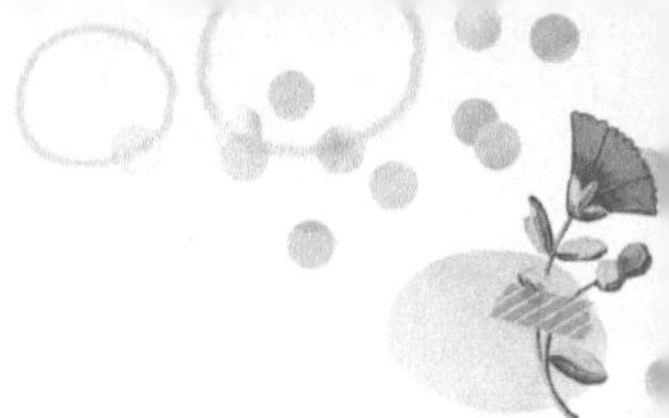

AMANDA:
¡Yo también! Y al parecer te lo tenemos que recordar, ya que ayer no tomaste fotos de los bomberos sexys, o sea, las fotos son LO TUYO.

Corrección, las fotos eran lo suyo, pero sus amigas habían estado tan preocupadas cuando se enteraron de la boda de Benjamin que no les quiso confesar que había dejado la fotografía. No solo porque se estresaban, sino porque a lo mejor creerían que era su deber confrontar a su ex y ya se habían hecho mucho daño.

VIOLET:
Tal vez ya envié una foto del camuflaje, pero no la pueden ver porque está funcionando bien.

Se rio de su propia broma y sacó las muestras de pintura que había recogido del Martin's Trading Post, junto con un bolígrafo. Apoyó las tarjetas de la paleta de colores contra la antigua pared blanca de la pastelería, comprobando qué tonos quedaban mejor con la iluminación y los suelos de madera.

El ruido de las cacerolas significaba que Maisy ya estaba horneando.

–A qué no adivinas a quién vi corriendo en el parque con una manada de perros. Después de ayer, planeo evitarlo a toda costa, así que me escondí en un callejón como si estuviera huyendo de los paparazzi, pero…

Violet se quedó congelada en su lugar. Sintió el pulso palpitar en las sienes. *Por favor, por favor, que sea solo un sueño.*

–¿Qué? –preguntó Ford que estaba delante del horno. Se pasó el brazo por la frente y, por supuesto, el movimiento levantó su camiseta lo suficiente para mostrar una raya de abdominales tonificados y una línea de pelo oscuro que conducía a… bueno, a donde conduce ese tipo de vello–. Me interesa escuchar el resto de la historia.

Maisy se paró detrás de él, con sus ojos caricaturescamente abiertos, con lo que dejaba en claro que sí, que todo era tan incómodo como parecía y que ruborizarse estaba por completo justificado.

–Ford vino temprano para revisar el horno y asegurarse de que funcionaba correctamente. ¿No es muy amable de su parte?

El señor Soy un Buen Tipo sonrió.

–Encantado de servirles. Violet, tal vez pueda ayudarte a esconderte de quien te estés escondiendo. Soy muy bueno jugando a las escondidillas.

–Te equivocas –musitó Violet–. No eres bueno para esconderte. No solo eres un tipo grandote, sino que apareces por todas partes.

Su sonrisa se ensanchó.

Y al igual que en la mañana, cuando vio sus largas y musculosas piernas trotando con su manada de adorables perros, Violet decidió fingir que Ford no estaba allí.

Sostuvo ante Maisy tres muestras de color.

–Me gustaría que la pastelería sea tan bonita como tus pasteles, pero no quiero que los colores opaquen los postres –abanicó las cartas para alinear el muestrario de modo que se apreciaran los distintos tonos–. Esto es lo que pienso hacer con los colores de acento.

Maisy sacudió la harina de las palmas de sus manos.

–Como ya fuiste tan amable en señalar, no soy nada buena en lo que respecta al diseño, así que en serio, decide tú.

–¿Quieres mi opinión? –preguntó una voz ronca desde detrás de Violet quien se sobresaltó, y luego apretó los dientes cuando oyó que el chico reía por lo bajo. ¿Por qué había estado pensando tanto en este tipo desde ayer por la tarde?

–No –repuso, lanzándole una aguda mirada a su atuendo–. Es claro que combinar no es tu fuerte.

Ford dejó caer la mandíbula, pero luego se echó a reír. El sonido de su risa rompió el hielo que rodeaba su corazón.

Con toda honestidad, su atuendo era como él. Deportivo. Masculino. Algo que ella no debería estar mirando.

La campanilla de la puerta sonó y Violet se precipitó a dar la bienvenida a los primeros clientes del día.

–¿En qué puedo ayudarles? –preguntó y dejó caer las muestras de pintura en el mostrador, dirigiéndose a las tres mujeres que acababan de entrar.

Una señora mayor con rizos grises y blancos se adelantó, con una emoción infantil en su rostro mientras observaba los dulces detrás del vidrio.

–Estamos aquí para la degustación de pasteles, pero mientras esperamos, me encantaría dar una probadita a los brownies.

Violet trató de identificar el acento. ¿Alemán, tal vez? Aunque no estaba segura.

–Lucia, sabes muy bien que no debes comer eso –dijo con tono severo la mujer morena que estaba detrás–. Tu nivel de azúcar en la sangre subirá lo suficiente con la prueba de pasteles.

Violet recorrió con la mirada las golosinas, buscando la etiqueta que había visto el día anterior.

–Oh, tenemos estos brownies que son...

–Absolutamente deliciosos –dijo la mujer más joven del grupo, la de la edad de Violet. Su cola de caballo oscura sobresalía de una gorra azul y naranja de la Universidad de Alabama, su rostro sin maquillaje e impecable. Eso no era justo: Violet necesitaba media docena de productos y maquillajes para lucir así de fresca y alegre–. Pero mi *nonna* está quitando el azúcar de su dieta.

Levantó las cejas. Era obvio que intentaba mandarle un mensaje a Violet, pero ella estaba perdida.

Nonna. *Eso es italiano, ¿verdad?*

Lucia frunció el entrecejo mientras estudiaba a Violet.

–¿Por qué no te conozco? Conozco a todo el mundo.

–*Nonna*, esa no es forma de presentarte –la chica de la gorra de béisbol se puso una mano en el pecho–. Hola, soy Addie Murphy, la novia. Ella es mi abuela, Lucia, y mi madre, Priscilla.

–Violet –respondió. Parecía que esperaban algo más, pero no tenía intenciones de contar la historia de su vida, aunque la miraran esperando que lo hiciera.

–Bien, Priscilla –dijo Lucia–, ya me trajiste hasta aquí, tienes pruebas de que Addison no me deja comer azúcar. Ahora, como tú no eres una dama de honor ni la niña de las flores, como yo, te puedes ir.

¿La niña de las flores? Violet tenía demasiada experiencia en todo lo relacionado con las bodas, así que le llevó un segundo comprender lo que suponía. Y simplemente adoró la idea de una mujer caminando por el pasillo y lanzando pétalos.

–Después del supermercado, volveré para recogerla.

Lucia tomó del brazo a Addie.

–Addison me llevará a casa, ¿verdad, querida?

—Claro, *Nonna*. Descubriste y te aprovechas de mi debilidad para decirte que no.

Priscila vaciló un instante y Addie levantó la voz.

—Excepto cuando se trata del azúcar y de alimentos altos en colesterol, porque eso es por tu propio bien.

Aparentemente satisfecha, Priscilla salió de la pastelería, pero se detuvo y sostuvo la puerta para que pasara una rubia belleza sureña. Retro y clásica con un toque moderno y labios rosa brillante, de un tono que Violet desearía conseguir. En serio, ¿ser atractiva era un requisito de la ciudad?

La mujer entró como una exhalación. Sus tacones repiqueteaban sobre el suelo de madera.

—Siento llegar tarde. Mi coche no arrancaba, así que conduje la camioneta de Will y… Oh, cielos. Mi carpeta y las revistas estaban en la cajuela de mi coche.

—No te preocupes por eso —dijo Addie antes de dirigirse a Violet—. Ella es Lexi, una de mis damas de honor. Mi hermana vive fuera del estado, así que estamos esperando solo a alguien más.

Maisy se asomó, limpiándose las manos en el delantal.

—En realidad, tu otra dama de honor ya está aquí. Vino temprano para revisar mi horno.

Genial. Violet ni siquiera había empezado a pintar y su hermana ya actuaba como si los vapores la afectaran. *Revisar mi horno* sonaba como una alusión abiertamente sexual, sobre todo porque Ford la había seguido desde la cocina y sonreía burlonamente.

Le guiñó un ojo a Violet y ella se cruzó de brazos con un resoplido. Si él pensaba que eso era todo lo que se necesitaba para ganársela, tenía que esforzarse bastante más.

Pasó junto a ella y rodeó el mostrador para abrazar a Lucia, que lo saludó con un beso en la mejilla. Luego abrazó a la hermosa rubia y terminó chocando puños con la novia.

–Ah, así que ya conociste a mi dama de honor, mi madrino –dijo Addie–. ¿O preferimos llamarlo caballero de honor? –ladeó la cabeza un poco–. ¿Amigo de honor?

Ford se encogió de hombros.

–No soy exigente. Y aunque me siento perdido con el resto de los planes de la boda, estoy totalmente calificado para la degustación de pasteles –giró la muñeca y miró su reloj–. Sin embargo, solo tengo una hora antes de que tenga que volver a casa. El mal no da tregua y todas esas cosas.

Violet se quedó boquiabierta con la escena que se desarrollaba ante sus ojos. Intentaba procesar lo que ocurría. Cada vez que visitaba esta ciudad, descubría una nueva capa estrambótica. Tal parecía que lo no tradicional era el nuevo tradicional.

Lo cual, siendo honesta, no era lo que esperaba de un lugar que creía olvidado por el tiempo. Si no tuviera ya una idea hecha sobre Las Dudas, le parecería hasta refrescante.

–¿Te importaría ayudarme con las muestras? –le preguntó Maisy, jalándola del brazo.

–Mientras no me necesites para hornearlas –repuso, burlándose de sí misma.

Una vez que colocaron las muestras en el centro de la mesa más grande, Violet se apartó. *Es hora de que termine de hacer los planos para estas paredes.*

Su confiable libreta le servía como un pequeño escudo y un objeto al que aferrarse, pero la gente, que entraba y salía de la pastelería, y la conversación del cortejo de la boda no dejaban de despertar su curiosidad.

Si Violet no hubiera escuchado las palabras "amigo de honor", asumiría que Addie y Ford eran la pareja prometida. Era obvio que eran muy cercanos, pero se trataba de algo más ligero que un romance. Mientras degustaban las muestras entre *mmm* y *yumis*, se reían, bromeaban y se empujaban los hombros, como si fueran espectadores casuales en lugar de estar eligiendo uno de los pilares de una boda.

–¿Están prestando atención? –preguntó Lexi, y tanto Ford como Addie se enderezaron en sus asientos, como dos niños que se habían metido en problemas en la escuela. La rubia bajó el bloc de notas que había sacado de su bolso Louis Vuitton y murmuró algo sobre el pastel de almendras.

Ford miró por encima del hombro en dirección a Violet. Demasiado tarde, ella se giró para contemplar la pared y luchó contra el impulso de golpearse la cabeza contra el muro, porque la sorprendió mirando. Pero ella había estado observando la dinámica de grupo, no a él.

No es que hubiera pasado por alto el modo en que él le pasaba bocados extras a Lucia, su risa fácil y su encanto despreocupado. Pero eso solo significaba que tenía un lado intrigante que atraía a las mujeres para luego joderlas.

Un mujeriego hecho y derecho. Puedo olerlo a un kilómetro de distancia. Ahora mismo.

Había sido ingenua al pensar que la relación de compromiso que tenía con Benjamin, había cancelado sus dotes de mujeriego. Como ese modo que tenía de observar a otras mujeres cada vez que salían.

Según ella era el típico macho incapaz de controlar sus ojos. Pero ahora se daba cuenta de que su novio nunca había dejado de buscar a alguien más guapa y mejor que ella.

A veces pasaba una semana entera sin que Benjamin le pusiera atención y encima la criticaba por distraída. Con el tiempo, ella se enfadaba, y entonces él se disculpaba y tenía algún gran detalle para tranquilizarla y le daba una falsa sensación de seguridad.

Por eso yo ya terminé con el tema de los hombres.

Nada de volver a caer en sus trucos. No, no, no.

Violet se concentró en las pegatinas multicolores que había descubierto en Etsy. El plan original era comprar plantillas de esténcil, pero encontró unos puntos de vinilo brillantes, caprichosos y del tamaño perfecto.

–Disculpa… –escuchó, seguido de una rasposa voz que decía "Se llama Violet".

–Disculpa, Violet –por el rabillo del ojo vio aproximarse las brillantes uñas en las manicuradas manos de la dama de honor rubia–. ¿Podría pedirte tu opinión sobre algo?

Despacio, Violet volteó hacia la mesa donde estaba el grupo que organizaba la boda. Cuatro pares de ojos estaban sobre ella, pero por alguna razón, su mirada se dirigió al único par de ojos masculinos. Bajo esa luz, no podía decir si eran color avellana o verde, ¿y qué importaba eso?

Se aclaró la garganta.

–No estoy segura de poder ayudarlos. Solo pregúntenle a Ford: la cocina y yo no somos una buena combinación.

Maldita sea. ¿Por qué se había puesto sola en el centro de atención para que contaran el vergonzoso relato del desastre de ayer?

Lexi se puso de pie y tomó a Violet de la mano.

–No te preocupes –la condujo hasta el asiento a su lado el cual, para su mala fortuna, era también contiguo al de Ford–. Solo necesito otra perspectiva femenina. Aunque Addie es técnicamente femenina, le falta la parte del cerebro que cuida de los adornos, los vestidos y que se asegura que el pastel sea la *pièce de résistance* que debe ser.

Aunque esta chica Lexi era mucho más sofisticada de lo que Violet jamás sería, estaba de acuerdo con ella. En efecto, el pastel mejoraba cualquier celebración, pero un pastel de bodas simbolizaba el compromiso de proveerse el uno al otro. Cortar desde el nivel inferior significaba longevidad.

Addie se desplomó en su silla, con las piernas separadas.

–Lexie no se equivoca. Me he decidido por el chocolate blanco con crema de frambuesa, pero en cuanto a estilo, estoy perdida. Para mí el objetivo del pastel es darle un mordisco lo antes posible, no ponerme a ver cuán elegante es. Y los grandes pasteles extravagantes me asustan porque sé que chocaré con la mesa, la derribaré y lo arruinaré todo.

–En este caso, tú serás la novia, así que la gente te perdonará –Lexi le lanzó una expresión semiseria–. No te atrevas a tirarlo, aunque no es el objetivo, y no puedo creer que tenga que decir eso, pero siento que debo hacerlo.

–Sí –Ford le dio un puñetazo juguetón a Addie en el brazo–. Deja de intentar sabotear tu propia boda. Pero si derribas el pastel, declararé una pelea de comida, y le daremos un giro a la fiesta. Será como estar de nuevo en sexto año, cuando le pegaste a Derek Wheeler con tu manzana por decir que las chicas no podían lanzar tan bien como los chicos.

–Me metí en muchos problemas, pero mi castigo no duró tanto como su ojo morado –resopló Addie.

La mirada asesina que Lexi les lanzó hizo que Violet quisiera escabullirse, pero no pareció molestar a Ford en lo más mínimo.

Addie hizo una mueca de disculpa.

–Lo siento. En serio, no podría importarme menos cómo se ve el pastel. Estoy segura de que lo que haga Maisy será increíble.

–¿Ves a qué me refiero cuando digo que necesitamos otra perspectiva femenina?

Violet no pudo evitar mirar a la abuela.

–Yo también soy mujer –afirmó Lucia–. Pero yo digo que hay que hacer que el pastel sea más fácil de disimular debajo de las narices de mi nuera, y tal parece que esa no es una respuesta aceptable –recorrió su silla hacia atrás–. Hablando de contrabando, voy a ir a buscar los brownies antes de que regrese mi oficial de libertad condicional.

Para ser una mujer mayor, ciertamente era veloz. Se apresuró a la caja registradora, comenzó a señalar los dulces, y Brooke, la chica de 19 años que trabajaba a tiempo parcial en la pastelería, los colocó en una caja.

Lexi suspiró.

–Si Maisy no estuviera tan ocupada, le pediría ayuda con mi maldito equipo de bodas. Si no me hubiera dejado la carpeta en el coche, al menos tendría ejemplos. De todos modos, ¿podrías opinar? Por ejemplo, ¿en cuántas bodas has visto que el pastel no tenga más de un nivel? Addie decía cosas como, ¿por qué no tener un pastel plano gigante? Como si fuera una barbacoa o la fiesta de jubilación de alguien.

Demasiado consciente del tipo a su lado y de lo pesada que era su mirada, Violet se lamió los labios.

–Admito que he estado en muchas bodas, de hecho, he sido dama de honor siete veces. Y cada pastel ha sido una obra de arte escalonada. Me encanta ver la forma en que una pareja se expresa de maneras diferentes, desde la decoración, los vestidos de las damas de honor, los esmóquines y, ah, el vestido de novia.

Sintió un hormigueo que recorría todo su cuerpo, la chica superromántica que solía ser se asomaba una vez más.

»Hay tantas opciones y variaciones, y aun así, cada novia siempre se las arregla para elegir la combinación perfecta para ella. Es posible ver lo maravillosa que se siente, no solo por el vestido y la decoración, sino porque se está comprometiendo con la única persona especial que la ama por dentro y por fuera.

Oops. Violet se vio atrapada en las docenas de ceremonias que había presenciado en persona, a través del lente de su cámara, y en las páginas de las revistas, se olvidó por un momento que ya no estaba obsesionada con la planificación de la boda perfecta.

Había renunciado a todo ello. Ahora estaba en el camino recto y sin obstáculos. Solo había sido un derrapón en su vida.

El collar de perlas rosas con el que Lexi jugueteaba combinaba a la perfección con su vestido aguamarina.

–Alabado sea el Señor, por fin alguien lo entiende. En serio, te amo… –enarcó las cejas–. Eres Violet, ¿verdad?

Por lo inquieto que se veía Ford, era claro que Violet lo había asustado con su discurso apasionado. ¿Se había alejado de ella, o era su imaginación? De cualquier manera, asustarlo solo podría ser beneficioso tratándose de su decreto de no-más-hombres.

Así que en lugar de tratar de disimular lo que ya había dicho, pensó en el folleto de cuatro páginas de pasteles de boda en su carpeta.

–Sí, y creo que puedo ayudar aún más –lo menos que podía hacer era echar una mano, ya que Lexi estaba planeando el evento prácticamente sola–. ¿Quieres que el pastel sea de una textura o de diferentes texturas para cada nivel? ¿Qué tal una decoración en la parte superior? Últimamente he estado pensando en ramos con flores que caen en cascada hasta abajo. ¿Qué flores has elegido?

Lexi le dio un golpecito a su libreta con su bolígrafo de oro brillante.

–¿En qué flores piensas, Addie?

–Sí –repuso Addie. Al ver que Lexi y Violet abrían la boca sorprendidas, arrugó la nariz–. ¿No es esa la respuesta correcta?

Violet sonrió, tratando de restarle importancia a la conmoción que le había causado a Addie.

–Por lo general, una novia elige las flores que le gustan. O puede elegir con base en los colores que ha seleccionado.

Addie se mordió la uña del pulgar.

–Um, tampoco he escogido colores.

–No te preocupes. ¿Qué tipo de flores te gustan?

Addie se encogió de hombros y miró a Ford, quien imitó el gesto. Viendo sus interacciones desde este ángulo, Violet se dio cuenta de que no actuaban como una pareja en absoluto. Más bien como hermanos, aunque ella no sabía bien lo que eso significaba.

–Vamos –dijo Lexi, y extendió su mano sobre la mesa para cubrir la de Addie–. Seguro que has visto flores en algún lugar y pensaste, me gustan.

–Los dientes de león amarillos me hacen feliz.

–Luego se vuelven blancos y puedes soplarlos y pedir deseos y toda esa mierda –añadió Ford.

Lexi entornó un poco los ojos sin dejar de sonreír.

–Esas son hierbas. Inténtalo de nuevo.

Addie enrolló la punta de su cola de caballo alrededor del dedo.

–Oh, ¿qué hay de esas pequeñas florecitas blancas que se abren por la mañana? Tienen un toque de rayas rosas o púrpuras en el interior. Accidentalmente destrocé un arriate la última vez que jugamos a Fugitivo.

–¿Hablas de las campanillas moradas? Porque esas también son hierbas, querida –Lexi se frotó un par de dedos en la frente–. Déjame adivinar, ¿ahora quieres un ramo de hierba?

Addie se rio.

–Hierba. Esa sería una buena forma de mantener a todos tranquilos durante la ceremonia y la recepción.

–Yo voto por la hierba –terció Ford–. Después de todas las bromas que hemos hecho a nuestros conciudadanos, es la única manera de que se relajen y disfruten de la fiesta.

–Excelente punto. Aunque quizás debamos poner una cerca de alambre de púas alrededor del pastel por si les da un poco de hambre antes de tiempo. ¿Qué decoración es esa? ¿Granja chic?

–Más bien, amor en los tiempos de prisión, creo.

–Amigo, más tarde vamos a tener que hablar sobre el amor en los tiempos de prisión –Addie le dio una palmadita en la rodilla a Ford–. Aquí hay una pista y un consejo todo en uno: nunca dejes caer el jabón.

Los dos se echaron a reír, olvidándose de las flores.

Con un movimiento del brazo, Lexi señaló al par de amigos.

–¿Ves a lo que me enfrento? Una novia a la que no le importan las decoraciones ni las flores y su chico de honor, que es tan despistado como ella en asuntos de boda.

–Ya te dije que elijas en mi nombre lo que creas mejor –le recordó Addie, con una pizca de ofensa en sus palabras.

–Pensé que cambiarías de opinión una vez que nos metiéramos de lleno en el asunto. Todo el pueblo va a estar allí, libre de los efectos de las drogas, y si voy a hacer la mayor parte de la planificación, al menos necesito una caja de resonancia. Pedirles un poco de retroalimentación es como hablar al vacío.

Addie se limpió las lágrimas de la risa.

–Lo siento, Lexi. Eres increíble por hacerte cargo de todo esto y sin ti estaría perdida, así que no dejes que mi falta de gusto femenino te ahuyente. Haré mi mejor esfuerzo. Lo prometo –le dio un codazo a su amigo.

–Sí, yo también –secundó Ford, dándole a su vez un codazo a Violet.

Volteó a verlo. Sus instintos olvidaron recordarle que no debía mirarlo, pero era demasiado tarde. Se le secó la boca. La vista de su cara de cerca no le hizo justicia. A diferencia de muchos de los chicos de Pensacola, su barba no estaba perfectamente arreglada, era indómita, con un par de días de crecimiento fuera de control. Una esquina de su boca era un poco más alta que la otra, como si tuviera preparada siempre una sonrisa.

¡Hola, no le mires los labios!

Al acordarse del codazo que hizo que se concentrara demasiado en su fisonomía, le preguntó:

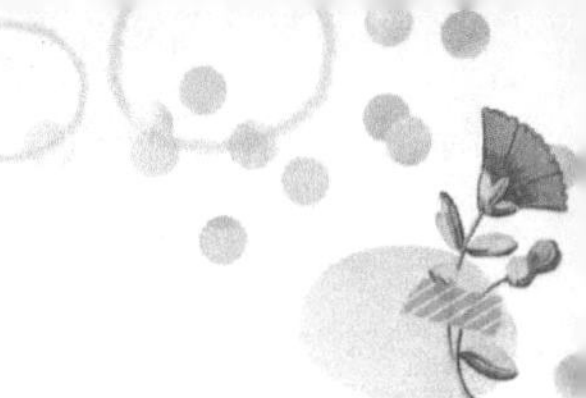

–¿Qué? Yo apenas llegué.

–¿Dónde está mi *nonna*? Al menos debe tener una opinión sobre las flores. Todavía se escapa al patio de los vecinos por las noches para regar las flores que sembró cuando ellos estaban fuera de la ciudad –Addie se asomó a la parte delantera de la pastelería, pero Lucia ya no estaba allí–. Oh, genial, ya se me perdió. Te apuesto lo que quieras a que fue a la cafetería a ver si alguien le dejaba pedir una hamburguesa con papas fritas. Mi madre me va a matar en serio.

Al verlos a todos distraídos, Violet decidió despedirse.

–Bueno, parece que ya todo está bajo control –alejó más su silla de la mesa–. Tengo que volver al trabajo. Estoy planeando la remodelación de la pastelería y...

–Vamos, Violet –la interrumpió Ford, como si se conocieran desde hace años en vez de horas. Colocó su mano sobre la que ella tenía en la mesa y su corazón comenzó a latir, *pum*, *pum*, *pum*–. Ayuda a un par de tipos y a una desesperada planificadora de bodas.

Por un segundo se sintió confundida, pero luego se dio cuenta de que Ford consideraba a Addie como a un chico.

–Debí haber mencionado que soy una dama de honor en recuperación –hablar de opciones de boda y mostrar la evidencia de cuánto material había reunido eran cosas totalmente diferentes, y ni loca les mostraría su carpeta a Lexi y a Addie mientras Ford estaba allí.

Más que nada, sería demasiado doloroso. No debió de haberse sentado a la mesa con ellos en primer lugar.

Como de costumbre, la alarma en su cabeza sonó en segundo plano.

La recuperación era una pendiente resbaladiza por la que había estado muy cerca de caer de cabeza.

–¿Cómo va todo por aquí? –quiso saber Maisy mientras se acercaba a la mesa–. Siento mucho no tener un álbum de opciones de pastel. Hasta ahora, solo he hecho un par de pasteles de boda, pero si tienes tú una foto, puedo hacerlo.

El tono de disculpa en la voz de su hermana hizo mella en Violet.

–Me siento tan poco preparada –dijo Lexi–. Tal vez debería ir a casa y volver con la carpeta.

–¡No! –dijeron Addie y Ford al unísono, y la chica añadió–: No quiero que te tomes tantas molestias cuando yo debería ser capaz de resolver algo tan simple.

Una parte de Violet quería sugerir que buscaran fotos de pasteles en sus teléfonos, pero el servicio de internet en la ciudad era lento y desigual, y era difícil tomar una decisión con base en imágenes en miniatura.

La campanilla de la puerta sonó de nuevo y Maisy se volvió para saludar a sus clientes. Los sábados eran días ocupados y ahora mismo la mejor manera de ayudar a su hermana era hacer precisamente la última cosa que deseaba.

¿Por qué yo?

–Bueno, está bien. Ahora vuelvo. Traeré algo que podría ayudar.

El lado positivo de la situación: usar su carpeta para el bien, tal vez la ayudaría a dejar atrás todo lo que representaba.

* * *

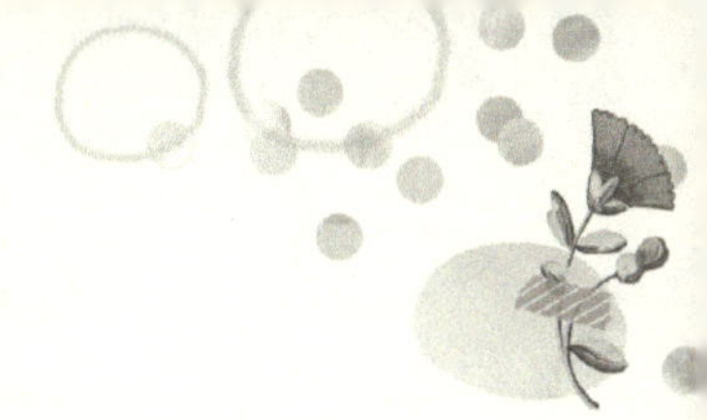

Maldición, ¡qué bien huele!

El perfume de Violet se mantuvo en el aire y Ford tal vez le puso demasiada atención mientras salía de la pastelería.

¿Qué demonios quiso decir con ese comentario de "dama de honor en recuperación"? Hizo que sonara como si vestirse de colores y sostener un ramo de flores fuera una adicción que necesitaba dejar. Pero no significaba que no estuviera comprometida, y si le gustaban las bodas tanto como sugería su discurso... *Puaj.*

Una vez que ella se fue, le resultó más fácil concentrarse, pero no como si de repente se hubiera convertido en un experto en pasteles de boda. A menos que fuera útil saber que él era capaz de comerse un pastel entero. Para complicar aún más las cosas, cada vez estaba más consciente de la hora.

Ford tenía cosas que hacer, pero no quería herir los sentimientos de Lexi o de Murph. Addie entendería que su agenda de entrenamiento de cachorros era muy apretada, pero ella siempre estaba para él cuando la necesitaba. Addie lo escuchaba siempre sin juzgar cuando le hablaba de las dificultades del trabajo y cuando, a veces, le confesaba que estaba harto.

Le había tomado meses abrirse con ella sobre el desastre que dejó el último huracán y todo lo que había sucedido cuando bajó al golfo. Por supuesto Addie le había dicho que no debía sentirse culpable. Le aseguró que la gente tenía que descansar de vez en cuando y que cualquiera podría haber cometido el mismo error, pero él no estaba tan convencido.

La campanilla de la puerta sonó detrás de Violet.

Aunque el día anterior la había encontrado un tanto desaliñada y demasiado cautivadora, hoy estaba menos agobiada, su pelo castaño caía en ondas suaves sobre sus hombros. Su blusa era de un rojo tan intenso como su rostro cuando entró en la cocina hablando de esconderse de él. Aunque seguía siendo un gran fan de sus pants de yoga, los ajustados jeans que llevaba también mostraban su figura de manera muy agradable.

Al acercarse, vio el brillante objeto púrpura entre sus manos. El mismo objeto que ella le había arrebatado en el callejón.

Se sentó entre él y Lexi y dejó caer la carpeta sobre la mesa. Luego movió sus dedos a lo largo de las pestañas, murmurando hasta que llegó a la sección media. Una página se deslizó al abrir el libro y con rapidez la escondió debajo de la cubierta posterior.

–Aquí tienes. Varios pasteles para revisar.

Ford le echó un vistazo a la página titulada "Mis pasteles de boda soñados".

–Guau. Eso es… intenso. Nivel asesino serial-obsesivo, pero la víctima son los pasteles.

–Ford. Sé amable –la esposa de Shep colocó una mano en el hombro de Violet–. Ignóralo. Lo que quiso decir es gracias.

No, lo que quiso decir fue *carajo, tiene toda su boda planeada*. Y no debería haberle tocado la mano o haber bromeado con ella en la cocina y ¿por qué odiaba tanto la idea de que estuviera comprometida?

Addie apoyó los antebrazos y se inclinó sobre la mesa.

–Son preciosos. Ya veo lo que quieres decir sobre las flores, aunque el púrpura no es realmente mi color –giró la carpeta para tener mejor visibilidad–. A pesar de que entiendo tu aversión hacia los dientes de león, Lex, me gusta el amarillo. ¿Qué hay de las margaritas y los girasoles? ¿Son hierbas? Sé que están en el campo, pero quiero que la decoración combine con lo que siento cuando recuerdo que me caso con Tucker: felicidad.

Sin previo aviso, Lexi se lanzó sobre Violet y le rodeó el cuello con los brazos. Las patas de la silla se tambalearon por el impacto y Ford puso la mano en el respaldo para que no se cayeran. Aunque no le importaría ver a las dos mujeres juntas en el suelo, nadie iba a sufrir una conmoción cerebral en su presencia.

–Violet, eres una hacedora de milagros –dijo Lexi y la soltó, pero sin reducir la distancia entre ellas–. Addie escogió un color y una flor. O flores, según el caso, pero por fin tengo algo con lo que trabajar.

Otro papel brillante cayó de la carpeta cuando Addie volteó la página. Emocionada señaló la imagen central.

–Es este. Un pastel como este, pero con margaritas.

–Y un pastel –la voz de Lexi salió a una octava que Ford creía que solo los perros podían oír. Cuando regresó a su propio asiento, Violet lucía un tanto perpleja, pero en su rostro se dibujó una sonrisa.

Lexi tomó a Addie del brazo y la arrastró hacia el mostrador de la pastelería y llamó a Maisy. Pasaron unos segundos silenciosos y luego Violet levantó su barbilla con orgullo.

–¿Ves?, ni estoy obsesionada ni soy una intensa. Hago milagros.

–Discúlpame –dijo impasible.

Violet se cruzó de brazos, con lo que se enfatizó su escote. Sin poder contenerse, sus dedos se crisparon ante la urgente necesidad de jalar la silla de la chica para acercarla hacia él. Quería preguntarle sobre esa ridícula carpeta y por qué no llevaba un anillo de compromiso.

–¿Por qué suenas tan sarcástico? –preguntó–. Sí, me conociste en un día de mierda…

–El más mierda, si mal no recuerdo. Sonaba como si no solo tuviera que ver con el incendio –en lugar de que la situación se calmara, acababa de despertar a la bestia.

Sus fosas nasales se ensancharon.

–Bien. Tienes razón, solo que preferiría que fingiéramos que lo del incendio nunca ocurrió.

–Me parece perfecto. Aunque no estoy seguro de poder decir lo mismo del horno.

Violet exhaló como si él hubiera consumido cada gramo de su paciencia. Cosa que casi lograba.

–El punto es que por lo general no soy así. Un manojo de nervios que crea un desastre a su paso. Incluso diría que soy relativamente sensata, en especial considerando todo lo que he pasado.

Con un gesto de la barbilla, Ford señaló hacia la carpeta.

–Supongo que la razón por la que te escondiste de mí esta mañana e hiciste ese comentario de dama de honor en recuperación es porque estás comprometida y ahora eres la estrella.

Por un instante, Violet no pudo cerrar la boca, luego parpadeó y sacudió la cabeza.

–No, no y no.

Ford sintió como sus pulmones se contraían con una extraña amalgama de alivio y aprehensión, como si encarara a un oso y no pudiera decidirse entre maravillarse ante su presencia o retroceder lentamente con las manos en alto.

Aunque su respuesta no fue nada directa, pasó por alto hablar de por qué se escondía y qué significado tenía su comentario anterior. ¿Se lo guardó a propósito para resultar exasperante? ¿Y por qué él no podía dejar de hurgar?

–¿Entonces por qué tienes toda tu boda planeada? –podía parecer autosabotaje, pero necesitaba conservar su ingenio. Desde que Violet se sentó con ellos, sus pensamientos estaban revueltos. Quería tentarla a acercarse y alejarla al mismo tiempo.

–Ay, no. Ni siquiera empieces. Te sientas ahí como un juez, pero apuesto a que tienes en tu casa una pila de revistas de vida salvaje o de autos, o cualquier otro pasatiempo de pueblerinos que te guste. Es lo mismo, solo que el mío está mejor organizado.

Con ese toque divertido era mucho más difícil cortar la charla. La gatita tenía garras y le gustó la forma como las había sacado.

–Suena como si quisieras que te invite a mi casa.

–Con lo grande que es tu ego, dudo que quede espacio para mí –Violet empezó a alejar su silla y él presionó con las palmas sus propios muslos para evitar pedirle que se quedara.

Si lo hiciera, también tendría que disculparse por ser un imbécil por lo de la carpeta y por la broma sobre iniciar un incendio. Pedir disculpas no era uno de sus muchos talentos, y cuanto más rápido huyera, más rápido podría apartarla de su cabeza.

–Gracias por recordarme por qué he renunciado a los hombres –murmuró Violet. Dio un paso para alejarse.

La puerta se abrió y sonó la campanilla. Violet soltó un gritito y cambió abruptamente de rumbo. Se lanzó hacia la mesa, saltó la silla y se dejó caer al suelo al lado de los lodosos Adidas de Ford.

–Mierda, mierda, mierda.

Ford pasó la mirada del alcalde Hurst y su esposa, Cheryl, a la chica que intentaba fundirse con su pierna.

–¿Hay algo en lo que pueda ayudarla, señorita?

–¡Shhh! Cállate –siseó.

–Bueno, si vas a ser así de mala... –se movió como si fuera a ponerse de pie.

–Espera –Violet se sujetó de su pierna y le clavó las uñas en los músculos de la pantorrilla mientras lo mantenía en su lugar–. Lo siento, ¿está bien? Aunque eres un gallito, no debí haberte dicho que te callaras.

–¿Nadie te ha dicho que tus disculpas son un tanto insuficientes?

Los Hursts caminaron hasta la caja registradora y Violet se escondió más. A gatas se arrastró hasta el otro lado.

Un enorme y ruidoso camión pasó por la calle principal. Le urgía una reparación a su escape, y el alcalde Hurst miró con dejadez por la gran ventana de la pastelería.

Como un koala, Violet se enroscó alrededor de la pierna de Ford y su cabeza rozó el interior de su muslo. Si llevaran más tiempo de conocerse y no hubiera la posibilidad de confundir una broma con una petición seria, Ford habría soltado un comentario inapropiado del tipo "Ey, ya que estás ahí abajo...".

La catalogó no solo como volátil y temperamental, sino que además tenía algunos tornillos sueltos.

¡Bien por sus instintos!, pero ¿qué hacer con el calor que recorría sus entrañas? Y no era la única parte de su ser que estaba despertando. Hacía mucho tiempo que una mujer no estaba tan cerca de... *Definitivamente, no pienses en eso o la situación se pondrá todavía más dura.*

–No me mires así –gritó en un susurro Violet y Ford se preguntó si estaba dejando adivinar sus pensamientos perversos–. Me doy cuenta de que esto no ayuda exactamente a lo que decía sobre ser sensata, pero es una circunstancia atenuante.

–Mi amigo Tucker aprobaría tu jerga legal.... es abogado.

–Es el prometido de Addie, ¿verdad?

Ford asintió, sofocando el deseo de pasar sus dedos por los mechones de pelo sedoso que le cubrían la rodilla.

–¿Cuál es la circunstancia atenuante, entonces, Madam Foreman?

–Ja, ja –Violet inclinó la cabeza, intentando mirar bajo su muslo, aunque él dudaba que pudiera ver mucho más que sus pantalones deportivos–. Larry Hurst es mi padre biológico. Solo reconoce mi existencia cuando es absolutamente necesario y la última vez que vi a Cheryl, me dijo que estaba arruinando la boda de Maisy con mi dramatismo.

–¿Tú, dramática? ¡Nooooo! –el sarcasmo ya era el tono entre ellos, pero el rostro de Violet reflejaba dolor y Ford se arrepintió al instante de sus palabras. Si ella no le devolvía el golpe, le quitaría la diversión y él no tenía intenciones de cruzar al territorio de los sentimientos dolorosos–. También pareces enérgica en extremo. ¿Te gustaría ir a pasar el rato con algunos cachorros?

–¿Estás tratando de atraerme a tu oscura camioneta sin ventanas? –ese era el hilo conductor al que él quería aferrarse. Antes de que Ford pudiera responder, ella añadió–: ¿Sabes qué? Ni siquiera me importa. Cualquier cosa con tal de salir de aquí. Vámonos.

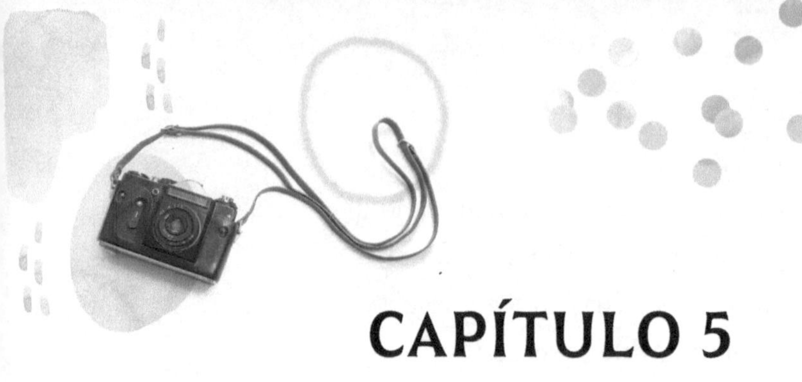

CAPÍTULO 5

Ford imitó el sonido de un pájaro y Violet se congeló en su lugar, temiendo moverse o parpadear, incluso respirar. *Ya estuvo. Voy a tener que escalar al tipo y estrangularlo.*

Pero claro, con eso delataría su presencia. Le había pedido que la sacara a escondidas de allí, y en lugar de eso el tipo hacía ruidos que llamarían la atención de los intrusos.

Sin embargo, Addie fue la única que volteó a verlos.

Ford hizo unas cuantas señales con la mano y de pronto la voz de Addie se volvió estridente. Empezó a hablar en voz alta sobre lo emocionada que estaba por la boda y de cómo el alcalde y su esposa estarían allí, ¿verdad?

Larry y Cheryl se concentraron en Addie, con lo que Ford aprovechó para ponerse de pie, de espaldas al mostrador. Luego tiró de Violet para que se pusiera delante de él. Su aliento cálido le rozó el lóbulo de la oreja y se le puso la piel de gallina.

–Camina conmigo ahora…

Con la punta de sus tenis le dio un golpecito en los talones y comenzaron a avanzar pegaditos con toda la sincronización que podía lograr dos personas que apenas se conocen. Los torpes pasos delataban que Ford se esforzaba por acompasar sus largas zancadas con los pasitos de la chica, pero en poco tiempo, salieron por la puerta de la pastelería.

El sonido de la campanilla la hizo acelerar el paso, alejándose del escaparate que asomaba a la calle.

–Gracias –habló por encima del hombro–. Eres un gran escudo.

–Encantado de ayudarte –Ford deslizó su mano hacia la baja espalda de Violet y sintió que le ardían las puntas de los dedos. La condujo hacia la enorme camioneta negra con grandes ruedas.

Violet arrastró los pies.

–Espera, ¿a dónde vamos?

–A entrenar a los cachorros –repuso, al tiempo que abría la puerta del pasajero–. Ese era el trato, ¿recuerdas?

–¿Trato? Más bien pienso que quieres sacar ventaja de mi desesperada situación.

–¿Por qué no pueden ser ambas cosas? Ahora, ¿puedes subir con tus pequeñas piernitas o necesitas un empujón?

A pesar de su *puff*... no-seas-absurdo, Violet no estaba segura de si conseguiría subirse. Se apoyó en el escalón de metal y se sujetó al asiento. Aunque le costó trabajo, no se atrevería a pedirle ayuda para subir a una camioneta que claramente sobrecompensaba algo.

El motor rugió como si también tuviera algo que demostrar. Y allí estaba ella, recorriendo la calle principal con un hombre que era poco más que un extraño. ¿Cómo se las arreglaba siempre para meterse en situaciones tan estrambóticas?

Si ese era su don, encontraría el recibo porque quería devolverlo.

–Entonces, ¿los Hursts son tus padres?

Negó con la cabeza. ¿Este tipo hablaba en serio? Ni siquiera debería de molestarse en fingir que no conocía la historia de la telenovela de su familia. Cada vez que visitaba Las Dudas, podía escuchar las murmuraciones. Notaba las miradas curiosas.

En este pueblo anormalmente pequeño, Violet era notoria por tratarse de un error. Su parecido físico era el recordatorio de una infidelidad. Así que no podía culpar a Cheryl por no ser su fan.

–Me sorprende que no hayas oído hablar de mí.

Ford hizo el cambio de velocidad para acelerar.

–¿Por qué? ¿Eres famosa?

–Más bien infame. Soy la hija bastarda de Larry Hurst. Algunas personas prefieren el término "hija del amor" para que no suene tan rudo, como si llamar resortera a una bomba contrarrestara su poder destructivo. Pero papá dejó bien en claro que de amor no tenía nada.

Durante años, escuchó muchas veces las discusiones entre Larry y Cheryl por las visitas pactadas en el acuerdo de custodia.

No significó nada.

Yo estaba muy borracho y ella estaba allí.

Si pudiera retractarme, lo haría.

En el interior de la cabina, Ford la miró entrecerrando los ojos.

–No presto mucha atención a los chismes de la ciudad.

–Vamos. ¿Nunca has oído hablar de mí, la hija que estropeó el perfecto matrimonio entre el amado alcalde y su bella esposa? –no había ayudado en nada que su mamá hubiera ocultado la existencia de la niña durante ocho años hasta que Violet insistió en buscar a su padre y conocerlo–. Cada verano, mis visitas agitaban el avispero y los susurros y las miradas eran inevitables.

Era una vieja historia, por eso no entendía por qué emergía ese dolor residual. Lo que comenzó como un sueño sobre el encuentro con su padre terminó como una pesadilla en la que varias vidas se arruinaron. Mamá solía consolarla: insistía en que su padre la amaba y que quería una relación con Violet, de ahí las visitas. Pero, con toda franqueza, cuando la chica estaba lejos de su hogar y su madrastra la miraba con tanto desdén, era difícil de creer.

Violet sospechaba que su papá había solicitado las visitas más por "hacer lo correcto" y no tanto porque quisiera una relación.

Ford viró hacia un camino de terracería.

–Ahora que lo mencionas, me suena conocido. Una de las muchas razones por las que ignoro los chismes es porque mi familia fue siempre blanco de ellos. Desde hace un siglo, los McGuire han sido las famosas manzanas podridas de Las Dudas. Pero a lo largo de los años he descubierto que no existen las supuestas familias perfectas. Todo el mundo enfrenta sus batallas, solamente que algunas personas son mejores que otras para ocultarlo.

Sorprendentemente sincero. Y atinado también.

La casa blanca que se alzaba frente a ellos tenía cortinas azules, un porche y un gran patio. Y tal como se lo había prometido...

–¡Perritos! –Violet se catapultó fuera de la camioneta y los pastores alemanes corrieron hacia la valla, asomando sus oscuras naricitas por entre los tablones.

Pyro saltó la valla como si nada. Ford se inclinó y le dio una palmadita en la cabeza.

–Hola, chico. ¿Cómo se portaron los enanos?

El perro respondió con un medio gimoteo, medio gruñido, como una niñera que respira aliviada tras una dura jornada.

Ford rascó el grueso pelo negro alrededor del cuello hasta que la lengua rosada del perro colgó y sus quejas se transformaron en jadeos.

–El mundo necesita más perros de búsqueda y rescate increíbles como tú, lo que significa que necesitamos entrenarlos. Podemos manejar eso, ¿no, chico?

Pyro dio un brinco, como si aceptara la misión y animó a su amo a que se diera prisa. Por un segundo, Violet sintió que algo se ablandaba en su interior. Ya que el tipo la había salvado de un encuentro incómodo, se permitió darse el gusto de sentir un par de segundos más esa sensación.

Sus dedos buscaron la cámara que colgaba alrededor de su cuello, pero no la encontró.

Era la primera vez en mucho tiempo que buscaba su cámara, deseosa de capturar el momento.

La magia se desvaneció. No podría ver y analizar después ese trozo de vida.

Ford le abrió la puerta y tres bolitas de pelo negras con café se abalanzaron sobre ella de inmediato, agitando las orejas al saltar.

Violet se tiró al suelo y dejó que se subieran a su regazo. Uno de los cachorros aprovechó la invitación y apoyó sus patas sobre su seno derecho para alcanzarla y lamerle la barbilla.

–Gracias, amiguito. ¿O eres niña? No estoy segura y no quiero avergonzarte levantándote la cola delante de todos.

Uno de los cachorros prefirió llamar su atención mordisqueando las agujetas de sus zapatos. Jaló y comenzó a tirar de su pie.

Una sombra bloqueó el sol, por lo que Violet alzo la mirada, más y más y más arriba.

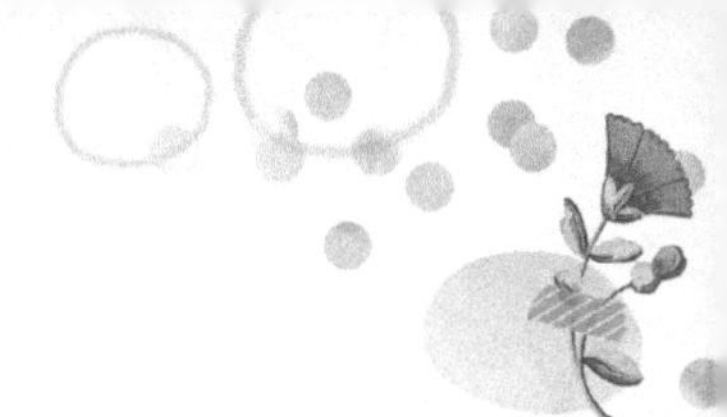

–Son adorables –le dijo a Ford.

–Son indisciplinados.

El cachorro que al parecer adoraba el sabor de su maquillaje le siguió lamiendo el rostro. Violet pasó sus manos alrededor del cuerpo peludo, justo detrás de las patas delanteras, y lo levantó en el aire.

–¿Eres indisciplinado? ¿O solo te gusta hacerle pasar malos ratos?

El cachorro ladró.

–Estoy de acuerdo –repuso Violet–. Es superdivertido. Pero entonces Ford te empieza a insultar. No me digas que también te ha llamado obsesivo y demasiado dramático.

El perrito soltó otro ladrido chillón. Violet bufó y apuntó el hocico del cachorro hacia Ford.

–Dile que lo sientes –exigió.

Ford sacudió la cabeza, pero las comisuras de su boca temblaron con una sonrisa.

–Solo para aclarar, no te dije dramática. Lo di a entender usando el sarcasmo.

–Oh, perdóname.

Una risita se escapó al tiempo que Ford se inclinaba al nivel del cachorro. Acarició su peluda cabeza y luego sus ojos, decididamente más verdes que color avellana, se dirigieron a Violet.

–Veo que te gusta la diversión y los juegos, pero la razón por la que te engatusé es para que me ayudes con la parte del trabajo.

–Hmm. No lo mencionaste mientras me atraías hacia tu camioneta sin ventanas.

Ford alzó una ceja. Esa curva infame la tenía subyugada, contemplando cómo se convertía en súbdito del tipo. Era evidente que su sentido común se había ido de vacaciones.

–Te permito sentarte en la ventanilla en mi grande y malvada camioneta, pero que esto sea una lección para ti. Esto es lo que pasa cuando te dejas mimar por los cachorros.

Violet giró al cachorro y rozó su nariz contra el húmedo hocico.

–Bueno, si este es mi destino, que así sea.

El cachorro que le desató las agujetas ahora perseguía a un saltamontes y Violet lamentó no haberlo consentido cuando tuvo la ocasión.

–¿Cómo se llaman?

–Todavía no tienen nombres –repuso Ford, aún en cuclillas. Violet se preguntó si no le dolerían los muslos. Acto seguido se dio cuenta de que estaba examinando sus musculosas piernas y era algo que no debía hacer en absoluto porque… ¡rayos!

–Eso es muy triste.

–Te propongo un trato…

Violet suspiró, hondo y fuerte.

–Oh, no, no otro trato.

–Se llama *quid pro quo*.

–Debería haber pedido el *quo*, ¿o más bien el *quid*?, antes de aceptar la misión de rescate.

El tercer cachorro se dio la vuelta, así que Violet se recostó en la hierba y lo alcanzó. Lo colocó sobre su pecho, así que tenía a los tres perritos arrastrándose sobre ella. Pyro seguía con los ojos sus movimientos y los de los cachorros. Violet dio una palmadita en un sitio a su lado.

El perro se dejó caer junto a ella para poder también recibir caricias.

–Confía en mí –continuó Ford–. Es un trato que te va a encantar.

–Creo que cada vez que alguien empieza una frase con "confía en mí", es un buen indicador de que debo correr. Hay una cosa llamada patrón masculino de falsedad y…

–Dios mío, mujer, ¿alguna vez dejas de parlotear? –preguntó al tiempo que se pellizcaba el puente de la nariz. Si no hubiera aderezado la frase con una sonrisa y un guiño, Violet se habría ido. Pero ahora quería escuchar la propuesta.

Apretando al cachorro más peludo contra su pecho, se sentó y se quitó el flequillo de la cara.

–¿Por qué no me haces esa propuesta que no podré rechazar y vemos? –hizo un gesto como si cerrara su boca con una cremallera.

–Si me apoyas con una hora de entrenamiento, dejo que me ayudes a ponerles nombre.

Lo mejor hubiera sido rechazar la oferta y volver a la pastelería, pero tal vez Larry y Cheryl seguirían allí, o cerca de allí. Sacó su teléfono y envió un mensaje a Maisy explicando por qué se había escabullido e informándole que estaba con Ford.

Le mostró la pantalla al chico.

–Ahí lo tienes. Ahora mi hermana sabe que estoy contigo, así que será mejor que te comportes.

Por supuesto, completó el mensaje con una rápida *selfie* con los cachorros y añadió "porque hay perritos". Además, también podría enviarla al chat de La Tripulación de las Damas de Honor.

–Muy bien, señor Bombero. Tenemos un trato.

Ford le tendió la mano y cuando ella colocó su palma en la suya, sintió un hormigueo en la piel.

–Trato hecho. Pero ¿quieres conocer la letra chiquita? No tengo intención de comportarme.

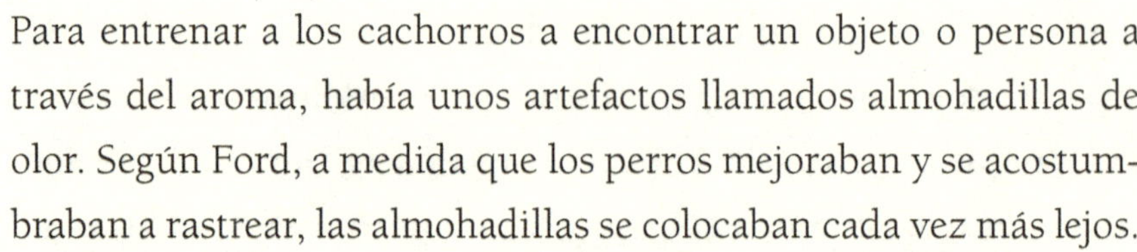

* * *

Para entrenar a los cachorros a encontrar un objeto o persona a través del aroma, había unos artefactos llamados almohadillas de olor. Según Ford, a medida que los perros mejoraban y se acostumbraban a rastrear, las almohadillas se colocaban cada vez más lejos.

Después de que Ford le diera un resumen de cómo funcionaban, dejaron en casa a un triste Pyro, porque no debía de participar en esta misión. A los cachorros les pusieron los arneses con sus largas correas y se dirigieron a la parte de atrás de la casa de Ford, enclavada en una zona boscosa y con un camino que conducía al lago.

–No quiero confundir a los cachorros con demasiados olores, así que deberíamos separarnos –Ford estudió a los tres peludos–. Pero ahora me pregunto cuál de los tres será más fácil que manejes.

Violet levantó al cachorro macho que había jugado con las agujetas de sus zapatos, y su corazón casi implosionó cuando el animal ladeó la cabecita y la miró.

–Quiero a este.

–Oh, no creo que puedas manejarlo. Tiene TDAH.

–¡Ay! Igual que yo –mucha gente bromeaba sobre el TDAH y nunca le había importado. Bueno, hasta que Benjamin puso los ojos en blanco y le preguntó si había tomado sus medicinas. Pero, a la vez, avisarles a las demás personas le ayudaba a sentirse mejor consigo misma porque no se sentía grosera si perdía el hilo de la conversación–. Es una combinación perfecta… *oh, ¡mira una ardilla!*

A Ford se le escapó una carcajada que sorprendió a los dos cachorros a sus pies. La miraron a ella y luego a él, alzando sus peludas cejas color café.

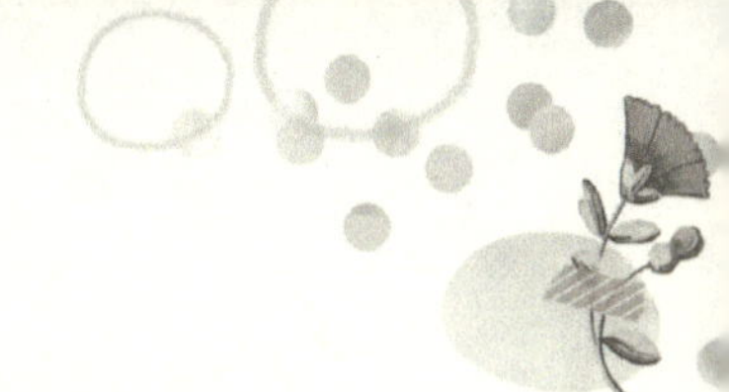

–Dudo que dos distraídos sean una buena combinación.

–Oye, solo porque alguien se distraiga con facilidad no significa que no pueda hacer las cosas. –Violet apretó más al perrito y sintió que se derretía de amor–. Se lo vamos a demostrar, ¿verdad? –añadió con una entonación como la que se usa para hablar con los bebés.

Las cuatro patas del perrito se agitaron en el aire, como si estuviera dispuesto a demostrar que Ford se equivocaba.

–Ya quedó. Distracto está conmigo –lo bajó al suelo, acarició el suave pelo del perrito y tomó una almohadilla de aromas. Se dirigieron en dirección opuesta a Ford y al resto del equipo.

Apenas se alejaron lo suficiente como para que no pudiera ver a los demás, dejó que el pequeño olfateara la almohadilla.

La colocó a un par de metros, tal como Ford le había dicho, pero Distracto seguía… bueno, distraído. Rodeó un árbol escuálido e hizo pipí en él.

Un pájaro amarillo con negro aterrizó en el suelo y comenzó a dar saltitos, y Distracto remolcó a Violet lejos de la almohadilla.

Con el tirón le sacudió el hombro, por lo que tuvo que apresurar el ritmo para seguirle el paso.

–Amigo, vamos por el camino equivocado. Tenemos que volver.

El cachorro lo entendió, porque de inmediato cambió de dirección. Durante dos largos segundos.

Entonces el viento hizo temblar un arbusto. El cachorro le ladró, el sonido que emitía era tan insignificante y agudo que Violet a su vez dejó escapar un chillido, era demasiado adorable para ponerlo en palabras.

El cachorro atacó entonces la rama que se balanceaba y… perdió el interés. Después de eso, orinó en otro tocón.

A cada segundo, Violet se impacientaba más y pateó el suelo mientras esperaba que el cachorro terminara con su asunto.

–¿Qué te da de beber Ford? No entiendo como una vejiga tan pequeña como la tuya puede contener tanto líquido.

Distracto le respondió con un *guau*.

Violet agitó la almohadilla de olor en dirección a Distracto, así que, por supuesto, el perro se dirigió en la dirección opuesta.

–No, espera. Es por aquí.

Un insecto con una asquerosa cantidad de patas llamó la atención del perro, quien lo aplastó con su pata, lo que hizo estremecer a Violet. ¿Pero quién era ella para evitar que un insecto menos se arrastrara por el mundo?

Después de eso, vio una alfombra de follaje verde con flores miniatura color púrpura y entonces fue ella la que se distrajo y se acercó a mirar más de cerca.

–No, no te las comas –dijo, deteniendo al cachorro cuando intentó masticar los pétalos. En su lugar, mordió el dedo de Violet y ella dejó que la babeara para que no se comiera las plantas.

Esas flores se verían tan lindas en un ramo de novia. Como las flores de la ilusión pero en versión púrpura.

No es que necesitara más ideas. Era igual que con lo de buscar su cámara: algo natural. Planear una boda durante diez años producía ese efecto de catalogar cada objeto que pudiera añadir otro toque de perfección.

A lo largo de los años, sus gustos habían cambiado, pero por suerte tenía tiempo más que de sobra para actualizar su carpeta de la inutilidad.

Basta con ese tema.

Violet se incorporó y miró a su alrededor mientras Distracto tiraba de la correa de un lado a otro.

–Oye, ¿dónde quedó la almohadilla?

Tuvieron que ir en zigzag antes de encontrar su objetivo. Como temía que Distracto hubiera olvidado el olor, Violet lo dejó oler de nuevo y luego le dio uno de los premios para perros de su bolsillo.

–Encontrar esta almohadilla significa más premios. ¿Lo entiendes?

La reubicó a unos metros de distancia y empezaron de nuevo.

Y por "empezar de nuevo" se refería a otra ronda de saltamontes, brizna de hierba y mosca.

Finalmente, Violet se arrodilló sobre la mullida hierba y las rodillas de sus jeans se humedecieron.

–Escúchame. Si Ford se entera de que ni siquiera logramos llegar una sola vez a la almohadilla, esto no tendrá final –le dio una palmadita en la cabeza, luchando por no dejarse conquistar por sus grandes ojos cafés–. Te gusta estar conmigo, ¿verdad?

Distracto se sentó y se rascó la barbilla con la pata trasera. Apenas Violet se hizo cargo de rascarlo, se subió a su regazo y hundió la nariz en el hueco del codo de la chica.

–Ves, esto no ayuda.

Así como tampoco ayudaba que le hablara como si fuera un bebé.

Tengo que mostrarme firme.

Con suavidad, colocó al cachorro en el suelo. Sacó uno de los premios en forma de hueso y lo agitó delante de él. Luego, Violet se alejó despacio a un metro de distancia. Le ardían los muslos por estar en cuclillas, pero Distracto se dirigía de nuevo hacia la almohadilla.

La emoción se apoderó de ella y alejó sus pensamientos de la tensión de sus piernas.

–Buen trabajo, amigo. Ahora que hemos recuperado el terreno perdido, solo tenemos que hacer un par de metros.

Otro despiste. Entonces una mariposa apestosa tuvo que aparecer, revoloteando con sus alas amarillas mientras volaba bajo.

Distracto fue tras ella, pero Violet recogió la correa y lo detuvo en seco.

–Me estás matando, pequeñín.

Los ojitos tristes del cachorro la hicieron sentir como una tarada. Violet miró a su alrededor y al no encontrar rastro de Ford, puso a Distracto un metro más allá de donde habían empezado. Partió en dos uno de los premios en forma de hueso y lo acercó a su cara.

–Te dejaré comer eso, pero tienes que prometerme que harás lo de la almohadilla. Te daré el resto cuando lo hagas. ¿Trato hecho?

Como el cachorro colocó una pata sobre su pierna, tratando de arrebatarle el premio con desesperación, Violet lo movió de arriba abajo y él imitó el movimiento con el hocico. Aunque era una forma forzada de asentir, valía para sellar el acuerdo.

–Así está bien –Violet lo acercó a un metro de la almohadilla y le dio la primera mitad del hueso.

Pero antes de que pudiera hacer que el cachorro la siguiera, porque, desde luego, no lo estaba haciendo, se escuchó un fuerte carraspeo, seguido de un profundo: "¿Qué crees que estás haciendo?" que la hizo saltar.

Se dio la vuelta para encontrarse con Ford de pie, de brazos cruzados, acompañado por los otros dos cachorros sujetos por sus correas.

–Hola –el tono de su voz era muy alto, contenía un toque de culpabilidad que delataba que la había atrapado.

Ford meneó la cabeza.

–Oye, ¿en serio?

–Oh, ¿prefieres que sea más formal? Hola, Ford como sea que te apellides. Es un gusto encontrarte en el pantanoso bosque de Alabama. Hace tanto tiempo que no tengo el placer de tener compañía en mi paseo de mediodía.

Ford apretó los labios, obligándose a no sonreír, pero unas arrugas se dibujaron en las esquinas de sus ojos.

–Violet.

Cuando se acercó, se le secó la garganta.

–¿Mmm hmm?

–Te vi haciendo trampa. No puedes darle un premio hasta que encuentre la almohadilla.

–Teníamos un trato.

–Lo sé. Y tú lo rompiste.

–Me refería a Distracto y a mí –se volvió hacia el cachorro, como si él la respaldara. Él, a su vez, le ladró a un arbusto, levantó la pata y volvió a hacer pipí–. Mira, le dije que le daría la mitad de la recompensa ahora y que tendría el resto cuando encontrara la almohadilla.

Las puntas de los zapatos de Ford chocaron contra los suyos y su pulso se aceleró tanto que la dejó mareada.

–No se le da antes. Al parecer voy a tener que confiscar los premios y los repartiré cuando yo lo considere oportuno.

Violet escondió la mano detrás de la espalda, con los dos huesos restantes apretados en un puño.

–Está haciendo lo mejor que puede.

–No. Eres una encubridora –Ford extendió su palma abierta y le hizo un gesto para que le entregara los premios.

–No, yo… está bien, tal vez un poco, pero dame otra oportunidad.

Mientras la rodeaba para tratar de arrebatarle los premios de la mano, sus pechos chocaron entre sí. Violet alejó el brazo lo más posible. La tela crujió con el roce, sintió que un remolino le recorría el estómago y contuvo un escalofrío cuando las puntas de sus dedos callosos rozaron su brazo.

Cuando empezó a abrir los dedos uno a uno dejó escapar un chillido. El cachorro a sus pies ladró y se metió entre ellos.

Entonces Distracto los sorprendió a ambos con un gruñido.

Violet estaba asombrada y Ford quedó boquiabierto.

El bombero volteó a ver al cachorro y Violet hizo una mueca de dolor, temerosa de que Distracto estuviera a punto de meterse en problemas.

En lugar de eso, un toque de orgullo y alegría se dibujaron en el rostro de Ford.

–Vaya, vaya. Debes ser más motivadora de lo que pensaba si está dispuesto a enfrentarme para defenderte.

Solo que como el cachorro seguía gruñendo, sus hermanos se sumaron a la lucha. Daban vueltas y saltaban, ladrando y, en algún momento, comenzaron a perseguirse entre ellos en lugar de defender su honor.

Al parecer ese era el inconveniente de confiar en un perro guardián que se distrae con facilidad. Ford y Violet voltearon e intentaron que los cachorros se calmaran, pero las correas comenzaron a enrollarse alrededor de sus piernas. Violet sujetó los brazos de Ford al darse cuenta de que la gravedad jugaba en su contra.

–¡Uups!

–Chicos –empezó Ford, pero el mayor de los cachorros se fue en una dirección y la hembra salió disparada en la dirección opuesta–. ¡Quietos!

–¡Sentados!

Violet se tambaleó hacia atrás, lista para caer.

Rápido como un rayo, Ford la rodeó con sus brazos y trastabilló, llevándose la peor parte de la caída. Chocaron con fuerza contra el suelo. Ford cayó sobre su trasero y Violet encima de él.

Una risita comenzó a subir por su garganta hasta que explotó en una carcajada.

–Tienes razón. Tus métodos de entrenamiento son claramente mejores que los míos.

–Es un trabajo constante. Siempre se necesita más.

–Tal vez deberías probar el método de "mitad de premio por adelantado, mitad al terminar el trabajo". Es usado por todos los gánsteres y les funciona muy bien.

–Oh, ¿y conoces a muchos?

–¿Qué? ¿No te parezco del tipo jefe de la mafia? –preguntó como si estuviera ofendida.

–No es lo que estoy diciendo, pero como que tu método no dio los resultados deseados.

–Eso es porque tú –le puso un dedo en el pecho y sin querer notó lo firme que era– no me dejaste terminar.

Distracto eligió ese momento para abalanzarse y comerse la otra mitad del premio que había caído al suelo junto con los otros dos.

Cumplida su propia misión, el cachorro se alejó para reunirse con su hermano y su hermana. Los movimientos de los perros sacudieron de un lado a otro sus pies entrelazados. Se rieron de nuevo, en especial porque seguía intentando ponerse de pie pero sus piernas se torcían en la dirección opuesta.

Ford se sentó y sus narices quedaron a pocos centímetros de distancia. Con el cambio de postura ella terminó sentada a horcajadas sobre sus caderas, y el calor que no había querido avivar se encendió. Hacía mucho tiempo que no estaba tan cerca de un hombre. Y nunca había estado tan cerca de uno tan… varonil.

Y grande.

Mierda. Si lo que sentía era lo que pensaba que estaba sintiendo, no había necesidad de sobrecompensar.

–Yo… eh… –sus palabras salieron casi sin aliento.

Ford tragó saliva. Su manzana de Adán se balanceaba arriba y abajo. Sus largos dedos rodearon sus caderas… ¿iba a besarla?

Más aún, ¿ella se iba a dejar que la besara?

–Lo siento, solo necesito… –recurrió a todo su dominio, la levantó y se la quitó de encima. Luego se acercó porque las correas todavía estaban enredadas en sus tobillos.

Por eso no soy de fiar cuando hay hombres guapos cerca de mí. Allí estaba yo sentada, con la cabeza en las nubes, acercándome para un beso, mientras que él lo único que intentaba era desenredarnos.

Con las mejillas encendidas, Violet se dedicó a la sección de la correa que rodeaba sus pantorrillas y en cuanto pudo, deslizó sus piernas para liberarlas.

Un minuto más tarde, las correas se separaron en tres y los cachorros se echaron, listos para una siesta tras la máxima emoción del día.

Violet y Ford reunieron a la tropa peluda y regresaron por el camino que habían venido. El único sonido era el de las hojas y las ramas crujiendo bajo sus pies. Cuando Distracto se rehusó a mantener el ritmo o la concentración, Violet lo levantó y lo llevó en brazos.

Ford no hizo comentarios, así que o estaba de acuerdo con eso o por ahora lo consideraba algo intrascendente. Para ser honesta, ahora ella se lo empezaba a cuestionar.

Después de su desagradable ruptura, declaró que había terminado con los hombres. Durante seis meses, no tuvo ni una sola tentación de cruzar la línea. Y de la nada, después de una hora con un sujeto que ni siquiera era su tipo, había estado a punto de lanzársele encima.

El tipo era peligroso en muchos niveles, por lo que Violet se esforzaba por mantener la calma mientras planeaba su escape. De cualquier modo, no quería que pensara que era un desastre fugitivo, así que descartó la idea de huir de la escena como una opción válida.

En cuanto regresaron a la casa de Ford, Violet colocó a Distracto en una de las camas para cachorros. El perrito hundió la nariz en la suave tela y sus hermanos se le unieron. Les mandó un beso en el aire y le dio a Pyro una última palmadita, preparando mentalmente una despedida rápida y eficiente.

–De todos modos –empezó a articular, pero Ford habló al mismo tiempo.

–Bueno, ¿qué vas a...? –se interrumpió e hizo un gesto que a todas luces decía: "continúa, por favor"–. Lo siento, no quería... Tú primero.

–Estaba a punto de decir que es hora de irme –se dirigió a la puerta–. Pero gracias por el tiempo con el cachorro y por salvarme en la pastelería. Te lo agradezco.

–¿Qué hay de la otra parte de nuestro trato? –Ford dio un paso en su dirección, y ella retrocedió un paso atrás. El espacio entre las cejas de Ford se contrajo. Cubrió la distancia que ella había creado, incitándola a repetir su movimiento anterior–. La parte en la que me ayudas a ponerle nombre a los cachorros.

–Oh. Eso. Sí –sus pies la seguían llevando hacia atrás, pero chocó su trasero contra la dorada perilla de la puerta. De forma automática frunció el ceño–. Vaya. Acabo de llegar a primera base con el pomo de tu puerta.

–Es un pomo afortunado –dijo Ford.

–Okay, sí, así que, sí. Adiós –se dio la vuelta y giró la perilla. Jaló, pero la puerta no se movió.

Su corazón se estremeció cuando una sensación de urgencia hizo cortocircuito en su sistema. Estaba sola con un tipo encantador y sus adorables perros, pero si no se apresuraba a salir de ahí, podría olvidar que había renunciado a los hombres. Se negaba a atravesar de nuevo por el sufrimiento. Dolía mucho. La había dejado destrozada.

Violet comprobó que la perilla no estaba cerrada, girándola en un sentido y luego en el otro, jalando y jalando.

–Permíteme, yo lo hago –la voz de Ford la desequilibró aún más, así que se obligó a no apartar la vista del pomo dorado. ¿Qué demonios le pasaba? Además del comentario de la puerta seductora, que parecía más burlón que real, no era como si estuviera coqueteando con ella.

Jaloneo el pomo de la puerta como si estuviera en una película de terror y el asesino fuera por ella.

–Violet –dijo Ford con voz tranquila–. Estoy tratando de ayudarte, pero estás en medio. ¿Por qué actúas como si me tuvieras miedo? ¿Hice algo que te asustó? Si es así, no fue mi intención, y lo de la perilla de la puerta fue solo un…

–No te tengo miedo. Solo necesito llegar a la pastelería, pero la puerta no me deja ir y estoy preocupada por el tiempo que he estado fuera. Eso es todo.

Su brazo serpenteó alrededor de la chica, aferró la perilla y luego empujó en vez de jalar.

Como por arte de magia o ingeniería, la puerta se abrió, permitiéndole salir. Una brisa de aire fresco se coló.

–Gracias –se despidió, bajando las escaleras del porche. Alcanzó la acera y vio su camioneta. Sus pulmones se tensaron, al igual que su piel.

Con una sonrisa avergonzada, miró por encima del hombro hacia donde Ford ocupaba todo el vano de la puerta. Él apoyó la cadera en el marco de modo casual y la estudió como si hubiera perdido la cabeza.

Tanto esfuerzo para convencerlo de que no era dramática o frívola.

–Supongo que te acabas de dar cuenta de que yo te traje aquí.

–Uh. Sí –comenzó a buscar el teléfono en su bolsillo–. Pero está bien. Voy a pedir un Uber y estaré fuera de tu vista en poco tiempo –tocó la aplicación, que tardó una eternidad y media en abrirse.

–Odio tener que decírtelo, pero estamos escasos de Uber por aquí. Y también escasos de taxis. Puedes pedir uno, pero tardará unos treinta minutos en llegar. Será más rápido que yo te lleve a la ciudad. A menos que me tengas miedo. Entonces te encontraré otra opción.

¿Por qué tenía que ser tan amable? Solo la hizo sentir más absurda. Sin embargo, era importante mantener su instinto de supervivencia. Una vez más, ahora que se había calmado, podía admitir que había exagerado.

Al menos, consigo misma.

Se balanceó sobre las plantas de los pies, con una gran urgencia de gastar toda la energía ansiosa que la recorría.

–Si no te importa llevarme de vuelta, te lo agradecería.

Y si pudiera tener en sus manos un giratiempo para disolver su pánico, lo apreciaría todavía más.

* * *

Ford no estaba seguro de qué decir o hacer, así que condujo por la calle principal en silencio, haciendo un esfuerzo por contener las ganas de mirar a Violet desde el otro lado de la cabina.

El ánimo entre ellos había cambiado de modo radical. No podía evitar repasar los últimos veinte minutos para intentar averiguar qué había motivado la transformación.

Violet se estuvo riendo cuando se enredaron, tenía los ojos bien abiertos y las mejillas sonrosadas. También cuando sus curvas se apretaron contra él, se había sentido muy bien.

Casi perdió el control cuando se sentó y sus caderas se acercaron. Un par de segundos más y ella habría sentido su excitación, así que desvió su atención para desenredar las cuerdas.

Y aun así, ella había estado bien hasta que entraron en su casa.

–Creo que Distracto le queda bien a ese cachorro. ¿Pero sería difícil ubicarlo como un perro de búsqueda y rescate con un nombre como ese?

Ford volteó la cabeza en su dirección, con un ojo todavía en la carretera.

–Mi ego quiere decir lo contrario, pero si soy honesto, en ocasiones me topo con algún perro que no está hecho para la búsqueda y el rescate. No significa que se vaya a comportar mal, pero no puedo declarar que un perro esté listo si se distrae constantemente, sin importar cómo se llame.

Violet asintió. Se mordió el labio inferior.

Había tenido ese labio a unos cuantos centímetros un poco antes, lo cual era algo en lo que no debería estar pensando. Al menos no estaba comprometida, aunque él tenía razón sobre que era muy nerviosa. Como alguien con muchos fantasmas en su pasado, empezaba a pensar que ella tenía algunos propios.

Ya fuera eso o si era tan dramática, como Cheryl Hurst la acusaba de ser, no importaba mucho. En especial si consideraba la carpeta que evidenciaba su obsesión por sentar cabeza. Conocía el modelo.

Una de las perlas de sabiduría de papá iba en la línea de "vivir con una mujer temperamental es como invitar a un mapache rabioso a tu casa y preguntarte qué día te va a morder".

Papá era experto. Con dos exesposas, una exprometida y una serie de relaciones tumultuosas y de corta duración, tenía un don para escogerlas. Igual que los hermanos de Ford, Gunner y Deacon, que tenían muchos demonios propios que añadir a la mezcla.

Y él mismo, hasta que se fue y dejó en definitiva a las chicas volátiles.

Violet movía sin cesar su rodilla arriba y abajo.

–¿Qué pasará si Distracto no califica para un equipo de búsqueda y rescate?

–Será puesto en adopción y encontrará un buen hogar. No hay que preocuparse por él.

El alivio suavizó sus rasgos por un segundo entero antes de que levantara la pierna y se volviera hacia él.

–Por cierto, ¿cuántos trabajos tienes?

–Depende del día –Ford disminuyó la velocidad por culpa de Gordon Johnson, que siempre conducía por la calle principal a dos kilómetros por hora. Si tuviera prisa, tomaría un atajo, pero casi llegaban a la pastelería y una parte de él quería alargar el viaje.

Con todos esos factores decisivos que se acumulaban, incluyendo el hecho de que no tenía interés en sentar cabeza, no podía cortejar a Violet. Lo que significaba que esta podría ser, tal vez, una de sus últimas interacciones con la intrigante, confusa y hermosa mujer.

–Bombero, entrenador de unidades caninas... –Violet agitó un dedo, como para indicar que esperaba que él llenara los espacios en blanco–. También estoy en el equipo de búsqueda y rescate de Talladega.

–Básicamente, eres un tipo duro de tiempo completo.

Gordon giró en su entrada a una velocidad de cinco kilómetros por hora y Ford se vio obligado a acelerar para no crear un atasco de tráfico.

–Eso es lo que dicen mis tarjetas de presentación.

Violet rio, más tranquila que antes en el bosque, pero su risa lo sacudió igual de fuerte. Hacía mucho tiempo que no se divertía con nadie más que con sus amigos cercanos. Pero de nuevo, no podía permitirse el tiempo, y no valía la pena el esfuerzo si querían cosas diferentes. Si lo hacía, solo terminarían heridos.

–En su mayoría se trata de una gran búsqueda de excursionistas y cazadores perdidos. En ocasiones viajamos a la costa durante la temporada de huracanes para ayudar –clavó su camioneta en diagonal frente a la pastelería, irritado por la punzada en su pecho–. Por eso espero que si estás en problemas, no dudes en llamarme. Esa tampoco es una frase para ligar. Me tomo mi trabajo muy en serio.

La idea de que Violet estuviera en problemas despertó un insólito sentimiento que no pudo nombrar. Tal vez sí tenía el complejo de héroe del que sus amigos lo acusaban. Eso era todo. Nada más.

–Estoy segura –replicó Violet.

Ford asomó la cabeza y entrecerró los ojos a través de la gran ventana de la pastelería, tratando de ver las formas en el interior.

–¿Quieres que entre y compruebe que no hay moros en la costa?

Violet sacó su teléfono.

–Ya le envié un mensaje a Maisy. Hace rato que mi padre y Cheryl se marcharon.

Ford la entendía. Él mismo esquivaba a su padre y a sus hermanos siempre que podía. Tanto en la preparatoria, cuando se escapaba a su cueva junto al lago durante días, como cuando los sacaba a rastras de cualquier agujero en el que hubieran estado bebiendo, para que pudieran seguir causando problemas y ensuciando el nombre McGuire por los suelos.

Con las yemas de los dedos recorrió los puntos desgastados y estriados del volante.

–¿Qué haces cuando no estás pintando la pastelería de tu hermana?

El fuerte suspiro le indicó que acababa de tocar un punto doloroso. La mujer era para efectos prácticos una mina terrestre. ¿Por qué seguía recorriendo la zona, esperando a dar el paso que le volara el pie?

–Soy fotógrafa –respondió–. O lo era. Supongo que todavía lo soy. Y, con algo de suerte, lo seré de nuevo, después de que termine aquí y vuelva a casa en Florida. Digamos que es... complicado de explicar.

“Complicado” era una buena palabra para Violet. “Torbellino” era otra.

–De todos modos, gracias por el paseo –a mitad de camino hacia la entrada, volteó–. ¿Qué tal Torbellino?

Ford sintió que se congelaba. ¿La había llamado Torbellino en voz alta? ¿Cómo podía explicar que simplemente no tenía relaciones con mujeres que irrumpieran en su vida y salieran poco después, dejando tanta destrucción como un huracán?

–¿Para el cachorro? Es una alusión, pero no descarada. Me molestaría que alguien me apodara TDAH. Torbellino, por otro lado... Es una advertencia y una amenaza todo en uno.

–Me gusta.

Desafortunadamente, siempre se había esforzado por no meterse en problemas, y si eso involucraba a Violet, probablemente le gustaría más de lo debido.

Lo que significaba que iba a tener que luchar de forma activa contra la atracción que sentía por la mujer.

CAPÍTULO 6

El olor de la pintura en la pastelería la dejó mareada, así que Violet salió a tomar un poco de aire fresco, felicitándose de todo lo que había logrado durante esa semana.

Ya estaban listas las partes aburridas del trabajo de pintura: cada pared cubierta con una capa brillante color cascarón de huevo. Había sido un proceso lento, ya que Maisy no había querido cerrar la pastelería durante la remodelación. Pero, al igual que casi todas las tiendas de la ciudad, Pastelería Maisy sí cerraba los domingos. Lo que le dio tiempo para terminar la primera fase de la remodelación.

Su hermana se había ofrecido a ayudar, pero Violet insistió en que se fuera al parque con Isla como tenía previsto. Además, eso le permitía concentrarse con menos culpa, ya que Maisy charlaba mucho y Violet a menudo se perdía de lo que decía y también estropeaba secciones de la pared.

Hacer mil cosas a la vez nunca sería uno de sus talentos. Sin embargo, se las arreglaba bien. A lo largo de los años había desarrollado la habilidad de rellenar los espacios en blanco de las conversaciones que perdía gracias a su TDAH.

Y no solo todas las paredes de la pastelería tenían ya una nueva capa de pintura, sino que además había logrado evitar cualquier roce con los Hursts o con Ford durante una semana.

Sintió una punzada en el corazón y colocó una mano contra el pecho.

–Con calma. Es algo bueno, así que no hay razón para que hagas eso.

Lottie, la dueña de la tienda de manualidades al lado, que también estaba cerrada, eligió ese momento para pasar. Apretó los labios y estudió a Violet como si debiera de estar enfundada en uno de esos uniformes naranjas de la prisión. Sin duda, la mujer gustosa se ofrecería a tejerle uno.

–No estás cocinando, ¿verdad? –el brillo en el rostro de Lottie dejó en claro que sospechaba que Violet había iniciado el fuego a propósito. Le dio unas palmaditas a una bolsa llena de hilo y agujas de tejer–. Me voy a una reunión del Club de los Gatos Artesanos, pero si estás cocinando, mejor me quedo por aquí por si tengo que llamar a los bomberos.

Además de ser insultante, si Lottie llamara a los bomberos significaría romper su racha de días sin ver a Ford. Cada día le parecía más difícil creer que era para bien, lo que demostraba que sí lo era.

–No es necesario. Solo estoy pintando y ya terminé por hoy.

–Qué alivio escuchar eso.

Dicho lo cual, Lottie continuó su camino, y Violet resistió el impulso de darle un bofetón a la mujer. Para que conste, su resentimiento no era solo porque la trataba como a una pirómana. En el pasado, había sido una de las entrometidas que chismorreaba la escandalosa existencia de Violet.

Después de cerrar la pastelería se guardó el voluminoso juego de llaves en el bolsillo de sus jeans salpicados de pintura y se dirigió al centro de la ciudad para encontrarse con Maisy e Isla.

Pronto se encontró a las afueras del campo deportivo junto al parque, donde se había reunido una multitud para ver un partido de fútbol. Desaceleró el paso al ver delante de ella precisamente al tipo que apenas hacía un momento se felicitaba por haber evitado. Había una diferencia entre no ver y evitar.

No era la primera vez durante la pasada semana que Violet lo veía de lejos.

Sin embargo, sí era la primera vez que no corría en la otra dirección. Como él estaba en medio de un juego, por vez primera pudo mirarlo a gusto.

Él y el otro bombero hacían equipo. Darius bloqueaba y Ford corría por el campo con el balón.

Un tipo más pequeño... no, no era un tipo. Era Addie. La chica se aproximó con rapidez y chocó con Ford y luego saltó sobre su espalda cuando él apenas se tambaleaba. *Estoy segura de que eso es ilegal, así que deben estar jugando con sus propias reglas.*

Un sujeto de rizos color cobre le asestó su propio golpe y Ford cayó al suelo justo antes del gol.

La gente a su alrededor vitoreaba, Violet se volvió hacia la mujer que estaba a su lado.

–¿Qué juego es este?

La mujer parpadeó, como si Violet le hubiera preguntado si el sol brillaba.

–Es fútbol americano. Si vas a vivir en Alabama, será mejor que cuides tus modales por lo que respecta al juego del emparrillado.

Violet hizo un esfuerzo para mantener su sonrisa.

–Conozco el americano. Me refería a si es un juego de liga o... –no se le ocurrió ninguna otra opción, aunque estaba segura de que había muchas. Así que tal vez no sabía mucho de fútbol y, aparentemente, eso se consideraba un crimen en Alabama.

–Nah. Solo es un juego amistoso. A todos nos gusta verlo. Nos recuerda los días de gloria de nuestro equipo con todos los chicos jugando. Deberías de haberlos visto –la mujer aplaudió cuando el balón salió disparado por los aires. Toda la multitud rugió cuando Darius atrapó el ovoide y corrió para anotar.

Apostaría que su medio hermano, Mason, solía estar en el equipo. Papá se jactaba a menudo de sus partidos y durante sus visitas de verano, pasaba la mayor parte del tiempo en el campamento de fútbol americano. En la actualidad, era entrenador en la Universidad de Tennessee.

Justo cuando Violet estaba a punto de seguir de largo, la mujer preguntó:

–¿Águila guerrera o Marea carmesí?

Violet se encogió de hombros y la mujer chasqueó la lengua.

–Un consejito, cariño. La próxima vez que alguien te pregunte, responde Águila guerrera, ¿okay?

Un brazo la rodeó por los hombros y allí estaba Lexi que le sonreía a la mujer.

–Yo le terminaré de enseñar a nuestra nueva recluta de fútbol, no te preocupes –Lexi la acompañó a unos pasos y le susurró–. La gente de por aquí va más allá con su pasión por el juego. Vi la expresión de tu cara y gracias a que conozco su significado, pensé que podrías necesitar que te rescatara.

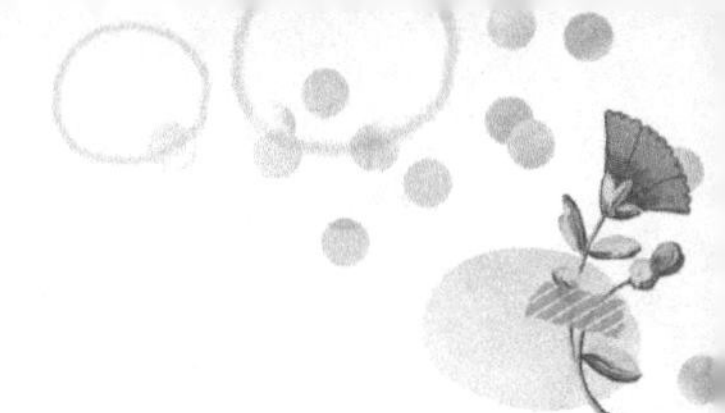

Violet se rio a carcajadas.

–Bendita seas.

–Cuando quieras. No te he visto por aquí desde que elegimos el pastel. Tú y Ford desaparecieron muy rápido.

Ahora necesitaba que alguien la salvara de este tema.

–¿Entonces ya decidieron lo del pastel?

Por fortuna, ese era el tema perfecto para desviar la atención. Lexi le contó que había encontrado unos magníficos girasoles para añadir el toque natural que encajaba a la perfección con Addie y Tucker. También había pedido unos listones rústicos en tono ocre y le preguntó si pensaba que se vería bien.

–Suena encantador –repuso Violet y lo decía en serio. Escuchó unos pasos y al girarse vio que Maisy e Isla se acercaban.

En automático, Violet se abalanzó sobre su inquieta sobrina y maniobró para sacarla de la cangurera atada al pecho de Maisy. La balanceó arriba y abajo y le dio un beso en la frente.

–¿No has tenido suficiente diversión en el parque?

–Es hora de la siesta, pero se niega a dormir. Como si no se quisiera perder la fiesta.

A la distancia, la gente vitoreaba y Violet apretó a Isla más cerca, con una mano sobre su oído para ahogar el ruido.

–Confía en mí –le dijo a la pequeña una vez que la alharaca cesó –un día no tendrás que dormir la siesta.

–Escucha a tu tía –dijo una voz profunda–. Puede que sea un poco melodramática, pero en este caso, no se equivoca.

Violet sintió que su cuerpo se encendía, una chispa efervescente que la quemaba de pies a cabeza, y no tuvo que mirar para confirmar que era Ford.

De todas formas, se dio la vuelta, en un ataque de glotonería de guapos. Su pelo era un desastre, su ropa toda manchada de verde. Como era todo un fanfarrón también llevaba una camiseta sin mangas que dejaba ver sus musculosos brazos a la perfección.

–No creo que tengas mucho derecho a hablar. La gente civilizada no se taclea tratando de conseguir un balón ovalado. De hecho, estoy segura de que eso es algo que harían tus cachorros indisciplinados.

–Eso espero –Ford saludó con un gesto a Maisy, quien alzó la mano en respuesta. Addie besó al tipo de los chinos cobrizos, mientras que uno de pelo rubio cenizo envolvió a Lexi entre sus brazos y le dio un beso digno de una película romántica.

–¡Violet, hola! –Addie se acercó y le presentó a Tucker.

Violet trató de mantener la mirada en ellos, pero la desvió hacia el tipo a su lado. Sin embargo, él no le prestaba ninguna atención. Por centésima vez, se recordó a sí misma que poner espacio entre ella y Ford era lo mejor.

Obviamente, él se dio cuenta del gesto. O la había olvidado.

Sintió una especie de pinchazo incómodo que la asustó e intentó convencerse de que no era un sentimiento herido. Se había apartado para evitar futuros dolores, así que su cuerpo debía dejarse de tonterías.

–Vamos a La Vieja Estación de Bomberos a tomar una copa o diez –dijo Addie–. ¿Quieren venir?

–Oh, creo que Isla necesita una siesta –Violet volteó a ver los ojos cerrados de su sobrina, su mejilla regordeta apoyada contra su hombro.

–Yo también necesito una siesta –interrumpió Maisy–. La llevaré a casa para que las dos podamos dormir un poco, pero Violet me estaba diciendo que no ha salido mucho y que le gustaría cambiar eso.

Violet fulminó a su hermana con la mirada.

Maisy sonrió y pareció decir "lo hago por tu propio bien" mientras tomaba a Isla de los brazos de Violet.

En un último intento, Violet rascó una gota de pintura seca en su camiseta.

–No estoy vestida para salir.

–Amiga –Addie tomó la palabra–. Míranos. Además de Lexi, ninguno de nosotros se viste para ir al bar. Confía en mí, a nadie le importa.

Con eso, se quedaba sin excusas. Además, un trago no la mataría. Entonces podría ir a casa y asesinar a su hermana. Con amor, por supuesto.

De todos modos, a juzgar por la forma en que Ford huyó a La Vieja Estación de Bomberos, sin molestarse en comprobar si ella venía, era de suponer que no le pediría que se quedara más tiempo.

* * *

–¿Qué mosca te picó? –preguntó Easton mientras Ford pedía cerveza para la mesa.

Ford cogió una pajilla roja y se la metió entre los dientes.

–No sé de qué estás hablando.

Easton apoyó un codo en la barra de madera pulida.

–Hablo de que te conozco desde siempre, así que no te molestes en mentirme. Pensé que estarías feliz de que Violet nos acompañara. Has hablado mucho de ella.

—La mencioné una vez. Y si ella no quiere que seamos ni siquiera amigos, está bien. Me da igual.

—Ay. ¿Alguien magulló su ego gigante? —Easton puntuó la pregunta dándole un puñetazo en el hombro.

—Estás a punto de tener tu gigantesca boca magullada, cara de culo.

—¿Cuál va a ser? ¿La boca o el culo? —Easton contorsionó su cuerpo, apuntándolo con el trasero al tiempo que lo miraba por encima del hombro—. Necesito saber cuál fruncir.

Ford levantó los ojos al cielo. Casi todos los del grupo eran unos habladores, pero él y Easton eran los que más mierda decían. Normalmente Ford hubiera revirado la broma, pero ver a Violet de nuevo lo había sacado de juego. No del fútbol, porque había dominado en el campo. Sino a lo largo de toda la semana y sus recorridos por la ciudad.

La había visto, sobre todo cuando al pasar por la pastelería accidentalmente se asomaba a propósito. Pensó que sería más difícil evitarla, pero era evidente que era ella quien lo estaba evitando. Era probable que incluso hubiera pedido ayuda tal como se la pidió a él para escapar de los Hursts y eso le ardía.

Tal vez sí había herido su ego.

Si eso fuera todo, podría olvidarse de la mujer con bastante facilidad. Pero cada maldita vez que llamaba a Torbellino terminaba pensando en Violet. Pensaba en el momento en que la descubrió dándole al cachorro medio premio, a pesar de que no había llegado a la almohadilla, cosa que hasta ahora él tampoco había logrado.

Pensaba en el momento en que se cayó encima de él, en su risa increíble y cómo dio lo mejor de sí. Para ser una mujer con la que solo había interactuado un par de veces, le estaba resultando difícil apartarla de su mente.

Addie asomó la cabeza entre Easton y Ford, y llamó al mesero para que por favor añadiera unas órdenes de alitas y papas fritas. Luego se dio la vuelta, con la espalda apoyada en la barra.

–¿Escuché bien? ¿Easton por fin reveló su intención de besarte el culo?

–De patearle… –corrigió Easton.

–En tus sueños –remató Ford.

Easton tomó uno de los vasos de la bandeja que habían dejado ante él y se lo bebió de un trago.

–Hirieron su ego y ahora está todo deprimido.

–¿Quién? –los ojos de Addie se abrieron de par en par–. ¿Violet? Pensé que te hacía un favor al pedirle que viniera. El otro día en la pastelería, hiciste nuestra llamada de fuga y te fuiste con ella, y hoy te estaba haciendo ojitos, así que supuse que todo iba bien.

–Me ayudó con un ejercicio de entrenamiento de cachorros. Fin de la historia.

Addie empujó la bandeja hacia Easton, golpeando el borde contra su brazo.

–Llévate eso a la mesa, ¿quieres? Ford y yo esperaremos la comida.

Easton le hizo un gesto sarcástico, pero tomó la bandeja y los dejó a solas.

Addie se puso delante de él y Ford se quejó.

–Murph, no digas lo que creo que vas a decir.

–Vaya, McGuire, está sucediendo. Desde el huracán del otoño pasado has estado mal. Demonios, has estado triste, cosa que casi nunca te pasa, y eso me preocupa. Sé que fue duro. Lo entiendo.

Además de un puñado de miembros del equipo de Búsqueda y Rescate del Bajo Alabama, Addie era la única persona que conocía toda la historia. Una noche después de un aperitivo con seis latas de cerveza que dio paso a una borrosa cantidad de whisky, Addie lo había presionado.

Salió una palabra a la vez.

Las puntas de los dedos de Addie sobre su brazo se las arreglaron para calmarlo y animarlo al mismo tiempo. Había visto muchas cosas malas pasar. Había presenciado la muerte. Deseaba haber podido llegar antes. Se sintió indefenso cuando la vida de una persona a la que había hecho todo lo posible por salvar se escurrió en un río de sangre.

¿Por qué una misión que involucraba a una alegre anciana tenía que ser la que le enredaba la cabeza?

–Le prometiste a Doris que vivirías tu vida al máximo, pero todo lo que haces es trabajar o pensar en trabajo –dijo Addie–. Y no has mirado a una mujer de la forma en que miras a Violet en mucho tiempo.

Vive la vida al máximo. Las palabras lo golpearon, un recordatorio de lo que Doris le había dicho y cómo él le había fallado en demasiados niveles.

–No puedo enredarme en una situación complicada... ni siquiera estoy seguro de cuánto tiempo se quedará en Las Dudas –solía aprovechar cualquier oportunidad para charlar con una mujer hermosa. A lo largo de los años, había tenido algunas relaciones serias, como la que tuvo con Trina. Y una mujer de Opelika, quien aseguraba que no le importaba si él necesitaba espacio ni que por ahora no le interesara formalizar.

Cuando en ocasiones, por trabajo o porque se prolongaba un viaje de campamento, él no podía llegar a sus citas, ella se enojaba. Pero la compensaba y las cosas volvían a la normalidad. Hasta que cumplieron un año y le lanzó un ultimátum sobre mudarse juntos.

Ford se negó. El fin de semana siguiente, al volver a casa, encontró una caja con sus pertenencias destruidas. Su camiseta favorita de la AU y su sudadera con capucha de camuflaje estaban destrozadas y los DVD que había llevado para varias noches de cine estaban partidos por la mitad.

Después de eso, renunció para siempre a las relaciones a largo plazo. Solo en raras ocasiones extrañaba tener a alguien especial.

–¿Ese silencio significa que te diste cuenta de que, en realidad, no estás viviendo tu vida al máximo? –quiso saber Murph.

Ford arqueó una ceja hacia ella. Ella imitó su gesto.

–Significa que necesito conseguir un nuevo grupo de amigos. Todos ustedes me conocen demasiado bien.

–¡*Bua*, *bua*, *bua*! ¿Qué tal si dejas de ser un bebé… –Addie tomó las cestas de comida que habían llegado y lo empujó en dirección a cierta morena guapa salpicada de pintura– y empiezas a vivir un poco, compañero? Y si te lo estás preguntando, no aceptaré un no por respuesta.

* * *

Violet se sorprendió cuando Ford se acercó a la mesa periquera y se sentó en el taburete al lado suyo. Otra emoción en ese viajecito en el que se había prometido mantenerse alejada de los chicos que no se quedaban con ella al final.

–Toma –dijo Ford, empujando una cesta de papas fritas en su dirección.

–Gracias –tomó un par y les dio una mordida.

Supercaliente. Respiró rápido metiendo y sacando el aire, tratando de enfriar la comida. *¿Lo ves? Las cosas demasiado calientes son una buena forma de quemarse.*

Tomó su vaso y bebió un trago de cerveza. Luego hizo una mueca.

–Déjame adivinar –dijo Ford–. ¿No eres una chica de cerveza?

–Intento serlo.

Hizo una mueca.

–¿Lo intentas?

–Me han acusado de que como no me gusta la cerveza entonces soy difícil de complacer, lo cual no es cierto.

Fue gracioso cuando Benjamin le echó un sermón de diez minutos porque al comprar una cerveza IPA no puso atención en las etiquetas, por lo que llevó la azul en lugar de la negra, y luego le dijo que era difícil de complacer por preferir vino caro.

Lexi se inclinó desde el otro lado de la mesa.

–Si preferir el vino a la cerveza me hace ser difícil de complacer, lo acepto. ¿Quieres un vino rosado? Eso es lo que siempre pido.

–No, está bien…

–Will, cariño, ¿puedes pedirle a Violet una copa de rosado?

–Claro que sí, amor –el tipo al que todos llamaban Shep, excepto Lexi, se puso de pie antes de que Violet insistiera en que estaba bien.

En cierto modo, esa había sido su perdición con Benjamin. En su intento de domar su ansiedad, por parecerle demasiado "necesitada", y en su deseo de ser la perfecta futura esposa, se había conformado con los gustos que él tenía. Dejó que la anulara con tal de no mostrar su desacuerdo.

Al principio, sin embargo, había sido muy bueno. En aquel entonces, habían hecho muchas pequeñas cosas para demostrarse mutuamente su cariño en vez de criticar los defectos del otro.

Por siempre y para siempre...

Sintió el dolor crecer en su pecho, agravando viejas heridas que se negaban a sanar por completo. En algún lugar en las profundidades de su carpeta de boda estaban los votos que había escrito. Los había terminado con la frase que le había repetido a Benjamin cada noche antes de irse a dormir.

Te quiero. Por siempre y para siempre.

"Por siempre y para siempre", repetía Benjamin cada vez.

¿Alguna vez lo habría dicho en serio?

Al verse rodeada de parejas que se miraban con adoración, Violet pensó que se había librado del nudo en la garganta.

Addie levantó la cabeza del hombro de Tucker y le dio un codazo a la rodilla de Ford. Tuvieron una especie de conversación telepática antes de que Ford se volviera hacia Violet.

–¿Cómo estuvo tu semana?

–Productiva. Terminé la capa de base en las paredes de la pastelería, así que ahora paso a la parte de los acentos divertidos y brillantes.

Ford tamborileó los dedos sobre la mesa.

–Genial.

El resto de la mesa los miraba con poco disimulo, por lo que Violet rebuscaba en su cerebro qué decir a continuación.

–Eeeeh y ¿cómo están los cachorros?

–Bien –Ford le dio un trago a su cerveza, y Violet se preguntó si estaba a punto de decir que estaba buena su bebida.

Cielos, esto era horrible. ¿Dónde había quedado la ligereza de las bromas del otro día?

Tal vez tiene que ver con la forma en la que lo trataste como si te hubiera encerrado en su casa.

Le llevaron una copa de vino rosado. Tenía que admitir que era agradable tomar algo que disfrutaba en lugar de algo que tan solo toleraba.

Como había estado trabajando en su diálogo interior y en el pensamiento positivo, se recordó a sí misma que estaba bien disfrutar de lo que le gustaba. Mientras planificaba la boda que nunca se celebró y compraba artículos para convertir su casa en un hogar, Benjamin se quedaba boquiabierto por los costos y comentaba sobre sus "gustos caros".

Era el mismo sujeto que usaba ropa de diseñador y que insistió en comprarse un BMW convertible. El que propuso que dejaran la planeación de sus nupcias para luego porque tendrían que hacer algunos gastos en el flamante auto que había empezado a tener problemas.

Después de todo, ¿cómo podría pagar una boda si no tenía un modo confiable de llegar al trabajo?

Por lo que después de encontrarlo con otra mujer, movida por la venganza y con más alcohol del que había bebido en toda su vida, Violet se tropezó con el garaje de su casa, vio el auto nuevo junto a unos brillantes palos de golf y lo golpeó con ellos.

Aún podía sentir las reverberaciones del palo de golf en sus manos mientras abanicaba y golpeaba la carrocería metálica y las ventanillas. Había sido tan satisfactorio destruir una cosa que su ex había amado más que a ella.

El arrepentimiento vino después, cuando tuvo que lidiar con la infernal resaca y cuando vio los destrozos. Su temperamento y su obsesión por el engaño habían sacado lo peor de ella.

El sentimiento escaló varios niveles cuando Benjamin llamó a la policía y fue acusada de delito en primer grado. Fue el incidente más mortificante de su vida, pero la declararon culpable y pagó su multa de mil dólares, más la suma para arreglar el coche.

El hecho de que el tipo que había prometido que sería *por siempre y para siempre* presentara cargos en lugar de darle un respiro, agotó mucho más su pasión por fotografiar parejas y familias felices.

¿Otro trago amargo...? Darse cuenta de que no debería de haber enterrado la cabeza en su carpeta de boda como un avestruz en lugar de trabajar en los asuntos cotidianos de su relación.

La aguda mirada retrospectiva no solo era 20/20, sino de visión de águila.

–... actualización para las damas de honor –dijo Lexi, y Violet regresó al momento presente, suavizó sus rasgos con la esperanza de que su rostro no delatara sus pensamientos. A pesar de que era poco probable, imaginó lo que el grupo, lo que Ford, pensaría de su lapsus.

Era probable que él la llamara inestable y durante el incidente en el auto, ya se había mostrado, en efecto, inestable.

–Saqué una cita el sábado por la tarde en la tienda de vestidos de novia en Magnolia donde compré mi vestido –continuó Lexi–. Ford y Addie, los necesito allí a las dos y media. ¿Quieren que vayamos juntos en mi auto?

Ford resopló.

–Lo que quieres decir es que te gustaría que vayamos juntos en el mismo coche para que lleguemos a tiempo.

–Bien. Fingía darte una opción, así que gracias por romper la ilusión.

–Cuando quieras –dijo Ford con una sonrisa y Lexi negó con la cabeza pero sonrió a la vez.

–Y antes de que empiecen a presumir de que es mucho más fácil ser el novio y los padrinos, también les programé una cita el martes siguiente para que los esmóquines hagan juego.

–Espera, ¿esmoquin? –preguntó Tucker–. Yo estaba pensando en zafarnos de los trajes de pingüino y llevar algo más informal a mi boda. Jeans. O tal vez overoles, como esos que le gustan tanto a Addie.

La sonrisa de Lexi se desvaneció, su expresión se volvió tan fría que Violet se estremeció.

Se echaron a reír y el silencio se rompió. Tucker le hizo un guiño.

–Solo estoy bromeando contigo, Lex. Te agradezco que hayas concertado la cita.

–Tucker Crawford, tienes suerte de que matarte arruinaría completamente la boda, lo juro.

Todos se rieron, las bromas y el buen humor eran parte de su dinámica de grupo. Incluso como una extraña, Violet sintió el afecto.

Estar en medio de este grupo tan unido también hizo que extrañara a sus propias amigas. Al menos, el chat de La Tripulación de las Damas de Honor las mantenía en contacto, pero sus diferentes actividades las tenían ocupadas y dispersas por todo el país. Leah y Amanda eran las únicas que quedaban en Florida pero, desde que se mudaron a los suburbios, era más difícil reunirse.

Sin pensarlo, buscó con sus manos la cámara alrededor del cuello para poder capturar la camaradería, solo para recordar que no estaba allí. Como era la segunda vez que experimentaba esa chispa, pensó que tal vez era hora de empezar a salir de nuevo con su Canon.

–¿Por qué no vienes con nosotros? –preguntó Lexi, colocando una mano en el hombro de Violet.

–¿Ir a dónde? –como estaba perdida pensando en la forma de encuadrar la escena para incluir la yuxtaposición del bar rústico local en el fondo, había perdido el hilo de la conversación.

–A elegir el vestido de novia. Fuiste de mucha ayuda en la degustación de pasteles y tu carpeta es muy impresionante. Me vendría bien tu ayuda para controlar estos dos.

–Pero ¿te acuerdas que soy una dama de honor en recuperación que ya no hace bodas?

–Todo lo que necesito es tu opinión –Lexi levantó las manos en posición de rezar–. Por favor.

–Nos encantaría que nos acompañes –dijo Addie, y Violet echó un vistazo a Ford. Quería medir lo que él pensaba de su participación.

Difícil de saber, ya que Ford estaba abstraído con la enorme televisión de la esquina.

–¡McGuire! –Addie le dio un manotazo en la pierna.

–¿Qué? Es el primer partido de la temporada oficial de la MLB y este tipo acaba de conseguir una jugada triple sin asistencia.

Addie abrió los ojos como platos y enseguida dirigió la mirada a la pantalla.

–¿En serio? No puedo creer que me esté perdiendo...

–¡Addison Murphy! –la voz de Lexi retumbó–. ¿Necesito dibujar unas jugadas en la pizarra? Soy el entrenador y digo que te concentres.

–Vaya, ¿le has estado dando lecciones, Shep? –quiso saber Tucker–. Ya tomó el modito de entrenadora ruda.

Lexi no solo se las ingenió para hacer una reverencia sentada, sino que además la hizo con elegancia.

Violet sofocó una risa, maravillándose de nuevo con la mezcla de personalidades.

Entonces el sentimiento de sentirse ajena se hizo más fuerte. Si pudiera esconderse detrás de la lente de su cámara, podría filtrar mejor la sensación. Sin ella, la añoranza rayó en desolación.

Era hora de despedirse con gracia.

–Parece que ustedes tienen mucho que planear, así que me voy a casa –se detuvo del borde de la mesa y empezó a recorrer hacia atrás su taburete–. Gracias por el trago y por...

–Espera –Ford cubrió su mano con la suya–. Aún es temprano –hizo una pausa como si no estuviera seguro de por qué la había detenido o qué decir a continuación–. ¿Qué tal si te alejo de la charla de la boda y te enseño la mesa de billar? Ya les he dado una paliza a todos, y estoy buscando a alguien nuevo.

Lexi lo miró de reojo, como si sospechara que intentaba salirse del plan, lo que probablemente era cierto. Violet no debería de aceptar el anzuelo que le lanzaba, pero Ford se quedó como si supiera que ella diría que sí.

Con su mirada fija en ella por primera vez en una semana, al sentir el contacto con su piel y un cálido remolino, no quiso alejarse.

No estaba segura de si podría hacerlo. ¿Sería su magnetismo igual con todo el mundo o ella era simplemente la polaridad perfecta?

De cualquier manera, decidió ceder a su atracción y tirar su propio arpón.

–¿Te importaría hacerlo interesante?

La pajilla roja en su boca se movió con su sonrisa.

–Siempre.

–Para tu información –intervino Easton, el policía de pelo oscuro–, nuestro chico es competitivo y actúa como un idiota cuando pierde –Ford le dio la vuelta, pero el policía sonrió y remató–: ¿Lo ves?

–De modo que necesita una lección de cómo perder con gracia –Violet bebió el resto del vino y puso su copa vacía en la mesa–. Estoy absolutamente a la altura de la tarea.

Cuando acabaron con las bromas, Violet lo siguió hasta la mesa de billar. Ford tomó un par de tacos y le preguntó si quería romper.

En serio, ¿qué había estado pensando cuando desafió al tipo? Estaba lejos de ser un as en el juego, pero tampoco había especificado qué significaba "hacerlo interesante". Primero, necesitaba averiguar ella misma cómo hacerlo interesante.

–Puedes romper tú –dijo con dulzura, envolviendo una mano sobre su puño cerrado–. Y luego te romperé yo a ti –y como nunca había sido capaz de hacer tronar sus nudillos, se acercó y añadió efectos de sonido– *Crac. Pop* –y para asegurarse de haber sido clara, remató haciendo un ruido quebradizo.

El hipnótico movimiento de los musculosos brazos de Ford se detuvo cuando pasó de ponerle tiza al taco de billar a fijar sus ojos verdes en ella.

–¿Acabas de añadir efectos de sonido de chasquido de nudillos? No estoy seguro de que estés consiguiendo intimidarme.

–Así es como me acerco con sigilo. Además, aunque pudiera hacer tronar mis articulaciones, odio el sonido que hacen. Me pone la piel de gallina.

Ford se acercó y, con una sonrisa que rayaba en la maldad, se tronó los nudillos sin hacer ruidos con la boca.

–Debería haberlo visto venir.

–Lección número dos: nunca dejes que tu oponente conozca tus debilidades.

Violet le arrebató el cuadrado de tiza azul.

–Espera. ¿Cuándo fue la lección número uno?

–Cuando te enseñé a no dejarte engañar por la promesa de los cachorros.

–Claro. ¿Cómo podría olvidarlo?

Ford se inclinó sobre la mesa, con un ojo entrecerrado. Parecía uno de esos rudos de película que entran en el bar del pueblo para informarse, casi siempre, sobre el paradero de algún asesino.

¿Este tipo? ¿Este es el tipo que está minando mi determinación?

Su camisa no tenía mangas. Masticaba una pajilla, de la misma manera que probablemente masticaba la que venía de los fardos de heno. Era… tan estúpidamente sexy.

–Hablando de eso –retomó la palabra, justo cuando él golpeó la bola blanca–. ¿Ya les pusiste nombre a los cachorros?

Un fuerte *crac* estalló y dos bolas rayadas cayeron en los hoyos de las esquinas.

Las disparatadas comisuras de la boca de Ford se torcieron hacia arriba.

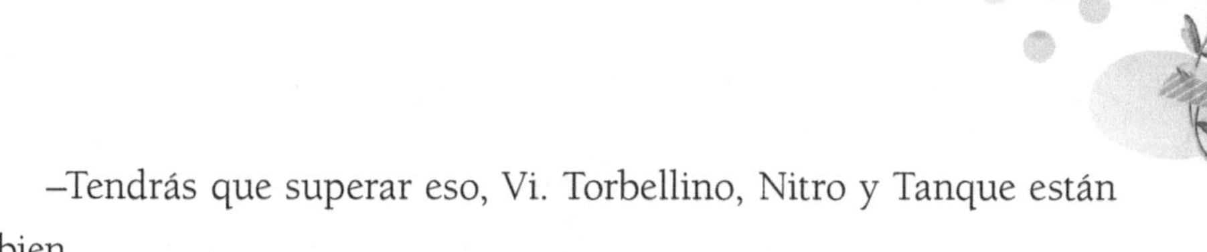

–Tendrás que superar eso, Vi. Torbellino, Nitro y Tanque están bien.

–Ay. ¿Nitro y Tanque? ¡Qué lindo!

–"Rudo", esa es la palabra que estás buscando.

–Mmm, no. Estoy bien segura de que quería decir lindo.

–Como empezaste con la T y son unos diablillos destructivos, pensé que la TNT encajaba bien. Torbellino es tal como dice su nombre, Nitro es rápida y Tanque se abre paso sin importar la cantidad de muebles pesados que pongas contra las puertas para mantenerlo fuera. Juntos, son destructivos.

Violet sacó su labio inferior.

–Tan, tan lindo –señaló uno de sus ojos–. Mira, se me está saliendo una lagrimita.

–Ahora dirás que las bombas son adorables –murmuró Ford. Sin embargo, el surco de su mejilla le hizo perder la sonrisa.

Al sentir que pasaba la mano por la parte baja de su espalda, cada nervio de su cuerpo se erizó. Ford se colocó justo a su lado para su próximo disparo y Violet sintió que su cuerpo estaba a punto de ignición espontánea.

De repente, se sintió identificada con esos cachorros. Buscar y destruir. Usar y sabotear. Vivir el momento, porque más tarde quizá ya no podrías hacer pipí en todos los árboles del bosque.

En términos más humanos: ¡*carpe diem* y que viva la vida!

Por eso, mientras Ford echaba hacia atrás el codo para preparar su tiro, Violet se puso a sus espaldas y le cubrió los ojos con las manos.

–¿Con que haciendo trampa? –su voz ruda viajó hasta sus brazos y le aceleró el corazón.

–Lo estoy haciendo interesante.

Violet dejó caer los brazos cuando Ford se giró para enfrentarla. Con ese movimiento quedó pegada contra la parte delantera de su cuerpo.

–¿Interesante, hmm...? –Ford se encaramó al borde de la mesa y maniobró el palo de billar detrás de él. Con la mirada fija en ella, hizo su disparo.

Y la estúpida pelota de rayas verdes cayó dentro de la buchaca.

Sí, ella iba a perder. Pero con él mirándola, con esa sonrisa arrogante en su rostro, se sentía como si estuviera ganando.

CAPÍTULO 7

Aunque Ford nunca antes se había contenido en un juego, pensó que sería más divertido ver como Violet intentaba darle alcance que meter la bola ocho demasiado pronto. Así que arruinó a propósito en su último intento.

Violet asomó la punta rosa de su lengua cuando se inclinó sobre la mesa. Mientras alineaba el tiro, sintió que su pulso se aceleraba cada vez más.

Un pequeño golpe y la bola blanca chocó contra la naranja. Rodó hacia la buchaca, lentamente acarició el borde... y cayó dentro.

Su forma de menear las caderas en señal de celebración parecía más una recompensa que una ridiculez. Ford se apoyó contra el muro, el ladrillo basto rozó su camisa y le raspó ligeramente la piel.

–Bien, hora de las preguntas.

Violet rodeó la mesa y calculó sus ángulos con el palo de billar.

–La metí. ¿Por qué tendrías que hacer un interrogatorio?

–Para no aburrirme mientras espero mi turno –no es que estuviera aburrido. Mirarla pensar y repensar cada tiro era increíblemente entretenido, hacía casi imposible no notar sus labios.

Eran tan suaves y carnosos que la idea de besarlos zumbaba en el fondo, como un mosquito incesante que no estaba seguro de querer ahuyentar.

Concéntrate, McGuire. Addie le preguntaría si había hecho un intento genuino con Violet. La definición clásica de una vida plena tal vez no estaría en una casa rodante, pero supuso que no le haría daño intentar tener una vida balanceada.

–La semana pasada dijiste que eras fotógrafa pero que era complicado. Explícate –Ford no quiso revelar cuán a menudo había pensado en ella y en ese comentario, pero se lo había preguntado con demasiada frecuencia como para dejarlo pasar. Violet arrugó su nariz y pasó sus dedos por el borde de fieltro de la mesa.

–Últimamente mi musa se ha hecho la difícil. Las fotos espectaculares implican algo más que solo apuntar y disparar. Solía sentir cuando una toma era perfecta. Esa intuición desapareció hace poco, junto con mi pasión. Vine a la ciudad a pasar tiempo con mi hermana y mi sobrina y a renovar la pastelería en espera de poder hacer que la cosa arranque.

–Si necesitas una sacudida, hay desfibriladores en la ambulancia del pueblo y resulta que tengo las llaves –Ford se dio una palmadita en el bolsillo.

–Oh, apuesto a que te encantaría darme una descarga.

Aunque no del modo al que ella se refería, pero no estaba tan equivocada. Con Violet cerca, se sentía tan sobrecargado como un desfibrilador y toda esa energía crepitante anhelaba una salida.

Violet se estiró sobre la mesa, dejando entrever su escote. Aunque se moría de ganas de mirar, se hizo a un lado para ser respetuoso. Un movimiento en falso y el efecto sería visible en su entrepierna.

–Maldita sea –se lamentó Violet al fallar.

Ford rodeó la mesa, planeaba darle un apretoncito en el hombro acompañado de “buen intento”. Pero justo en ese momento Violet también dio la vuelta. Él se inclinó, pero la punta del taco rozó la parte superior de su pecho y dejó tiza azul en su camisa.

–¡Uups! –Violet frotó la mancha. Cada célula de su cuerpo se encendió, su corazón comenzó a golpear en el interior de su caja torácica.

Para disfrutar por completo de su toque, Ford sujetó su palo de billar. Le gustaba que la cabeza de Violet llegara a la altura de su barbilla.

–Al menos el azul combina con las manchas verdes de la hierba. Hasta se podría decir que hice que tu camisa se viera mejor.

–¿A qué universidad dices que fuiste? ¿A la de las tonterías?

Violet rio. El sonido feliz de su risa le sacudió las entrañas.

–A la Universidad de Florida Occidental, que es donde obtuve mi licenciatura en Arte –lo miró con sus grandes ojos cafés–, pero tengo un diplomado en tonterías.

Quizás Addie tenía razón. No se había divertido en mucho tiempo.

–Eso explica por qué insistes en jugar por números, aunque tú tiras al tuntún.

–Son las reglas de la Convención de Ginebra. Aún no puedo creer que no hayas oído hablar de ellas antes.

Con un suave tirón, Ford le quitó el palo de billar de la mano, lo apoyó contra la pared y se le acercó. La aferró de las caderas y la arrastró hasta el borde de la mesa de billar.

–Si repites esto delante de mis amigos, lo negaré, pero soy un gran fan de tu modo de jugar.

El lunar en la mejilla de la chica puntuaba su sonrisa, otro rasgo que estúpidamente no había catalogado. Violet balanceaba las piernas en el aire y con sus tobillos rozaba las rodillas de Ford.

–Veremos si eso es cierto cuando te gane.

Ford se inclinó por encima de su hombro para poder alinear el tiro. Gracias a su "regla" de ir en orden, tenía que apuntar a la bola trece en lugar de a la quince que era más fácil.

Como era un bastardo engreído, se echó atrás lo suficiente para mirarla a los ojos.

Justo cuando estaba a punto de tirar, Violet deslizó la punta de su zapato por la parte interna del muslo. Sintió cómo el estómago le subía a la garganta y gracias a la involuntaria sacudida de su brazo, falló la bola blanca por completo.

Violet se echó a reír.

–¿Sigues siendo mi fan?

Su mente ideó varias formas de castigarla por hacerle perder la concentración. Pero le gustaba donde estaba ahora mismo.

Si no hubiera otras personas en La Vieja Estación de Bomberos, la taclearía. Se estrellarían contra la mesa, las bolas de billar se dispersarían en todas direcciones. Luego la besaría hasta que su aliento se convirtiera en el suyo también.

El calor reemplazó la sangre en sus venas, se extendió hasta su cerebro y prendió fuego a los pocos pensamientos lógicos que quedaban.

De seguir así, sería un chisme jugoso por la mañana. Solía ser blanco frecuente de los chismorreos del pueblo. Cuando él y Trina salían juntos, si eran cariñosos, la historia se transformaba prácticamente en un sórdido cuento sobre sexo en público.

Durante sus periodos volátiles, oyó historias de objetos lanzados y disputas domésticas que nunca habían sucedido. *Se parece demasiado a su padre,* decían. O al abuelo, dependiendo de la edad del chismoso.

Después de eso, trató de mantener su vida amorosa fuera del ojo público. Más que nada, tenía la sensación de que Violet no querría ser objeto de los chismes pueblerinos, como cuando era niña.

Ya con lo sucedido habían ido lejos así qué Ford simplemente se le acercó y con una mirada severa y burlona le advirtió:

–Te vas a hundir por eso.

–Demasiada palabrería para alguien que acaba de fallar su tiro. No puedo decir que no me advirtieron que podrías ser un mal perdedor.

–La palabra era competitivo. Y aún no has visto nada –se inclinó de tal manera que sus narices casi se rozaban, sus labios eran tan intoxicantes que todo su ser quedó enganchado a ellos. Envolvió sus manos alrededor de la parte posterior de sus rodillas y la jaló hasta que ella se tambaleó en el borde de la mesa. Solo el cuerpo de Ford impedía que se cayera.

Violet tomó una bocanada de aire, pero no se movió. Con los dedos lo sujetaba por los codos; sacó la lengua y recorrió sus labios.

Ford sintió que su autocontrol estaba a punto de claudicar ante el exquisito diluvio de deseo, al punto de que la lista de razones para contenerse se evaporó. Ciudad Chismosa, aquí voy.

–Disculpa –una voz chillona reventó su burbuja íntima y Ford maldijo la interrupción que hizo que Violet saltara hacia abajo y se alejara–. ¿No eres la hija de Larry Hurst?

En los rasgos de Violet se reflejó la aprehensión.

–Vaya, sí eres tú –soltó Nellie Mae–. Te pareces mucho a tu papá. No tanto como tus hermanos, pero sí podría distinguirte entre una multitud.

Podía y lo había hecho.

–Lo siento, qué grosera soy –la mujer hizo un gesto señalándose–. Me llamo Nellie Mae Pruitt, trabajo en el ayuntamiento con tu padre. No puedo creer que no mencionara que estabas de visita.

–Oh, no llevo mucho en la ciudad –las palabras de Violet salieron precipitadas y con un tono un poquito chirriante, tal vez por su falta de práctica en la actuación.

Nellie Mae entrecerró los ojos mirando a Ford.

Que no se malinterprete, había mucha gente increíble y de buen corazón en el pueblo. A pesar de que la mujer pertenecía al Club de los Gatos Artesanos, que eran infames por meter las narices en los asuntos de los demás, tenía buenas intenciones. En general.

La mujer también tenía la memoria de un elefante, pero él y sus amigos habían causado muchos estragos. Empapelaban las casas con papel higiénico; recorrían la ciudad en bicicleta y, con tal de ganar la carrera, irrumpían en los pacíficos paseos de la gente del pueblo; dejaban latas abiertas de sardinas en los casilleros para que un ala entera de la escuela oliera a pescado.

–Ford McGuire. La gente insiste en que has cambiado desde el colegio, pero yo no nací ayer –escudriñó la mínima distancia que lo separaba de Violet–. En mi experiencia, la gente rara vez cambia.

–Tal vez no te has dado cuenta de que ahora soy cinco centímetros más alto.

Después de soltar un indignado *ash*, Nellie Mae dirigió su siguiente comentario a Violet.

–La mayoría de la gente aquí es muy amable, pero es mejor que te fijes bien con quién pasas el tiempo. Odiarías manchar tu reputación.

»De todos modos, mañana cuando vaya a la oficina, me aseguraré de decirle a tu padre que me encontré contigo –el tono de superioridad en su voz acusaba que también mencionaría a Ford. Como si tomar un par de cervezas y jugar al billar fuera el equivalente a planear el atraco a un banco.

De ser así, casi todos los pobladores de Las Dudas eran culpables.

–Oh. Um –repuso Violet–. ¿Podrías no mencionarlo? Todavía no lo he ido a ver –Nellie Mae frunció el ceño. Violet se mordió el labio–. He estado… ocupada.

–¿Todavía no has ido a saludar a tu padre? –la mujer se alejó–. Los jóvenes de hoy en día. ¿Qué pasó con el respeto a los mayores?

Con eso, la mujer se marchó, murmurando que el mundo se estaba yendo al infierno.

Antes de que Ford intentara recuperar el buen humor, Violet dijo que se estaba haciendo tarde y que debería irse.

Se acercó a donde sus amigos seguían bromeando, se ofreció a pagar su bebida, pero en coro rechazaron la idea con un "nop", por lo que se despidió.

–Te acompaño –se acomidió Ford.

–Si me las arreglé para viajar desde Pensacola sin escolta, confío en que puedo recorrer las calles de Las Dudas.

–Me sentiría mejor asegurándome de que llegas a casa a salvo. Nunca sabes si otro miembro del Club de los Gatos Artesanos te emboscará. Tengo experiencia esquivando sus agujas de tejer.

Todos en la mesa rieron y Tucker les contó que a él también lo había interrogado la del Club de los Gatos.

–Estoy a favor de las mujeres independientes –terció Murph–, pero McGuire tiene un complejo de héroe tan grande como para llenar el Mississippi. Se quedará preocupado todo el tiempo, así que sería más fácil para todos si le permites la caballerosidad.

Y el premio al mejor compañero fue para Addie. No es que estuviera equivocada, aunque a Ford no le gustaba el término "complejo de héroe".

–Vamos entonces, señor Escolta –Violet hizo un último gesto de despedida–. Gracias de nuevo. Que tengan una buena noche.

Al salir del bar, Ford sentía deseos de colocar una mano en la parte baja de su espalda o tomarla de la mano. Pero la postura rígida de Violet sugería que el gesto podría no ser bienvenido, y él respetaba los límites de la gente. En especial los de las mujeres.

¿Debería explicar lo que Nellie Mae insinuó sobre mí?

Dudaba que sirviera de algo, no podía negar que lo que Nellie Mae había sugerido era en parte cierto. Nunca se había destacado por ser un gran novio y había muchos lugareños que pensarían mal de Violet por andar con un "McGuire problemático".

Son todos iguales, había oído que decían de su familia, a veces en susurros, otras alto y fuerte. Nunca le gustó mucho, pero tenía suficiente experiencia discutiendo con gente de mente cerrada para comprender lo inútil que era.

Aun así, un momento antes, cuando su juego se convirtió en un coqueteo, había tenido una idea de lo que una vida equilibrada podría implicar. Por lo que fue difícil encogerse de hombros y resignarse. *Bueno, supongo que perdí mi oportunidad con esta chica.*

–Ahora tendré que llamar a mi padre –repuso Violet–. Me sorprendería si no se ha enterado ya de que estoy en la ciudad, pero no ha intentado contactar conmigo, así que ¿por qué tengo que sentirme culpable?

–No tienes por qué.

–Pero igual lo haré –dejó caer los hombros y pateó una roca fuera de la acera–. ¿Sabes? fue agradable fingir por un tiempo que no existía toda esta mierda.

–Me imagino.

Una pequeña sonrisa se dibujó en sus labios.

–¿De qué cosas de mierda te desharías?

–Probablemente de los desastres naturales. Huracanes, inundaciones, incendios.

–Vaya. Qué manera de hacer que mi respuesta suene demasiado frívola.

Ford se metió las manos en los bolsillos.

–Lo siento. Después de que Nellie Mae dijera que soy una ruina, necesitaba compensar. Hablando de eso, ¿te he contado cómo salvé a todas las ballenas de Alabama?

Violet soltó una risa que aflojó el nudo que se había alojado en su pecho.

–¿Y cuándo podré ver todas estas ballenas de Alabama?

Mantener el ingenio era todo un desafío que se sentía como una corriente eléctrica que le recorría los huesos.

–Salen con el monstruo del Lago Ness en el Lago Jocassee, por supuesto. Olvidé mencionar que ambas criaturas son muy tímidas.

–Parece que tu título de licenciado en tonterías es más avanzado que el mío.

Al acercarse a la puerta de Travis y Maisy, sus pasos se hicieron más lentos. No quería que se le terminara el tiempo y no quería esperar otra semana para verla.

Ford apoyó su mano en el marco de la puerta. A la luz del brillo dorado de la farola, era más difícil pronunciar palabra.

–Lexi ya dejó en claro que eres más que bienvenida en nuestra visita a la tienda de vestidos de novia. Para ser sincero, me vendría bien tu ayuda en eso también. Aunque sé que la opinión de un hombre puede ser valiosa…

–Qué asco –interrumpió Violet, imitando el ruido de las arcadas al tiempo que hacía como si se metiera un dedo en la garganta.

Ford se rio y sujetó su muñeca en el aire. Bajó sus manos entrelazadas y frotó su pulgar contra esos nudillos que ella no podía hacer tronar sin efectos de sonido. Había sido algo condenadamente lindo.

Igual de lindo que los nombres de los cachorros.

El curso de sus pensamientos lo llevó a pensar en cuán adorable era Violet.

–Addie es una de mis mejores amigas. Tú tienes más experiencia que yo en lo de la dama de honor y sinceramente no quiero darle un mal consejo. En especial porque ella es tan despistada con los vestidos como yo.

–Mira, no creo esas tonterías que escupió la señora en La Vieja Estación de Bomberos. De hecho, creo que eres un gran tipo…

Ford soltó un gemido.

–Los grandes tipos nunca hacen historia.

–Claro que sí. Abraham Lincoln, Martin Luther King Jr., el Dalai Lama.

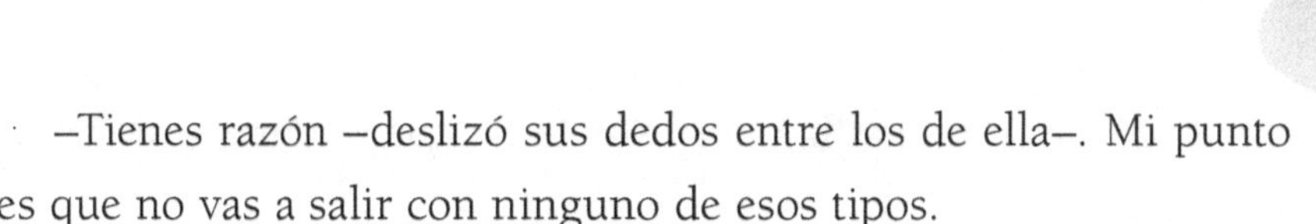

–Tienes razón –deslizó sus dedos entre los de ella–. Mi punto es que no vas a salir con ninguno de esos tipos.

–Bueno, algunos de ellos están casados o muertos. O casados y muertos, y...

–Otra vez me perdí...

–Lo siento –Violet deslizó su mano de la de él, dejándola vacía. Deseaba explicarse–. Lo que trato de decir es que he renunciado a los hombres. Es decir, a salir con chicos.

–Menos mal que no te pedí salir conmigo.

–Tampoco es que no me hubieras invitado a salir.

¡Addie y sus ideas!, incitándolo a pasar tiempo con Violet y alimentando sus esperanzas. Esta conversación no hubiera herido su orgullo si hubiera ocurrido antes del juego de billar y el casi beso.

–Muy bien, ya te escuché. Podemos ser solo amigos.

–No sé si es buena idea, Ford –dijo ella después de suspirar.

–Por fortuna para ti, yo sí lo sé y sí lo es.

Violet apretó sus labios, luchando contra esa sonrisa asesina suya. Ford le dio un toquecito en la barbilla.

El gesto la hizo sonreír y ladeó la cabeza.

–Este soy yo, pidiéndole a una amiga –se inclinó hacia ella–, es decir, me refiero a ti, por si no lo has captado, que me ayudes a elegir un vestido de novia.

–¿Cosas típicas de hombres, entonces?

Maldita sea, era divertida y eso solo aumentó su deseo de pasar más tiempo con ella.

–Ya entendiste.

El reflejo de la luz del porche bailó en sus ojos cuando alzó su rostro hacia él.

–Entonces estaré allí. Tienes suerte de que sea una fanática de los vestidos de novia.

Una punzada de pánico se abrió paso a través de su pecho: un tironcito, un pinchazo, un tironcito, un pinchazo. Normalmente, la sola mención de cualquier cosa relacionada con bodas en una primera cita lo habría hecho salir corriendo.

Pero esto no era una cita y Violet le acababa de decir que no habría ninguna.

Al caer en cuenta, la decepción lo apuñaló. Se preguntó si eso lo convertía en un caprichoso. Esta mujer le estaba dando una paliza mental y emocionalmente.

Recurrió a su sonrisa ganadora.

–Te recojo el sábado a las dos. Solo sé que si llegamos tarde, le diré a Lexi que es tu culpa.

–Apenas llevamos cinco segundos como amigos y ya me estás usando de chivo expiatorio.

–Absolutamente –dijo con una risa.

Luego se obligó a decirle adiós y a retirarse. Porque los amigos no se besaban normalmente, y si se quedaba allí mucho más tiempo podría olvidarse de ese detalle.

CAPÍTULO 8

Es solo mi papá. Tampoco es para tanto.

Habían descubierto su secreto. El lunes por la mañana temprano, su padre le había escrito:

Un pajarito me dijo que estás en Las Dudas. Deberíamos tomar un café mañana por la tarde.

Violet se preguntaba si de verdad su papá no se había enterado antes. Sí, había mantenido un perfil bajo, pero sospechaba que alguien había mencionado algo sobre la hermana de Maisy. O, al menos, que había una mujer ayudando a redecorar la pastelería.

En lugar de dejar que esa duda se colara bajo su piel, decidió felicitarse por su capacidad de no dejarse intimidar.

Gracias a que Ford la sacó de la pastelería a tiempo.

Pero fue él también quien la desafió a un juego de billar, así que ambas cosas se anulaban mutuamente.

–¿Quiere algo de beber ya, señora? –preguntó un adolescente con un delantal.

Lo que quería era que dejara de llamarla señora, pero en esta parte del sur no había forma. Bien por el respeto... lástima porque la hacía sentirse tan vieja.

–Todavía voy a esperar –al ver al chico confundido, Violet hizo un gesto hacia la silla vacía frente a ella–. ¿Te acuerdas que te dije antes que estaba esperando a alguien?

Chico. Supongo que estoy vieja.

–Oh. Cierto –se sacudió el pelo de los ojos–. Ya pasaron veinte minutos, así que...

A Violet le preocupaba que su frágil sonrisa se quebrara y revelara lo consciente que estaba de cuánto tiempo llevaba esperando. Su corazón se estremecía a cada latido, entre la duda y la justificación.

No era de extrañar que no le avisara a su papá que estaba en la ciudad. La culpa que había fingido no sentir por no haber venido desde la boda de Maisy se atenuó.

¿Por qué papá le había pedido que se reunieran en la cafetería? ¿Para dejarla plantada y recordarle cuánto se avergonzaba de ella? ¿La vergüenza por su nacimiento y también por su reaparición repentina añadía un delito más a sus antecedentes penales?

Mason se ha hecho acreedor a muchos elogios por lo lejos que puede lanzar un balón de fútbol, pero nadie menciona mi estelar swing *de golf.* Bromear sobre el fracaso de su vida le ayudaba a sobrellevarlo, pero el débil intento de hoy no era suficiente para combatir el dolor.

Le ardían los ojos, pero al presionar el borde con la punta de un dedo confirmó que sí, se estaban formando lágrimas. Violet echó su silla hacia atrás, lista para inclinar la cabeza e irse.

En ese momento, la puerta se abrió y ahí estaba su papá. Con ese traje, el pelo oscuro contrastaba con su piel marfil e iba peinado con el mismo estilo conservador de siempre, aunque tenía menos pelo y algunos mechones grises se asomaban bajo las luces.

Se acercó y se dejó caer en el asiento frente a ella. Violet esperó un "lamento llegar tarde" o alguna explicación del porqué, pero no dijo nada. En cambio, tiró de las solapas de su chaqueta y estudió el menú que con seguridad había leído cientos de veces.

–Hola, padre. Me alegro de verte –al menos conservaba intacto el sarcasmo.

Le echó una breve mirada.

–Igualmente. ¿Qué te gustaría beber?

Pasó por alto el saludo tan formal. Si tan solo lo hubiera inquietado un poco o despertado alguna emoción. *Agh*, ¿por qué no podía dejar de importarle? ¿Por qué le dolía cada vez que mostraba lo poco que le importaba?

–Lo que se me antoja en realidad es un cupcake –dijo su papá.

–Deberíamos de habernos reunido en la pastelería de Maisy.

–No, Cheryl va allí demasiado a menudo.

Auch.

Su rostro debió de haber revelado su malestar porque papá estiró su brazo y le dio una palmada en la mano.

–No quise decir eso. Ya sabes cómo se pone Cheryl cada vez que vienes.

–Supongo que eso significa que no le dijiste que nos encontraríamos esta tarde.

–Yo… –su papá se colocó las yemas de los dedos sobre la frente y exhaló–. Estoy planeando cómo hacerlo. Dios sabe que no hay secretos en este pueblo. Es probable que se entere antes de que llegue a casa esta noche.

Seguía el golpeteo. La luz de la comprensión se asomó en su rostro.

–No es que lo esté ocultando. He estado muy ocupado por el trabajo, así que simplemente no he tenido la oportunidad de mencionarlo.

Claro. Ajá. Hablarle sobre sentimientos heridos no había cambiado nada en el pasado, así que Violet ni se molestó en mencionarlo.

Después de un incómodo minuto, su padre le preguntó qué quería y se dirigió al mostrador para pedir dos cafés. Esperó sabiamente a que se los prepararan, ahorrándoles otros minutos de silencio desgarrador.

Papá regresó con dos grandes tazas en sus manos. Le puso delante un café con leche de vainilla y Violet sonrió al ver el patrón de hojas y la encantadora taza de azulejos. En otras circunstancias, habría disfrutado de la pintoresca cafetería. Lugares como este y la Pastelería Maisy estaban en la parte alta de la pequeña ciudad donde la gente vivía a un ritmo más lento y ella se aferraba a esos profesionales para poder seguir allí.

Al acomodarse en su asiento, la silla de madera crujió bajo el peso de papá.

–Escuché que estuviste en La Vieja Estación de Bomberos con Ford McGuire.

Violet sorbió su café con leche, conteniendo una maldición por la impaciencia que le había ganado quemarse la boca. Lamió la espuma de su labio superior.

–Sí, allí estuve. Con un grupo de amigos y Ford. ¿Por qué?

Papá jugueteó con su taza.

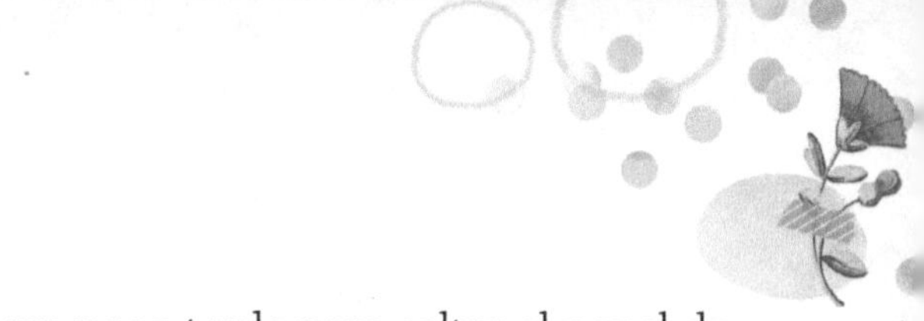

–Me doy cuenta de que es un poco tarde para saltar al papel de padre protector…

–Tienes razón. Es tarde –tal vez debió permanecer callada. Pero la había hecho esperar veintitrés minutos y encima la hacía sentir como un algo que debía ocultar. Necesitaba devolver el golpe, de lo contrario comenzaría a sentirse como un saco de boxeo desgastado y roto, por lo que a través del cuero agrietado se filtraría la vulnerabilidad.

Sin embargo, su ira no iba a ayudar a su tensa relación. *Me tomaré mi tiempo, luego volveré a casa de Maisy y le daré un abrazo para poder concentrarme en lo bueno que ha sido ser el pequeño y sucio secreto, no tan secreto, de papá.*

Con un suspiro teñido de impaciencia hacia su hija, añadió:

–Todo lo que intento decir es que tal vez quieras tener cuidado con ese chico. Los McGuire no son de buena cepa.

–¿De buena cepa? ¿No es lo que se dice del ganado y los caballos?

Otro suspiro, pero Papá deslizó su taza y continuó.

–Es curioso que menciones a los caballos. En aquellos tiempos, solían ser ladrones de caballos. Venían en medio de la noche, los robaban y los mantenían en las montañas.

–¿Acabo de entrar en una telenovela del salvaje oeste? Eso debió haber sucedido ¿qué? ¿hace cien años?

–Más bien setenta. Pero la siguiente generación hizo sus propios méritos y el abuelo de Ford frecuentaba la cárcel del condado. Su padre se graduó el mismo año que yo. Jimmy tuvo cuatro hijos con tres mujeres diferentes.

Sentía la ira que se agitaba y calentaba su sangre. No le importaba si su café con leche quemaba cada una de sus papilas gustativas.

Se bebió unos cuantos tragos, necesitaba tiempo para ordenar sus pensamientos y procesar, en lugar de reaccionar de una manera que causara daños permanentes. Después de otro trago, Violet azotó la taza sobre la mesa.

–Parece hipócrita, viniendo de un hombre que también tiene hijos con más de una mujer.

Okay, no pudo contenerse. Pero ¿en serio su papá no vio la conexión?

–Al menos aprendo de mis erro...

No terminó. No tenía que hacerlo.

Como la pata de su silla se atascó en una ranura entre las baldosas, Violet estuvo a punto de caer junto con la silla. Esa habría sido una salida más dramática de lo que pretendía.

–Este error ya se cansó de intentarlo. Adiós, papá. Creo que es mejor si mantenemos nuestra distancia mientras estoy en la ciudad.

Una expresión de abatimiento marcó los rasgos del hombre, que también se puso de pie.

–Lo entiendo. Siempre me las arreglo para decir lo que no es correcto. Y no me das espacio. De hecho, cada vez que lo intento contigo, me atacas.

Si esta era su forma de intentarlo, preferiría que lo dejara por la paz. Ambos deberían aceptar que su relación estaba condenada desde el principio. Tal vez entonces dejarían de sentirse como un fracaso. Violet sintió que se le cerraba la garganta. Casi no entraba oxígeno.

–Sé del daño que te hizo Benjamin –continuó su padre– y pensé en salvarte de otra desilusión. Puede que Ford sea un mejor hombre que su padre o su abuelo. Solo el tiempo lo dirá. Pero de no ser por una tormentosa relación intermitente en el mejor de los casos, nunca lo he visto salir con la misma mujer dos veces. No es de los que sientan cabeza, cariño. Los perros viejos no aprenden nuevos trucos.

Que alguien le diga a Alanis Morissette que puedo ayudarla a definir lo que es irónico. Y es esa declaración que sale de los labios de papá.

De sus labios solo escapó un resoplido. Su garganta se cerraba más y más. Ardía. Su lengua ya no parecía caber en su boca.

Miró su taza ahora vacía.

–¿Qué había en...? –solo un silbido– ¿... ese latte?

–Ordené lo que me dijiste. Un café con leche de vainilla.

Él también observaba la taza como si contuviera las respuestas de por qué el mundo no deja de girar, los clientes y las mesas se desdibujaban a su alrededor.

–Cheryl y yo cambiamos a leche de almendras, así que los pedí con esa leche –añadió con voz entrecortada.

Violet se llevó las manos a la garganta, desesperada por aliviar el ardor.

–Soy alérgica a las almendras.

Se dejó caer en la silla, abrió su bolso y revisó el contenido. Hacía años que no tenía un ataque, pero en algún lugar de ese desorden...

Vagamente escuchó que el alboroto alrededor se intensificaba, el volumen y la cantidad de gente que hablaba aumentaba. Pero no podía concentrarse en ello.

Aquí está.

Tras dos intentos logró quitar la tapa. Violet tomó el EpiPen con fuerza, clavó la aguja en su muslo y presionó la jeringa.

Su corazón no latía o latía demasiado rápido, su cerebro no funcionaba con suficiente claridad para discernir qué era lo que pasaba.

Tras aplicarse el medicamento, miró fijamente la jeringa en su pierna, esperando el alivio.

¿Es eso una sirena?

¿Por qué había una sirena? Debo estar volviéndome loca.

–Por aquí –gritó su padre y, guau, una tonelada de gente se había reunido a su alrededor. Qué vergüenza. La multitud se apartó y apareció un caballero alto, moreno y guapo.

¿Alucinación o realidad?

–No podías esperar hasta el sábado para verme, ¿eh? –preguntó Ford mientras se ponía en cuclillas delante de ella. Su papá le estaba dando información sobre su alergia y el café con leche de almendras. Palabras como "ayuda" y "prisa" también estaban en la conversación.

La mano de Violet se levantó, extrañamente separada de su cuerpo, se presionó contra la cara de Ford. Los bigotes le hacían cosquillas en la palma de la mano y eso, combinado con la arrogante declaración, la dejó segura de que el hombre que tenía delante era cien por ciento real.

–Estoy bien –dijo abrumada por otra ola de vergüenza.

Ford lanzó una aguda mirada a su pierna.

–Eso no es nada.

Una risa enfadada se le escapó mientras quitaba con suavidad la jeringa.

–¿Ves? Estoy bien por esa cosa –Violet estudió a Ford mientras se quitaba el estetoscopio del cuello. Se podían escribir sonetos sobre sus brazos marcados. Era indudable que tendría que haber unas cuantas líneas sobre la barba que resaltaba sus labios y esa ligera inclinación en la comisura derecha de su boca.

Y los tonos de verde de sus iris. Una imagen de la campiña irlandesa difícilmente podría contener tal variedad.

Violet arrugó la frente.

–Nunca dijiste que eras un paramédico.

–¿Cómo está tu respiración? –preguntó Ford–. ¿Logras inspirar suficiente aire?

–Claro, o no habría podido preguntarte si eres paramédico.

–Técnicamente fue más bien una declaración –después de colocar el estetoscopio en sus oídos, colocó el extremo circular en su pecho–. La mayoría de los bomberos tienen entrenamiento como paramédicos. También es una necesidad cuando se trata del trabajo de búsqueda y rescate.

–En serio no puedo mantenerme al día con todos los trabajos que haces, ¿eh?

–Por lo general no se me junta tanto el trabajo. Pero usted, señorita Superdotada, me mantiene ocupado –su mirada en la suya, fija y feroz, y su corazón definitivamente latía demasiado rápido ahora–. ¿Lista para otra inyección? –sacó un pequeño bote de su bolsa y llenó una jeringa–. Esto es clorhidrato de difenhidramina, Benadryl. Voy a poner esto en tus venas y luego te llevaremos al hospital.

–No necesito ir al hospital.

Ford le subió la manga, le pellizcó la piel del hombro y la pinchó con la aguja.

Con un ojo cerrado, Violet se concentró en su cabello oscuro en vez de en el pinchazo del dolor.

–En serio. Entre el EpiPen y el Benadryl, ya estoy bien.

Empezó a ponerse de pie, horrorizada ante la idea de que Ford condujera una ambulancia ululante por las calles, anunciando a todo el mundo que su propio padre no tenía ni idea de sus alergias ni de ella.

No es que la sirena contara todo eso, pero papá había dicho que los secretos eran inauditos en esta ciudad, así que, en esencia, era lo mismo.

–Vas a ver a un médico –dijo Ford, empujándola por los hombros hasta que su trasero golpeó la silla.

–No. No lo necesito –abrió los brazos–. Estoy totalmente bien.

–Oh, ¿en serio? ¿Estudiaste medicina?

–Ya he tenido ataques de alergia antes que requirieron del EpiPen, y eso, en la práctica, me convierte en una profesional.

–Si has estudiado medicina, levanta la mano –sus ojos verdes la desafiaron y Violet apretó la mandíbula, sin alzar el brazo.

Ford vio que en una mesa había un tipo canoso con la mano levantada.

–La taxidermia no cuenta, Bob.

–Tomé anatomía.

–Cuando uno de esos animales que disecas vuelva a la vida, hablaremos. Hasta entonces, este es mi show –la sujetó del codo y tomó su mano–. Sé buena y dócil.

–No soy ninguna de esas cosas –murmuró Violet mientras dejaba que él la remolcara a sus pies. Ni siquiera se opuso al brazo que pasó alrededor de su cintura. Pero, de alguna manera, tenía que evitar ir al médico.

–¿Quieres que vaya en la ambulancia contigo? –preguntó papá.

La preocupación genuina en su voz fue la única razón por la que se contuvo a responder: "¿No se enterará Cheryl?".

–Nada de ambulancia, así que no.

Discutir con dos hombres frustrados estaba en el último lugar de su lista de cosas-que-quiero-hacer, así que pensó que dejaría a Ford acompañarla afuera y luego alegaría sobre su caso.

El aire fresco la ayudó a respirar y su cabeza se despejó cuando pudo inhalar a pleno pulmón. Se volvió hacia Ford, el tipo que supuestamente era de "mala cepa". Lo cual no podría importarle menos. Pero ¿y si sí era un mujeriego?

Sintió una pizca de preocupación, considerando que le empezaba a gustar el tipo más de lo que debería. Pero ahora mismo, simplemente necesitaba tenerlo de su lado.

–Mira, es un poco embarazoso de admitir, pero mi seguro médico está vencido, así que no puedo pagar la sala de emergencias. Ni siquiera una visita al médico. Endeudarme no ayudará a mi salud. Sobre todo, porque estoy bien –parpadeó y agitó su melena para mayor seguridad–. ¿No puedes tan solo examinarme?

–Cariño, te he estado examinando desde el momento en que llegaste a la ciudad.

No pudo evitar ruborizarse. Pero le daba un margen de maniobra que podría usar a su favor, así que le pasó un dedo por el brazo.

–¿Qué se necesita para que esto quede entre tú y yo?

Ford bufó con fuerza. La arruga en su frente delató que el mecanismo de su cerebro se había echado a andar.

–Otra sesión de entrenamiento para cachorros –dijo por fin. Luego le dio un toquecito en la nariz–. De esa manera puedo observarte de cerca. Para que no hagas trampa y no le des a Torbellino bocadillos inmerecidos: el granuja todavía no llega a la almohadilla. Y también para que pueda vigilar tus síntomas de alergia y asegurarme de que estás tan bien como dices.

–Oh, sí que lo estoy, Ford McGuire –le mostró una sonrisa coqueta–. Tenemos un trato.

–Oh, y una condición más: tienes que traer tu cámara.

CAPÍTULO 9

Tan pronto como llegaron al lugar más bonito de todo Alabama, Torbellino saltó de la parte trasera de la camioneta. Se abalanzó sobre Violet y le dio el tipo de saludo que a Ford le hubiera gustado: un gran beso.

Aunque en definitiva él usaría menos lengua. Alguien debería enseñarle a ese cachorro el arte de la delicadeza.

Cuando Violet admitió que no tenía seguro de gastos médicos, la decisión de llevarla a Urgencias se vino abajo. Cuando era chico, él y su familia solo iban al médico si estaban al borde de la muerte.

–Si tenemos que desembolsar dinero para un médico, se quejarán de tener el estómago vacío –decía papá cuando sus hermanos o él estaban enfermos–. Será mejor que investiguemos y encontremos plantas para curar lo que los aqueja.

Después de varios remedios dudosos, estudiar sobre medicinas aprobadas había sido un alivio. Ya no masticaba corteza esperando que su dolor de cabeza desapareciera.

Aún no estaba seguro de cómo los McGuire no habían acabado con tétanos, una mandíbula trabada o invadidos de gangrena, teniendo en cuenta la cantidad de metal oxidado con el que habían jugado. Ford se volvió hacia Violet y le tendió la mano.

–Muñeca.

–Pie –dijo ella, levantando uno y tambaleándose en el otro.

Mientras iban a su casa a buscar a los perros, Violet parloteaba sin parar, haciéndole creer que la epinefrina había catapultado su TDAH al siguiente nivel. A mitad de camino de una observación sobre las lindas tiendas en la ciudad, de pronto se interrumpía con algo como: ¿sabías que las plantas de mostaza son parientes del brócoli y la coliflor?

–De todos modos, la mostaza no debería ser un color y ese edificio de ahí choca con las otras tiendas, así que lo repintaría. En realidad, el amarillo mostaza es una mentira. El amarillo viene de la cúrcuma.

Ya fuera del auto, trotaba sobre sus pies como si se preparara para un maratón.

–¿Por qué me miras así? Pensé que estábamos nombrando partes del cuerpo.

Ford tuvo que hacer de lado la diversión para pasar a modo de paramédico responsable. Se acercó y le tomó la mano.

–No, estamos tratando de tomarte el pulso. Al menos yo.

Giró su muñeca y presionó con la punta de los dedos la arteria radial. Al sentir las palpitaciones constantes bajo la superficie, su respiración se aceleró. Y era algo que había hecho numerosas veces antes.

Había contado cinco latidos cuando Violet se inclinó para recoger al cachorro que chillaba a sus pies. Torbellino se esforzaba por hacerle honor a su nombre, mientras Ford empezaba a preguntarse si Violet no debería venir también con una etiqueta de advertencia.

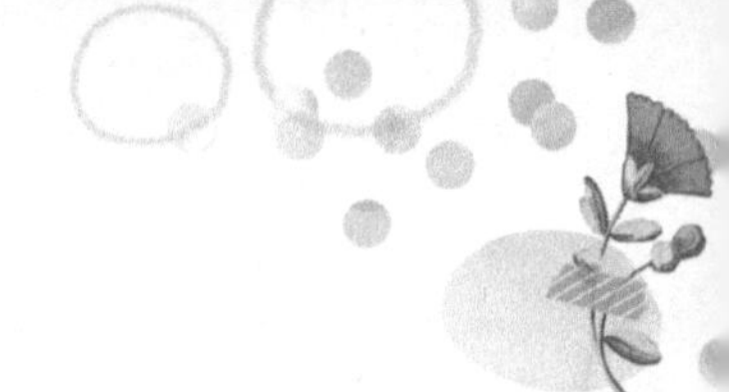

–Por lo que más quieras, mujer, quédate quieta, ¿quieres?

La chica abrió y cerró sus grandes ojos cafés, mirándolo y sin molestarse en soltar al cachorro. Todo su profesionalismo médico se esfumó. Adiós a todo el esfuerzo por ser responsable y mantener la distancia, tal como lo habían entrenado para evitar el agotamiento.

Cuando colocó la mano sobre la parte externa de su cuello, una sensación embriagadora inundó su sistema. De todos modos, era más fácil detectar allí el pulso. Sus ojos se dilataron al contar los latidos de su corazón, ahora era él quien luchaba para no distraerse.

Piel suave, labios brillantes, cabello sedoso.

También olía increíble, la nota de vainilla de su perfume lo tentaba a probarlo.

Y el ritmo… Su pulso estaba acelerado, pero eso era de esperar.

Por un segundo, pensó que respiraba con demasiada dificultad, pero el jadeo pesado provenía del cachorro en sus brazos y vaya que el aliento de Torbellino apestaba.

Sin embargo, la mano de Ford permaneció a un lado de su cuello, el ritmo constante bajo su pulgar era un consuelo que dudó en abandonar.

–¿Todavía tienes la lengua hinchada? *–¿Te gustaría que la revise?* Ford se aclaró la garganta, maldiciendo su libido y la influencia que esta mujer ejercía sobre él.

Violet sacó la lengua, moviéndola de lado a lado.

–No.

–¿Sientes ardor?

Negó con la cabeza. Luego envolvió con sus dedos la muñeca de Ford y su pulso se aceleró tanto como el de ella después de la descarga de adrenalina.

–Oye, tú, agradezco la preocupación, pero ya estoy bien.

–Si te vuelves a sentir mal, ¿me avisas? ¿Lo juras?

–Sí, señor Paramédico Paranoico. Lo haré.

Por desgracia la paranoia que lo había seguido desde su último trabajo de búsqueda y rescate no parecía que fuera a desaparecer pronto.

Está bien. He vivido una vida plena.

No está bien. Vas a seguir viviendo esa vida plena, ¿me oyes?

Un rápido ejercicio de conexión a tierra bloqueó el recuerdo antes de que pudiera afianzarse y meterse de nuevo con su cabeza.

–Pongamos manos a la obra.

Estaban del otro lado del lago Jocassee, a kilómetro y medio de la cueva que solía servir como su segundo hogar.

Aunque no planeaba mostrarle eso a Violet. Era un lugar sagrado que nunca le había mostrado a nadie.

Al notar que faltaba un elemento vital, abrió la puerta del pasajero de su camioneta e hizo un gesto hacia el elegante artilugio que estaba en el centro del asiento.

–No olvides tu cámara.

Violet reconoció la astucia. Mal por ella, pero Ford no iba a ceder. Había notado la angustia en su voz cuando ella habló de perder su pasión.

Normalmente, no se metía en los asuntos de la gente. Le costaba ver cómo se desperdiciaba el talento, sin embargo, cuando era un chico eso había ocurrido demasiado a menudo en su casa. Si Violet necesitaba un empujón, él podía dárselo.

La inspiración, por otro lado, podría ser mucho más difícil de conseguir.

* * *

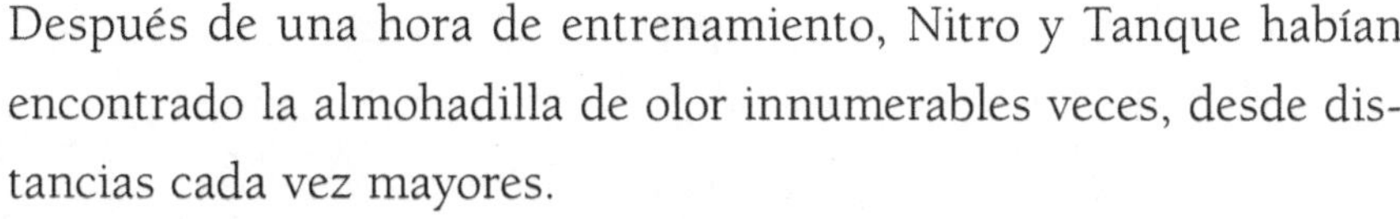

Después de una hora de entrenamiento, Nitro y Tanque habían encontrado la almohadilla de olor innumerables veces, desde distancias cada vez mayores.

Mientras que el cachorro de Violet había hecho mucho por marcar su territorio.

Por la forma en la que Ford se pasaba la mano por el pelo, podía adivinar que se estaba frustrando ante la poca concentración de Torbellino. Y eso desencadenó su ansiedad e hizo que su corazón latiera a un ritmo irregular. *Presta atención. Intenta ayudar...*

–Voy a la camioneta para dar agua a los perros. Siéntete libre de echar un vistazo –Ford le dio un golpecito a la Canon 5D Mark IV que colgaba de su cuello–. Tal vez quieras usar esta cosa.

Una vez que él y los perros desaparecieron entre los árboles, Violet se obligó a pasar sus dedos alrededor de la cámara. Temerle a un objeto inanimado no tenía sentido.

Aunque no era precisamente miedo al objeto. Tenía miedo de descubrir que había perdido su toque. Le preocupaba tomar fotos, solo para mirarlas después y preguntarse qué había pasado con la mujer cuyo trabajo había sido publicado en una revista de novias.

La tapa se salió de la lente con un ligero chasquido. Despacio, Violet levantó la cámara y miró a través del visor.

Enfocó hacia el agua y ajustó los valores hasta que todo quedó en foco. La luz del sol se reflejaba en la superficie ondulada. Los cipreses se extendían hacia el cielo, en sus gruesos troncos multicolores se veía la marca de cuánto subía y bajaba el nivel del agua.

Había algo inquietantemente bello en el entorno pantanoso.

Una grulla bajó en picada, rozando sus suaves alas sobre la superficie del lago.

Violet presionó el botón y esperó a que la imagen se mostrara en su visor. Encantador pero ordinario. Aun así, era un comienzo.

Sobre el recodo del lago había una formación rocosa cubierta de árboles. Ford la había llamado la roca de la chimenea y agregó que solían saltar desde la cima al lago.

Había pintas en las rocas apiladas, rostros y símbolos de paz de colores que escurrían. Iniciales separadas por una i griega... ¿cómo les habría ido a esas parejas? ¿Habrían logrado el "felices para siempre"?

Clic, clic, clic.

Al menos el sonido de la cámara la reconfortó e hizo que fuera más fácil sumergirse en su primera sesión de fotos en siglos.

El sonido de pasos la alertó del regreso de Ford. Pero no se acercó a ella, en su lugar aseguró las correas de los cachorros alrededor de un grueso tronco y luego él y Pyro corrieron hacia el muelle de madera. Violet zigzagueó por entre las rocas y los árboles para tener una mejor vista.

Con un poco de zoom los tuvo a ambos en la mira. Ford se puso en cuclillas, colocó las manos en la cara de su perro y la frotó con tanto gusto que las orejas de Pyro cayeron de un lado a otro.

Necesito subir un poco más...

Un árbol caído le proporcionó la percha perfecta, se sostuvo con una mano para subir hasta que logró impulsarse. Un poco más de zoom y un cambio de ángulo le dejaron capturar los momentos entre un hombre que siempre aparecía cuando ella necesitaba ayuda y su fiel compañero.

El vínculo entre ellos era evidente, así como la emoción que le había faltado en las tomas panorámicas. Se sintió llena de alegría cuando Ford lanzó un palo y Pyro corrió tras él.

Clic, clic, clic.

Los cachorros gimotearon, listos para su turno de juego.

Violet continuó acercándose.

–... demuéstrenme que me obedecerán y les quitaré las correas.

Ford se sentó en el césped y le dio a cada uno de los cachorros un masaje mientras Violet tomaba más fotos. Todo era tan adorable que no estaba segura de poder capturarlo por completo.

Pero cuando revisó las imágenes, una ola de calor la inundó. Amplió las caras de los cachorros y en sus lenguas colgantes.

Luego cedió a la tentación y amplió también el rostro de Ford. *Maldita sea, tal vez sí me gustan los tipos de piel clara y pelo oscuro.*

–¿Cómo va todo por ahí? –preguntó Ford cuando bajó la cámara.

–Sorprendentemente bien. ¿Tú?

–Todo bien –levantó una botella de agua hasta que la luz del sol la hizo brillar y luego se la lanzó.

Al atraparla, la cámara le golpeó el estómago. No se había dado cuenta de lo sedienta que estaba. Tan pronto como Ford soltó a los cachorros, Torbellino corrió hacia ella.

Violet se inclinó para saludarlo. Sintió un remolino de afecto y, al contacto de sus dedos con el pelo suave, todas sus preocupaciones y angustias se disiparon muy, muy lejos.

–Tengo una idea –dijo Ford mientras él, Tanque y Nitro se paraban delante de ella.

Violet hizo una visera con su mano al tiempo que entrecerraba los ojos para verlo bien.

–¿Qué pasa si te conviertes tú misma en una almohadilla de aroma?

Si seguía mucho más tiempo en cuclillas, sus muslos iban a ceder, así que Violet se incorporó sin hacer caso del tronido de sus articulaciones.

–No estoy segura de cómo tomar eso, señor McGuire. ¿Está diciendo que apesto?

–Yo no. Torbellino sí.

Se quedó mirando al cachorro que jugueteaba a sus pies, listo para irse a pesar de no tener idea del destino.

–¿En serio? ¿Y decidiste decírselo a Ford en vez de a mí? Pensé que nuestra relación era más sólida.

La suave risa de Ford encendió un torbellino de deseo.

–Lo que quiero decir es que vayas y te escondas, creando con tu aroma un sendero a unos diez metros de distancia. Espero que Torbellino te siga. Sería su primera y diez.

–Aww. Sería tan lindo si tuviera un balón de fútbol para perros –Violet colocó sus manos en las rodillas y se dirigió a Torbellino–. ¿Quieres un balón de fútbol? Solo ladra la palabra. O di el ladrido. No estoy segura de cómo se debe decir, pero...

–Violet, ¿puedes concentrarte un segundo para que Torbellino se concentre unos minutos?

Hizo una mueca y se incorporó de nuevo. No había sido fácil concentrarse tras la descarga de adrenalina extra y el lago. Además, sentir la cámara alrededor del cuello era un peso que le recordaba cómo ya no podía hacer su trabajo.

Ford ahuecó la mano, la posó sobre su mejilla y suavizó la voz.

–Olvidé decir por favor.

Al contacto con su piel, sintió una descarga eléctrica recorrer sus terminaciones nerviosas, por lo que tuvo que hacer un doble esfuerzo para articular una respuesta.

–Bueno, en ese caso, haré cualquier cosa por Torbellino.

–Estoy tratando de no sentirme celoso de mi perro.

Violet le mostró una sonrisa altiva para mostrarle que debería estarlo, pero que no estaba enojada. Se puso en cuclillas y dejó que Torbellino tomara una gran olfateada.

–Hola, amiguito. ¿Listo para jugar al escondite?

Torbellino ladró, girando en círculos.

Como Ford la estaba mirando, se debatió entre si besar o no la adorable cara peluda de Torbellino, pero no se contuvo lo suficiente. Terminó por levantarlo para darle un beso fuerte y contundente en la frente.

–Asegúrate de encontrarme, ¿de acuerdo?

Torbellino se quejó cuando Violet se lo entregó a Ford, como si sintiera que estaba a punto de abandonarlo. Un irracional sentimiento de culpa se apoderó de ella porque el cachorro tenía razón.

Me encontrará. Mientras se alejaba arrastrando sus pies, hizo un camino en zigzag y tocó los árboles y arbustos cercanos. Una vez que calculó que la distancia era de unos diez metros, se escondió detrás de una roca.

En poco tiempo, escuchó el crujido de palos que se rompían. Trató de ser paciente, pero una sensación de ansiedad recorrió su piel y la hizo retorcerse en su lugar, en una mezcla de esperanza, ánimo y emoción.

Se asomó por detrás de la roca. Justo a tiempo para que Torbellino saltara sobre su regazo.

Se sentía orgullosa y le apretó la cara entre sus manos.

–¡Me encontraste!

El cachorro le lamió la barbilla y ella lo recompensó poniéndolo patas arriba y rascándole la panza.

–¡Caramba! –dijo Ford.

–Creo que lo motiva más el afecto que la comida.

–Me temo que no es lo mío.

–Lo mío sí. Por eso Torbellino y yo nos entendemos tan bien –Violet extendió su mano–. Sin embargo, merece un premio y alguien no me lo ha dado.

Ford le entregó el premio a Violet, quien de inmediato se lo regaló al cachorro, colmándolo de elogios. Un bostezo la sorprendió, su adrenalina se desvaneció con rapidez y volvió a bostezar.

–Por fin, lo logramos. Quiero decir, por fin Torbellino y yo logramos cansarte –Ford le mostró una sonrisa devastadoramente sexy. Luego se inclinó, tomó su mano y la puso de pie.

Y, mientras caminaban de vuelta a la camioneta con su camada de perros, ya no la soltó.

CAPÍTULO 10

—Creo que esto puede ser una trampa –dijo Ford al tiempo que entraba con cautela en la tienda de novias.

Lexi le había enviado un mensaje de texto con instrucciones para que apagara su radio, dejara su *beeper* en casa y se tomara la tarde libre.

Violet pisó la alfombra espesa y cremosa que probablemente él ya había manchado con sus gastadas botas de punta de acero. Su abuela materna solía tener una habitación como esa. Mirar y no tocar.

Hacía mucho tiempo que no pensaba en la abuela Cunningham o en su madre. Su madre era la segunda esposa de su papá y se había ido cuando Ford tenía nueve años. La historia original era que solo había ido a visitar a la abuela por un tiempo. A Ford le alegró que no lo llevara con ella. Mientras que sus primos de la ciudad se las arreglaban para permanecer mudos e inmóviles como estatuas, Ford fracasó con cero mayúsculo.

–¿Qué? –Violet chocó su hombro con el suyo–. ¿Temes que alguna mujer salga y te exija que camines por el altar con ella?

–Ahora sí –repuso con el humor que lo caracterizaba.

Una sonrisa curvó los labios rosa melocotón de Violet. Tenían algo satinado que brillaba con la luz de los candelabros de cristal.

Ford metió sus manos en los bolsillos, temeroso de tocar algo, moverse o, incluso, respirar. Una cosa era segura, no pertenecía a aquel sitio.

Violet se alejó en dirección al sofá color ciruela colocado frente a un espejo de tres caras. Un pedestal blanco exhibía unas brillantes zapatillas de tacón. Además de los vestidores con cortinas, varios vestidos de novia colgaban de perchas a lo largo de las paredes.

–Una tienda de novias, ¿eh? Pensé que poner un plato con carne seca en el centro de una trampa sería la mejor manera de atraparte.

Reacio se acercó a ella para no sentirse perdido.

–Al parecer ya me cogiste el modo –dijo Violet mientras dejaba escapar una risita–. Y hay tantas cosas que podría hacer con esa afirmación, pero este es un lugar con clase.

La sorpresa lo sacudió, pero el comentario fue suficiente para disminuir su inquietud. Ahora quería escuchar las opciones, porque sonaba como si ella tuviera una mente sucia en esa bonita cabecita suya. Violet entrelazó su brazo y le dio una palmadita en el bíceps.

–No te preocupes. Si hay alguna loca tan despistada como para buscar novio en una tienda de novias, te protegeré.

–Ja, ja –respondió mientras una voz en su cabeza susurraba: *Sí, por favor.*

La luz del sol iluminó la alfombra cuando la puerta se abrió y entraron Lexi y Addie. Lexi se echó hacia atrás sus lentes de sol para sostener sus rizos rubios, como si fueran una diadema. Addie se encogió un poco. Luego metió las manos en los bolsillos.

–¿Puedes escuchar "Creep" de Radiohead en tu cabeza? –preguntó Ford, Murph asintió.

–Seguro estás pensando en el verso que dice "*I don't belong here*". Me pasó lo mismo cuando vine a la prueba de vestido de las damas de honor con todas las amigas de Lexi.

–Ay, qué par de tontos –dijo Lexi. Violet seguía sonriéndole.

–¿Qué? –le preguntó Ford.

–Nada, solo me acuerdo cómo te has aprovechado de mis momentos vulnerables, obligándome a hacer tratos con cachorros y demás.

–Oye... –repuso. Violet se echó a reír. Se divertía a sus costillas–. Esos tratos fueron mutuamente beneficiosos.

–Lo tomaré en cuenta –respondió mientras una expresión traviesa asomó se asomó en su rostro.

Una rubia menuda, que vestía una blusa blanca y negra con volantes y llevaba tacones altísimos, les dio la bienvenida con un refinado acento sureño.

Violet se puso rápidamente delante de él y le lanzó un brazo como si la mujer pudiera atacar.

–No te preocupes –susurró, guiñándole un ojo por encima de su hombro–. Yo te protejo. No dejaré que te haga daño.

–Qué listilla –le dio un golpecito al arete de plata de Violet y disfrutó del tintineo.

Con voz aguda, la diminuta mujer comenzó a explicar una serie de cosas. Lexi respondió en un lenguaje que incluía seda, tul y modelos de vestidos.

–¿También me puedes proteger? –le preguntó Addie a su sexy guardaespaldas.

Violet se reposicionó para cubrirlos a ambos, tomándolos por los brazos y siguiendo a Lexi mientras ella y la mujer se dirigían a las filas de vestidos. La empleada de la tienda de novias se dirigió a los tres antes de tomar la mano de Violet.

–Tú debes ser la novia.

La boca de Violet intentó un gesto y su sonrisa se volvió superficial.

–En realidad, esta es nuestra novia –señaló a Addie.

–Oh –la mujer miró sus jeans y su camiseta de las Águilas guerreras. *War Eagle*–. Ah, claro. No tan femenina, ¿correcto? –sin esperar confirmación, se puso en marcha–. Entonces, ¿qué estilos y tejidos estás pensando? ¿Tul? ¿Seda? ¿Organza?

–¿Sí?

–No te preocupes si no estás segura. En ocasiones tenemos novias como tú.

Aunque es probable que no lo hubiera querido decir de ese modo, ese "como tú" sonó un poco condescendiente. Y por la cara que puso Addie fue claro que lo había tomado como un insulto.

–¿Sabes qué vestido deberías comprarte, Murph? Ese del video "November Rain" de Guns N' Roses. Cortito en la parte de adelante –susurró Ford mientras le daba un empujó con el codo.

–Definitivamente vieron demasiadas veces ese video durante nuestra fase de rock clásico, chicos –repuso Addie poniendo los ojos en blanco.

–Estoy perdida –interrumpió Violet. Ford sacó su teléfono, encontró la imagen, y ella puso una cara agria–. Supongo que veo el atractivo para los hombres, se le ve la liga y...y...

–Exacto –completó Ford arqueando las cejas.

Addie negaba con la cabeza mientras su oscura cola de caballo se balanceaba, pero su alegre comportamiento había vuelto, así que misión cumplida.

–Esa falda corta es un infierno para mí. Y antes de que preguntes, esa no va a ser nuestra canción. El final de ese video es devastador, no es romántico.

–¿Hay algo más romántico que una relación que sobrevivió a pesar de toda la mierda que les arrojaba vida?

La ceja levantada de Lexi dejó en claro que no estaba bien usar ese tipo de palabras. Lo que le confirmó que no pertenecía a un lugar como este. Luego, su amiga comenzó a buscar en ese océano blanco y color crema. El zumbido de las perchas al deslizarse llenó el aire.

Addie levantó el vestido más cercano a ella.

–Me gusta esto. Simple pero elegante.

Violet se acercó y se estremeció, claramente no sabía disimular. Jugar póquer con ella sería muy entretenido.

–Um, eso es trampa. Esta cosa va debajo del vestido.

–Oh –dijo Addie. Su respiración era cada vez más rápida, y estaba... Oh, vaya, esas eran lágrimas. Ford nunca la había visto llorar antes, por lo que sintió como si un tornillo de banco se apretara en sus pulmones, girando cada vez más fuerte. Al menos tenía mucha experiencia en calmar ataques de pánico.

En cualquier otro momento, no se asustaría de que la reacción de una persona fuera darle un puñetazo, pero con gusto recibiría un golpe de Murph si eso la hiciera sentir mejor.

–Oye. No es la gran cosa –su amiga no se movió ni un milímetro, así que acompañó sus palabras con un masaje en la espalda–.

Esto de la boda es nuevo para mí también. Respiremos hondo. Adentro… –inhalaron juntos con profundidad–. Afuera.

Hicieron respiraciones uniformes.

–Si quieres usar un fondo, echaré de aquí a cualquiera que diga que no puedes.

Addie medio rio, medio sollozó.

–Sin importar lo que haga, la gente hablará. Creo que por eso siento la presión, lo cual es estúpido. Todo el pueblo está feliz de que me case. Siempre fui la solterona residente y todos temían que terminara sola.

–Si necesitas que me mude de forma permanente a la ciudad para ocupar ese puesto –interrumpió Violet–, puedo hacerlo. Sin dudarlo.

Lexi se acercó para que ella y Ford pudieran hacer un sándwich de Murph.

–¿Qué pasa? ¿Es la tienda? Podemos ir a otra.

–No es la tienda –Addie se puso una mano en la cara–. Esto es tan vergonzoso. Supongo que me importa más de lo que pensaba. Quiero que la boda sea perfecta para Tucker, aunque diga que será perfecta porque somos él y yo.

»Pero mi madre y mi *nonna* discuten hasta la más mínima cosa, me jalonean en direcciones opuestas y estoy abrumada, lo que no tiene sentido porque la pobre Lexi es quien está haciendo la mayor parte de la planificación.

Esto estaba fuera del alcance de Ford. Una herida en la cabeza, no hay problema. Un excursionista deshidratado, sabía lo que tenía que hacer. Una parte de él se preguntaba si una intravenosa ayudaría, aunque no llevaba una con él.

La creciente necesidad de hacer algo fue en aumento hasta que sintió que su caja torácica apenas podía contenerlo. Fue cuando Violet se dirigió a la consultora de la tienda de novias.

–¿Puedes darnos unos cuantos minutos?

–Por supuesto. Traeré el champán –con un guiño, la pequeña mujer en zancos se fue.

Ford siguió a Violet, quien llevó a Addie hacia el sofá para que se sentara entre cojines aterciopelados.

–¿Quieres que llame a Will? –preguntó Lexi–. ¿O a Tucker o a tu madre?

Los ojos de Addie se abrieron mucho. Ford estaba a punto de soltar un chiste tipo "soy todo lo que ella necesita ahora mismo", pero Violet tomó el control de la situación.

–¿Puedes ir a buscarle una botella de agua? Es probable que esté deshidratada.

Ford abrió la boca para argumentar que no mostraba signos de deshidratación, además que Addie era una férrea promotora del agua, que siempre exigía a clientes, jugadores de fútbol y a su grupo de amigos que bebieran más de lo recomendado.

Violet logró captar su atención y entonces él comprendió que sabía lo que hacía.

Un sentido de deber se asomó en el rostro de Lexi.

–Vuelvo enseguida.

Tan pronto como Lexi se fue, el ambiente se relajó. Violet se sentó junto a Addie y le dio una palmadita en la rodilla.

–Sé que todo esto es abrumador. Juegas fútbol, ¿verdad? –le preguntó y Addie asintió con la cabeza–. Bien, cuando se trata de la boda, tú eres el mariscal de campo, la que toma todas las decisiones. Mientras que Ford, Lexi y yo somos tus... –Violet lo miró para pedirle ayuda.

–Soy tu tackleador izquierdo, Lexi es tu ala cerrada y Violet...

–El entrenador. Yo también tengo un libro de jugadas –aunque se resistió por un instante, terminó por extraer la maltrecha pero brillante carpeta púrpura de la bolsa.

Esa insignificancia hizo que la presión sanguínea de Ford se elevara al techo. Sin embargo, estaba también un tanto excitado por la cercanía con Violet. Había sido inteligente al plantearlo de esa manera. Era un territorio en el que Murph se sentía cómoda.

–Recuerda que eres la novia –continuó Violet–. Eres la razón por la que estamos aquí. Eso significa que obtienes lo que quieres y si no sabes lo que es, te ayudaremos a averiguarlo. Eso es lo que hacen los buenos equipos. ¿Te importa si...? –Violet hizo un gesto hacia el anillo de diamantes que adornaba su dedo–. Anillo clásico, corte esmeralda.

–Tucker insistió en conseguir un diamante más grande –en otras circunstancias, se habría burlado del tono soñador de la voz de Addie–. Él cree que los jugadores de fútbol podrían insinuárseme, así que quiso asegurarse de que lo vean cada vez que les vende la rodilla o los tobillos o cuando les ponga ejercicios de fisioterapia.

Violet abrió la carpeta a una página marcada como vestidos de novia. Algunos tenían pegatinas de estrellas y, si Ford no temiera la respuesta, le preguntaría qué significaba. Supuso que eran sus favoritos.

–Tal vez estos vestidos te resulten más recargados que el que usarías, pero si ves algo que te guste, dime. Así reduciremos nuestras opciones. Por supuesto, puede que quieras probar otros estilos, solo para estar segura.

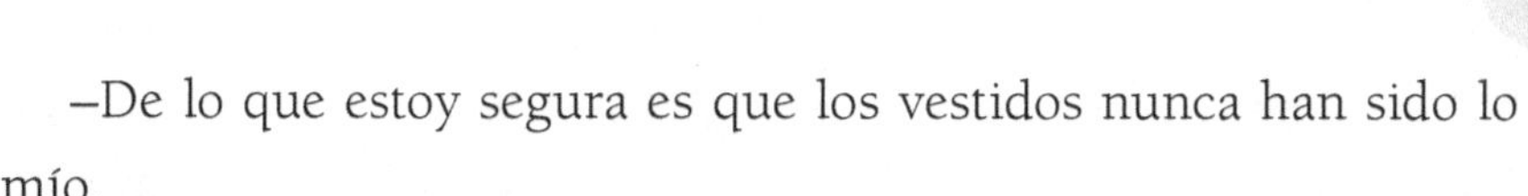

–De lo que estoy segura es que los vestidos nunca han sido lo mío.

–Puede que tengan trajes de pantalón elegantes si realmente no quieres un vestido.

–Mi madre y mi *nonna* podrían matarme dos veces si elijo algo así –Addie se dirigió a Ford, con los ojos muy abiertos para pedirle un consejo que no tenía ni idea de cómo dar.

–Es tu día, Murph –se le apagó un foco–. Y no te preocupes de que nos vayamos a burlar de ti por llevar un vestido. Nos tapaste la boca cuando fuiste dama de honor de Lexi.

–Eso escuché –dijo Lexi, acercándose con una botella.

–No era un secreto –repuso Ford–. La verdad sea dicha, es que cualquier cosa que te pongas te queda bien, ya sea que te pongas a gatas o patees traseros en el campo.

–Awww, gracias, McGuire –Addie le devolvió la sonrisa a Lexi mientras le daba una botella de agua–. Gracias a la boda de Lexi, aprendí que puedo hacer que un vestido sea genial. Quiero sentirme hermosa y me gustaría seguir con lo del vestido de novia más clásico.

Addie les lanzó una mirada de desprecio a las zapatillas de tacón en el pedestal.

–Pero esos artilugios de tortura no son para mí. Si no puedo ponerme mis zapatos cómodos –levantó el pie, mostrando sus sandalias de gel– prefiero ir descalza.

–Apuesto a que podemos encontrar una opción que haga que todos felices –dijo Violet–. Pero al final, tú decides qué pase lanzar.

El alivio y el deseo hicieron un interesante coctel que lo dejó satisfecho. No solo habían calmado a Addie, sino que Violet había usado analogías de fútbol que lograron ser útiles y supersexys. Ford estiró su brazo y rozó el hombro de Violet con la punta de sus dedos.

Y ya superado el pánico, Addie, empezó a señalar los diferentes vestidos, haciendo comentarios que Violet y Lexi entendían y que él aceptaba. ¡Sí!, trabajo en equipo.

Cuando la consultora de novias regresó, Violet habló de términos que Ford difícilmente podía seguir. Entonces junto con Lexi y la dependiente, se dirigieron a los estantes de los vestidos.

Ford resistió el impulso de poner sus pies encima el prístino pedestal. Addie se desplomó sobre los cojines y gimió.

–Me estoy convirtiendo en una chica.

–A mis ojos, siempre serás un chico –dijo, esperando que así fuera. Aunque se decía a sí mismo que no cambiaría mucho, Addie actuaba diferente desde que ella y Tucker se habían comprometido.

–Sí me importan las cosas de la boda. Pero estoy perdida por completo, aunque sí quiero sentirme por un día como una superestrella. Y al mismo tiempo estar cómoda. Y no con holanes, ¿sabes?

–Por supuesto. De hecho, eso es lo que pienso cada vez que abro mis cajones para vestirme.

Ambos echaron a reír.

–El otro día lloré por no saber qué fuente poner en las invitaciones. Entonces me dije, ¿quién soy? Así que lloré un poco más –Addie frotó una mano sobre su cara–. Es un gran día, lo entiendo. Como no suelo ser de las que se estresan mucho, no pensé que me pondría tan sensible –enderezó la columna, se sentó sobre una pierna y lo miró de frente–. El resto no puede enterarse nunca de que tuve esta crisis. Si sobrevivo, moriré de vergüenza.

–Me lo llevaré a la tumba, lo juro –alzó la mano, como solían hacer de niños–. O puedes atarme, ponerme el traje de porrista de la uni y pasearme por la calle principal –Ford puso su mano sobre la de ella–. Te mereces una boda increíble, Add –buscó las palabras adecuadas, las que la calmarían y recuperarían a la chica lógica de la que había sido amigo desde siempre–. Tú y Tucker son lo mejor. Han logrado arreglárselas a pesar de los altibajos y eso merece celebrarse.

–¿Dirías que es parte de una vida plena, entonces?

Ford la miró de reojo.

–¿En serio? ¿Quieres hablar de eso?

–Solo me preguntaba –se quitó las sandalias–. Violet es genial, ¿verdad?

Como era de esperar, esta tienda estaba llena de trampas.

–Sí.

–Después de que se fueron de la mesa la otra noche, todos estuvimos de acuerdo en… que parecía divertida y agradable, pero lo bastante resuelta como para mantenerte a raya.

–No necesito que me mantengan a raya.

–Sigues diciéndote eso a ti mismo.

Ford tragó saliva. Su garganta de pronto se sintió demasiado estrecha.

–Seguro que sabe mucho de bodas. Eso es lo que me está costando ignorar ahora mismo.

–¿Y? Estoy segura de que la mayoría de las mujeres saben lo mismo. Incluso han soñado con su propia boda y todo eso. No veas un problema donde no lo hay –Addie lo golpeó con su expresión seria–. Solo quiero que seas feliz. La otra noche cuando estaban jugando billar, e incluso hoy, te ves más feliz de lo que te he visto en mucho tiempo.

–Para el tren, tramposa. Violet y yo solo somos amigos, así que antes de que salgas con que tú y Tucker también lo eran, esto es diferente.

Addie cerró la boca, dándole la razón.

–Ella renunció a los hombres –dijo Ford simplemente, aunque sus entrañas se amotinaron ante la idea. ¿Qué demonios? ¿Era pánico de que ella quisiera estar con él o de que no quisiera?

–No le cuentes eso a *nonna* Lucia. Le preguntará si es lesbiana, como me preguntó a mí el año pasado frente a Tucker.

–Suenas como tu abuela, siempre lista para jugar a ser casamentera –Ford exhaló y se frotó los jeans con las palmas de las manos–. De todos modos, no es un buen momento para que me ponga en serio con alguien. Tengo que entrenar a los cachorros y se acerca la temporada de incendios.

En otoño, normalmente había uno o dos incendios forestales y él siempre se ofrecía a ayudar.

–Eso es una excusa y lo sabes. Ningún momento es ideal para una relación o para enamorarse y perder la cabeza un poco. ¿Crees que Doris aceptaría esa excusa?

Alrededor de su pecho, se formó una banda, tan apretada, que le dolía respirar. ¿Por qué Addie insistía en presionarlo?

–Estoy empezando a lamentar haberte contado esa historia.

–Si realmente no quieres que lo mencione nunca más, no lo haré, pero…

–Entonces no lo hagas –atajó. Su tono fue más duro de lo que quería, pero no quiso retractarse.

–Pero –insistió Addie, dejando ver su naturaleza obstinada– no te hace ningún bien sentarte en casa todas las noches, esperando una llamada de emergencia. Te volverás loco. Apuesto a que te sientes culpable cuando recibes un llamado porque significado que alguien está en problemas y de cierta forma lo has estado esperando.

¿Cuándo se convirtió su mejor amiga en una lectora de mentes? Gruñó en respuesta, sin querer admitir que tenía razón.

–Te lo digo con amor, McGuire. La vida es demasiado corta. Cuanto más tiempo tardes en empezar a vivirla, más arrepentimientos tendrás. Nunca has hecho nada a medias antes. No elijas empezar ahora con Violet.

* * *

Con los brazos cargados de vestidos, Violet se detuvo al lado de uno de los probadores, observando al tipo grande del sofá y a la novia. Ambos estaban fuera de lugar, pero le encantaba lo abiertos que estaban a toda esta aventura.

Es cierto que comprar un vestido de novia era como verter jugo de limón en una herida sin curar, pero ayudar a Addie a reducir sus opciones actuaba como un bálsamo que minimizaba el ardor.

Aunque estaba feliz de ayudar, Violet se preocupaba de que cada vez que sacaba su carpeta, se estaba arruinando sus posibilidades con Ford.

Debería proporcionar una sensación de confort y reforzar su fuerza de voluntad. Después de todo, ¿qué tipo, especialmente uno como Ford, se lanzaría de buena gana a una relación con una mujer obsesionada por casarse?

No es que estuviera obsesionada.

Al menos, ya no.

No significaba que no pudiera llorar la pérdida de su sueño. En un intento de evitar que el dolor se apoderara de ella, se enfocaría en Addie, trataría de no concentrarse demasiado en Ford y, sin importar nada, lo haría. Sin. Llorar.

–Hora de probarse los vestidos –dijo la alegre consultora de la tienda de novias con un aplauso.

Ella, Lexi y Violet colgaron los vestidos en el cambiador más cercano. Lexi se colocó junto a la cortina en caso de que Addie necesitara ayuda y, con la consultora de novias allí también, Violet decidió que tres eran multitud.

Preparada para el espectáculo, se hundió en el sofá al lado de Ford, quien apoyó su codo en el respaldo del sofá y colocó la palma de su mano sobre la nuca de Violet.

–¿Estás bien?

El roce con la punta de sus dedos callosos aplastó las emociones a flor de piel que habían surgido por el tema del matrimonio, junto con cada pensamiento en su cabeza. ¿Cómo se hacía para volver a respirar?

–Muy bien.

–Gracias por tu ayuda –él jugó con su pelo, a ella se le puso la piel de gallina–. Te dije que no estaba calificado para esto.

–La castigaste cuando estaba empezando a entrar en pánico. Y con toda sinceridad, tendría mis dudas si fueras un experto en vestidos de novia.

Apenas pronunció esas palabras, Violet quiso arrebatárselas al aire. Tal vez era su paranoia la que lo hizo traducir su estrecha sonrisa en un *a mí me preocupa lo mucho que tú sabes sobre el tema.* Sintió que se le encogía el estómago, sus cicatrices emocionales emergían una vez más.

–Voy a salir –anunció Addie–. Y si alguien se ríe, le dejaré un ojo morado.

–Nadie se va a reír –dijo Lexi, pero se mordió el dedo pulgar.

Las cortinas se abrieron con un *fuuum* y el crepitar de la tela se convirtió en la banda sonora cuando Addie salió del cambiador. Sus hombros tensos y la rigidez con la que caminaba eran el indicar perfecto de lo incómoda que se sentía.

Violet no estaba segura de si el malestar de Addie provenía de no estar acostumbrada a los vestidos, de que no le gustaba este vestido en particular o de si un alfiler perdido la estaba pinchando a través de los metros y metros de tela.

–¿Es un vestido de novia de la marcha de la vergüenza? –preguntó Ford–. Parece que le quitaste las sábanas a Tucker y les agregaste brillantina –señaló a uno de los costados donde un apliqué de flores y pedrería sostenía la falda–. Y la cosa que las viejitas usan en la iglesia.

–¡Ford! –lo regañó Lexi, lo que salvó a Violet de hacerlo. Tal vez debería orientarlo sobre el tipo de retroalimentación útil versus comentarios inútiles.

Addie hizo a un lado los tacones que estaban en el pedestal y se colocó en su lugar.

–Broche, la palabra que buscas es broche, no cosa. Y no te equivocas. Es básicamente una toga elegante.

La pobre consultante dejo escapar un suspiro, junto con el nombre del diseñador. Mientras que Violet nunca hubiera hecho la comparación de la toga, ahora no podía dejar de verla.

El siguiente vestido era un corpiño ajustado cubierto de encaje floral, sin tirantes y con una falda de gasa acampanada. Aunque a Lexi no se le hubiera iluminado el rostro, Violet habría adivinado que esa era su elección. Para la rubia, habría sido una buena alternativa, pero Violet no pensaba que ese fuera el estilo de Addie, a pesar de que no tenía un corte elegante en general.

–Es hermoso –exclamó Lexi.

Addie enganchó sus pulgares en la parte superior y la subió, pero entonces la cintura no quedó bien.

–Es demasiado elegante para mí. Todas esas flores. Además... –repitió el movimiento de levantar el talle– siento que se va a caer. Sé lo que estás pensando, Lex, y no, tu vestido de dama de honor no se me cayó y tenía un top similar. Pero este escote es más bajo y aprieta a las chicas con más fuerza que Tucker.

Las risitas llenaron la habitación, excepto por la consultora, que parecía estar experimentando un ligero shock.

–Quiero estar cómoda sentada allí frente a todo el pueblo y frente a la mayoría del equipo de entrenamiento de Auburn –Addie enroscó la punta de su cola de caballo alrededor de su dedo–. ¿Un vestido de novia así existe?

Violet estudió el vestido desde todos los ángulos.

–¿Te conformarías con uno semicómodo? Podríamos incluso encontrar uno que sea bastante cómodo, pero de todas formas vas a necesitar ayuda para ir al baño.

–Lexi, te dejaré que seas tú quien se encargue de esas tareas –se apresuró Ford y hasta la consultora sonrió ante esa broma.

El siguiente vestido le quedaba a Addie como un guante. Tampoco tenía tirantes, sin embargo, se ajustaba cómodamente en las axilas y cubría más el escote. Se clavaba en la cintura, resaltando la figura de Addie.

Ford asintió.

–¿Se olvidaron de plancharlo? ¿Por qué está tan arrugado?

–Es drapeado –Lexi esponjó la falda de seda ondulada y la dejó caer, demostrando cuánto se ensanchaba.

Addie levantó la tela para estudiarla más de cerca, revelando que aún llevaba debajo sus pants de yoga.

–Entonces, ¿es el shar-pei del mundo de la moda?

Lexi suspiró.

–¿En serio, chicos?

Ford y Addie intercambiaron una mirada.

–Siguiente –añadió Ford.

Tuvieron una conversación silenciosa y aunque sintió una pizca de celos, fue mayor la admiración que Violet experimentó por la amistad entre ambos. También apreciaba que Ford hubiera tomado el papel de "malo" solo porque Addie no quería herir los sentimientos de Lexi.

Hasta cierto punto, ella tenía ese tipo de relación con la Tripulación de las Damas de Honor, especialmente con Leah y Amanda.

Mejor aún, ella y Maisy también estaban logrando una relación así. Habían pasado varias tardes entre conversaciones y risas. Incluso más temprano, cuando Violet terminaba en la pastelería, Maisy le había preguntado:

–¿Quieres que te desee suerte con tu resistencia a Ford? ¿O quieres que te anime a que lo hagas?

Violet se había reído y elegido la primera opción. Pero con el muslo de Ford apoyado contra el suyo, su determinación se tambaleaba. Consideró seriamente rendirse ante la urgencia de apoyar su cabeza en su hombro.

En ese momento, Addie salió con un vestido de corte sirena.

Aunque estaba feliz de prestar su experiencia, Violet tenía sus límites, por lo que se había alejado de ese estilo particular. Además, de cualquier forma, Addie no había mostrado interés en él. Pero ese vestido...

Violet estuvo tentada de ponerle una mano en la boca a Ford antes de que dijera una estupidez, porque Addie se veía impresionante. Puede que la tela fuera un poco más recargada de lo que la novia habría elegido, pero el vestido resaltaba cada uno de sus activos.

Si no dejas de aguantar la respiración, te vas a desmayar.

Addie se subió al pedestal e hizo un giro, mostrando los volantes que empezaban a medio muslo y caían en cascada formando la cola del vestido.

El rostro de Lexi de nuevo se iluminó y Violet no pudo culparla por elegir ese modelo. Estaba muy cerca de los vestidos con triple estrella en su carpeta. De hecho, sospechaba que era del mismo diseñador que había seguido durante los últimos cinco años. Casi había apartado un vestido similar el año pasado, cuando aún creía en las promesas de Benjamin de que se casarían algún día.

–Rayos, Murph. ¿Quién hubiera sabido que tenías un trasero así? Desde mi perspectiva de hombre, lo apruebo. Muestra tu figura y siempre he sido admirador de un buen trasero.

Un ligero rubor coloreó las mejillas de Addie antes de que girara para mirarse al espejo.

¿Por qué sintió un piquetito cuando Ford aprobó el vestido que ella había querido para sí misma?

La tienda de novias la abrumaba y confundía sus pensamientos, además, detestaba no poder estar feliz por Addie. Y de verdad estaba feliz por ella. ¿Por qué entonces aparecían emociones complicadas como la agonía y el duelo?

Eso la hizo pensar en las otras cosas había perdido. Un futuro que implicaba votos y bebés y la certeza de que alguien la amaba por ser ella, a pesar de sus defectos.

Que alguien la elegía a ella.

En su corazón se formó una fisura que parecía confirmar que siempre le faltaba algo. Tuvo que parpadear tres veces para cumplir su decreto de no llorar.

–Creo que es hermoso –dijo Addie–. Pero me miro en el espejo y... no me veo a mí. Es como mirar a una extraña con mi cara, no estoy segura de lo que eso significa.

Lexi la rodeó, sacó su celular y le tomó fotos.

–No tienes que decidirte ahora mismo. Tenlo en cuenta mientras te pruebas el resto, tendré estas fotos para ayudarnos a comparar.

Los siguientes dos vestidos fueron un fracaso, pero luego Addie salió con un vestido que hizo exclamar a Ford.

–¡Guau, Sarah Connor! ¡Ese muestra lo marcados que están tus brazos!

–¿Pero da la impresión de que seré yo quien lleve a Tucker al altar?

Todos juraron que no. Después de debatir sobre el encaje del corpiño, lo añadió al montón de los "tal vez".

Finalmente, Addie salió con la elección número uno de Violet. Un sutil drapeado vertical formaba la parte superior, color blanco puro. El vestido se acampanaba alrededor de la parte superior del muslo y terminaba en una falda abullonada que llegaba a la altura de la pantorrilla.

Violet se retorció las manos, esperando los chistes de Ford y Addie sobre que le hacía falta una planchada y esas cosas. Sin embargo, Lexi respiró hondo y Ford solo se adelantó en su asiento.

Addie se subió al pedestal y sonrió al ver su reflejo. Luego se giró para mirarlos y bajó las manos por la falda.

–¿Y bien?

Durante las muchas veces que Violet había estado involucrada en esta parte del proceso, sucedía algo especial cuando una novia se ponía el vestido adecuado. Algo cambiaba en el aire, como si estuviera encantado, y todos permanecían en silencio sin comentar nada, aunque se esperara lo contrario.

–Voy a tener que patear mi propio trasero más tarde por decir esto, pero ese es el indicado. Te ves... –Ford arrugó la frente como buscando en su cerebro la palabra correcta–. Como tú, pero bonita.

Violet le pellizcó el brazo y lo volteó a ver abriendo mucho los ojos. Decir que ese era el vestido indicado causó revuelo, pero luego tuvo que añadir esa última parte.

–No es que no seas bonita. Solo quiero decir... Diablos, dije que ese es el indicado. ¿Qué más quieres?

Addie se rio.

–Te entiendo. Así es como me siento. Es como una versión mejorada y más elegante de mí.

–Y tengo una idea que puedes tomar o dejar... –Violet se quitó sus Vans púrpuras a rayas y los puso a los pies de Addie–. Podrías ordenar unos Converse amarillos para que hagan juego con tus colores. También sería muy lindo si tu prometido y el resto del cortejo los usaran. He hecho fotos donde la gente hace eso. Es una locura de lo lindo que se ve.

Addie se calzó los Vans y observó que eran de la misma talla. Su sonrisa se ensanchó a un nuevo nivel de alegría mientras estudiaba su reflejo. Una nube de euforia llenó la habitación y algo se encendió en el interior de Violet. Buscó por costumbre su cámara, antes de recordar una vez más que ya no la llevaba a todas partes. Lexi ya tenía su teléfono listo y tomaba fotos. Con eso bastaría. Después de que Addie volvió al vestidor para cambiarse de ropa, Ford se puso de pie.

–Señoras, si me disculpan, tengo que hacer pipí.

Violet comenzó a ordenar los vestidos que habían apartado. Se detuvo en el de estilo sirena. Sintió un nudo en el corazón al recorrer el intrincado diseño del corpiño y la ansiedad que pensaba que había dejado atrás pujó por salir.

–No puedo decirte cuánto aprecio tu ayuda –le dijo Lexi a Violet una vez que la consultora se alejó para apartar el vestido de Addie.

–¿Aunque le dije que podía usar los Converse?

–La obligué a ponerse unos tacones para mi boda y todavía me lo sigue recordando, así que eso fue una genialidad. Le queda bien. Te las arreglaste para identificar su estilo en unos cuantos minutos, lo que me hizo darme cuenta de que he estado haciendo todas las preguntas equivocadas, por lo tanto no tengo respuestas.

–He hecho esto siete veces. Soy una especie de experta.

Lexi se puso uno de los otros vestidos en el brazo.

–No nada más has sido dama de honor y tomado fotos. Al ver tu carpeta, supongo que has organizado algunas bodas.

–Organicé una –Violet intentó no involucrar sus emociones conflictivas sobre el tema y seguir adelante–. La mía. Mi ex me aseguraba continuamente que nos casaríamos algún día, pero no lo decía en serio. Al final, me tomó por la tonta que era.

La comprensión suavizó los rasgos de Lexi.

–A mí también me han visto la cara. No significa que seas tonta.

–Lo aprecio, pero en definitiva me sentí como tal cuando lo encontré con otra mujer en la boda de Maisy. Se casaron el mismo día que causé ese estúpido incendio en la pastelería.

–Lo siento mucho –dijo Lexi mientras ponía una manos sobre su hombro.

Violet separó el vestido de sirena de los otros.

–Este era el vestido que siempre tuve en mente, sin importar cuánto cambiara todo lo demás. En los últimos seis meses, he repasado nuestra relación demasiadas veces, tratando de encontrar las señales que no vi.

Aceptando su lado fanático y creador de carpetas, Violet dejó caer el vestido de sirena sobre ella y se miró en el espejo. Aunque no se hubiera dado el gusto de comer demasiados dulces en la pastelería, necesitaría un tamaño más grande.

–Una vez, cuando le pedí a Benjamin que fijara una fecha para reservar el lugar, me dijo: "Pensé que querías perder 10 kilos antes de la boda".

–¡Es un imbécil! –Lexi se puso la mano en la boca–. Uuups. Retiro mi florido lenguaje, pero sostengo el significado.

–Eso mismo le dije, siendo honesta.

–Siendo honesta… –se acercó más y susurró– siempre lo será. Es obvio que no te merecía.

Violet se encogió de hombros, como si no fuera gran cosa haber perdido la fe en encontrar a ese alguien especial.

¿Qué haces entonces dejándote llevar por los dulces gestos de Ford?

Ford podía ser encantador, divertido y todo un héroe.

Pero no era del tipo que sentaba cabeza.

Por eso, sin importar lo mucho que disfrutaba pasar tiempo con Ford, debía levantar barricadas si no quería terminar herida de nuevo.

CAPÍTULO 11

Ay, mierda.

Ford regresó del baño y vio a Violet frente al espejo con un vestido de novia encima de la ropa.

Apenas un momento antes, pensaba en lo mucho que se había divertido sentado a su lado, comentando los vestidos y todas esas cosas. Había sentido que el afecto apretaba su pecho de un modo no desagradable del todo mientras Violet ayudaba a su mejor amiga. Incluso estaba considerando con toda seriedad seguir el consejo de Addie.

Si hubiera alguien con quien podría intentar una relación en regla, sería con una mujer como ella. Entonces, ¿por qué no Violet?

Porque tiene un maldito vestido de novia sobre su ropa y está buscando a alguien que la acompañe al altar.

Las citas eran una cosa. El matrimonio era un juego de pelota totalmente diferente y había determinado que no era para él. Incluso aunque pudiera abrirse a la posibilidad de algo menos casual, necesitaría un tiempo antes de estar dispuesto a superar la etapa de práctica.

Junto con los nervios que le roían las entrañas, su corazón latía a un millón de kilómetros por hora, confirmando que estaba de acuerdo.

Lo único que le impidió huir de la escena, además de Murph, por supuesto, fue el último fragmento que escuchó. *¿Su ex insinuó que necesitaba perder peso antes de casarse con ella?*

No es que Ford fuera candidato para recorrer el camino al altar, pero qué imbécil. Un estúpido ignorante. ¿Cómo se atrevía alguien a contemplar esas curvas asesinas y a pedir una rebaja?

Como había dicho antes, siempre había sido admirador de un buen trasero y el de Violet era la perfección.

Aclaró su garganta cuando se acercó y Violet le pasó el vestido a Lexi con rapidez. Su confusión duró medio segundo, luego lo colocó junto a los otros vestidos.

En lugar de bajar del pedestal, Violet saltó, así que debía de sentirse nerviosa.

–Sobreviviste a tu primer viaje de compras de vestidos de novia. ¿Qué vas a hacer ahora?

Correr. O tal vez subirme al tren del ligue y disfrutar del viaje mientras dure.

Excepto que no quería ser otro imbécil que la lastimara, de modo accidental o no.

–Volver al trabajo, supongo.

–Y yo que asumí que eras el tipo de hombre que sabe cómo celebrar.

–Necesita que le enseñen de nuevo –dijo Addie al salir del cambiador con su ropa habitual. Ella y el grupo se dirigieron al frente de la tienda para envolver las cosas.

La consultora tenía ya el vestido, pero sugirió otras cosas que Addie podría querer añadir: un sujetador sin tirantes y el fondo que al inicio pensó que era un vestido. Ford sentía la piel más y más irritada con cada artículo nuevo que sacaba. Se rascaba el cuello y luego salía a tomar algo de aire fresco.

Por fin, las chicas salieron de la tienda cargando bolsas que él se acomidió a llevar. Las colocó en la cajuela del coche de Lexi y, de pronto, reparó en el hecho de que tendría que llevar de regreso a Violet. Sería más fácil escapar de su atracción gravitacional si pudiera evitarla.

No es que fuera un gran plan, considerando que Las Dudas era un pueblo chico, pero ella se las había arreglado bastante bien para esquivarlo. Si tan solo pudiera preguntarle cómo lo había hecho sin herir sus sentimientos.

Violet se balanceó sobre sus pies.

–Ya que tienes que volver al trabajo, pensé en regresar con Lexi y Addie.

El bastardo amotinado en su pecho se estremeció, las reverberaciones viajaron por todo su torso. Tragó con fuerza, echando mano de su bien entrenada habilidad para disimular gracias a los innumerables juegos con la pandilla.

–Eso me ahorraría algo de tiempo. Te lo agradezco.

Violet se abrazó a sí misma. Podría jurar que se había ofendido. Su mamá solía ser así: impredecible. Le decía una cosa a papá y se enojaba lo mismo si estaba de acuerdo que si no. Como si tuviera sed de pelea. O un arma para usar más tarde en su contra.

Pero ya fuera que Violet estuviera jugando, probándolo o fuera la más prudente del mundo, no tenía el tiempo o la energía para eso.

–Nos vemos –se despidió Ford. Pero al darse cuenta de que las cosas entre él y Violet no irían a ningún lado, decidió asegurarse de que no se verían más.

* * *

El paisaje urbano se transformó en un panorama lleno de árboles verdes que acariciaban cielos azules.

Violet agitaba su rodilla, sus pensamientos volaban entre el alivio y el arrepentimiento. Mientras Addie y Lexi eran perfectas compañeras de viaje, extrañaba el aroma a madera que llenaba la camioneta de Ford. Sus bromas simples. Su voz profunda... Contemplar su estúpido y guapo perfil, sentir mariposas cada vez que la miraba.

–¿Sigues viva allá atrás? –Addie se asomó entre los asientos.

Violet deslizó sus dedos a lo largo del cinturón de seguridad. El movimiento de su rodilla produjo un crujido. Dejar de moverse significaba que su inquieta energía no tendría a dónde ir, lo que la llevaría a poder su atención en la manija de la puerta y hasta consideraría un escape a media autopista al estilo de *Ángeles de Charlie*.

Me preguntó algo.

–Lo siento. Me pierdo en mis pensamientos.

–Déjame adivinar... –la miró Lexi a través del espejo retrovisor–. Te estás preguntando si cometiste un error al subirte al auto con nosotras en vez de ir en la camioneta con Ford.

–No. Tenía ganas de conocerlas mejor.

–Eso explica todas las preguntas que has estado haciendo –bromeó Addie, con ligereza como para que Violet no se ofendiera.

–Es solo que entre tú y Ford parecía haber onda –dijo Lexi–. Y si no me equivoco, me hablaste de tu boda fallida y luego huiste de él.

–¿Boda fallida? –quiso saber Addie y Lexi hizo un gesto de dolor.

–Lo siento.

Violet hizo un gesto con la mano en el aire.

–No es un secreto. Hablé con todos mis amigos sobre mi boda, planeamos varias versiones, y me quedé con la versión económica. Benjamin ni siquiera me propuso matrimonio, así que no es como que tenga una historia épica de que me plantara en el altar.

–¿No sería eso peor? –preguntó Addie.

Lexi y Violet soltaron un *mmm* al unísono.

–Sí y no –dijo Violet–. Aunque planeé tontamente una boda entera, al menos no me rechazaron frente a mi familia y amigos. A parte de los vestidos elegantes y los cuentos de hadas, lo que en realidad quiero son los votos, así que supongo que habría sido peor que me plantara el día de la fiesta –como si le hubieran arrancado una costra, la herida de su corazón volvió a doler. Menos que antes, pero estaba lejos de curarse por completo–. Pero dolió bastante.

–Lexi es mucho mejor en dar ánimos, pero lo siento, Violet. Ese tipo suena tan tonto como el pomo de una puerta.

Naturalmente, su mente recordó el día en que le dijo a Ford que había llegado a primera base con la perilla de la puerta y él le respondió: "Es un pomo afortunado".

–Lo que Addie quiere decir es que suavizo las cosas cuando hablo de lo mierda que es la gente –dijo Lexi y echó a reír–. El resto del grupo es torpe y brusco. Una vez que me acostumbré, se volvió bastante refrescante.

–Espera –Violet se pasó los dedos por el pelo–. ¿Quién decidió que los pomos de las puertas son los más tontos? ¿Existe otro tipo de pomos?

Addie como Lexi abrieron la boca, se miraron y se echaron a reír.

–Me gusta donde tienes la cabeza –afirmó Addie.

–¿Quieres decir que estoy perdida en el tema anterior? –Violet jaló un hilo suelto de sus jeans–. La verdad es que, después de todo lo que pasó con Benjamin, decidí renunciar a los hombres.

–Oh, cariño, yo renuncié a ellos en una Cuaresma y fueron los peores cuarenta días de mi vida –Lexi puso la direccional–. Y eso no me hace débil. Técnicamente descubrí que podía vivir sin ellos, pero soy fanática del sexo frecuente y de un hombre sexy con quien acurrucarme por las noches. La experiencia me dio tiempo para reflexionar, aunque… –después de mirar por el retrovisor, Lexi se incorporó a la pequeña y agrietada autopista que las llevaría a Las Dudas–. Tenía este hombre ideal en mi cabeza, pero después de salir con demasiados tipos egocéntricos, me di cuenta de que había estado perdiendo el tiempo con los tipos equivocados.

»Por eso, cuando conocí a mi Will, le di una oportunidad, a pesar de que creía que un maestro de escuela de campo, aunque fuera el más guapo del mundo, no sería mi tipo. Pero el muchacho Will Shepherd me demostró que estaba equivocada –la voz de Lexi se volvió tan soñadora como su expresión–. Y lo sigue haciendo cada día.

La llama que ardía en el interior de Violet, esa que no podía apagar, adoraba las historias de amor con final feliz y quería más combustible para el fuego.

–¿Qué hay de ti y Tucker, Addie? ¿Cómo se conocieron?

–Ni siquiera recuerdo mi vida sin él –dijo Addie–. Crecimos juntos, nos metimos en muchos problemas y nos ganamos nuestra reputación como chicos problemáticos. Solía enojarme tanto cuando me trataba como a una chica, pero luego, una noche, deseé que me viera como una. Tras una sesión de coqueteo borracho, en la que se me caían los pantalones de la vergüenza...

–Literal –añadió Lexi–, porque la obligué a ponerse vestido.

Sus risas se mezclaron y Violet experimentó un subidón de felicidad, como el que le habían dado sus historias de amor. Las dos hicieron un refrito de recuerdos y le contaron cómo se hicieron amigas.

–Esto es lo que deberías extraer de esas historias, Violet –Lexi disminuyó la velocidad cuando pasaron el cartel que les daba la bienvenida a Las Dudas–. Uno, que forzaré mi amistad contigo, así que hazte un favor y acéptala ahora.

–Dos –Addie intervino–. Obviamente estaba mal de la cabeza cuando me pidió que la ayudara a planear su boda.

Lexi levantó su voz sobre la de Addie.

–Tres, cuando la vida te lanza una bola curva, atrápala.

Ambas miraron a Violet, al parecer era su turno de responder.

–Oh, no me gusta mucho el béisbol. Las pelotas me golpean en la cara porque tardo demasiado en tratar de levantar el guante.

Las chicas estallaron en risas y Violet se encontró a sí misma riéndose también.

–¿Qué tal esto, entonces? –preguntó Lexi–. Tres: los chicos del campo son sexys. Creo que Ford se molestó porque no volviste con él.

–Sí, juego al póquer con él y esa era su cara falsa –dijo Addie.

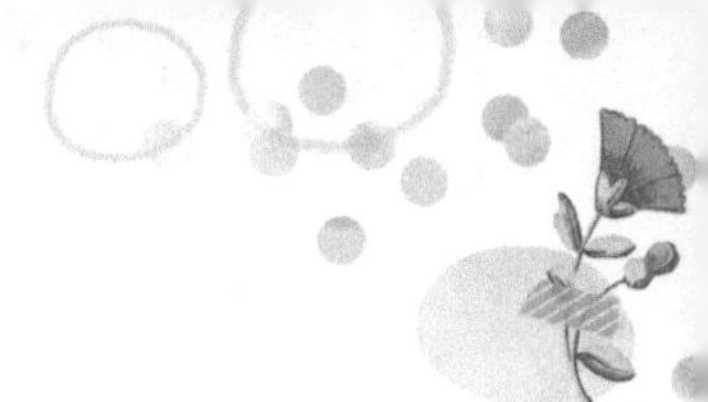

Violet sintió un bulto frío en el vientre.

–No quise herir sus sentimientos, aunque estoy segura de que se recuperará en dos segundos con ese ego suyo.

–Es verdad, mis chicos tienen egos enormes –Addie aflojó el cinturón de seguridad del cuello y giró en su asiento–, pero también tienen sus lados suaves. Bono: si decides darle una oportunidad a McGuire y te lastima, le patearé el trasero.

Cuando Addie hizo crujir sus nudillos, no tuvo que hacer ruidos falsos con la boca.

El fuerte *crac*, *crac*, *pop* hizo temblar a Violet.

–Lo aprecio, pero creo que estoy mejor preparada para tomar el relevo en tu puesto de solterona.

–Puede que no haya sido lo bastante franca sobre lo que implica el título. Por ejemplo, tienes que ir a un montón de citas con el primo, el sobrino o el nieto soltero de todo mundo. Siento mucho amor por nuestra comunidad, pero el catálogo es lamentable.

Mientras Violet se echaba hacia atrás en el asiento, se sintió derrotada y cansada.

–Está bien. Tengo una forma de ocuparme de eso. Solo mencionaré que quiero casarme y se les enredarán los pies al alejarse corriendo de mí.

–Yo no estaría tan segura –agregó Lexi sacudiendo la cabeza–. Eres un buen partido. Guapa, inteligente, divertida...

–Eres una chica sensual con un cuerpo de tentación –dijo Addie, mostrándole su sonrisa de un blanco nacarado–. En serio, tal vez en la ciudad la idea de sentar cabeza asuste a los hombres, pero aquí podrías terminar casándote antes que yo.

La chica que Violet solía ser hubiera querido eso.

–¿Y si eso mismo se lo hubiera dicho a Ford?

Lexi y Addie se miraron, su silencio decía todo.

–No significa que no sea un buen tipo –se apresuró a añadir Addie–. No quiero entrar en detalles, pero tuvo una vida familiar difícil y creo que necesita a alguien que le muestre que no tiene que ser así. Creo que incluso vernos a Shep, Tucker y a mí sentar cabeza le ayudará.

Era lo que Violet esperaba, era decepcionante pero no sorprendente. Ella ya había cometido el error de pensar que si le mostraba a un chico que lo amaba por lo que era, con el tiempo, él haría lo mismo por ella, con sus defectos y todo.

Por mucho que odiara las etiquetas, y sin recurrir al lugar común de "problemas no resueltos con papá", la falta de una figura paterna había tenido un fuerte impacto en ella. Su papá no se había presentado a eventos importantes, como su cumpleaños dieciséis, sus graduaciones de bachillerato y de la universidad, y a una cena donde se suponía que conocería Benjamin.

Por eso buscaba que alguien estuviera presente para ella. Alguien que no solo pasara tiempo mínimo por obligación.

Al principio Benjamin había estado presente. Sin embargo, en los últimos dos años las peleas se desataban porque él le prometía llegar a sus eventos y luego le cancelaba porque estaba demasiado cansado o estresado.

Se había conformado con sus excusas y daba un peso extra a las veces en las que sí se presentaba. Migajas de afecto que había engullido como la chica hambrienta que era.

Aunque Ford parecía un tipo franco, le preocupaba que al final solo le diera migajas.

CAPÍTULO 12

—Mírame, hermosa –Violet sacudió la sonaja para llamar la atención de Isla. A pesar del tamaño de sus mejillas, su sobrina logró levantarlas al sonreír y Violet aprovechó para alzar su cámara y apretar el botón.

El satisfactorio *clic* llenó el aire. Violet hizo unos cuantos disparos más. Tenía que retratar los hoyuelos en sus mejillas y hacer *zoom* sobre las piernas de su sobrina.

–Disfruta de esta fase de tu vida, en la que la gente adora los rollos de tus muslos. Nadie me alaba por mi gordura.

–Eso es porque solo estás llenita –dijo Maisy al entrar en la habitación, con el pelo mojado enrollado en una toalla.

–Bueno, tengo más material en mi cajuela personal después de pasar tanto tiempo en la pastelería.

Aceptar sus curvas nunca había sido fácil, en especial porque el resto del clan Hurst era delgado por naturaleza. Maisy podía comer el doble de golosinas y seguir siendo de la misma talla.

Le era fácil decirles a otras mujeres que amaran sus cuerpos tal como eran, pero Violet siempre había luchado por aceptar el suyo.

–¿Quizás puedas esforzarte en hacer tus pasteles menos deliciosos?

–Oh, claro. Eso será genial para el negocio –Maisy se sirvió una taza del café que Violet había preparado–. Gracias por cuidar de Isla. Ni siquiera la oí despertar, pero me siento más descansada que nunca desde su llegada.

–Saqué un biberón del refrigerador y lo calenté, espero que esté bien.

–Podrías decirme que usaste toda mi reserva de la leche que me he sacado y te perdonaría. Dormir bien me hace así de agradable.

Violet se echó a reír.

–Ya eres una de las personas más dulces y alegres del mundo con tu frase "que tengas un dulce día". Si te vuelves más amable, tendrás que solicitar la santidad.

–Pfff, para nada.

Maisy se estiró sobre el brazo del sofá y pasó un nudillo sobre las mejillas que Violet acababa de retratar.

Isla enroscó su mano alrededor del dedo de Maisy y Violet levantó su cámara para documentar la quintaesencia de la maternidad en ese momento.

–Veo que sacaste la cámara –observó Maisy.

–Mi sobrina es una modelo irresistible.

–Estoy de acuerdo. Pero si esa foto mía en bata se imprime, voy a meter tu elegante cámara donde no brilla el sol.

–Retiro lo dicho sobre la santidad –bromeó Violet y Maisy le sacó la lengua. Como estaba lejos de ser una santa, le tomó otro par de fotos mientras Maisy se dirigía a su dormitorio.

–La única razón por la que no te mato es porque me dejas dormir una hora extra –mascculló Maisy.

Violet dejó su cámara y levantó a su sobrina que se retorcía.

–Creo que lo mejor es que te vista para llevarte a la guardería para que no caiga de la gracia de tu mami. ¿Qué te gustaría ponerte hoy? –Isla balbuceó y Violet respondió como si hubiera elegido un vestidito en particular–. ¿El púrpura? Creo que es una excelente decisión.

Mientras maniobraba para meter los bracitos de la bebé en el mameluco de flores púrpuras, sintió añoranza. Por mucho que tratara de negarlo, todavía quería un bebé. La fotografía de Travis, Maisy e Isla envuelta como taquito sobre la cómoda llamó su atención.

Las fotos solo mostraban instantes fugaces de la vida de las personas. Sin embargo, también contaban una historia sobre el pasado, el futuro de los protagonistas.

Tal vez se había precipitado demasiado en renunciar a los hombres cuando en realidad, en la última década, solo había salido con uno.

Por otra parte, el único tipo que la había tentado a abandonar su propósito no la había llamado ni le había enviado un mensaje de texto en los últimos cinco días. Había pedido consejo en el chat de la Tripulación de las Damas de Honor. Leah le recomendó que no volviera a tomar ese camino y Amanda le recordó que cuando conoció a su ahora esposo, tampoco estaba buscando nada serio, pero eso había cambiado con rapidez.

Violet subió una de las fotos que había tomado de Ford y Pyro. De repente Camille y Alyssa aparecieron de la nada para verlas y añadir el GIF de una caricatura con los ojos desorbitados. No fue de gran ayuda, porque vaya que era consciente de lo sexy que era.

Además, Violet estaba bastante segura de que ella y Ford habían intercambiado papeles y ahora era él quien la estaba evitando.

* * *

Ford no estaba evitando a Violet. Solo se aseguraba de ir a lugares donde no la encontraría. Lo que resultó ser un maldito inconveniente, considerando que necesitaba recoger los cupcakes para el partido de béisbol.

Como el cobarde en el que se había convertido, se asomó por la ventana. Maisy estaba en la caja registradora y atendía a los García. Violet no estaba a la vista, pero eso no significaba que no estuviera en un rincón que no pudiera ver. O en la cocina.

Okay, en la cocina, no. Era seguro que Maisy prefería que estuviera en otra área.

En cuanto entró en la pastelería, las estridentes campanillas anunciaron su llegada, Maisy reparó en su presencia. Y frunció el ceño.

Ford se preparó, esperando que lo maldijera por no haber llamado a su hermana, aunque fuera ella quien lo había dejado y él aun no lo digiriera.

–Lo siento mucho –dijo Maisy–. Los cupcakes que encargaron Easton y tú todavía no están listos, pero te prometo, te lo juro, que los tendrás para el final del juego de béisbol.

Como el saludo resultó diferente de lo que esperaba, le tomó un momento descifrar lo que Maisy acababa de decir.

–No hay problema. ¿Envío a alguien durante la última entrada? ¿A uno de los papás?

–Oh, no quisiera que nadie se perdiera nada del juego. Los llevaré al campo, no te preocupes.

–Está bien. Entonces supongo... –Ford se balanceó sobre sus talones y miró a su alrededor.

–No está aquí.

–¿Quién no está aquí? –le lanzó una mirada que pretendía ser casual–. No sé de qué hablas.

–Vaya. No eres un buen mentiroso, Ford McGuire.

Dudó un instante y renunció al tono indiferente que de todos modos no había podido mantener.

–¿Cómo está Violet?

–Ha estado tomando fotos de nuevo. Creo que tengo que agradecerte por eso, pero como sigue revisando a cada rato su teléfono, esperando una llamada, tendré que reservarme el agradecimiento.

–Tomo nota de lo que acabas de decir y me marcho.

–Eso me imaginé. Espero que tu cabezota quepa por la puerta. No tengo tiempo para desmontarla. Por si no lo entendiste, estoy atrasada.

–Entonces ya no te quito más tiempo –Ford dejó la pastelería, incapaz de ocultar su sonrisa. Violet estaba tomando fotos de nuevo y, en parte, se lo debía a él.

Descubrió que en lugar de querer evitar a Violet, todo lo que deseaba era ver su cara. Escucharla reír. Preguntarle qué demonios y decirle lo contento que estaba de que hubiera regresado a la fotografía. Pensándolo bien, tal vez debería invertir el orden de esas dos frases.

Pensándolo mejor, tal vez debería dejar todo por la paz. Ya casi terminaba la remodelación de la pastelería y, como Violet se había reencontrado con su musa, eso significaba que pronto se marcharía del pueblo.

No tenía ningún sentido ir en contra de su naturaleza y formar vínculos justo cuando ella estaba a punto de irse.

Se estacionó en el campo de béisbol y bajó de su camioneta. Había una añeja rivalidad entre policías y bomberos, y Easton y él la mantenían viva en Las Dudas entrenando a los dos equipos de béisbol infantil de las ligas menores.

Dylan, el más escuálido de sus jugadores, se acercó corriendo.

–¡Ford, Ford, adivina qué, adivina qué! –señaló el hueco de sus dientes–. ¡Mira!

–Uh. ¿No llevabas la careta de *catcher*? –el chico no podía superar el miedo a que la pelota se le estrellara en la cara, así que su madre le había comprado una careta. Que usaba en su posición de jardinero.

Gracias a su instinto protector, Ford había querido convencer a Dylan de no usarla para que no se burlaran de él. Pero los otros chicos del equipo lo habían sorprendido de la mejor manera posible. No se burlaron de Dylan. Simplemente se alegraron de que pudiera jugar.

–No. Se cayó de la forma natural. Y mi otro diente frontal también está flojo –Dylan lo demostró con su lengua. El diente se tambaleó, apenas colgando.

Ford revolvió el pelo rubio de Dylan.

–¿Por qué no usas ese movimiento para intimidar a nuestros oponentes?

–Entendido, entrenador –Dylan corrió a unirse al resto de los chicos para los ejercicios de calentamiento.

Al principio, Ford se había negado a la idea de ser un entrenador, no creía que tuviera la paciencia. Pero ahora esperaba con ansias demostrarle a Easton lo bueno que era su equipo al tiempo que apoyaban a los chicos.

Los ánimos entre los papás también se caldeaban durante los partidos. Cada primavera, al menos un par de veces, Easton tenía que quitarse la gorra de entrenador y ponerse la de oficial. Luego advertía a los alborotadores del público que si no se calmaban, se perderían el partido porque los tendría que llevar a la estación.

Sintió que alguien tiraba de sus jeans.

–No tengo a nadie con quien calentar. Ninguno de los niños quiere tirar con una chica.

–Ellos se lo pierden –le dijo Ford después de ponerse en cuclillas para estar a la altura de Makayla–. Una de mis mejores amigas es una chica y tiene un brazo del que cualquier chico estaría celoso.

Makayla se había incorporado recientemente. La niña quería jugar, pero no había suficientes chicas de su edad, así que se unió a su equipo. Él había crecido con Addie y sabía lo mucho que las chicas podían hacer en el campo.

–Yo caliento contigo –Ford tomó un guante y ayudó a Makayla a calentar.

Mientras lanzaban la bola de un lado a otro, Ford miró hacia las gradas. Las familias llevaban los colores de sus equipos y pasaban bocadillos, listas para animar a sus hijos.

–Asegúrate de seguirla –dijo Ford–. Así...

Makayla atrapó su pase y luego lo lanzó de vuelta.

–Muy bien –Ford estaba bastante seguro de que la mayoría de hombres soñaba con jugar a la pelota con su hijo y, mientras miraba a su equipo, se dio cuenta de que él también tenía ese anhelo oculto. Sacudió la cabeza.

Para tener un hijo, tendría que formalizar y eso nunca había estado en sus planes. No después de que su mamá se fuera y viera a su padre y a sus hermanos atravesar demasiadas relaciones tempestuosas. Incluso él también había tenido que cortar con algunas.

¿Tienes novia? ¿Alguien que haga que tu vida sea mejor?

Doris le había hecho esa pregunta después de que él la sacara de su coche inundado, la subiera al bote y le diera RCP para que volviera a respirar.

–No –le respondió– pero si te me estás declarando, podría reconsiderarlo.

El chasquido de una lengua resonó en su oído.

–¡Ay, encanto! Mi Harold ya está en el cielo. Él y yo tuvimos una vida plena, completa con amor, felicidad y muchos niños y nietos –Doris tosió de nuevo, el sonido era más espeso de lo que le hubiera gustado, pero su principal objetivo era llevarla a un lugar seguro y seco–. Esperaba llegar a la boda de mi nieta el mes que viene, pero como también ha encontrado a su alma gemela, sé que estará bien.

Ford le prometió a Doris que saldría adelante, así que no podía rendirse todavía. Le darían calor, la secarían y ella estaría en camino a la casa de su hija y su nieta en poco tiempo.

La aguerrida mujer aceptó luchar con una condición: que se comprometiera a vivir su propia vida al máximo.

Hay paz en el hecho de estar satisfecho. En vivir sin arrepentimientos. Y si es hora de irme, sé que mi Harold me estará esperando del otro lado. Estoy tranquila.

Aunque tenía la intención de velar por Doris esa noche, él y Pyro habían estado dos días en servicio y el agotamiento se apoderó de él. Debió pensar en la posibilidad de un síndrome de ahogamiento, lo que la gente solía llamar ahogamiento en seco.

En algún momento de la noche, Doris dejó de respirar. Cuando Ford despertó, la encontró muerta. No pudo mantener su promesa de que iría a la boda de su nieta.

Tac. La pelota golpeó la punta de su guante y rebotó en la valla.

Ford se sacudió mentalmente y se apresuró a recuperar la pelota. Mientras se enderezaba, vio a Violet, con el pelo oscuro amarrado en un chongo y la cámara colgando de su cuello.

Fue curioso, pero con solo verla sintió el hueco que se abría en su pecho. Ese agujero inexplicable lo había molestado desde el sábado.

Cuando entrenaba a los cachorros, también lo sentía. La falta de Violet a su lado, era su infierno y lo hacía sonreír.

El árbitro llamó a todo el mundo para empezar el juego. Después de una charla amistosa entre él y Easton en el montículo del pitcher, lanzó una moneda. Su equipo, las Poderosas Suricatas, nombre que habían escogido los chicos, batearía primero.

Durante su charla de motivación, la mirada de Ford se desvió hacia las gradas. Sus ojos se encontraron con los de Violet y le dedicó una pequeña sonrisa mientras asentía con la cabeza.

Cuando ella le devolvió el saludo, una cálida sensación llenó el vacío de su pecho. Entonces levantó su cámara y tomó una foto.

Tal vez mi vida podría ser más plena.

* * *

–¿Hablas en serio? –preguntó Violet cuando Maisy le rogó que llevara los cupcakes al campo de béisbol y se los entregara a Ford.

–¿Preferirías mezclar y hornear la siguiente tanda de cupcakes?

–Sí –respondió Violet, lo que le valió una mirada incrédula de Maisy. Lo siguiente que supo fue que su hermana puso entre sus manos dos cajas gigantes de cupcakes y prácticamente la empujó por la puerta.

El lado positivo era que el juego le daba una buena oportunidad para practicar la captura de tomas emocionales, así que levantó su cámara y *clic*, *clic*, *clic*.

Niños lamiendo paletas.

Padres inclinándose hacia delante en sus asientos con la esperanza de ayudar a sus hijos en el campo a correr más lejos y más rápido.

Y también ese otro tema del que no se cansaba: un entrenador de béisbol supersexy que daba palmaditas en la cabeza a los niños y se ponía a su altura para consolarlos, felicitarlos o animarlos.

Indicaciones como "atrápala", "quieto" o "corre" salían de la boca de Ford en el mismo tono que usaba con Pyro y con los cachorros TNT. Violet esperaba que extrajera premios de su bolsillo y se los tirara a los niños que lo habían hecho bien.

Se dio cuenta de que, en el parque infantil, los pastelitos eran el equivalente a los premios para perros y una sonrisa se extendió por su cara. Igual que la sonrisa de Ford con su inclinación de cabeza de hacía un momento.

–Disculpa –dijo una voz femenina y Violet se giró. Aunque la mayoría de los habitantes de Las Dudas le resultaba vagamente familiar, a esta mujer la recordaría sin duda. Llevaba el pelo largo color aguamarina, un piercing septum y varios tatuajes. Algo en ella hizo que Violet le quisiera pedir consejos sobre cómo ser cool–. ¿De casualidad tomas fotos profesionales?

No era una pregunta difícil, pero Violet tan solo parpadeó.

–He estado tratando de que nos hagan un retrato familiar. Mi hijo mayor era un bebé la última vez que nos tomaron una fotografía –la mujer señaló al escuálido niño que venía corriendo desde el campo–. Es el que lleva una careta de *catcher.* Dylan, tiene siete años ahora, y desde entonces he tenido dos hijos.

La mujer señaló al niño de tres o cuatro años sentado a su lado y luego hizo rebotar al bebé rubio que sostenía en su rodilla, que Violet pensó que tenía unos ocho meses.

–Oh. Sí. Hago fotos. Profesionales –hablar, por otro lado, no era al parecer una de sus especialidades.

Violet se presentó e intercambió información con Shelby, pensando que sería inteligente agendar algunos trabajos aquí. Sesiones familiares y tal vez podría volver a trabajar en fotos de compromiso y de boda.

La idea causó una leve punzada en lugar de un encogimiento de corazón. Se excusó y se acercó a la valla para hacer unas tomas en el campo.

–Buen chico –celebró Ford, chocando los cinco con el niño que acababa de anotar un jonrón. Cuando escuchó a sus espaldas una especie de risa-ronquido, Ford echó un vistazo.

–¿Qué?

–Los recompensas de la misma manera que a los cachorros. Hablando de eso, tengo tus cupcakes para que puedas darles sus premios después.

Ford le hizo señas con el dedo para que se acercara. Sintió que su corazón redoblaba sus latidos. El traqueteo de la valla resonaba en sus oídos. *No te emociones. Es probable que solo quiera decirte dónde poner los pastelitos.*

Ford metió un dedo a través de un hueco de la cerca y lo enganchó en una trabilla de su cinturón. Luego le dio un tirón y las emociones de la chica salieron de balance por completo.

–Oye, tú. Ha pasado mucho tiempo –dijo el entrenador, mientras al interior de Violet las mariposas se agitaron, estirando sus alas y preparándose para el vuelo.

–Pensé que tal vez te habías asustado en la tienda de novias. Vi la forma en que me mirabas cuando sostenía ese vestido de novia.

–Oh, te diste cuenta –Ford exhaló, con la mirada puesta en el suelo, y ella se reprochó por haberlo sacado a relucir. Entonces sus ojos verdes volvieron lentamente a su rostro–. Pero no puedo dejar de pensar en ti. Incluso hoy, cuando entré en la pastelería, no pude evitar buscarte.

El corazón de Violet pasó de latir demasiado rápido a olvidarse de cómo funcionar. La multitud detrás de ellos se quejó cuando el árbitro le cantó el tercer strike al bateador.

–Está bien, niños –se dio la vuelta y gritó–. Empezamos fuerte y ya anotamos algunos puntos en el tablero. Vamos a esforzarnos ahora que nos toca pichar y en poco tiempo estaremos de nuevo al bat.

–Tampoco mencionaste este trabajo –soltó Violet cuando Ford le devolvió la atención.

–Esto se parece más a un juego que a un trabajo –respondió encogiéndose de hombros–. Easton y yo lo hacemos por la comunidad. Y así podemos hablar de mierda y media más tarde –volteó de un lado a otro, como para asegurarse de que nadie lo había oído maldecir.

El hijo de Shelby, Dylan, se paró en el jardín derecho, con su careta de *catcher.* Se tambaleó al inclinarse para recoger un diente de león. Lo lanzó al aire y lo atrapó con su guante, mientras el juego sucedía a kilómetros de su radar. Violet reprimió una risita, sintiendo un vínculo con el chico al que no conocía.

–Será mejor que te deje volver a entrenar. Parece que tu jardinero derecho podría tener tanta concentración como Torbellino y yo.

La tierna sonrisa que Ford dirigió a Dylan derritió a Violet mucho más. Comenzó a alejarse de la valla, pero Ford se acercó y enroscó sus dedos a través de la reja.

–Quédate un rato después del juego, ¿quieres?

Por un momento, Violet dudó. Se suponía que era más inteligente. Más cuidadosa. ¿Y no había algo sobre reforzar sus barreras?

Pero entonces los ojos de Ford se encontraron con los suyos.

–Está bien –su propia respuesta la tomó desprevenida.

CAPÍTULO 13

Después de asegurarse de que los niños de ambos equipos tenían los cupcakes correctos, uno era alérgico al gluten y otro diabético que requería un bajo nivel de azúcar, Ford buscó a Violet.

Al verla hablando con Gunner se le enfrió la sangre. Él y su hermano no estaban peleados, pero no podría decir que fueran cercanos.

Así como Gunner tampoco era cercano a su exesposa ni al hijo que ella tuvo en una relación anterior. Eso era lo que pasaba cuando el alcohol se volvía más importante que los seres queridos, algo que sucedía mucho en su familia.

Ford se acercó y, ante el desvergonzado interés en la cara de Gunner, los celos pasaron a primer plano. Envolvió un brazo alrededor de los hombros de Violet, asegurándola a su lado.

–Siento haber tardado tanto.

La mirada de Violet se encontró con la suya, su frente se arrugó mientras lo estudiaba y luego se suavizó.

–No te preocupes.

–Ah –dijo Gunner–, veo que ya conociste a mi hermano. Él es el bueno de la familia. Pero si alguna vez quieres venir al lado oscuro...

–Creo que es suficiente –hacía tiempo que Ford no se avergonzaba de su familia. Aunque quería insistir en que ya no le molestaba, un inconfundible fuego creció en sus entrañas.

Como era el menor, a Ford le había tomado tiempo alcanzar a sus hermanos en las competencias. Para entonces, ya también se había dado cuenta de que quería más de la vida que solo presumir por su capacidad de cortar madera o de beber más rápido que los demás. O cualquier otro evento de gladiadores inventado por su papá para enfrentarlos.

Todo con tal de que no se unieran en su contra o cuestionaran sus reglas. Al menos las madres de Gunner y Deacon se quedaron para compartir la custodia y esa era otra esquirla que solía herir a Ford y enconar el resentimiento.

A medida que crecía, comprendió muy bien por qué su mamá había cortado por lo sano, aunque no podía perdonarla por dejarlo atrás. Con el tiempo, Ford llamó a la abuela Cunningham para preguntarle si mamá volvería a casa. Pero descubrió que ella se había mudado con un tipo adinerado.

Simplemente los había barrido debajo de la alfombra. A él, a papá y a sus hermanos, tan fácil como si fueran suciedad que caída de su zapato.

El dolor que sentía de niño se clavó en el pecho de Ford, pero ahora las cuchillas estaban demasiado desafiladas como para hacer mucho daño. En todo caso, pensaba que nunca habría encajado en el mundo de su mamá ni en la ciudad de cualquier modo. Que se habría perdido de su santuario cerca del lago.

–Ah, claro. Olvidé por un minuto que eres mejor que el resto de nosotros –la mejilla de Gunner se infló cuando cambió de lado la goma de mascar–. Gracias por recordármelo.

–Nunca dije eso –replicó Ford después de soltar un suspiro.

Gunner escupió el tabaco y una bola café aterrizó a centímetros del zapato de su hermano.

–No tenías ni que decirlo. Está escrito en tu cara.

No es que Ford pensara que era mejor. Había trabajado para ser mejor. Sus padres y hermanos nunca habían sido de fiar, así que él había decidido hacer lo que fuera necesario para ser confiable.

Una vez que Ford tuvo la edad suficiente para conducir, sus amigos se convirtieron en su red de apoyo. En su refugio. En su familia.

Su padre y sus hermanos lo insultaban por haberse convertido en un "ciudadano responsable" pero por lo general, sus insultos se le resbalaban. Con Violet como testigo, las palabras de Gunner revelaron una herida abierta. Una que le recordaba sus orígenes y el por qué mucha gente en el pueblo lo consideraba todavía alguien insignificante.

Easton se acercó con su postura rígida.

–Gunner.

–Comisario Reeves –Gunner se mofó. Al inicio, los otros McGuire se emocionaron pensando que tendrían un policía de su lado. Pero Easton estaba más preocupado por el bienestar de los residentes de Las Dudas que por dejar que los McGuire se pelearan borrachos en las calles–. No he hecho nada malo. A cualquiera se le permite ir al partido de béisbol de su hijastro.

–No cuando tu exesposa tiene una orden de restricción en tu contra.

Justo cuando Ford estaba a punto de decirle a Violet que se reuniría con ella más tarde, o lo que fuera con tal de sacarla de ahí antes de que Gunner se pusiera necio, ella lo tomó de la mano.

Sus ojos se encontraron y Violet recorrió su mano con los dedos. Lo apretó con firmeza, haciéndole saber estaba con él.

–Cambió de parecer –rebatió Gunner.

–Hasta que me lo diga ella misma, debes permanecer a quinientos metros de distancia –dijo Easton poniendo las manos en la cadera–. La estación está a esa distancia si prefieres ir allá.

Una tormenta se asomó en el rostro de Gunner y Ford se puso delante de Violet, por si las cosas se ponían feas. Easton también se acercó, dejando que Ford supiera que lo respaldaba.

De alguna manera, sus hermanos y su padre siempre encontraban a mujeres dispuestas a casarse o a vivir con ellos. Por un tiempo.

Pero era inevitable: no conseguían esconder su parte ruin, lo mismo por el alcohol o por su falta de autocontrol. Deacon tenía mejor temperamento que Gunner, que era el mayor y el peor, pero incluso él había tenido sus altibajos con las mujeres y la ley. Casi como si tarde o temprano la sangre McGuire se apoderara de todo.

Pero ese no será mi caso. No lo permitiré. Si alguna vez dejara que un terapeuta lo psicoanalizara, probablemente diría que esa era la razón por la que sentía la necesidad de estar siempre ocupado y listo para cualquier emergencia. Así podía ayudar a enfrentar los problemas en lugar de causarlos.

Finalmente, Gunner levantó las manos y retrocedió, lanzando blasfemias mientras lo hacía. El cielo no permita que el pueblo olvide que en ocasiones venía a los eventos solo para arruinar la diversión de todos.

Easton le dio una palmada en la espalda a Ford.

–Lo vigilaré. Tú y Violet salgan de aquí.

–No tienes que hacer eso. Es mi respon...

–Por eso siempre te decimos que no tienes que jugar a ser un héroe todo el tiempo. Técnicamente, este es mi trabajo. Si hay un incendio, tengo tu número.

La mirada de Ford se dirigió de Easton a Violet y decidió ceder. Sobre todo, porque quería llevarse lejos de ahí a la mujer que le daba la mano. Puntos extra si podía distraerla lo suficiente como para olvidar la escena que acababa de presenciar.

–Gracias, amigo.

–Cuando quieras –Easton se alejó en la dirección que había tomado Gunner y Ford condujo a Violet hacia su camioneta.

Pensamientos de desprecio recorrían su mente en un bucle continuo: ¿por qué su familia solo aparecía para arruinar las cosas? ¿O cuando querían algo? ¿Por qué no podía librarse de sentirse responsable de ellos? Y luego regresaban a la idea de *¿por qué Violet tenía que estar por aquí y presenciar eso?*

Ford abrió la puerta del pasajero y ayudó a Violet a entrar. Una nube oscura se cernió sobre él mientras rodeaba el auto y se subía al volante.

–¿Ford? –dijo Violet, él bajó las llaves y miró a la mujer del otro lado de la cabina–. ¿Estás bien?

–Estoy bien. Siento que hayas tenido que ver eso. Mi familia no viene mucho a la ciudad, excepto para reponer su suministro de licor y hacer que todos se sientan incómodos.

–Entiendo la complicada dinámica familiar –respondió ella después de que se deslizara por el asiento hasta que su muslo chocó con el suyo. Después colocó la mano en su rodilla y cada gota de sangre en su cuerpo se concentró en ese preciso lugar–. Si quieres hablar...

–No sobre mi familia –atajó–. Pero me encantaría hablar de casi todo lo demás.

–Bien, entonces Sephora es una gran tienda de maquillaje. Y tienen una nueva línea que está teniendo mucho éxito. Las sombras de ojos de alto pigmento son tan vívidas...

Ford colgó la cabeza y comenzó a roncar con fuerza.

–Oye –dijo Violet con una risa, empujando su brazo–, aquí me tienes enseñándote una lección sobre dejarme entrar en tu camioneta. ¿Crees que eres el único con perlas de sabiduría?

Ella se rio de nuevo, mientras él le torcía la cabeza lo suficiente como para ver el lunar en su mejilla. Luego se perdió sus ojos cafés y lo invadió la misma sensación de placidez que cuando la vio en el campo. Violet apoyó la barbilla en su hombro, su nariz casi tocando la de él.

–Entonces, Ford McGuire. ¿A dónde me vas a llevar?

Aquí y ahora, en la cabina de esta camioneta.

Aunque nada le gustaría más, estaban en el centro de la ciudad. Y, aunque la mayoría de las familias se habían ido, no quería ser otro McGuire que arruinara el juego. Sin mencionar que sus ventanas no estaban lo suficientemente entintadas para todo lo que quería hacer.

Levantó la mano de Violet y le besó los nudillos, sintió el sol que se extendía por su pecho al ritmo que el rubor recorría las mejillas de Violet. En su cabeza surgió una idea, una que no podía decidir si echar a andar o no.

–¿Qué opinas del lodo?

–¿En general? ¿O estamos hablando políticamente? Es... porque no estoy segura de que puedas hacer una campaña limpia si empiezas jugando sucio.

–Me refería a la idea más general –Ford metió su mano en la suya y movió sus labios junto a su oído, su boca rozando el lóbulo de la oreja–. Solo necesito saber si eres el tipo de chica a la que no le importaría ensuciarse un poco.

* * *

A lo largo de los años, los discursos encantadores habían llevado a Violet a meterse en muchos problemas.

Aunque nunca en una cuatrimoto. El asiento de vinilo crujió cuando se acomodó en su lugar. Sí, esto era lo que ocurría cuando dejabas que un chico guapo te susurrara al oído palabras sobre ensuciarse un poco.

La cuatrimoto se asentó con el peso de Ford, que se acomodó detrás de ella. Se acercó a Violet para girar la llave y, en medio del ruido del motor, comenzó a explicarle los pasos básicos para frenar y acelerar muy cerca de su oído.

Sintió el sol en la piel. En sus brazos, los vellos cobrizos brillaban y las hebras más largas de su cabello caían hacia adelante y rozaban sus mejillas.

Vaya, qué bien huele. Como loción de afeitar de leñador: se imaginaba que recortaba sus bigotes con un hacha.

–... lo básico. ¿Entiendes? –preguntó Ford.

–Um... –Violet chocó la uña con los dientes.

–No estabas prestando atención, ¿verdad?

–Estaba prestando atención –repuso rápidamente. Esto era algo que fastidiaba a Benjamin, sin importar cuántas veces le explicara que no se distraía a propósito. Y, para ser honesta, también era molesto para ella, que siempre se esforzaba por llenar los espacios en blanco–, pero no exactamente a lo que estabas diciendo.

La esquina derecha de la boca de Ford, siempre más alta, se elevó, profundizando el surco en su mejilla.

–En otras palabras, ¿te distrajiste con mi endiabladamente buena apariencia?

–Algo así –el coqueteo nunca había sido su fuerte y ser audaz provocaba que le sudaran las manos. Pero después de pasar demasiados días sin verlo, solo quería abrazarlo y mantenerlo cerca.

Casi todas sus nociones preconcebidas resultaron erróneas en el preciso instante en que Ford entró con su perro en la pastelería para apagar el fuego que había iniciado por accidente. No quería seguir escapando de sus sentimientos, que se intensificaban con rapidez. Mientras estaba en ello, podría dejar a un lado su postura equivocada sobre qué tipo de hombres prefería y anular su decreto de "no más hombres".

–Intentemos esto de nuevo –Ford le pasó las yemas de los dedos por los brazos. Un agradable escalofrío recorrió su columna vertebral, como cuando sus labios le rozaron la oreja y luchó contra el impulso de retorcerse.

Ford enroscó sus dedos sobre los suyos mientras ella se acomodaba, con la respiración apenas perceptible, para luego tomar sus palmas y envolverlas alrededor del manubrio de la cuatrimoto. Su pulgar derecho presionó el de ella y el motor rugió, aunque se mantuvieron en su lugar.

–Esto hace que la máquina avance –presionó la palanca que estaba a la izquierda–. Y esto hace que se detenga –el calor se acumuló en sus entrañas mientras los labios de Ford rozaban su sien–. Eso es, en esencia, todo lo que necesitas saber de momento. Si te metes en cualquier problema, te sacaré de él.

Violet apretó sus muslos contra el asiento, consciente del gran cuerpo de Ford detrás de ella. Si no se equivocaba, no solo ella se sentía enardecer.

–Nos dirigiremos al pantano –añadió Ford–, en esta temporada es bonito y fangoso.

–¿Y eso es algo bueno?

Su risa ronca reverberó en el lugar donde sus torsos se encontraban y derribó más ladrillos del muro que había construido alrededor de su corazón.

–Ya lo verás. Me alegro de que nunca hayas estado empantanada en el lodo antes. Será más divertido.

Violet se mordió el labio, luchando contra el impulso de lanzarse a merced de la boca de Ford.

–Mi mamá siempre fue muy estricta en cuanto a la limpieza. Creo que no quería que la gente pensara que éramos pobres y sucias.

Mierda. ¿Por qué le había dicho eso? Normalmente se guardaba esas cosas para sí misma. Ni siquiera Benjamin conoció con exactitud el alcance de su inestabilidad financiera.

Que mientras sus hermanos y su padre vivían en la casa más grande de Las Dudas, ella, mamá y su Bubbie apenas podían pagar la renta de su apartamento del tamaño de una caja de cerillos en un vecindario no tan bueno.

Ello le había inculcado una fuerte ética del esfuerzo, por lo que la desconcertaba no poder hacer su trabajo, tener que pagar una multa gigantesca, más el coste de arreglar el coche de Benjamin, y la pérdida de su casa en la ciudad, todo ello en cuestión de meses.

–Bueno, tenemos eso en común –dijo Ford–. En caso de que no lo hayas descubierto al conocer a mi hermano.

–¿Supongo que no eres cercano a tu familia?

Se hizo el silencio y Violet miró por encima del hombro. No quería presionarlo. Solo quería averiguar qué lo hacía funcionar. Además, sonaba como si tuvieran más en común de lo que ella creía. Como él no respondía nada, se adelantó a contar su propia historia.

–Aunque soy bastante cercana a mi mamá, cuando era chica no lo fui con mi padre ni con ninguno de mis hermanos. Luego mi mamá y yo tuvimos un pequeño problema con la escuela de arte. No le parecía una buena inversión, me dijo que estaba eligiendo "una carrera tonta".

»Maisy y yo en realidad empezamos a hablar más después de que se casó. Nos unió y nos mostró lo mucho que nos estábamos perdiendo.

–Cuando mi familia habla, es principalmente para discutir. Y aunque no empiecen de esa manera, no pasa mucho tiempo antes de que estalle una pelea. Lo he intentado a través de los años. De verdad, pero ellos… –Ford suspiró.

–A veces no vale la pena el esfuerzo –respondió Violet apoyando una mano sobre su rodilla–. Lo entiendo. Yo le di a mi padre otra oportunidad, pero se olvidó de mi alergia a las almendras y envenenó mi café con leche.

–¿Alguna vez te dejó en el bosque después de que te rompieras el tobillo mientras cazabas faisanes? Papá dijo que iba a buscar ayuda, pero como estaba demasiado borracho, no pudo recordar dónde me había dejado. Al final encontré un palo largo que usé como muleta y cojeé para volver a casa.

Violet quedó boquiabierta... no pudo evitarlo.

–Tú ganas.

–Ah, ¿sí? –dijo Ford después de dejar escapar una risa amarga–. ¿Qué es exactamente lo que gano?

Violet dobló la pierna para poder verlo frente a frente. Luego se puso de rodillas y le besó la mejilla. Se echó hacia atrás para poder leer su expresión y la pasión que inundaba sus ojos envió una onda expansiva a su interior. Con una mano Ford la tomó por la cintura. La otra se enredó en su pelo.

–¿Un beso por lástima?

–Mitad disculpa por todo lo que tuviste que pasar, mitad un adelanto de lo que vendrá si juegas bien tus cartas.

Con la punta de la nariz le rozó la mejilla y Ford le dio un beso ligerísimo, casi como la caricia de una pluma, en el punto sensible debajo de su oreja.

–Debo advertirte que soy muy bueno con las cartas –enfatizó su advertencia con un suave mordisco en el lóbulo. Un escalofrío recorrió su columna vertebral. Sus pezones rozaron la tela de su sostén anticipando su disposición para la velada, la tentación de arrastrarse sobre su regazo y olvidarse del lodo la inundó.

Se las arregló para soltar una frase coqueta y más bien tímida, sin rayar en el ridículo.

–Espero que no sea la única cosa en la que eres bueno.

* * *

Violet soltó un chillido que rasgó el aire cuando hicieron un giro demasiado brusco. Los neumáticos patinaron, el lodo voló. Ford se inclinó en dirección contraria, usando su peso para evitar caer sobre un charco poco profundo. El chillido de pronto se transformó en una risa.

–Se te olvidó decirme que eras un demonio de la velocidad –soltó Ford.

–No lo soy, pero nunca había estado tan cerca del lodo.

Ford sintió una onda de afecto que elevó su estado de ánimo hasta la nubes blancas y esponjosas del cielo.

En algún momento de su vida incluso llegó a declarar que no había nada mejor que subirse a una cuatrimoto y perderse en la naturaleza durante días.

Pero la felicidad de Violet lo hizo pensar en vidas vacías y llenas. Pero no fue sino hasta ese momento en el que notó que, en efecto, le faltaba algo.

–¿Otra vez? –preguntó Violet–. ¿O prefieres conducir tú?

–Yo conduciré de regreso a casa. Tú sigue jugando en el lodo todo lo que quieras.

La chica salió disparada y el lodo salpicó el trasero de Ford. Pronto se encontró abrazándola para no caerse y no tanto como una excusa para hacer contacto con ella.

–¿Ya viste ese tronco que sobresale del agua? –le preguntó alzando la voz.

–¿Qué? –gritó Violet para hacerse oír por encima del ruido del motor.

Oh, mierda. Ford alcanzó a frenar y a detenerlos a tiempo, pero su reacción no fue lo suficientemente veloz porque la cuatrimoto iba demasiado rápido.

El vehículo golpeó el tronco y se clavó en vertical. Como había soltado a Violet para aferrar los mandos, Ford salió disparado. La gran sacudida estremeció su columna vertebral e hizo temblar sus dientes cuando aterrizó de nalgas.

El lodo se le metió entre los dedos y el agua se le coló en los jeans. Levantó el antebrazo para limpiarse la cara. En especial, la parte alrededor de los ojos.

Cuando el motor se apagó, fue presa del pánico buscando a Violet en medio del caos. Escuchó el chapoteo de pasos provenientes del otro lado. Violet atravesó el charco y cayó de rodillas delante de él.

–¿Estás bien?

Quiso responder, pero Violet lo recorrió con sus manos con un gesto de preocupación.

–Estoy bien. ¿Y tú? –se obligó a responder al fin.

Vio cómo el alivio suavizó sus rasgos y aflojó sus hombros. Violet se quitó mechones manchados de lodo de su bonita cara.

–Sí. La cuatrimoto hizo un movimiento de parkour total en ese tronco, pero sentí que te caíste, así que apagué el motor y vine corriendo.

Violet se puso de pie y le tendió una mano. La sujetó, el lodo viscoso y arenoso escurría entre sus palmas. La corriente entre ambos estalló y se encendió, inflamando su libido y su lado travieso. Ella se agitó y, en lugar de ayudar, él dio un fuerte tirón que la desequilibró.

Cayó sobre él. La piel de ambos estaba húmeda, sus ropas se rozaban mientras él la sujetaba de las caderas. Su risa malvada sonó parecida a la de Violet cuando daba giros en la cuatrimoto para ensuciarlo. Ford rodó de modo que ella quedó tendida en el lodo.

–Como un cerdo en el lodo...

Violet frunció el ceño. La piel casi inmaculada alrededor de sus ojos enfatizaba su lado ardiente.

–Compararme con un cerdo no es tan encantador como crees, Ford McGuire.

–Si tú eres un cerdo, yo también lo soy. ¿Así está mejor?

–No –dijo, apoyándose sobre sus codos, pero se rio y con la mano le lanzó agua lodosa.

Se salpicaron hasta que ambos quedaron empapados. A medida que sus respiraciones rápidas se hacían más lentas y las ondas en el charco se calmaban, sus miradas se hacían más intensas. El aire cambió y, maldita sea, era hermosa.

Ford apoyó las manos a ambos lados de sus caderas y se arrastró sobre la chica hasta que su cuerpo se cernió sobre el de ella.

–¿Violet? –preguntó y un aliento tembloroso llenó el espacio entre ellos.

–¿Sí?

–Voy a besarte ahora.

Su lengua rosada se movió para mojar sus labios, atrayéndolo más cerca, y él sofocó un gemido. Hacía mucho tiempo que no deseaba besar a una mujer con tanta fuerza y, sin embargo, dudaba.

Una vez que sus bocas se encontraran, el despreocupado entrenamiento de los cachorros y las sesiones de planificación de la boda vendrían con un equipaje extra. Surgirían expectativas, sentimientos y un montón de otras cosas para las que aún no estaba seguro de estar preparado.

Ella inclinó su cabeza, llamando su atención sobre la línea de su cuello y hacia su… Gracias al agua, su camisa estaba pegada al pecho. Hipnotizado, lo vio subir y bajar. Subir y bajar.

De todas formas, retroceder era cosa de tontos.

Ford rozó sus labios sobre los de ella. Su sabor fue un presagio que lo hizo querer mucho más.

En un rápido movimiento reajustó sus antebrazos para que estuvieran en el lodo y se hundió en sus curvas mientras moldeaba su boca con la suya.

Violet separó sus labios, invitándolo a ir más dentro, y él deslizó su lengua para enredarse con la de ella. Su gemido lo estimuló y deslizó su mano por debajo de la línea de su camisa. Acarició su piel suave, lamiendo su labio superior mientras ponía más peso en su lado izquierdo. Su erección se tensó contra su cremallera: un diluvio de placer y una punzada de dolor.

Ford enredó sus dedos en la parte inferior de su sostén y, cuando ella entrelazó sus brazos alrededor de su cuello y levantó su rodilla para que sus caderas se juntaran completamente, él gruñó. Unas manchas oscuras danzaron en su visión cuando le tocó el pecho por encima del sujetador, encontrando el pezón duro y tenso contra el encaje.

Con un golpecito tocó el botón necesitado y Violet se arqueó bajo su peso, sus caderas chocaron con las de él y le arrancaron un gruñido gutural. Temeroso de perder el control y aplastarla inadvertidamente, se puso de rodillas, se sentó sobre los talones y tiró de Violet.

–¿Qué estás…? Oh –dijo Violet al tiempo que se acomodaba en su regazo y pudo sentir cómo su deseo palpitante quedaba a pocos centímetros de ella–. Sí, es una buena idea.

Violet bajó la cabeza y lo besó de nuevo con tanta intensidad que el mundo giró fuera de su eje. Ford envolvió la mano en su nuca y la sostuvo con firmeza mientras devoraba su boca.

No estaba seguro de si era su jadeo o el de ella lo que cortaba el silencio. En este momento, todo lo que importaba era que ambos se contoneaban, sin aliento, y ¿por qué demonios había tardado tanto en besar a esta mujer? Ella tiró de la parte inferior de su camisa y él se deshizo de ella con gusto.

–Vaya –jadeó ella, trazando los músculos de su pecho y abdomen con sus dedos.

Antes de que volviera a su regazo, él también quiso quitarle la camisa. La arrancó y la tiró a un lado.

Los últimos rayos del día bailaron sobre su piel, arrojando un suave brillo que acentuó cada centímetro salaz. Violet se abrazó, medio escondiéndose, medio enfatizando su escote, y el aliento de Ford se alojó en su garganta.

–Maldición, Vi. Eres… Yo… *Demonios, eres preciosa.*

Una tímida sonrisa se extendió por su rostro y lentamente relajó su abrazo mostrando su torso. Su lado descarado resurgió, peligroso e intoxicante y… *Mía.*

Ford llevó un dedo lleno de lodo y trazó una línea entre sus pechos, su ombligo y por la línea de la cintura de sus sucios jeans. Lo deslizó de un lado a otro y Violet se aferró a sus hombros, hundiendo las uñas en su piel. Mordió con suavidad su labio inferior, su aliento era suave y dulce.

–No es que no esté disfrutando de nuestro lujoso spa con baño de lodo, pero… –se estremeció y se acurrucó más cerca–. El frío y la humedad están empezando a hacer efecto.

Ford la rodeó con sus brazos, dándole todo el calor corporal que pudo.

–Estamos más cerca de mi casa que de donde dejamos el auto, así que podemos ir allí a secarnos y calentarnos, y yo después recogeré la camioneta.

Se pusieron de pie y, después de tomar sus camisas, demasiado empapadas de lodo para usarlas, se abrieron camino hasta la cuatrimoto.

Mientras Ford encendía el motor, Violet bailaba inquieta.

–¿Qué posibilidades hay de que lleguemos a tu casa sin que nadie nos vea? Ya antes he sido el blanco de los chismes en Las Dudas y realmente estaba tratando de mantenerme fuera del foco de atención. Ir sin camisa y cubierta de lodo, sin duda, me pondrá en el radar.

–¿A quién le importa lo que diga la gente? Solo ignóralos. Tarde o temprano, esos chismosos encontrarán algo nuevo de que hablar.

–Desearía que no me importara. Cuando era chica, cada vez que visitaba el pueblo, intentaba convencerme de que no me importaba. Pero nunca lo conseguí –se subió detrás de él y se abrazó de su cintura–. Tendrás que enseñarme cómo se hace.

–Fácil. Paso uno: que no te importe una mierda.

–Sí, pero ¿cómo?

–Solo así: que deje de importarte –respondió Ford encogiéndose de hombros.

–¿Es así como entrenas a tus perros? ¿Les dices que hagan algo y ellos cumplen como por arte de magia?

–¿Quieres un premio? Puede que traiga conmigo unos cuantos huesos de perrito.

Ambos miraron el bolsillo de sus jeans, que estaban llenos de lodo.

–Paso –respondió al tiempo que otro escalofrío se apoderó de su cuerpo.

–¿Qué tal una ducha y una cena? Tengo ambas en mi casa.

La forma en que apretó los brazos y apoyó la cabeza entre sus omóplatos lo hizo sentir como un gigante de tres metros de altura.

–Trato hecho.

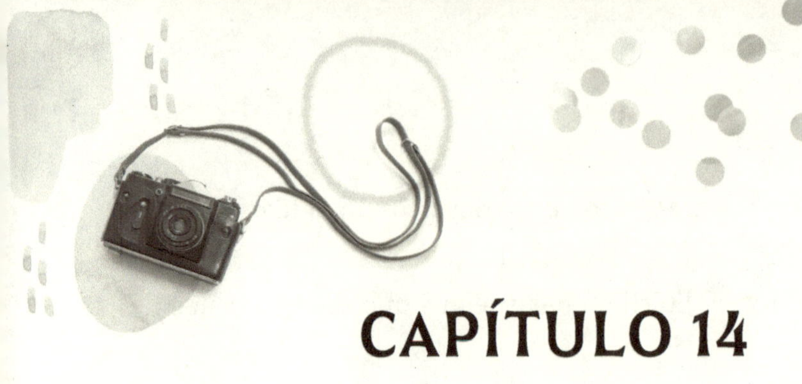

CAPÍTULO 14

Con el recorrido se secaron casi por completo, excepto el frente de Violet y la espalda de Ford, ya que iban pegados uno al otro. Una vez que se separaron, Ford le indicó a Violet que la puerta estaba abierta y que en un momento estaría con ella.

Pegó una carrera parecida a la que podría hacer un pingüino al escapar de un hambriento oso polar. Con la promesa de un lugar caliente a solo un paso de distancia, se detuvo, su mano en el pomo de la puerta. Miró que estaba cubierta por al menos tres capas de lodo y barro.

Y sonrió. Nunca había estado tan sucia. A pesar de las costras de lodo y de la moderada incomodidad, se sintió extrañamente feliz. Libre.

Por lo general, se apegaba a las convenciones sociales. Siempre tenía que centrarse en la concentración. Trataba de no hacer olas, aunque anhelaba recibir atención, pero ambas cosas no iban bien juntas. A menudo se sentía como si se esforzara mucho en ser una observadora casual de su propia vida.

Hoy había pescado un momento increíble por los cuernos, jugó en el terreno fangoso y experimentó sensaciones que ni siquiera se había dado cuenta de que habían desaparecido.

Un Ford sin camisa se paseaba por la acera, con motas de lodo casi iguales a las que ella tenía después de un día de pintura. Era como si su vida borrosa de pronto estuviera en foco. Las emociones felices y cosquilleantes se cristalizaron y Violet hizo *clic*, *clic* en su cerebro para que siempre pudiera recordar este momento perfecto.

–Es evidente que el lodo me pone sentimental –dijo–. Estoy a punto de ponerme poética.

La sonrisa torcida de Ford acusó recibo de la broma.

–Recita algo de poesía para mí, Shakespeare.

–¿No era Shakespeare más bien un dramaturgo?

–Oh, sí. Esas son las palabras sensuales que esperaba.

–Ja, ja –respondió Violet mientras le daba un empujoncito en el pecho–. Lo que quiero decir es que esta tarde ha sido la más divertida que he tenido en mucho tiempo. Estuve presente por completo.

–Yo también disfruté muchos de esos momentos –Ford la rodeó por la cintura y la atrajo hacia sí. La besó con fuerza en los labios y la rodeó para abrir la puerta–. Por fin puedo mostrarle a este pomo quién es el jefe. Lleva semanas presumiendo cómo llegó más lejos contigo que yo.

El tipo era tan simpático, siempre con una broma lista, con una sonrisa a flor de piel. Nunca había estado con nadie como Ford. Y no es que hubiera estado con él. ¿Iba a estar con él esta noche?

Si la forma en que besaba era un indicador, podrían divertirse mucho juntos. Él también la vio sin filtros. Ráfagas de energía y una pasión enterrada por la fotografía, que él la había animado a redescubrir.

A diferencia de su ex, Ford no trataba de apaciguar el caos en su cerebro, sino que la seguía y con paciencia le repetía las cosas. Hacía de cada minuto una aventura.

La forma en que la miró cuando le dijo que era hermosa, como si hubiera estado en el medio del desierto por días y acabara de ver agua...

Su estómago se arremolinó al ponerse de puntillas para besarlo de nuevo. En su corazón y en su cerebro comenzó un estira y afloja.

El sexo sin compromiso a menudo terminaba en lágrimas y en la pregunta de qué hiciste mal.

Pero también el sexo con compromiso le había dejado la misma sensación. Más allá de la atracción física que crepitaba entre ellos, podía sentir en su propia alma la conexión que los unía. Una especie de reconocimiento afín.

Sus cuerpos entrelazados chocaron contra la puerta principal, abriéndola de un empujón, y los ladridos no se hicieron esperar. El repiqueteo de patitas llenó el aire y el trío dinamita se acercó corriendo.

–Sentados –ordenó Ford con firmeza y todos, excepto Torbellino, obedecieron. Se acercó a Violet y ella se agachó para acariciarlo. La mano fuerte de Ford sujetó su brazo y lo levantó–. No puedes recompensarlo a menos que obedezca.

Violet soltó un quejido y Ford arqueó una ceja.

–Quiero ver si tu método funciona. Pero no es justo que los perros sean obedientes y Torbellino reciba una recompensa por desobedecer.

Resultó que Ford era muy estricto en ese aspecto, pero como su trabajo era entrenar perros que tenían a su cargo la vida de las personas, supuso que era justo.

–Siéntate –le dijo a Torbellino. Aunque el cachorro gimoteaba y tocaba las piernas de su pantalón embarrado, y por más que le costó ignorar la punzada en su pecho, Violet se mantuvo firme–. Siéntate.

Torbellino dejó caer su peludo trasero al suelo.

–¡Buen chico! –Violet se puso en cuclillas y le prodigó una lluvia de afecto–. ¿Quién es un buen chico? Tú, ¿verdad?

Pronto acarició también a los otros cachorros. Pyro miró a Ford y cuando este asintió, Pyro se unió a la fiesta de cariño.

Con todos los cachorros moviendo sus colas, Violet declaró su misión cumplida. El lodo que caía de sus jeans le recordaba lo sucia que estaba.

–Voy a dejar un rastro desde aquí hasta el baño.

–Podemos quitarnos los zapatos y los jeans aquí en la entrada de baldosas.

Aunque había estado medio desnuda delante de él unos diez minutos atrás, la adrenalina había disminuido y el lugar estaba más iluminado. De repente, se puso a calcular hacía cuánto tiempo se había afeitado las piernas. Por supuesto que tampoco llevaba su ropa interior bonita, no se imaginó que nadie más la vería.

–No puedo hablar por los cachorros, pero no te preocupes, seré un caballero y me daré la vuelta –Ford volteó hacia la pared, pero ella lo tomó del brazo.

–¿Y si yo…? –la fogosidad que había asaltado su cuerpo poco antes palpitó de vida, suplicándole que siguiera viviendo el momento–. ¿Y si no quiero que seas un caballero?

De los labios de Ford escapó un fuerte resoplido que transmitía su deseo por ella. Y eso hizo que fuera mucho más fácil ser audaz.

Se desabrochó los jeans y empezó a quitárselos. El lodo arenoso hizo que sentirse sexy fuera un desafío, pero deslizó los pantalones más allá de sus muslos y dejó caer los jeans al suelo.

Violet vio cómo Ford tragaba saliva y sintió la sangre arder.

Sin apartar los ojos de los de ella, también se desabrochó el botón y bajó la cremallera. Se deshizo de los jeans y los pateó. Cuando Violet miró a su público canino soltó una carcajada.

–Creo que están esperando nuestro próximo truco.

–Puedo hacer uno o dos más –Ford la levantó en el aire, sujetándola por los muslos y Violet dejó escapar un chillido mientras se dirigían a la sala.

Con su barba rozando ligeramente la parte superior de sus pechos y su piel desnuda dando calor a la suya, pensar en decir algo inteligente resultó imposible. Todos los pensamientos inoportunos se desvanecieron para ceder el paso a la pasión que la recorría.

Violet peinó con sus dedos el cabello de Ford, sacudiendo un poco de lodo en las puntas.

Una puerta se abría a la izquierda. Después de que Ford cruzó el umbral, la cerró de una patada detrás de ellos.

El techo del cuarto de baño era más bajo que el del pasillo y la parte superior de su cabeza rozaba la lámpara. Ford aflojó la presión y ella se deslizó por su cuerpo firme. Su pulso se aceleró y Ford soltó un gemido. Recorrió la cortina de la regadera y giró las llaves de agua.

Cuando el agua comenzó a fluir, se dio la vuelta y colocó las manos sobre su rostro. Ella casi ronroneó mientras arrastraba el pulgar por la línea de su mentón.

–Créeme, muñeca, me muero por meterme debajo del agua caliente contigo. Pero también estoy dispuesto a salir por esa puerta y darte privacidad. No quiero que te sientas presionada o que hagas algo de lo que te puedas arrepentir más tarde.

Ford era usualmente un fanfarrón, pero ahora la sinceridad de sus palabras y un asomo de vulnerabilidad en su voz la hicieron congelarse en su lugar.

Un latido…

Dos…

Con deliberada ligereza, Violet deslizó sobre sus hombros primero un tirante y luego el otro.

Llevó una mano a su espalda media. El movimiento habitual no desenganchó el broche del sostén, así que tuvo que ayudarse con la otra mano.

–Maldición. Intentaba ser sexy y esto demuestra por qué no puedo lograrlo.

–Encantado de ayudarte –Ford posó las manos sobre sus caderas, la hizo girar de modo que quedó frente al espejo sobre el lavabo y jugueteó con el broche–. El lodo actúa como cemento, pero no te preocupes, ganaré esta pelea.

El sostén se soltó y cayó al suelo.

Ford llevó una mano al centro de su abdomen y la atrajo hacia sí, podía sentir su deseo en la parte trasera de la espalda baja. La miró en el reflejo del espejo.

–Mírate. Siente lo que me estás haciendo. ¿Cómo puedes decir que no eres sexy?

La mujer que le devolvía el reflejo era un desastre. Tenía el pelo despeinado, sucio y algunos kilos de más.

Ignoró los rasgos que siempre había considerado como defectos y se concentró en la forma en que sus cuerpos encajaban, se sintió sexy. El deseo dejó su piel enrojecida y húmeda, mientras que el enorme cuerpo de Ford, con su gran mano presionando contra su abdomen, la hicieron sentir pequeña.

Su otra mano subió para acariciar su pecho al tiempo que la que tenía en su vientre se deslizaba hacia abajo. Hundió un par de dedos en la cintura de su ropa interior de algodón y Violet enloqueció al contacto.

Hacía tanto tiempo que nadie la tocaba. Sus rodillas amenazaron con ceder cuando las puntas de sus dedos se movieron más abajo. Y más abajo.

Enroscó su mano alrededor de la nuca de Ford, usándola como ancla y arqueándola contra su torso cincelado. Una descarga de electricidad estremeció su centro cuando la punta de su índice encontró el punto dulce que palpitaba vida, provocando una espectacular mezcla de frenesí y éxtasis.

El vapor empañó el espejo, desdibujando las dos figuras desnudas que se retorcían una contra la otra. Ford le besó la sien y la condujo hacia la ducha.

–Creo que es hora de meterse debajo del agua caliente.

–Sí, claro –repuso Violet en un suspiro mientras él le bajaba y le quitaba las bragas. Estaba demasiado desesperada por sentir sus caricias como para preocuparse por dónde estaba.

El cuándo, sin embargo, tenía que ser ahora. El agua se derramó sobre Violet cuando entró en la ducha, calentando su piel tanto como su deseo.

Ford se deshizo de su ropa interior y entró tras ella. Violet tomó la barra de jabón y la deslizó sobre su piel. Cuando él extendió la palma de su mano reclamando el jabón, ella la apartó.

–Será mejor que te ayude. Eres experto en ensuciarte, pero no estoy segura de que tengas suficiente experiencia en la limpieza.

–Haz el trabajo sucio, preciosa –respondió mientras su sonrisa torcida aparecía–. ¿O debería decir haz lo mejor que puedas?

Burbujas de espuma se aferraban al oscuro vello del pecho mientras ella frotaba la barra sobre su cuerpo. Se puso de puntillas. Ambos dejaban escapar ruidos guturales al contacto entre sus pieles. Violet concentró en quitar el lodo sin reparar en la forma de sus hombros y en el movimiento de sus pectorales...

¿En qué iba yo?

Sus jadeos resonaban al tiempo que frotaba su abdomen, asegurándose de que cada surco quedara enjabonado.

Por un momento observó con asombro, hipnotizada, cómo el agua descendía por su cuerpo, hacia sus musculosas piernas. Hacia el centro de su deseo.

Jugando coqueta con la barra de jabón, lo rodeó, pero sin llegar a tocarlo. Su meñique rozó la entrepierna de Ford y él dejó escapar un gruñido. La distancia quedo zanjada por completo.

Violet sintió que se le secaba la garganta. ¿Este chico? ¿Ella iba a tener sexo con él? ¿Qué era su vida en este momento? Unos dedos callosos le apartaron mechones de pelo húmedo del rostro y la devolvieron al mundo fuera de sus pensamientos.

–¿Cómo estás?

–Siendo honesta, un poco frustrada. Un chico me prendió y luego se detuvo.

–Inexcusable –respondió mientras Violet dejaba el jabón a un lado.

–¿Verdad?

–Una chica me hizo lo mismo –dijo, y su ronca voz aumentó el deseo, que se hizo irrefrenable–. Pero estás de suerte. Tengo lo que ambos necesitamos.

Ford envolvió su mano sobre la base de su entrepierna y la deslizó hacia adelante hasta que alcanzó el vértice entre los muslos de Violet. Ambos se dejaron llevar por la humedad del ambiente. La fricción provocó ondas de placer que le recorrieron las piernas.

Una expresión de deseo carnal se reveló en los rasgos de Ford antes de chocar su boca con la de ella. El beso fue hermosamente brutal, dientes y labios y una lengua de látigo.

Dio un paso adelante y la puso contra la pared de la ducha, su cuerpo entero presionando su estómago. Ford se movió con agilidad y renovó el movimiento circular de sus dedos, insistiendo y acariciando hasta que ella gimió.

–No te detengas, no te detengas.

Cada músculo de su cuerpo se tensó y se aferró a los bíceps de Ford para poder perderse en las sensaciones eufóricas que volvían sus piernas inútiles. Otro estremecimiento en su vientre y Violet estalló. De sus labios salió su nombre.

El mundo giraba: agua, paredes de cerámica y un exquisito espécimen masculino que aparecía y desaparecía de su campo visual. Tal vez incluso perdió la consciencia por un segundo o dos.

Pero cuando abrió los ojos, Ford la estaba mirando. El gesto de satisfacción en su rostro sugería que había sido tan bueno para él como para ella, aunque eso no podía ser cierto. Pero era claro que el placer de Ford provenía de haberla hecho gozar y eso la dejó desequilibrada de la mejor manera. Inclinó su frente y la apoyó sobre la de Violet.

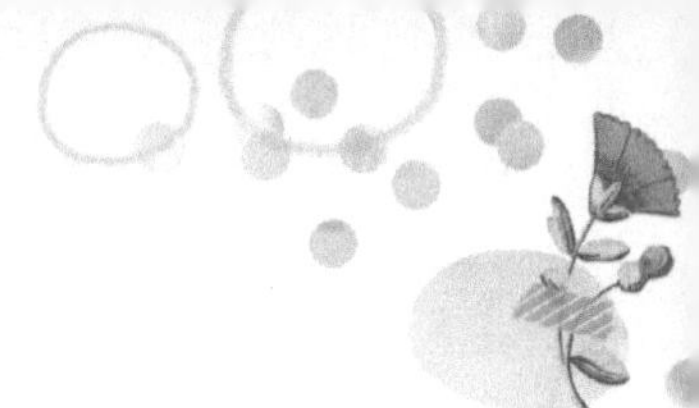

–¿Mejor?

–Mucho –presionó las palmas contra su pecho y las deslizó hacia su abdomen. Trazó la línea de sus oblicuos con la punta de los dedos–. ¿Tú?

Un gruñido fue su única respuesta.

–Creo que es mejor que busque de nuevo el jabón. No me gustaría dejar las cosas a medias…

Ford se inclinó hacia adelante, con las palmas de las manos apoyadas en la pared a cada lado de su cabeza, la línea de la quijada apretada.

–Violet –su nombre era mitad orden, mitad súplica.

Ella cerró el minúsculo espacio entre su mano y la entrepierna del chico. Tomó el deseo y se ocupó de él con la misma entrega que Ford lo había hecho minutos antes con ella. De pronto escuchó una maldición ronca.

Violet lo acarició una y otra vez, disfrutando de su poder para controlar a este gran y rudo chico de campo, aunque fuera solo por poco tiempo.

–Si quieres que esto termine –gimió–, sigue haciendo eso. Pero si quieres que tome un preservativo y…

Con los ojos en blanco, sus palabras se convirtieron en un revoltijo indescifrable.

La idea de verlo perder el control mientras se hundía en sus profundidades le provocó un dolor entre los muslos. Uno a uno abrió sus dedos y lo liberó. Luego le besó el mentón en el punto donde se encontraba con su cuello.

–Ve por él.

–Sí, señora.

Después de un momento de hurgar en lo que ella asumió que era el botiquín, Ford regresó con el cuadrado de papel aluminio. El rocío de agua se enfrió unos cuantos grados, anunciando que habían usado casi toda el agua caliente.

Y apenas podía esperar a gozar con el tipo que tenía delante.

* * *

Al volver a la ducha, Ford casi dejó caer el preservativo. Había pasado los últimos minutos mirando a la criatura desnuda frente a él, pero su belleza lo sacudió de nuevo.

Sí, Violet era curvilínea y hermosa, y podía escribir una docena de poemas sobre su exquisito trasero con hoyuelos. Pero era más que eso. La forma en que había pasado de ser una monada recubierta de lodo a ser una sirena. Cómo había querido hacer un *striptease* pero necesitó ayuda.

¿Y enjabonarlo...? La forma de provocarlo lo había sacado de sus casillas, pero nunca había experimentado algo parecido a la manera tierna y cariñosa de Violet.

Más que eso, le encantaba que ella no dudara en hablarle de su frustración, de su entusiasmo y que siempre que estaba con ella, experimentaba una sensación tranquilizadora que también lograba revolucionarlo.

No tenía sentido. Demonios, la mitad de las veces ella no tenía sentido. Sin embargo, todo aquí y ahora se sentía bien de una manera inusitada.

Tenía que admitir que mucha de su experiencia con las mujeres comenzaba con el sexo y, si eso salía bien, intentaban la relación.

Ahora veía lo que se había perdido, pero no creía que hubiera funcionado con nadie más que a Violet. Había algo en ella.

–Oh. ¿Necesitas ayuda, como yo con el sostén? –completamente sincera se estiró para alcanzar el envoltorio.

Un preservativo era algo que podía manejar, pero ¿quién era él para rechazarlo? Se lo entregó y vio cómo ella luchaba con el envoltorio. Cuando por fin arrancó el papel metálico dorado con los dientes, lo sostuvo con orgullo.

Conforme comenzó a desenrollarlo sobre su entrepierna, sintió que la sangre caliente hervía en sus venas, ¿cómo su autocontrol podía ser tan frágil? Ford cubrió la mano de Violet con la suya.

–Te revelaré algo: no necesitaba ayuda. Pero ahora será mejor que yo lo haga o esto podría ser más rápido de lo que ambos queremos. Odiaría que me dijeras que solo te entusiasmo y que te dejo frustrada de nuevo.

–Nadie quiere eso –repuso con una tímida sonrisa. Era increíble cómo podía pasar de provocadora a tímida, pasar por todo el rango intermedio y hacerlo tan bien.

Después de asegurar el preservativo en su lugar, inclinó su boca sobre la de ella, saboreando la forma en que todo su cuerpo respondía. Hundiéndose, retorciéndose y besándola.

Ford se introdujo en ella, devorando su suspiro y, diablos, ¡qué bien se sentía! Muy despacio, movió sus caderas. La guio de espaldas contra la pared para poder hacer una mejor palanca. Luego se perdió en su interior una y otra vez, ganando velocidad y profundidad, aferrándose a su autocontrol. Había pasado mucho tiempo y ella encajaba tan perfectamente que tuvo que dejar de pensar en eso o haría lo contrario de lo que buscaba.

–No es el ángulo correcto –murmuró Violet, así que él tomó su rodilla y la enganchó por encima de su cadera.

Además del ruido agudo resultante, el movimiento la abrió a él, lo que le permitió ganar profundidad. Ambos gemían mientras encontraban el ritmo ideal. Sus respiraciones rápidas se mezclaron con el agua que se derramaba sobre sus cuerpos, llevándolo cada vez más alto mientras ella se contraía cada vez más.

–Ford. Estoy a punto de...

–Adelante, déjate llevar, muñeca. Te tengo.

Sus ojos se clavaron en los de él, su interior succionaba con más intensidad mientras el placer estallaba por todo su cuerpo. Él extrajo hasta la última gota y luego la siguió al límite con un rugido.

Pasaron unos segundos, o tal vez una eternidad, pero eventualmente obligó a sus músculos debilitados a recuperar el movimiento. Tomó una toalla, la envolvió alrededor de Violet, y luego tomó una para él.

Durante unos cuantos segundos, se sonrieron el uno al otro, como si se felicitaran por haber pasado un rato tan fenomenal.

–Si me sigues –dijo Ford–, puedo prestarte algo de ropa. Entonces me pondré a trabajar en esa cena que te prometí.

–¿Lo decías en serio? Pensé que era solo un discurso.

–Algo que debes saber de mí: nunca bromeo con la comida –con la punta de sus dedos le rozó el brazo hasta entrelazarlos con los de ella. Tal vez estaba obsesionado porque no se cansaba de tocarla y mirarla, había perdido la cabeza.

Se las arreglaron para llegar a su dormitorio antes de que los perros pudieran interceptarlos, pero mientras se vestían, los cachorros arañaban y lloriqueaban en la puerta.

Apenas ajustó el cordón de sus bermudas, Ford observó a Violet. Le había dado un par de boxers que ella había tenido que enrollar en su cintura para mantenerlos en su sitio, pero gracias a que su gran camiseta le llegaba a media pierna, ni siquiera podía verlos. El cuello de la camiseta se le resbaló del hombro. Lo levantó solo para que el otro lado cayera.

–Te ves perfecta.

–Gracias –respondió al tiempo que se mordía el labio inferior besado y enrojecido. Ford se inclinó y le olfateó el cuello.

–Hueles bien, también.

–Huelo a ti.

–Como dije: hueles bien.

–Maldito engreído –espetó sacudiendo la cabeza y dirigiéndose a la puerta–. No puedo creer que me haya acostado contigo.

Honestamente, él tampoco podía creerlo. Ford la llevó al sofá, donde los perros la acribillaron a besos.

–He visto lo que les haces a las cocinas –dijo–, así que siéntete como en casa mientras preparo la cena.

Gracias a sus reflejos rápidos, como de rayo, esquivó el cojín que ella le lanzó a la cabeza.

Lexi había llevado esos cojines para "adecentar el lugar".

Primero pensó que lo que quería insinuar era que carecía de gusto, pero luego apostó que la esposa de su amigo había planeado arrojárselos durante las sesiones de planificación.

Sesiones que se volvían más divertidas últimamente, debido a la mujer que estaba recostada en su sofá, con las piernas desnudas estiradas sobre los cojines. Torbellino se acurrucó en su regazo y Violet pasó sus dedos por su pelaje, dejando a Ford un poco celoso.

Mierda. Hablando de…

–Quería advertirte antes que no te encariñes demasiado.

–Oh –Violet quedó boquiabierta, la tensión se deslizó por su cuello y hombros–. No estoy suponiendo cosas solo porque tuvimos sexo. Me doy cuenta de que…

–Me refería a los cachorros –atajó Ford rápidamente, reprochándose por cómo había sonado su comentario. No solo estaba oxidado en el departamento de citas, nunca había sido el mejor comunicándose. Hizo un gesto señalando a Torbellino.

»Cuando se trata de entrenar a una nueva camada, siempre me recuerdo que los perros son míos por poco tiempo. No quiero que te encariñes demasiado y luego te sientas mal. Eso es todo.

–Haré lo posible –una pizca de angustia irradió de Violet mientras rascaba cariñosamente entre las orejas de Torbellino, que no dejaba de mover la cola..

Retuvo el sermón sobre por qué tratar no era suficiente en la punta de la lengua. Ella había dicho que haría lo posible y eso era todo lo que una persona podía esperar de otra.

Ford se detuvo en el arco que separaba la sala de la cocina y contempló la escena.

Era un cuadro inusual en su casa: Violet relajándose en el sofá, Torbellino acurrucado en su regazo mientras Tanque calentaba sus pies. Pyro estaba en el suelo cerca del sofá, ya que Nitro lo usaba como escalera personal.

Bueno, su sala de estar parecía más llena con Violet ahí. Era un buen cuadro. De repente estaba empezando a ver de qué se trataba todo el alboroto.

¿Tienes novia? ¿Alguien que hace que tu vida sea mejor?

Tal vez algún día en el futuro, cuando la vida no sea tan agitada y tenga tiempo para ese tipo de cosas, se dijo a sí mismo antes de dejarse llevar. *De todos modos, Violet solo está aquí por un tiempo.*

Por eso, al extraer los ingredientes del refrigerador, pensó en recordarse a sí mismo que no debía encariñarse demasiado.

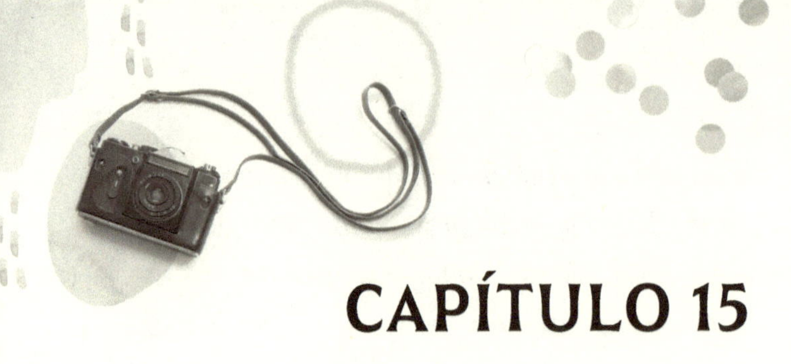

CAPÍTULO 15

—Alguien está muy feliz y apenas son las seis y media de la mañana –dijo Maisy cuando Violet entró a la pastelería, tarareando una canción que incluiría pajaritos de caricatura si su vida fuera una película de Disney–. En especial si tomamos en cuenta que esa persona llegó a casa muy tarde anoche.

–¿Te desperté? –preguntó, apoyando los antebrazos en el mostrador frente a su hermana–. Traté de ser hipersilenciosa.

–No, dormí como piedra. Isla no se levantó ni una sola vez. Pero no estabas en casa cuando me acosté, así que llegué a mi propia conclusión de por qué llegarías tarde a casa –Maisy se dio un toquecito en la sien–. Elemental, mi querido Watson.

–Me tendieron una trampa –repuso, levantando los brazos en señal de rendición–. No fui yo. Fue… el bombero, en la ducha, con un… gran candelabro.

Maisy frunció la nariz, sonriendo, mientras sonaba el pitido de un temporizador. Se incorporó y se dirigió al otro lado de la pared que separaba la tienda de la cocina, haciendo un gesto para que Violet la siguiera.

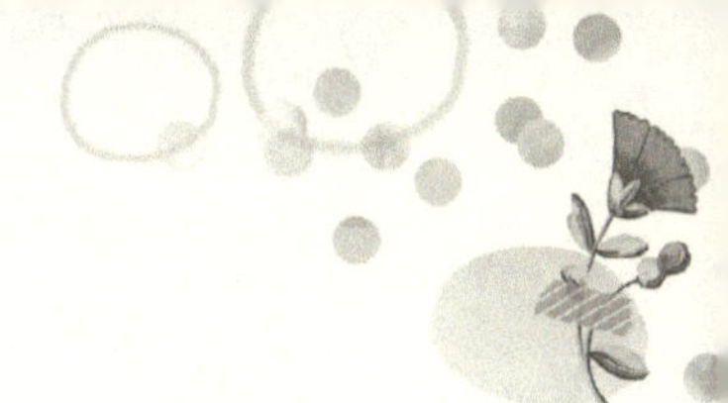

–¿Asumo que estabas con Ford?

–Mmmm... –las mejillas comenzaron a dolerle de tanto sonreír, pero era un dolor que aceptó con gusto–. Me llevó al pantano. ¿Alguna vez has estado allí?

–Según tú, ¿Dolly Parton duerme de espaldas? –respondió Maisy y Violet parpadeó. Pero enseguida captó el chiste y se echó a reír–. Ups, se me salió –cuando su hermana abrió el horno ligeramente desgastado, el dulce aroma de los cupcakes llenó el aire–. Gracias a mamá, he tenido todo el entrenamiento adecuado de chica de sociedad y lecciones de etiqueta. Pero no puedes vivir en el pueblo sin aprender lo que mamá considera un lenguaje inapropiado que no ensucia los pies.

Maisy desenganchó el guante de cocina rosa de la pared y Violet se estremeció cuando su hermana sacó el molde de cupcakes, temiendo que se quemara por los agujeros. Cuando le preguntó por el guante tejido del otro día, Maisy le contó que el Club de los Gatos Artesanos se lo había regalado al reabrir la pastelería, junto con toallas de mano, paños de cocina y una cubre tetera tejida.

¿Quién en la ciudad bebía té que no fuera helado y superdulce? Nunca habían sacado esa tetera disfrazada ni una sola vez.

Tal vez yo debería empezar. Violet había leído que el té verde era una de las bebidas más saludables del planeta. Muchos antioxidantes que disminuían el riesgo de cáncer, junto con una miríada de otros beneficios.

–¿Tienes té verde?

Maisy ladeó la cabeza después de que el molde de los panecillos hizo un leve tintineo cuando tocó la superficie del mostrador.

–¿Estás evitando el tema a propósito?

¿Qué tema?

–¿No?

Maisy se llevó una mano a la cadera, lo que significaba que estaba a punto de usar el marcado acento sureño que solía guardar para cuando su paciencia se agotaba.

–Necesito algunos detalles. Ayer no dejabas de quejarte por tener que llevar los pastelitos al partido porque no querías ver a Ford. Luego me entero de que te metiste al lodo con el tipo –increpó Maisy mientras se quitaba el guante–. Supongo que algo pasó entre los puntos A y B –Violet enderezó de repente la espalda–. Una ducha. Un candelabro muy grande –sus ojos se abrieron tanto que Violet temió que se le salieran de la cabeza–. Tuviste sexo con Ford McGuire.

–Nos caímos en el lodo –respondió Violet, no sin mirar a su alrededor antes de asentir, a pesar de que no había nadie más en el lugar–, luego nos besamos un poquito... Bueno, quizá mucho. Y, como es natural, necesitábamos limpiarnos. Una cosa llevó a la otra...

–Y tuvieron sexo –dijo Maisy, agudizando su voz.

Un revoloteo recorrió sus entrañas hasta convertirse en una tórrida ola de calor cuando la escena de la ducha compartida vino a su mente.

–Sexo increíble –Violet cerró la distancia que las separaba y sujetó a su hermana por los hombros–. Imagina que abandoné mi cuerpo por un minuto y me vi a mí misma desde arriba, haciéndolo mientras el agua caía sobre nosotros. Entonces pensé "guau, eso es demasiado sensual. Debería volver a mi cuerpo para terminarlo". Y lo hice. Dos veces.

La boca de Maisy formó una meticulosa letra O, el labial rojo acentuaba su conmoción y Violet temió haber compartido de más. Pero Maisy se llevó una mano al pecho.

–Alabado sea el señor. Me preocupaba que no volvieras a hacerlo nunca y, bendito sea el corazón de Benjamin, de alguna manera sospechaba que ese no era su fuerte.

Violet casi se apresuró a justificarlo como solía hacer cuando el tiempo entre las sábanas era deficiente. Porque estaba ocupado. O estresado. O era su culpa por no recordarle que la posición que él prefería no funcionaba para ella. O porque su mente se perdía en su lista de pendientes, si debía cambiar el color de las paredes y qué sesión de fotos tenía programada para el día siguiente.

Se dio cuenta de cuánto había justificado su comportamiento a lo largo de los años. No solo por aplazar siempre la boda, sino en varios aspectos de su relación.

–Al principio se esforzó, pero durante el último año, más bien fue mediocre. En cambio, Ford... –Violet simuló abanicarse el rostro–. Oh, Dios.

–Estoy tan feliz por ti –exclamó Maisy antes de dar un pequeño aplauso y poner sus brazos alrededor del cuello de Violet–. Y no estoy tentada en absoluto a señalar que tiene el pelo oscuro y la piel clara.

–Estoy tratando de no adelantarme a los acontecimientos –los ojos en blanco de Maisy no fueron rivales de la enorme sonrisa en el rostro de Violet. *Huh*. Si no se equivocaba, había un ligero acento sureño en esa declaración. El tonito de Las Dudas se le estaba contagiando.

Unos años atrás, eso la ha habría hecho salir corriendo, pero ahora... Violet apretó a su hermana. No parecía tan malo. Cuando se separaron, Violet notó la gran cantidad de cupcakes que había en el mostrador.

–¡Guau!

–Sí. ¿Te acuerdas que esta noche es el bazar de edredones del Club de los Gatos Artesanos? El que financia a la sociedad histórica, para que los edificios que necesiten remodelación o reparación cuenten con recursos suficientes para hacerlo.

–Lo siento mucho, pero no me acuerdo –admitió Violet después de rebuscar con esmero en su materia gris y no encontrar nada. O no había prestado atención o su cerebro había ignorado el dato para dar espacio a nueva información.

–No importa. Me advertiste que, cuando pintas y decoras, tu TDAH entra en acción con fuerza. Esperaba que hubieras exagerado un poco.

–Ojalá –repuso. Sintió irritación por el esfuerzo que tenía que hacer para concentrarse, no solo por aquellos a quienes ignoraba de modo accidental, sino por ella misma. Constantemente perdía sus llaves, su bolso, sus gafas de sol, etc. Sus músculos se tensaron, lista para afrontar la exasperación de Maisy.

–En serio, Vi, no te preocupes. Me gustaría poder olvidarme del bazar. Parece que no logro ponerme al corriente. Ayer me atrasé, pero pensé que tendría tiempo extra al terminar. Se me olvidó que era día de bingo y que los señores se quedaban hasta la hora del cierre. Y luego ya era hora de ir por Isla y... –Maisy se llevó los dedos a las sienes masajeando en círculos– entre cambios de pañales, sesiones de extraerme la leche y de alimentarla, parece que he extraviado mi cerebro, junto con mi capacidad de hacer varias cosas a la vez.

–Oye –atajó Violet, adoptando una postura pragmática–, sigues siendo una madre primeriza y no dormir lo suficiente desgasta a cualquiera. Eres brillante y hermosa y amable y… –Violet dudó, no porque no quisiera decir las palabras que tenía en la punta de la lengua, sino porque la emoción se atoró en su garganta–, te quiero. No sé qué habría hecho sin ti estos últimos meses.

–Yo también te quiero –las lágrimas se acumularon en los ojos de Maisy–. Esta mañana entré en pánico al darme cuenta de que estás a punto de terminar la remodelación. No quiero que te vayas.

–Bueno, todavía planeo pintar las mesas y las sillas para que coincidan con los acentos de las paredes. Y apenas estoy retomando mi amor por la fotografía, así que no he contemplado ni siquiera el siguiente paso. Pero me quedaré aquí por lo menos otras dos o tres semanas.

–O, escúchame, podrías quedarte para siempre. Mucha gente del condado podría necesitar de una fotógrafa galardonada.

Violet no estaba muy segura de qué decir, no había considerado la posibilidad de quedarse en Las Dudas de forma indefinida.

–Isla te adora –continuó Maisy–. Le vendría bien una tía divertida mientras su abuela la hace pasar por todas esas lecciones aburridas que yo tuve que soportar… al puro estilo Hurst, que se remonta a generaciones atrás. Y Travis no deja de hablar de lo feliz que me ve y es gracias a ti –una tibia ola recorrió a Violet mientras escuchaba a su hermana, abrió la boca para responder, pero Maisy no había terminado.

»Estoy dispuesta a intercambiar comida y alojamiento por fotos semestrales de mi familia, lo cual, créeme, es un trato increíble. Si además tienes sexo extracorporal con Ford, eso es un bono.

–Oh, ¿así que ahora me estás ofreciendo un extra en forma de sexo? –Violet contuvo el aliento de forma dramática–. ¿Qué diría Recursos Humanos? –el humor y la exasperación competían en la expresión del rostro de Maisy y la obligaban a mantener los labios fruncidos–. Ni siquiera estoy segura de lo que Ford diría al respecto –concluyó Violet.

–Sexo frecuente con una hermosa mujer con curvas que no puedo evitar envidiar. Te garantizo que estaría más que de acuerdo.

Violet apoyó la cadera contra el mostrador, cuidando de no chocar con las bandejas de cupcakes que se enfriaban. Le pareció divertida la idea de que Maisy envidiara cualquier cosa suya cuando ella a menudo deseaba el metabolismo de su hermana y su linda nariz. Al parecer todos querían lo que no tenían.

–Según veo, has pensado mucho en esto. No vas a salir con una presentación con viñetas, ¿verdad?

–Crearé una si es necesario –el cariño que Maisy imprimió en sus palabras hizo que Violet tuviera que parpadear para contener las lágrimas. Sintió tal calidez emanando de su interior que temió estar a punto de iniciar otro incendio.

Aunque esta vez, se dejaría consumir. Toda su vida había buscado este tipo de amor incondicional en los hombres. Primero en su padre, luego en sus novios y, en especial, en Benjamin, que era probablemente quien más se había acercado. Tal vez también porque llegó a pensar que era lo mejor que una persona tan dispersa como ella podía tener.

Con Maisy, Violet nunca tendría que preocuparse de que su relación fuera unilateral.

–No es necesario. Lo pensaré.

CAPÍTULO 16

Hasta el momento la mesa de decoración de cupcakes para niños era un éxito rotundo. Aunque estaba desordenada y varios niños corrían como colibríes crecidos, acelerados por tanta azúcar, era una victoria además de una buena ganancia.

–Todavía no puedo creer que hayas conseguido que Lottie estuviera de acuerdo con esto –dijo Maisy, pasando un brazo alrededor de los hombros de Violet–. Fue un alivio no tener que decorarlos todos.

Después de ver a Maisy estresarse toda la mañana, Violet le sugirió que, en lugar de la exhibición de pastelitos, lo mejor era dejar que la gente les pusiera el decorado. Maisy respondió que era un plan genial, que le haría la vida más fácil, pero que Lottie nunca lo aceptaría. Así que Violet había ido a la tienda de manualidades a convencer a la mujer.

–Para eso están las hermanas. Para asustar ancianitas y obligarlas a estar de acuerdo.

–Es como si te hubieras enfrentado a la bruja de Hansel y Gretel y hubieras ganado. En serio, necesitas enseñarme tus secretos.

Curiosamente, Violet había aprendido bastante sobre Lottie. Por ejemplo, que no daba mucha importancia a las políticas del alcalde Hurst o a su falsa superioridad moral. Esto lo descubrió después de que Violet le informó que aunque el alcalde era su padre, ella era una Abrams. Fue la primera vez que sintió que no ser una Hurst oficial en Las Dudas la ayudaba en lugar de perjudicarla.

Sin embargo, cuando le informó a Lottie que habían decidido renunciar a la exhibición de pastelitos para que fueran los niños quienes decoraran sus propios cupcakes, en el fondo de los ojos de la mujer se encendió el fuego.

La vieja Violet se habría echado para atrás. La nueva versión estaba trabajando en el método de "a quién le importa lo que otros piensen" de Ford.

–Ya tenemos dispuesto el círculo de sillas para la presentación de los pastelitos. Dile a Maisy que tenga los premios allí a las cinco. Las puertas se abren a las seis.

–La cosa es que –Violet se esforzó en mostrarse firme, aunque en su interior le temblaban las entrañas–... no es una pregunta. Hacer que los niños los decoren los mantendrá ocupados y, además, así se irán con una golosina. Yo misma moveré la mesa si es necesario. Maisy es mamá primeriza y está manejando un negocio ella sola. No voy a añadir más estrés a su vida y tú tampoco lo harás.

La forma en que Lottie quedó boquiabierta hizo que Violet pensara que nadie la había desafiado antes. Por fin, la mujer asintió y le arrebató tanto la taza de café como la bolsa con la garra de oso.

Ahora, por el rabillo del ojo, Violet vio a Ford. Más temprano, cuando le envió un mensaje de texto para preguntarle si lo vería en el bazar, él respondió que no era realmente su tipo de ambiente, así que no esperaba que apareciera. El día tan arduo hizo que el tiempo se sintiera como eones en vez horas desde la última vez que se vieron.

Y Ford se veía bastante bien, así tan grande y corpulento, con esa maldita fanfarronería...

El deseo calentó sus venas, catapultando su pulso a un ritmo primitivo, requirió de mucho autocontrol para no salir corriendo, lanzarse a sus brazos y gritar a los cuatro vientos que era suyo.

Solo fue una noche.

Una noche increíble. Igual que las otras veces que salieron, pero no estaba segura de que contaran, ya que habían sido más coqueteo amigable que coqueteo intencional.

¿Y si quiere que lo mantengamos en secreto? La sola idea hizo que se le retorciera el estómago. Toda la asertividad de los últimos tiempos se tambaleó.

Los ojos de Ford se clavaron en los suyos y el tiempo perdió todo su significado...

Una sonrisa lenta se dibujó en el rostro del chico, quien al instante cambió de dirección y se dirigió hacia ella. En su interior solo sentía mariposas que, con cada aleteo, despertaban la esperanza y la cargaban de valentía.

–Bueno, ¿qué tenemos aquí? –preguntó Ford una vez que llegó a la mesa.

–Hemos estado ocupadas decorando –con un gesto señaló los cupcakes que tenía delante–. ¿Quieres uno?

–¿Hay alguien que responda no a esa pregunta?

–Hasta ahora no he encontrado a nadie así –contestó ella, acercándose. Ford no le quitaba la mirada de encima.

–Dame un poco de amor.

Violet se acercó a mitad de camino, pero en vez de besarlo, tomó un pastelito de chocolate y se lo metió en la boca. Demasiado tarde se dio cuenta de que era un gesto similar al corte del pastel en una boda.

Mientras su cerebro se preocupaba por eso, Ford tomó un cupcake de vainilla e hizo lo mismo. Manoteando y riendo, se embarraron la cara con crema de mantequilla y chocolate.

Después de un rato de jugueteo, Ford la apoyó sobre una parte relativamente vacía de la mesa y plantó sus labios en los de ella.

Lo que comenzó como un juego se transformó en el saludo más suculento de la historia. El exquisito golpe de su lengua la hizo meter una mano en su camiseta y renunciar al control. Cuando apartó su boca, Violet protestó.

Ford le tomó la barbilla, le torció la cabeza a un lado y le dio un lánguido lametazo en la mejilla. Violet intentó imitarlo y falló.

–Van a necesitar un cuarto –dijo Maisy–. No me malinterpreten, echo de menos a mi esposo, sobre todo después de esa exhibición, pero en esta mesa hay niños.

Violet se las arregló para enderezarse a pesar de sus piernas temblorosas. Estaba tan atrapada en el beso, que había olvidado que la gente podría estar mirando. Sin embargo, con sus labios todavía cosquilleando por el beso, se dio cuenta de que no le importaba.

–Lo siento –le dijo a Maisy–. Bueno, más o menos.

–Ya me has ayudado bastante hoy –respondió su hermana, alejándola con un movimiento de mano–. Vayan a disfrutar del bazar.

–Sí, señora –Violet rodeó la mesa. Una vez que ella y Ford llegaron al camino por donde la gente paseaba, él tomó su mano y entrelazó sus dedos.

Mientras Violet pasaba por entre las hileras de cubrecamas en exhibición, disminuyó la velocidad. Colgaban de un tendedero, con cuadrados numerados de papel prendidos a la tela. Cada manta tenía colores brillantes, diseños intrincados y hermosos patrones. Horas de trabajo que terminaban en mantas que eran una verdadera obra de arte, capaz de mantenerte caliente, no solo por la tela y el relleno, sino porque podías ver la cantidad de amor en cada puntada.

Durante años, pensó en Las Dudas como el pequeño pueblo en el que todos se metían en la vida ajena, pero esta noche sintió un fuerte sentido de comunidad. La mayoría de los residentes de Las Dudas estaban allí para apoyar y recaudar dinero para la sociedad histórica a fin de poder preservar el legado de sus antepasados.

El hecho de que los pueblos de los alrededores se unieran causó que Violet viera el lugar bajo una nueva luz.

Ford la jaló hacia la izquierda, hacia una piscina de plástico para niños llena de peces de juguete.

–Es hora de mostrar mis impresionantes habilidades de pesca.

–Estoy casi segura de que esto es un juego de niños –afirmó, y él puso un dedo en sus labios y la hizo callar.

–No los asustes –por alguna razón, imitaba un acento australiano–. Caray, pensarías que es tu primera vez.

–Es mi primera vez pescando.

–*Pescando* –corrigió Ford, enfatizando el acento australiano y sonriendo de tal forma que la hizo poner los ojos en blanco y reírse.

Ford saludó a una mujer canosa que llevaba el pelo recogido en un moño muy elaborado. Puso un par de billetes de un dólar sobre la mesa.

–Dile cómo se hace, Misaki.

–Oh, solo acepté dirigir este puesto para poder ver los rostros emocionados de los niños. Yo no sé pescar –respondió entre risas mientras le entregaba la caña de pescar–. Soy mucho mejor en crochet.

–¿Ves esos peluches? –preguntó Ford. Conejitos de ganchillo, cerdos, perros, gatos y otros animales de todos los tamaños y colores cubrían dos de las tres mesas que rodeaban el puesto–. Misaki los hace.

–Se llaman amigurumi. Un arte japonés que mi abuela me enseñó cuando era una niña.

–Son tan lindos –dijo Violet, recogiendo el cerdo púrpura que llamó su atención–. Si tratara de hacer algo así, terminaría con una bola de hilo enredado.

Misaki se rio con un sonido feliz y pleno.

–Te enseñaré algún día si quieres aprender.

Violet se puso sentimental. Esta mujer apenas la conocía hacía dos segundos ¿y le estaba ofreciendo lecciones de crochet? ¡Qué dulzura!

Con eso, más la multitud de gente que se arremolinaba, reía y disfrutaba del evento, la sugerencia de Maisy de permanecer en Las Dudas de forma permanente resultaba cada vez más atractiva.

–... medicación, ¿verdad? –preguntó Ford, y Violet volvió la atención a la conversación que se estaba desarrollando frente a ella.

–Lo prometo. Compré una de esas cajas de pastillas marcadas con los días de la semana, tal como me dijiste –dijo Misaki, y Violet rellenó el espacio en blanco: Ford había preguntado si la mujer estaba tomando sus medicinas. Justo a tiempo, también, porque

Misaki la miró–. Hubo un día del invierno pasado en que no podía recordar si había tomado mi medicina o no, así que tomé mi píldora. El problema fue que ya la había tomado y, al duplicarla, me mareé tanto que me desmayé. Mi hija me encontró y llamó al 911.

Okay, no le había atinado por completo, pero casi.

–Déjame adivinar. Ford apareció.

Misaki asintió.

–Sí, gracias a Dios. Me cuidó muy bien. Ahora siempre me pregunta si tengo cuidado con mi medicación.

–Sí, bueno... –Ford se frotó el cuello, resultó ser tímido en el único punto en el que podía ser arrogante. Levantó la caña de pescar–. ¿Empezamos?

El imán golpeó el agua con un *plack* y Ford lo arrastró en busca de un pez. Una aleta azul y verde se enganchó en el extremo, por lo que sacudió la caña.

–Vaya, es uno grande –tomó a Violet por la cadera y la colocó delante de él–. Voy a necesitar ayuda para enrollarla.

Para complacerlo en el juego, sobre todo porque significaba tener sus brazos fuertes alrededor de ella, Violet tomó la caña de pescar. Como le había sugerido ir despacio y con constancia para que no perdiera el pescado, envolvió sus manos alrededor de las de ella, como si necesitara apoyo.

La forma en que su corazón latía un tanto desacompasado amenazaba con obstaculizar sus habilidades, pero antes muerta que pedirle que la soltara. Al final extrajeron al pez, las gotas de agua los salpicaron cuando Ford tomó la cuerda y lo acercó.

Misaki aplaudió, como si hubieran logrado una gran hazaña. Luego tomó la caña y los peces de juguete y señaló los premios de feria.

–Pueden elegir cualquiera de estos.

Cuando un niño con rizos de ébano y piel tostada pasó cerca de ellos, Ford saludó a sus padres: Darius era bombero y lo acompañaba una mujer con piel de marfil y pelo rojo ardiente. Después le preguntó al chico, Trevon, si quería elegir un premio.

–¿Recuerdas a Violet? –Ford colocó una mano sobre el hombro de Violet–. ¿La hermana de Maisy?

–Ford solo está siendo amable al ignorar la parte del incendio en la pastelería –dijo Violet cuando tomó la mano extendida de Darius para saludarlo. Él se rio entre dientes y presentó a su esposa, Willow, y a su hijo. Luego Ford levantó a Trevon para que pudiera elegir un premio. Cuando el niño escogió un camión de juguete, Ford lo dejó en el suelo y pasó una mano por en su pelo.

Antes de que pudiera recordarse a sí misma que no se dejara llevar, sintió un fuerte tirón en el corazón. ¿Cómo se suponía que iba a evitar enamorarse de un tipo con un gran corazón que, por alguna inexplicable razón, intentaba ocultar? Aunque no tenía mucho éxito, el secreto definitivamente se había revelado.

Después de despedirse de Darius y su adorable familia, Ford se inclinó y le susurró algo a Misaki. Su cara se iluminó cuando tomó el billete de veinte dólares y lo metió en su caja.

–Los juguetes son para los niños, pero Misaki también está vendiendo sus... Oh, la voy a destrozar, pero aquí va de cualquier manera. Sus amigomi.

–Amigurumi –Misaki lo corrigió amablemente con una risita.

–Sí, eso dije –el pulgar de Ford se deslizó bajo el dobladillo de la camisa de Violet, un escalofrío la dejó mareada–. Así que, adelante, elige uno.

Cuando era adolescente, soñaba despierta con una cita así y, de pie junto a Ford, que la hipnotizaba con el pulgar, volvía a sentirse como esa chica romántica que fuera alguna vez.

Violet contempló los animales de ganchillo, haciendo una pausa en el cerdo púrpura que había tomado antes. Pero entonces un perro de manchas blancas y negras la miró y todo dentro de ella gritó: ¡ese!

–¿Me das el dálmata, por favor? –Misaki le entregó el perrito y Violet lo abrazó contra su pecho–. Ya lo amo. Voy a ponerle un nombre… McGuire.

Ford arqueó una de sus oscuras cejas.

–¿Entiendes? ¿Porque él es un perro bombero y tú eres un bombero?

–Pero yo entreno a pastores alemanes.

–Bueno, si eres tan exigente, McGuire –dijo, dirigiéndose al cachorro de peluche en lugar de al tipo que estaba a su lado–, algún día tendré que conseguirte un pastor alemán para que juegues con él.

Ford sacudió la cabeza, pero una sexy hendidura se marcó en su mejilla. Agradecieron a Misaki y se despidieron. Una vez que estuvieron a unos pasos, Violet se acurrucó para darle un beso. Mientras movía sus labios contra los de Ford, tardó un segundo en inhalar su colonia y empaparse de la forma en que él la acercaba y le mordisqueaba el labio inferior.

Si se pusiera más feliz, podría flotar hasta lo alto del techo, junto al globo de helio que algún niño probablemente lamentaba haber soltado.

–¿Qué sigue? –preguntó Ford.

–Tengo que agradecer a Lottie antes de que me olvide –ella dio un paso, pero Ford se convirtió en una estatua completa, con los pies cementados en el suelo.

–Muñeca, haría casi todo lo que me pidieras. Pero esa mujer y yo tenemos una larga historia y mi presencia solo sería un perjuicio.

–Oh, vamos –le dio un tirón y, de mala gana, comenzó a moverse de nuevo–. No da tanto miedo.

–Diablos, vaya que sí. No la has visto después de que un cachorro desentierra su parterre, no uno de los míos, para que conste. Un perro de Tucker, Casper, entró en su patio un día mientras estábamos... haciendo cosas de niños, y vino a regañarnos. Aunque no sabíamos por qué, todos estábamos aterrorizados.

–Describe qué cosas de niños –dijo Violet.

–Tal vez cambiamos la manta de la escuela que decía "Próximo viernes: concurso de cálculo" por una con "concurso de culo" –Violet se rio. Podía ver a él y a sus amigos haciendo eso en el pasado–. También estuvo la vez cuando movimos la máquina de refrescos al elevador de la escuela. Fue idea de Addie y, como era la más pequeña, mientras ella jalaba hacia adentro, nosotros empujábamos.

»Entonces, como ya casi no había espacio libre, salvo la parte superior, Addy se trepó encima de la máquina para poder salir. Lottie estaba en la escuela ese día por alguna razón. Creo que estaba recogiendo a su hija –Ford jaló a Violet hacia su lado mientras pasaban por el puesto de lanzamiento de aros–. Algunos profesores pensaron que era divertido, pero no Lottie. Nos señaló a mí, Shep, Addie y Tucker y dijo: "Les garantizo que ellos son los culpables".

–En su defensa, no se equivocó.

–Debes de haber sido una de esas chicas buenas y bien portadas.

Violet se gimió, aunque no estaba exactamente equivocado.

–En mi defensa, la escuela a la que fui no lo habría encontrado divertido ni se habría referido a ello como una broma. Al menos me habrían suspendido. Además estaba muy consciente de que necesitaba notas perfectas y un historial impecable para conseguir una beca si quería ir a la universidad.

–Creo que habría terminado en el reformatorio si hubiera crecido en una ciudad en lugar de este pequeño pueblo –admitió Ford después de esquivar a una familia de cinco con un cochecito doble. Hizo un gesto de la barbilla señalando una mesa en su camino.

Lottie estaba sentada detrás de una serie de portapapeles, charlando con Nellie Mae, quien se había acercado en el bar La Vieja Estación de Bomberos hacía un par de fines de semana y quien le advirtió a su papá de su presencia.

El mantel tenía un letrero en el frente que las identificaba como "Club de los Gatos Artesanos", un ovillo de lana atravesado por agujas de tejer en un lado y un gato en el otro.

–¿Es aquí donde solicitaron el catnip? –preguntó Violet y las dos mujeres fruncieron el ceño mientras el tipo a su lado resoplaba una risa. *Vaya, qué serias.* Violet aclaró su garganta y lo intentó de nuevo–. Lottie, solo quería agradecerte por cambiar el programa de Maisy. Lo aprecio mucho y ella también. A todo el mundo le encantó decorar los cupcakes.

–Espero que no estés difundiendo esa noticia –respondió cruzando los brazos sobre su amplio pecho–. Si hago una excepción con ustedes, la gente pronto empezará a pedirme que haga lo mismo con ellos.

–Um, está bien. De todas formas, gracias de nuevo.

La mirada de Lottie se dirigió a Ford.

–Señor McGuire, me alegro de verlo apoyando a la comunidad. Aunque me parece recordar que me dijo que estaría muy ocupado esta noche para ser nuestro subastador.

–Mi... agenda se liberó. Un poco. No lo suficiente para estar aquí durante toda la subasta, pero lo suficiente para...

–Acompañar a la señorita Abrams. Sí, ya lo veo. Pero es una pena. Eres tan bueno para decir tonterías.

La sorpresa dejó a Violet viendo a la mujer sin poder creerlo. Entonces se dio cuenta de lo asustada que debería de haber estado cuando le pidió el cambio.

Esa era honestidad brutal, cosa que Violet siempre había considerado como una forma de justificar ser grosero. A pesar de lo que gente así pudiera afirmar, sí había una manera de ser honesto sin ser maleducado. Sintió el calor de la rabia que la invadía.

–Como la mayor entrometida de la ciudad, Lottie, seguro que no te quedas atrás –Violet deslizó su mano bajo el brazo de Ford–. Ahora, si nos disculpan, mi acompañante y yo tenemos que encontrar un rincón donde besarnos.

En serio, si no hubiera tenido antes los encuentros positivos con Misaki y tantos otros habitantes del pueblo, Violet estaría tentada a salir del lugar.

–No tenías que hacer eso –dijo Ford tan pronto como se alejaron–. Puedo manejarlo.

–Bueno, no pude contenerme. Juro que la mitad de este pueblo es ciego –parecía ser la mitad más rica. Y la más vieja, también. O tal vez eran sus prejuicios.

–Es el yin y el yang de los pueblos pequeños. A veces no puedes superar tu reputación. O la de tu padre o la de tu abuelo. En especial con las generaciones mayores –Ford encogió los hombros–. Y cuando se trata de Lottie, es algo personal. Una de sus hijas se casó y luego se divorció de mi hermano. Su otra hija se divorció también, así que creo que está amargada con los hombres en general.

–No debería desquitarse contigo –dijo, aunque tal vez estaba siendo hipócrita porque ella misma también había renunciado a los hombres. Aunque su determinación no había durado mucho tiempo.

–Prefiero que la traiga en mi contra que contra alguien más. Como te dije, sé manejarlo –Ford le pasó el brazo por encima de los hombros y le acarició el cuello–. Pero te agradezco tu preocupación.

¿Apreciaría Ford que ella se preocupara más de la cuenta? Como era evidente que su actitud de "me importa un carajo" había fracasado esta noche, Violet dio rienda suelta a lo que pensaba.

–Entiendo que la reputación puede ser difícil de superar, pero culparte por algo que tu padre o tu hermano hicieron –debido a su propia historia, el tema le apasionaba. Bastó ver que la gente juzgara a Ford para que se enojara lo suficiente como para decir algo–. Eso apesta, la gente debería superarlo. En serio, si no estuvieras cerca, ¿quién apagaría los incendios de la ciudad? ¿Quién se presentaría a las emergencias médicas y encontraría a sus seres queridos perdidos en las tierras salvajes de Alabama?

–Me haces parecer mucho más genial e importante de lo que soy –Ford dejó caer su cabeza, su piel se enrojeció ligeramente.

–¿Qué tienes ahí? –Violet se acercó como si fuera a limpiar algo de su cara–. Tienes un poco de humildad… –le pasó el pulgar por la comisura de la boca–. Listo. Creo que ya la quité toda.

Los ojos de Ford se fijaron en los de Violet. En las profundidades verdes de esa mirada se advertía la diversión.

–Oh, qué bien. Odiaría que alguien más viera eso. Sería tan embarazoso.

–¿Significa eso que te importa lo que piensen de vez en cuando? –Violet se inclinó en tono conspirador y susurró–: No te preocupes, no se lo diré a nadie.

–Me importa lo que piensa una persona de aquí –bajó la cabeza para que su frente tocara la de ella. Usó sus pulgares para inclinar su barbilla y cerrar la escasa distancia entre sus bocas.

Aunque era uno de los besos más castos que habían compartido y duró solo un segundo más o menos, se sentía más íntimo. Como envolverse en una manta de lana y hundirse en el sofá al final del día junto a alguien que amas.

Era el tipo de deseo que había intentado eliminar hacía seis meses. Ese que la hizo imaginarse una valla y un par de niños corriendo por el patio mientras ella y su esposo se sentaban en un columpio del porche, mirando y bebiendo limonada.

Por tratarse de este tipo en particular, Pyro y Torbellino también se metieron en su imaginación. Incluso aunque, igual que con Ford, se suponía que no debía encariñarse.

La desazón se hizo presente, a pesar de que Violet se aseguró de que no fuera la gran cosa. Mientras no se notara en su rostro. Lo último que quería era asustar a Ford.

Por otra parte, tal vez debería averiguar ahora si él huiría del compromiso.

No estaba pidiendo un para siempre. Solo que un día pudiera

estar abierto a algo más… sin importar lo que fuera.

–¿Qué dirías si te dijera que estoy considerando quedarme en Las Dudas para siempre? –tras soltar la pregunta, Violet contuvo su respiración, escudriñando sus rasgos mientras esperaba su respuesta.

–Si quieres quedarte, deberías hacerlo. Aunque Lottie sea parcial, te garantizo que si tú o yo o cualquier otra persona en la ciudad necesitara ayuda, ella aparecería. Y aunque fue difícil crecer con la reputación McGuire que se cierne sobre mí, muchos otros me han mostrado amabilidad y me han hecho lo que soy hoy.

»Trabajé un verano en el Martin's Trading Post y, cuando llegó el momento de pagar la universidad, mi jefe me dio un préstamo, sin intereses. Y se negó a que se lo pagara después de graduarme.

Eso fue todo. Ni más ni menos. No era particularmente lo que esperaba, pero incluso si él le hubiera dicho que se quedara, quizá ella se hubiera negado. De todas formas, ¿estaba tratando de convencerla de quedarse? ¿O de que no lo hiciera?

–Hola, Violet –la voz hizo que se congelara, pero no porque hiciera frío. No, Cheryl Hurst tenía el tipo de voz que te persuadiría de agradecerle por clavarte un picahielos en el ojo.

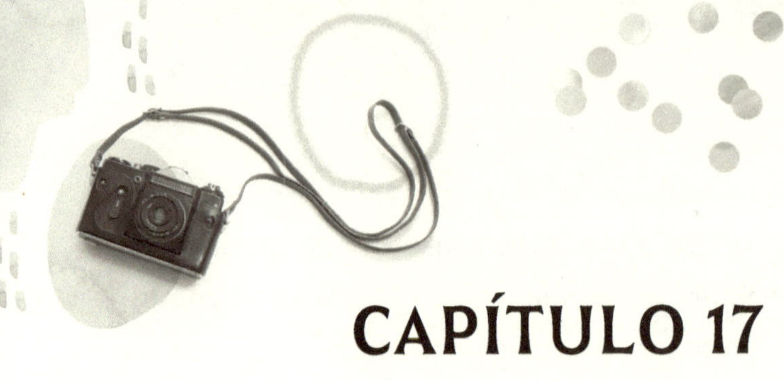

CAPÍTULO 17

Aunque a Violet le había encantado sentirse como una adolescente en la caseta de pesca, ya no estaba tan segura de que le gustaba tanto. Muy despacio, se dio la vuelta y sonrió.

–Cheryl. Hola.

–Me preguntaba cuándo me encontraría contigo.

Yo, también. Excepto que lo reemplacé con la pregunta ¿cómo evitar encontrarme contigo?

–Aquí estoy.

Los ojos azules glaciales de Cheryl se fijaron en lo cerca que estaban Violet y Ford. Como de costumbre, llevaba su cabello castaño estilizado en una versión menos esponjada que la del presentador de noticias Bob.

Aretes de perlas y un collar a juego acentuaban su traje sastre, y exudaba clase y estilo por todos los poros. En otras palabras, lo opuesto a Violet. La incomodidad llenaba el aire.

–¿Nos disculpa un momento? –soltó Cheryl, dirigiendo una sonrisa a Ford.

Obviamente no era una pregunta real, pero en lugar de estar de acuerdo con Cheryl Hurst como la mayoría de la gente, Ford miró a Violet.

–Está bien –respondió ella, dudando de si soltarse de su mano–. Te busco después.

–Consejo profesional: busca en el área de la comida.

Con una simple inclinación de cabeza, Cheryl le comunicó que quería sostener su conversación en uno de los rincones vacíos y oscuros del centro comunitario.

Tal gesto llevó a Violet incluso más lejos, hasta sus años de primaria, cuando arrastraba los pies mientras que su madre la obligaba a subir al auto para ir a la escuela.

Violet levantó la barbilla y la siguió. Cheryl asentía con la cabeza a la gente al pasar, irradiaba amabilidad, y Violet quiso creer que recibiría el mismo trato. Durante las semanas que había pasado en Las Dudas cada verano, la evasión había sido el mecanismo de supervivencia de ambas. Una vez que se alejaron de los ojos y oídos entrometidos, Cheryl se dirigió a ella.

–He oído que estás atravesando por un bache en tu carrera.

–Me estoy recuperando –Violet intentó pasar saliva.

–Me alegra oírlo –Cheryl levantó su bolso y sacó una chequera y un bolígrafo–. ¿Cuánto costará terminar el trabajo?

La ofensa golpeó a Violet en el estómago mientras miraba a la mujer. Seguramente lo había entendido mal. Conseguir apoyo financiero de los Hursts siempre había sido un problema. Papá afirmaba que había sido el inicio de muchas peleas con Cheryl, la única vez que mamá se había tragado su orgullo y exigido ayuda fue para la matrícula de la universidad.

Gracias a las becas que Violet había ganado, pudo cubrir todo, además de los libros y la vivienda.

–¿Perdón?

–Tú y yo nunca hemos sido muy cercanas, así que estoy segura de que piensas que no me caes bien. La verdad es que no me desagradas –bueno, eso era como decirle a alguien que podía seguir respirando, siempre y cuando no lo hiciera cerca de ti. Chery continúo–: Una cosa es perdonar y otra, olvidar. Cada vez que vienes a Las Dudas haces que sea más difícil de olvidar. Cuando venías por una o dos semanas, podía lidiar con ello, pero la gente está empezando a hablar cada vez más de ti.

»Cosas como: "¿Ya viste lo que Violet ha hecho con la pastelería?", "¿Ya supiste que la hija del alcalde Hurst ha estado ayudando a Addison Murphy con su boda?" –Cheryl destapó el bolígrafo y lo giró–. Frases por el estilo. Y como si eso no fuera lo suficientemente difícil de ignorar, ahora estás intimando con un McGuire –se le arrugó la nariz al escupir su apellido.

Respira profundamente, se dijo Violet, luchando por no perder los estribos por segunda vez esa noche.

–Ford es un buen hombre. Estoy tan harta de cuánta gente en la ciudad no se da cuenta de ello.

–Considerando a su familia, sí, ha logrado bastante. Pero los McGuire no sientan cabeza. O al menos no por mucho tiempo –Cheryl jugueteó con las perlas alrededor de su cuello–. Entre el padre de Ford y sus hermanos, suman cuatro divorcios y varios hijos con distintas mujeres. Siempre están buscando la hierba más verde –un músculo se tensó en su quijada–. Desafortunadamente, sé muy bien cómo se siente.

Por primera vez, Violet vio una grieta en la perfecta fachada de Cheryl. El daño se hizo patente, arrugando una frente que había creído que era imposible de arrugar, gracias al botox.

Por más que Violet intentaba eliminar las dudas que rondaban su mente, estas solo aumentaron, multiplicándose como conejos que esparcen inquietud a todo lo largo y ancho.

–Lo que sea que creas que tienes, no durará –la voz de Cheryl se quebró. Levantó la barbilla, de la misma manera que Violet había hecho antes de su conversación–. Siempre habrá alguien más joven y bonita. Alguien que no lo regañe ni espere nada de él.

Un bulto se alojó en la garganta de Violet. Le ardían la nariz y los ojos por las ganas de llorar. Quería insistir en que Cheryl estaba equivocada. Que no tenía ni idea de lo que estaba hablando. Si no se reflejara tanta angustia en su rostro, sería más sencillo pensar que solo estaba siendo estricta y egoísta, que estaba muy equivocada.

–Por muy tensa que haya sido nuestra relación –continuó Cheryl, poniendo una mano en el hombro de Violet–, no me gustaría que tuvieras que vivir algo así. En especial después de ser testigo de las consecuencias de tu última relación.

¿Te refieres a cuando me dijiste que estaba siendo demasiado dramática y arruinando la boda de Maisy?

En ese momento Cheryl no se había mostrado muy preocupada. Más bien la mujer pensaba que se trataba de un equilibrio kármico, como si Violet fuera de alguna manera responsable de las acciones de su padre antes de que ella existiera. Otro recuerdo posiblemente contaminado por las difíciles emociones que vivió al descubrir a Benjamin con otra mujer.

–También me siento mal por no haberte dado más apoyo. Tu padre y yo le regalamos a Maisy un nuevo cartel para la pastelería, así que míralo como una ayuda de nuestra parte para tu negocio. Es lo menos que podemos hacer –Cheryl la miró, como si pensara honestamente que Violet le daría la suma necesaria para que se fuera.

Sintió que su pulso golpeaba en sus oídos, ahogando el ruido del bazar. Luego escuchó el sonido de un papel rasgándose y, enseguida, Cheryl le colocó en las manos un rectángulo, un cheque en blanco.

Todo en su interior quería insistir en que se equivocaba con Ford. Con todo el torrente de recuerdos de su relación pasada que le recordaba lo equivocada que había estado, las palabras se negaban a formarse.

* * *

Ford acababa de darle un mordisco gigante a un hot dog cuando vio a Violet. Algo estaba mal, la mujer feliz y despreocupada con la que había estado hacía quince minutos había desaparecido.

Se pasó el bocado con un trago de limonada recién exprimida y se abrió paso entre el constante flujo de gente hasta alcanzarla.

–¿Qué pasa? –le preguntó. Violet se frotó un par de dedos en la frente.

–Cada vez que trato con Cheryl o con mi padre… –sacudió la cabeza como si intentara deshacerse de algún recuerdo–. ¿Quieres irte de aquí? ¿Tal vez ir un rato a tu casa?

Sintió que su teléfono vibraba en su bolsillo. Se limpió la mano en los jeans antes de extraerlo y leer el texto de Shep.

–Uh, hay un puercoespín en la escuela, así que al parecer estaré ocupado esta noche.

Violet cerró los ojos. Apenas un rápido asomo de desesperación que Ford con trabajos percibió.

–¿En serio? –se cruzó de brazos–. No tienes que inventarte una excusa tonta. Si empiezas a sentirte abrumado o que estamos pasando demasiado tiempo juntos…

–Violet, no es eso –se apresuró a decir, pero una mueca de escepticismo apareció en los labios de la chica–. No soy tan listo como para inventar una excusa que tenga que ver con un puercoespín falso.

No, no lograba convencerla. ¿Cómo podía convencer a una chica de ciudad de que había muchos momentos en los que su trabajo o su vida o lo que fuera incluía tareas que sonaban completamente locas?

Finalmente, se dio cuenta de que solo había un camino seguro. Además de demostrar que no le mentía, sería una forma práctica de ver si podía manejar ese tipo de situaciones propias de un pueblo que eran parte de su trabajo. Fue un poco difícil liberar su mano del apretón rígido que Violet seguía dando.

–Ven, te mostraré.

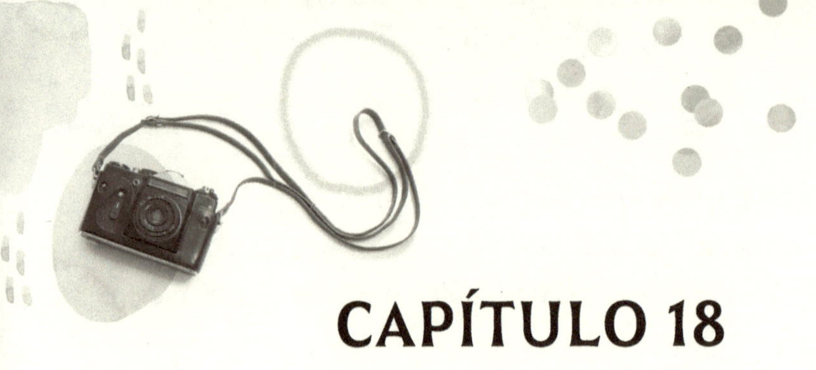

CAPÍTULO 18

Ford apenas había abierto la puerta de Violet y llamado a Pyro para que bajara de la batea de la camioneta cuando Shep se acercó.

–Un mapache, conejos y ahora un puercoespín de mierda.

–Suena como el comienzo de un mal chiste. Déjame adivinar, todos entran en la escuela –la portezuela trasera chirrió cuando Ford la bajó y comenzó a poner los arneses a los cachorros–. ¿En qué acaba el chiste?

–El chiste soy yo, supongo. Apuesto a que hay un montón de niños que ahora mismo se creen muy graciosos, tratando de convertir la escuela en un zoológico –Shep se dio cuenta de la presencia de Violet, y, como de costumbre, fue pésimo disimulando. Dejó ver alto y claro su sorpresa por el hecho de que ella lo acompañara–. Violet. Hola.

–Hola, Will. Me alegro de verte de nuevo.

–Violet está buscando un poco de vida campirana –terció Ford, guiñándole un ojo al entregarle la correa de Torbellino–. Vamos a jugar a esto como un simulacro de entrenamiento de correa corta en lugar de larga. Sujétalo con firmeza, de lo contrario Torbellino podría acercarse demasiado al puercoespín y terminar con todo el hocico lleno de púas.

–No queremos eso, ¿verdad? –dijo Violet dirigiéndose a Tobellino después de haberlo levantado en sus brazos y frotarle la parte inferior del hocico–. Por eso vamos a oler a la criatura y... –miró a Ford para completar el plan.

–Apartar al desgraciado animal para que pueda regresar a donde pertenece.

–O desgraciada –añadió Violet, como si fuera una profesional de los derechos animales.

–Qué presuntuoso de mi parte –dijo Ford–. No quiero ser sexista y llamar sabandija espinosa a un tipo en caso de que se trate de una chica.

–Exactamente –Violet puso a Torbellino en el suelo–. ¿Estás listo para demostrar tus habilidades? Después habrá premios y, mejor aún, muchos abrazos.

Con suerte, esa misma recompensa también le tocaría a Ford. Hacía mucho tiempo que no la abrazaba sin un público delante. Ford le entregó las correas de Tanque y Nitro a Shep.

–Es el mismo discurso que le di a Violet. Los cachorros rastrearán al puercoespín, pero déjanos a Pyro y a mí tomar la delantera –se puso en cuclillas y le dio una palmadita en el costado a su compañero canino mientras enganchaba una correa en el collar rojo–. Lo sé, no suelo ponerte correa, pero es por tu propio bien. ¿Listo para trabajar?

Pyro dio un ladrido entusiasta del que los cachorros hicieron eco y se pusieron en marcha. Un grupo variopinto de caballeros a la caza de un fugitivo.

–Ambos actúan como si esto fuera tan normal –dijo Violet–. ¿Esto es normal?

Shep subió por la rampa hacia la entrada de doble puerta de la escuela.

–No estoy seguro de que "normal" aplique en Las Dudas –respondió Shep subiendo por la rampa hacia la entrada de doble puerta de la escuela–. Los niños han hecho bromas durante generaciones. Diablos, es algo que Ford, Tucker, Easton, Murph y yo habríamos hecho en nuestros tiempos.

–Solo que no nos atraparían –añadió Ford–. Bueno, logramos escapar al menos el cincuenta o sesenta por ciento de las ocasiones.

–¿Así que sabes quién hizo esto? –Violet se metió un mechón de pelo perdido detrás de la oreja.

–Todavía no –repusieron al unísono los amigos. Entonces Shep se hizo cargo de la explicación.

–Después de que saquemos a los animales del edificio, revisaremos el video. Siempre está borroso y oscuro, así que es un poco como buscar humo en medio de una nube de niebla, pero a menudo podemos ver sudaderas con capucha o gorras o cualquier cosa. Los niños los usan en la escuela porque no tienen ni un ápice de sentido común.

»Las últimas bromas fueron tres conejos con los números uno, dos y cuatro, como si no hubiéramos hecho antes el truco de hacer creer a la dirección que faltaba uno, y unas semanas más tarde un mapache en la cafetería que asustó a las cocineras. De todos modos, después de eso cambiamos a cámaras de alta resolución, incluyendo una que apuntaba directamente al estacionamiento –un ligero tirón aminoró la ansiosa marcha de Pyro–. Nosotros solíamos esperar hasta el día siguiente en la escuela para enterarnos del efecto de las bromas –el enorme llavero retráctil del cinturón de Shep tintineó cuando probó una de sus muchas llaves para abrir las puertas–. Los niños de hoy en día no pueden evitar pasar varias veces para ver su trabajo.

»El puercoespín estaba justo ahí, al final del vestíbulo. Alcancé a ver una mancha en movimiento y encendí mi linterna. Vi púas pero, cuando abrí las puertas, se había perdido en la oscuridad. Pensé que podía ir a husmear el resto de la noche y terminar con el trasero lleno de púas… o podía pedir refuerzos.

Tan pronto como entraron en el edificio, los perros se volvieron locos olfateando el suelo.

–Busca –Ford puso su voz en modo autoritario.

Al entrar al vestíbulo, Pyro, con la nariz pegada al suelo, tiró con tanta fuerza que casi le zafa el brazo de su lugar a Ford. Hacía años que no le ponía correa y a diferencia de los cachorros, no iba nada lento.

–Tiene una pista –dijo Ford mientras Pyro corría por el pasillo a la derecha. Después, a su propio ritmo, Ford corrió tras él.

* * *

¿Dónde estaba ella ahora mismo? En medio de un extraño sueño del que luego se despertaría y pensaría *¿Cómo no me di cuenta de que estaba dormida? La situación era demasiado extraña para ser real.*

Torbellino tiró de la correa, se dirigió en la misma dirección que Ford había ido, por lo que Violet tuvo que correr un poco para mantener el ritmo. Las luces se encendieron y bañaron el pasillo de luz. La chica avanzó hasta detenerse a unos cuantos metros de donde estaba Ford con Pyro, que gruñía.

–¡Mierda! Eso es un puercoespín. Nunca había visto uno.

La criatura estaba sentada sobre sus ancas, rascándose el costado, un gesto extrañamente humano. Se dio la vuelta, con su cara rechoncha y sus brillantes ojos negros que miraban fijamente. Su pelo se parecía al de Violet cuando se iba a la cama con el cabello mojado.

–Ay, es tan lindo –sintió la misma sensación empalagosa que cuando veía a Torbellino–. Quiero acariciarlo.

–Créeme, no lo quieres hacer –Ford le lanzó una mirada de "no te atrevas"–. Y eso va para ti también, Pyro.

Como si Torbellino se hubiera dado cuenta de que había un animal extraño, empezó a ladrar como loco, lo que provocó una reacción en cadena, igual de explosiva, con sus hermanos TNT.

Las púas del puercoespín se erizaron. El estilo "me acabo de despertar" se convirtió en estilo "electricidad estática". A Violet se le disparó la presión sanguínea y se echó hacia atrás arrastrando a un obstinado Torbellino. Con la agitación, los dientes alargados del animal se juntaron. Comenzó a pasearse mostrando su trasero levantado y con púas. Ford y Pyro también le dieron espacio extra.

La criatura lanzaba gruñidos chirriantes, era como si los estuviera insultando por interrumpir lo que había sido un agradable y tranquilo paseo por los pasillos de la escuela. Con los dientes fuera y las púas en posición de ataque, la necesidad de acariciar al animalito disminuyó y la agitación de los perros aumentó.

–Retengan a los cachorros –dijo Ford, levantando un brazo–. Un segundo, Pyro. Vamos a idear un plan –miró a su alrededor y luego indicó una puerta a la derecha de Violet–. ¿Sigue siendo el armario del conserje?

–Sí –repuso Will desde el otro lado–. Dudo que haya cambiado mucho desde que tú y Trina lo convirtieron en su sala de besos privada. Ahora lo mantenemos cerrado con llave, por supuesto. No quiero ningún embarazo adolescente en mi guardia.

–Vaya, gracias por eso –espetó Ford después de soltar una fuerte exhalación. Se pasó una mano por pelo.

Un tanto apesadumbrado, Will miró a Ford y luego a Violet, quien sintió una llamarada interior tal que resultaba muy difícil fingir que no quería estrangular a la tal Trina.

Por fortuna, ahora estaban ocupados en otras cosas. Cosas de campo, aparentemente. A pesar de tener ante sus ojos a la criatura, apenas podía creer que era real. Y la gente decía que en Florida sucedían cosas sorprendentes.

Tanque y Nitro continuaron olfateando el suelo. Luego se echaron a ladrar, remolcando a Will en dirección al vestíbulo por el que habían venido.

–Oh, oh. ¿Y si hay más de uno? –Will desenganchó el llavero de su cinturón–. Voy a ir a revisar el otro pasillo –le lanzó las llaves a Violet. Se le cayeron de las manos, los deportes nunca habían sido lo suyo.

Por suerte, Will ya había echado a correr y Ford tenía los ojos puestos en el puercoespín y en Pyro mientras se azuzaban mutuamente. Torbellino, por su parte, le daba vueltas a las llaves y les gruñía, ajeno por completo a su misión.

–Buen trabajo, amigo. Las necesitamos, así que muchas gracias por ayudarme a encontrarlas –Violet recuperó el llavero. Gracias a la adrenalina extra y al ligero temblor de su mano, solo pudo abrir el armario hasta el segundo intento.

–¿Hay alguna escoba por allí? –preguntó Ford y ella revisó el interior. Lo que sí había era suficiente espacio para una sesión de besuqueos, eso si no te importaba el abrumador olor de tres a cinco tipos de limpiadores.

Toallas de papel, botellas de spray, trapeador y una cubeta y…

–Encontré la escoba –tomó el mango de madera, luchando contra la base ancha que se enganchó a la cubeta y luego se atoró en el marco de la puerta. No ayudaba en nada tener que evitar que Torbellino diera un trago al turbio contenido de la cubeta–. No. Después te doy agua limpia.

Tan pronto como liberó la escoba se sintió aliviada. Pero solo por dos segundos, antes de que Ford extendiera la mano hacia ella. Se apresuró a llevarle la escoba.

El puercoespín se dio la vuelta, le mostró los dientes y soltó un chillido al tiempo que su corazón se desbocaba.

Torbellino decidió defender su honor y se le aceleró el pulso hasta las nubes mientras intentaba apartar a la bestia con el pie.

Violet se replegó, manteniendo a Torbellino a su lado.

–Ahora necesito que retrocedas por el camino que vinimos y abras las puertas –dijo Ford, con su voz baja y plácida. ¿Realmente era así de indiferente o tan solo eran los años de práctica fingiendo serenidad mientras enfrentaba situaciones tensas?–. Luego danos espacio para que Pyro y yo podamos llevar a nuestro chico o chica en la dirección correcta y empujarlo hacia la puerta.

Los gruñidos chillones se hicieron más intensos y Violet no sabía si era porque el puercoespín se oponía al plan o estaba a favor.

–Oh, en caso de que haya otro, ten cuidado –le advirtió cuando ella echó a correr por el pasillo, como si pudiera tener idea de qué significaba eso.

¿Qué tenía que hacer? ¿Gritar si veía a la pareja del puercoespín? ¿Tratar de atraparlo? ¿Asegurarle que iban a sacarlos sanos y salvos? ¿Dejar que Torbellino se hiciera cargo?

Como el cachorro en cuestión empezó a olfatear cada armario antes de encontrar un lápiz para roer, Violet lo tomó entre sus brazos y corrió.

–Amigo, espero que estés más cualificado para esto que yo. Yo vine al pueblo para escapar y ahora estoy sacando animales de la escuela.

Una vez que Violet abrió las puertas y se aseguró de que se quedarían así, corrió por el vestíbulo. Ford y Pyro se las habían arreglado para que el puercoespín se diera la vuelta y, a mitad del pasillo, Pyro le ladró y le gruñó para mantenerlo en el rumbo mientras Ford empuñaba la escoba como un palo de hockey.

Sosteniendo firmemente a Torbellino, se lanzó al otro pasillo lleno de casilleros. Con suerte ella y su feroz sabueso serían lo suficientemente disuasivos como para que el puercoespín saliera en lugar de ir en su dirección.

–Tenemos que dar miedo, ¿está bien?

Torbellino le lamió el mentón, lo que le provocó una corriente de adoración que la hizo aprobar su total falta de obediencia. A lo lejos, Nitro y Tanque ladraron con un estruendo ensordecedor, que se hacía cada vez más fuerte…

Doblaron la esquina del pasillo a toda velocidad, mientras Will les pisaba los talones. Torbellino saltó de sus brazos y se precipitó hacia sus hermanos, lo que hizo correr a Violet al extremo de la correa. En el último segundo, se derrapó como beisbolista llegando a la base. Por la fricción contra el suelo, las rodillas y las palmas de las manos le ardieron.

Espera, ¿eso es un ratón?

Aparentemente el ratón decidió que la chica en el suelo era menos amenazadora que sus perseguidores caninos y se deslizó sobre ella.

–Agh, agh, agh –sacudió la cabeza incapaz de reprimir un escalofrío.

Nitro y Tanque emprendieron la carga contra el ratón, apoyándose en la espalda y el trasero de Violet como plataforma de lanzamiento.

Will tiró de las correas, obligando a los cachorros a detenerse a mitad de camino, y se puso en cuclillas para ver cómo estaba.

–Lo siento –dijo jadeando–, no te vi a tiempo. ¿Estás bien?

Le dolían los huesos de la cadera, le ardían las manos y las rodillas, y un ratón se había arrastrado por encima de ella. Y a pesar de todo, mientras rodaba sobre su costado, en lugar de asegurarse que iba a sobrevivir, se echó a reír.

Los perros le seguían ladrando al ratón, que se había detenido a mitad de pasillo, a escaso medio metro del vestíbulo, como si no fuera a molestarse en huir si los cachorros no lo perseguían.

A continuación, debió de haber visto al puercoespín, a Pyro, y a Ford con su escoba, porque se deslizó por el piso y salió corriendo por la puerta abierta.

–¡Atrás, atrás! –gritó Ford al tiempo que él y Pyro doblaban la esquina. Entre las cerdas de la escoba sobresalían las púas del animal de modo que el artefacto improvisado había cumplido su propósito. Los chillidos del animal resonaban en el vestíbulo–. Amigo, es por tu propio bien.

Will sujetó las dos correas en su puño y apartó a Tanque y Nitro del vestíbulo. Se resistieron, desesperados por ir a ayudar a Pyro mientras ladraba e instaba al puercoespín a salir.

Violet también apretó con fuerza la correa de Torbellino, pero él se fijó en las agujetas de sus zapatos y se puso a morder los extremos y a desatarlas.

Una vez que el puercoespín vio la libertad, la espinosa bestia siguió a su pequeño primo ratón y Ford subió de un salto los escalones para cerrar de un tirón las puertas tras de sí. Violet regresó su cabeza al fresco suelo de baldosas, preguntándose si sería raro tomar una siesta rápida.

Por otra parte, en Alabama... lo extraño parecía tener un nuevo significado aquí, ya que podría haber una variedad de criaturas del bosque vagando por los pasillos de la escuela.

Hablando de eso...

–¿Encontraste otro puercoespín? –le preguntó a Will.

–No, solo un montón de mierda de puercoespín. Justo cuando estaba a punto de volver con los perros, desenterraron a ese ratón. Imaginé que sería un buen ejercicio de entrenamiento para ellos.

Bien. Entrenamiento. No es nada raro. Lo siguiente que supo fue que Ford y Pyro se le estaban acercando. Le sonrió al rostro sexy y rudo de Ford.

–¿Y? ¿Torbellino y yo hicimos un buen trabajo?

Ford miró al cachorro, que había pasado de desatarle las agujetas de los zapatos a atacar un envoltorio de goma de mascar extraviado.

–A ver… él está completamente concentrado y tú estás tomando una siesta, pero el hipo es común durante los primeros trabajos. Les daría un 6 de calificación. Tal vez un 6.5.

–¿Oíste eso, amigo? Pasamos –Violet se impulsó para sentarse y levantó una mano para que Torbellino las chocara, aunque todavía no le había enseñado ese truco.

El traidor la ignoró y saltó sobre su hermana, eligiendo morderle la oreja y comenzar una pelea en lugar de celebrar. Pyro le dio un golpe en el costado, así que Violet se volvió para darle un montón de caricias.

–Tú te sacaste un 10 con mención honorífica, ¿no? Eres un perro muy valiente.

Ford se inclinó del otro lado de Violet, con los brazos apoyados en las rodillas. Una esquina de su boca se levantó y dos arruguitas aparecieron entre sus cejas, como si no pudiera decidirse si preocuparse o divertirse.

–Apuesto a que lo pensarás la próxima vez que reciba una extraña llamada de emergencia.

–¿Estás bromeando? ¡Fue genial! Lo del lodo y… –Will estaba concentrado en desenredar las correas y, naturalmente, los perros decidieron que lamerlo y brincar sobre él era de gran ayuda. Violet bajó su voz a un susurro–. Lo que pasó después en la ducha… –sí, sus mejillas se estaban poniendo rojas, lo podía notar por el calor que acompañaba a su audaz declaración. Seguir por ese camino solo haría que se enredara con las palabras, así que continuó, volviendo a un decibelio normal–. Esta es la cita más aventurera en la que he estado. La mayoría de los chicos van a la típica cena y al cine –le dio una palmadita en el rostro y dejó su palma contra su piel rasposa–. Pero tú, tú te las gastas como nadie.

–Cualquier cosa por mi chica –deslizó su mano por detrás de su cuello mientras guiaba su boca hacia la suya. Se alejó un poco y luego se acercó de nuevo, atrapando su labio inferior entre sus dientes y coronando el beso con un sensual mordisco–. Shep, podríamos necesitar las llaves del armario del conserje. Adelántate, nosotros cerraremos en un momento.

–Buen intento –Violet le golpeó el brazo e hizo lo posible por mantener una mirada sucia–. En primer lugar, ¿unos minutos? ¿En serio? ¿Crees que eso es motivador? Y dos, no quiero las sobras de la fulana.

Obviamente, no quería referirse a la fulana, sino al lugar. Bueno, hizo su mejor esfuerzo, aunque los celos crecieron en su interior. Había sorprendido a muchas mujeres coqueteando con Benjamin, pero nunca se había sentido celosa. En parte porque pensaba que lo suyo era inquebrantable.

Pero ni siquiera cuando lo descubrió en la boda de Maisy sintió esa desesperada necesidad de reclamarlo como suyo.

–Creo que será mejor que encuentre un lugar más agradable –Ford la tomó de la mano y la ayudó a ponerse de pie.

–Te sugiero que lo hagas.

Luego se sonrieron el uno al otro, todo estaba bien. Lo cual era increíble, considerando que acababa de sobrevivir a su primer bazar, a su encuentro con Cheryl y a la cacería de puercoespines en una noche tan agitada.

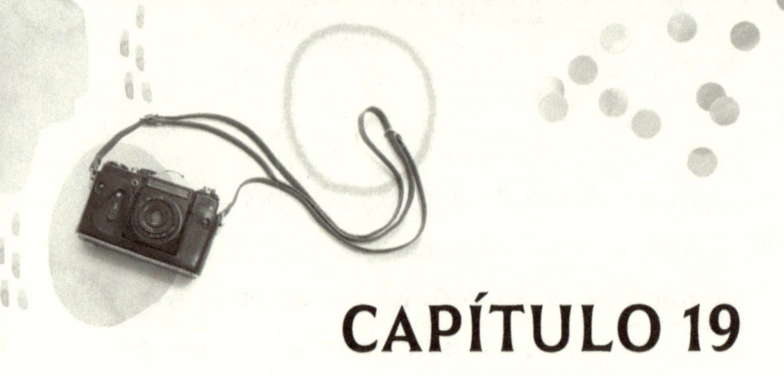

CAPÍTULO 19

Hacía siglos que Ford no llevaba a una chica con él a la casa flotante de Tucker. Y al decir siglos se refería a cuando iba en el colegio, cuando solían tener fiestas ocasionales en las que, por lo general, alguno de ellos terminaba castigado. Aunque nunca era él.

Para eso, a su papá tendría que haberle importado dónde estaba. Muchas noches, Ford había terminado durmiendo en el sofá y, más de una vez, en el suelo. Esa era la belleza de ser joven y recuperarse en unas cuantas horas en vez de en días.

Antes de recoger a Violet, le envió a Tucker un mensaje de texto diciéndole que iban de camino a la casa flotante que funcionaba a veces como despecho legal de su amigo. Desde que regresó a Las Dudas el otoño pasado, los viernes por la noche se reservaron para el póquer como en los viejos tiempos.

Ford ayudó a su hermosa cita a bajar de la camioneta, tomándose un momento para admirar a la mujer con la que había pasado algunas noches la semana pasada. Hasta ahora, Violet había conseguido manejar la situación como una campeona. El enfrentamiento que había tenido con su hermano en el campo de béisbol, el paseo en el pantano, los rumores en el bazar y hasta la persecución del puercoespín y del ratón que la usó como trampolín.

Ford sintió una incomodidad en las entrañas, aunque no pudo precisar por qué. Quizá porque en cada nueva área de su vida en la que la involucraba era otra cuerda con la que podía tropezar.

–Estás callado –Violet lo abrazó por la cintura, entrelazando sus dedos por encima de su cadera–. Nunca estás tranquilo.

–Nunca. De vez en cuando me pongo pensativo.

–Suena peligroso –se acurrucó más cerca.

–Oh, lo es –dijo, rozando sus labios, y allí estaba la serenidad que había perdido–. En especial para ti. Porque la mayor parte de mis pensamientos tienen que ver con desnudarte.

Incluso en la luz tenue pudo ver que Violet se ruborizaba y, a pesar de todas las veces que habían tenido sexo durante la semana, disfrutó que le siguiera ocurriendo.

Al recorrer la pasarela de madera, llegó hasta sus oídos el sonido de risas. A través de las ventanas se veía la alegre iluminación. Apenas entraron, los recibieron con saludos cálidos. Ford condujo a Violet a través del estrecho pasillo entre la cocina y la sala de estar.

–Qué gusto verte –dijo Lexi, inclinándose sobre la mesa para abrazar a Violet–. Hasta se podría decir que te ves muy suculenta.

Violet se rio y Ford intercambió una mirada con Addie, porque ambos eran el blanco de la broma. La noche anterior habían ido a una florería para terminar con el tema del ramo y los arreglos.

Violet le había preguntado a Lexi qué pensaba de las suculentas, cuando esta sugirió que añadieran un toque de verde a los ramos de margaritas blancas, amarillas y girasoles.

—¿Suculentas? —Addie se acercó al mostrador—. ¿Son flores que se pueden comer?

Como Ford podía bromear con eso, asomó la cabeza entre ambas chicas y él y Addie intercambiaron una mirada de "¡qué rayos es eso!" al ver la planta que la florista acababa de colocar sobre el mostrador.

—¿Eso no es un cactus? —Addie tocó el extremo de una de las hojas gordas y apartó el dedo—. Auch, es como un *pokey* de Mario Bros. ¿No creen que usar un vestido ya es lo bastante incómodo como para encima decir "oye, vamos a añadir una planta puntiaguda"?

—Oh, vamos —había dicho Violet—. Son lindas.

—Ponerle un moño a un mojón de mierda no lo convierte en un regalo —repuso Ford.

—Es como un encantador recordatorio de que hay que alimentar la relación —Lexi levantó cuidadosamente la planta por el pequeño tallo.

—Pero los cactus no necesitan cuidados. En eso radica su belleza —replicó Addie.

Lexi y Violet suspiraron a la par, pero al final los pretenciosos cactus fueron reemplazados por ramas de eucalipto, que al parecer eran diferentes de los eucaliptos normales. En lo que Ford y Addie estaban de acuerdo era en que, además de oler bien, también se veían bien. Violet y Lexi estaban tan emocionadas que hubieran accedido a cualquier cosa que se les ocurriera.

—Muy graciosa, Lexi —dijo Ford, arqueando las cejas mientras miraba a Violet de arriba abajo—. Aunque tienes razón. Está absolutamente suculenta esta noche.

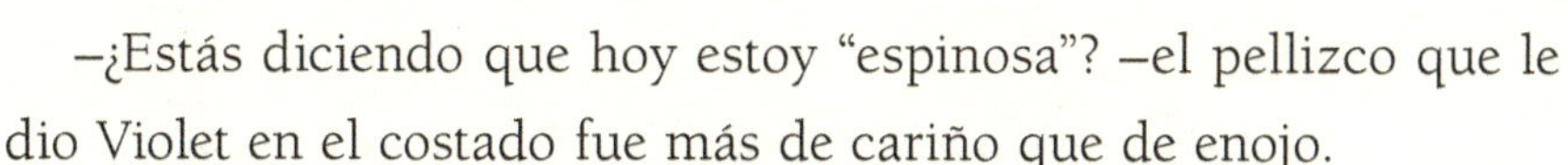

–¿Estás diciendo que hoy estoy "espinosa"? –el pellizco que le dio Violet en el costado fue más de cariño que de enojo.

–Siento que me estoy perdiendo de algo –Easton dejó de barajar las cartas, con la mitad del mazo en cada mano.

–Hermano, te estás perdiendo de muchas cosas –bromeó Ford con una sonrisa–. Pero esta cosa en particular es una cosa de novias y damas de honor.

–¿Sabes cómo jugar *Texas hold 'em*? –Ford se volvió hacia Violet y puso su mano en la parte baja de su espalda.

–En teoría –dijo–. Pero hace mucho que no juego.

–Si quieres podemos ser equipo –se instaló en la silla de siempre y la sentó en su regazo.

–Buena idea. Ford necesita toda la ayuda posible –dijo Easton y Ford le apuntó con un dedo como si le disparara.

Les tomó algunas rondas, pero Violet captó el juego y las reglas de la casa. Justo cuando Ford estaba a punto de apostar, ella se giró y le susurró con los labios rozando su oreja.

–Addie no consiguió la carta que esperaba. Sube el doble de la cantidad habitual y mira lo que hace.

Casi sin pensarlo, estuvo a punto de mirar a Addie, pero se contuvo porque eso lo delataría. Era la más difícil de leer, así que se esforzó en creer que Violet le había tomado la medida. *Que me la tome a mí. Eso me gustaría que me hiciera.*

Ford se revolvió en su asiento, pero la fuerte respiración de Violet le hizo pensar que había percibido su reacción y eso, ciertamente, no ayudaba. Como hablar en voz baja nunca había sido una de las habilidades especiales de Ford, sostuvo su teléfono bajo la mesa y envió un mensaje a Violet.

FORD:
¿Cómo sabes que Addie no consiguió la carta? Nadie de nosotros puede leer la expresión de su rostro, ni siquiera Tucker.

Segundos después, el teléfono vibraba en su mano.

VIOLET:
¿Recuerdas cuántas veces he sido dama de honor? Significa que soy una profesional en la lectura de novias. Vi sus reacciones a los vestidos, a los pasteles y a las flores. Hay un brillo en sus ojos cuando ve lo que le gusta. Y no está ahí.

Sálvese quien pueda. ¿Todo dependía de que hubiera o no un brillo en los ojos?

Aun así, confiaba en Violet y eso hizo que fuera mucho más fácil ir con todo. Su corazón se aceleró con la idea, porque ahora estaba pensando en algo más que en su montón de fichas.

Ir con todo, ir con todo… Violet no lo había presionado ni le había preguntado de nuevo qué pensaba de que se quedara en Las Dudas para siempre. La pregunta lo había dejado boquiabierto en su momento y él había respondido de la manera más neutral posible.

De vez en cuando, sentía que esa pregunta tácita flotaba en el aire entre ellos y sospechaba que Violet quería una respuesta firme. O tal vez esa era su paranoia. Eso, más el miedo a pedirle que se quedara, solo para sentirse asfixiado y darse cuenta de que no estaba listo para comprometerse a algo más, hacía que sus pulmones se desinflaran. Y mierda que lo hacían.

–¿McGuire? Te ves un poco pálido –dijo Addie–. ¿Alguien está pensando que apostó más de lo que podía? –y se dio una palmadita en la rodilla–. ¿Entiendes? ¿Ir con todo?

El resto de los chicos se quejaron como si no hubieran hecho bromas igual de cursis antes. Sin embargo, le dio a Ford lo que necesitaba. La oportunidad de reponerse y concentrarse en las cartas, algo mucho más fácil de procesar.

Uno por uno, todos se doblaron excepto él y Addie. Ella estaba tardando una eternidad en decidir si quedarse o doblar como todos los demás. Eso no era suficiente. Necesitaba saber si Violet tenía razón.

–Vamos, Murph. El mes pasado me dijiste que habías visto el tamaño de mis bolas e hiciste que pareciera que las tuyas eran más grandes. ¿De verdad vas a echarte atrás ahora?

–Espera, ¿qué? –Violet dijo, girando en su regazo y haciendo que su miembro perdiera su concentración en el juego.

–No te preocupes –dijo Lexi, agitando una mano en el aire–. Hablan así todo el tiempo. Siempre tonterías sobre pechos y pelotas.

–Me gustaría hablarte de mis pelotas y tus pechos –Shep rodeó a su mujer con un brazo.

Easton hundió la mano en la bolsa de Doritos, añadiendo otra capa de polvo naranja a la punta de sus dedos.

–Pensé que serían menos amorosos después de medio año de matrimonio.

Como era un tonto, Shep se inclinó y le dio un fuerte beso a Lexi en los labios. Y le tocó los pechos, lo que hizo que Lexi chasqueara la lengua.

–¡William Irving Shepherd! –exclamó, para luego sonreír, subirse a su regazo y devolverle el beso.

Ford le dio un apretoncito en el muslo a Violet, esperando que esto no la hiciera sentir incómoda. Sin embargo, cuando la miró por encima del hombro, estaba sonriendo.

Ahora era él quien se inclinaba para recibir un beso. Con el calor probando los límites de su cremallera, estaba a punto de cargarla, sacarla de la embarcación y llevarla a su camioneta, allí podría adorar su cuerpo en privado.

Bueno, tal vez tendría que conducir unos cuantos kilómetros o hasta el quinto pino para tener privacidad, pero no llegaría a casa.

–Amor, parece que estamos a punto de perderlos a todos –dijo Addie–. Y hablando de pechos y pelotas... –ella y Tucker también se besaron.

–Genial –se escuchó el lamento a la derecha de Ford–. Ahora estoy rodeado de parejas. Veamos las cartas antes de que esta juerga se convierta en orgía y yo sea el perdedor que se da cariño solo en una esquina –se lamentó Easton.

Todos en la mesa se echaron a reír, pero la palabra "pareja" pasó por la cabeza de Ford en un bucle constante. Tenía pareja.

Debería sentirse asustado. Unos momentos antes así se había sentido. Pero ahora se encontraba muy bien con Violet en su regazo y rodeado de sus amigos.

A esto se refería Doris cuando hablaba de tener una vida plena. Se sentía satisfecho de pies a cabeza, como si cada parte de su vida fuera tal como debería ser. La ceja levantada de Addie le hizo saber que podía leer sus pensamientos y que estaba de acuerdo. Siempre le gustaba decir: "Te lo dije".

Hora de terminar la partida y disfrutar de lo bien que me siento con todo esto.

Ford volteó sus cartas. Dio un puñetazo en la mesa al ver que con su par le ganaba al joto y la basura de Addie. Un joto y un montón de diamantes, excepto uno.

–¿Lista para irnos? –le susurró a Violet al oído y ella se recargó contra él, apretando los labios contra su mentón.

–Tan lista como lo estés tú –dijo con una sonrisa de sirena que lo hizo aún más difícil. Tal vez haberla sentado sobre su regazo había sido la decisión equivocada, pero él no estaba dispuesto a dejarla ir.

–Gracias por el juego –dijo Ford aclarándose la garganta sonoramente–. Violet y yo vamos a buscar una habitación.

–Yo no iba a compartir tanta información, porque soy una dama, pero también les agradezco el juego –se levantó de la mesa y él tuvo que pensar en términos de anatomía para componerse.

Con una cerveza a medio tomar, se puso en pie y enrolló sus brazos alrededor de la cintura de Violet para mantenerla cerca y ocultarse a la vez.

Casi de la nada, la situación en sus pantalones volvió con toda su fuerza. Sin embargo, cuando estaba a dos pasos de la puerta, Lexi saltó.

–Ford, espera. Um, Addie y yo necesitamos hablar contigo muy rápido.

–¿En serio? –el ceño fruncido de Addie denotó su confusión, lo que hizo que Lexi abriera desmesuradamente los ojos su dirección.

–Sí. ¿Recuerdas?

–Por favor, no digas que es por la boda –casi rogó Addie–. Ya todo el día estuvimos hablando de maquillaje y de peinados y, por lo que pude entender, estoy segura de que hablabas en francés. Agradéceme que no te llamé, McGuire.

Se sentía agradecido por ello, de modo que, aunque su libido se rebeló, se le hizo difícil rechazar la solicitud de sus amigas.

–¿Me das un minuto?

–Ve por ellos, tigre –Violet asintió con la cabeza y, cuando él se alejó, ella le dio una nalgada juguetona.

Como no había ningún sitio donde ir dentro del bote, acabaron en la cubierta. Una vez que la puerta corrediza de cristal se cerró detrás de ellos, Ford se volvió hacia Addie y Lexi.

–¿Qué pasa?

* * *

–¿Es aquí donde me dicen que más me vale cuidar de su amigo o si no me las veré con ustedes? –preguntó Violet, con una risa nerviosa. Y maldita sea, cada día se le pegaba más el acento sureño.

Por otra parte, si ella estaba "arreglando" quedarse en Las Dudas, tal vez debería relajarse. *No es que Ford hubiera sido muy comunicativo al respecto.* Una pequeña y persistente voz en su cabeza, una que tenía demasiado orgullo para expresar, suplicaba constantemente: *Quiéreme. Elígeme.*

–No –Tucker sacó una cerveza del refrigerador, la destapó y se la pasó–. En caso de que la reunión se prolongue más de lo esperado. Lexi habla hasta por los codos.

–Se va hasta la cocina, ya sabes –una mueca risueña y enamorada atravesó el rostro de Will–. Porque, aunque suele ser muy correcta, en el fondo tiene un lado muy sucio.

Violet tomó la botella de cerveza, dándole un generoso trago con la esperanza de que calmara la ansiedad.

–¿Cuánto tiempo te quedarás en la ciudad? –quiso saber Easton, sentado en el borde de la mesa, donde quedaban varias pilas de fichas y cartas.

–No estoy segura. Hay muchas variables en el aire ahora mismo.

Una de ellas es el tipo de afuera, además de Maisy e Isla.

Cheryl también se había colado en la ecuación el fin de semana pasado y dejó a Violet agonizando por encontrar la mejor forma de resolverla. Aunque el atractivo de permanecer en Las Dudas era fuerte, en el pasado, su impulsividad le había jugado malas pasadas. Lo mismo que involucrarse con un hombre que no la quería del mismo modo que ella lo quería a él.

El oficial de policía asintió con la cabeza, pero no le dio pauta para continuar. Otro sorbo de cerveza y Violet cambió el tema.

–Ustedes llevan mucho tiempo siendo amigos, ¿verdad? –Tucker, Easton y Will asintieron a la vez–. Esta soy yo tratando de hacer conversación. Ayúdenme, ¿quieren?

Eso fue suficiente para que la tensión en el aire se disipara.

–Supongo que no estamos acostumbrados a que Ford traiga una chica –resopló Tucker con una risita–. Al parecer ya se nos olvidó cómo actuar.

¿Eso era bueno? ¿Malo? Quería sentirse especial porque él la había traído, pero ¿y si eso significaba que la advertencia de Cheryl estaba justificada? ¿Ese Ford McGuire iba de una mujer a otra, siempre buscando pastos más verdes?

¿Y cuánto tiempo más podría ella misma aplazar la decisión antes de volver a caer en los viejos patrones e inventar un montón de excusas para un tipo que no se atrevía a inventar las suyas?

* * *

–¿Tú y Violet son algo oficial ahora? –preguntó Lexi, con las manos en la cintura, como si fuera una razón para regañarlo en lugar de celebrarlo.

Aunque se había acostumbrado a los modales elegantes y al entusiasmo ilimitado de Lexi, y apreciaba la rapidez con la que se adaptaba a la vida del pueblo, Ford sentía que no siempre se entendían. Era demasiado rústico, supuso, aunque ella había aceptado ese lado de Shep. Miró a Murph, quien se encogió de hombros, como excusándose.

–Lexi dijo rana. Y yo salté.

–¿En serio no sabes por qué estoy preguntando? –dijo Lexi bajando las cejas y volviéndose hacia Addie.

–Ni idea –respondió ella con una mueca.

–Bien –Lexio suspiró, exasperada por ambos–, déjame plantearlo de la forma más anticuada, Ford: ¿cuáles son tus intenciones con Violet?

Tenía la intención de llevarla a casa y provocarle tantos orgasmos como fuera posible. Pero, que no se pensara que no había aprendido nada, porque el instinto y la experiencia le dijeron que no era la respuesta que Lexi buscaba.

–Relájate. Nos estamos conociendo –Ford empujó a Addie–. En el sentido bíblico, si sabes lo que quiero decir.

–Siempre sé lo que quieres decir –respondió Addie poniendo los ojos en blanco.

–Eso es lo que me temía –suspiró Lexi–. ¿Solo te estás divirtiendo o hay algo más?

Aunque estaba a varios centímetros de su garganta, sintió tan apretado el cuello de la camiseta que la jaló en un intento por conseguir más aire.

–No nos hemos molestado en ponerle ninguna etiqueta.

–¿Sabes algo sobre mujeres? –le preguntó Lexi, paseándose por la cubierta. Aunque Ford asumió que la pregunta iba dirigida a él, Addie se encogió de hombros–. Mientras tú piensas que todo es diversión y juegos y que cualquier cosa que suceda pasará, ella piensa que estás conectando y que van en camino hacia algo real –Lexi dejó de pasearse y se detuvo frente a él–. Y si estás dispuesto a hacer el esfuerzo, estoy a favor. Pero a Violet la lastimaron antes. Si solo estás jugando con su corazón…

–No soy tan cruel –la ofensa hervía en sus entrañas–. No es que planee salir con chicas para jugar con ellas –en el pasado, no había pensado mucho en sus sentimientos, pero siempre había sido sincero sobre no ponerse demasiado serio.

–Nunca te llamaría cruel. Pero a veces las cosas se rompen, aunque no lo planeemos así.

–¿Qué? –esa declaración lo golpeó en el plexo solar–. ¿Me estás diciendo que deje a Violet en paz? –otro golpe, más fuerte, que lo dejó sin aliento.

–Espera –terció Addie–. Violet es buena para él… veo la diferencia. Y sé que a Ford le gusta. Él y yo hemos hablado de que se ponga serio y de que siente cabeza.

–Ey, ey, ey –exclamó, levantando las manos–. Nunca he dicho que estaba listo para sentar cabeza. Solo que lo pensaría.

Entonces fue Addie quien adoptó una expresión severa, cruzándose de brazos para enfatizar.

–¿En serio? ¿Con toda honestidad, me vas a decir que tu vida no se siente más plena últimamente? ¿Como si una pieza que no te diste cuenta de que faltaba, de repente encajara en su lugar?

–Me preocupo por ella, sí –Ford salió por la tangente, pero no podía negar que Addie tenía razón–. Violet es divertida. Inteligente. Sexy. Tiene toda esta energía… Y otras veces se calma. Y nunca sé qué va a salir de su boca –para ser franco, sus crecientes sentimientos por ella lo asustaban, pero no iba a confesar eso. Además, era parecido al miedo que sentía después de echarse un clavado desde un acantilado o hacer rappel. Adrenalina cargada con una promesa de aventura–. Simplemente… me gusta.

–A mí también me gusta como persona –dijo Lexi tan fuerte que sus palabras se escucharon al otro lado del lago–. Por eso te digo que si no vas en serio con ella… –se tomó un respiro–. Ford, ella pensó que se iba a casar, y el tipo terminó destruyendo su corazón y aplastando su autoestima. En cierto punto, decidió renunciar a los hombres y me temo que la próxima vez no cambiará de opinión. ¿Quieres ser el responsable de eso?

Si después de él iba a haber otros hombres, entonces sí quería ser él el responsable.

–¿Por qué todo tiene que ser todo o nada? ¿Por qué no podemos divertirnos y ver a dónde nos lleva? Puedo decirte que soy más serio con ella de lo que nunca he sido con nadie.

–Eso es bueno –Lexi suavizó la voz y le dio una palmadita en el hombro–. No quiero ser tan dura. Aunque no siempre nos entendamos, sé que harías cualquier cosa por tu familia y tus amigos. Eres un gran tipo y la casamentera que hay en mí quiere que tú y Violet puedan ver lo perfectos que son el uno para el otro –Lexi le clavó la mirada. Era firme e ineludible y provocó todo un tornado de emociones.

–Todo lo que digo es que ya está harta de falsas promesas. Así que, hasta que estés seguro de que estás listo para seguir adelante... Ten cuidado. Por el bien de ambos.

Ford echó un vistazo a Addie, esperando que interviniera. En realidad, lo necesitaba.

–Mereces ser feliz y vivir la vida –dijo Addie–. Decide lo que quieras y luego ve tras ello. Ese es mi consejo.

¿Qué era lo que quería...? De joven siempre tuvo una larga lista. Cada cosa involucraba aventura y adrenalina porque dominaban sus preocupaciones y mantenían los malos recuerdos en un segundo plano.

Eventualmente se dio cuenta de que podía usar su naturaleza aventurera para ayudar a la gente. Para enfrentarse al peligro. Para ayudar en lugar de huir. Para probarse a sí mismo que podía ser bueno y crear una vida diferente, sin importar sus orígenes.

Y eso se había vuelto lo único que quería. Aventura, entrenamiento de perros y una vida sin complicaciones. En particular una vida sin gritos, sin personas que lanzaran palabras teñidas de odio y que se marcharan tras destrozarse mutuamente.

En algún momento Violet pasó de estar en esa cocina de la que salía humo del horno al primer lugar de la lista de cosas que quería. Pero si hasta sus amigos íntimos pensaban que le iba a hacer daño... ¿podría ser que tuvieran razón?

¿Y qué pasaría si se metía de lleno y terminaba perdiéndolo todo?

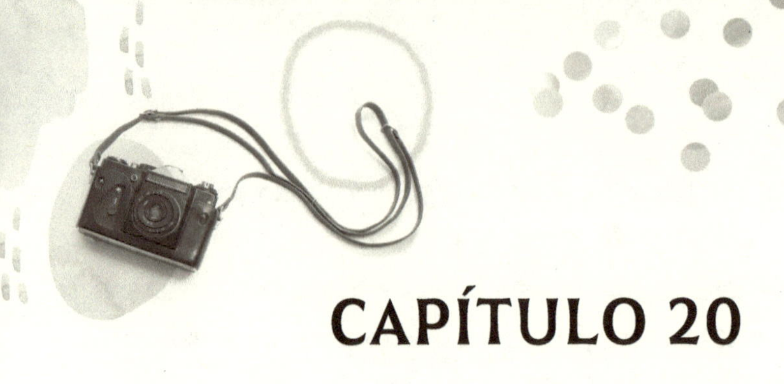

CAPÍTULO 20

Aunque la botella de cerveza se acabó mientras hablaba con Tucker, Will y Easton, no fue suficiente para evitar que su ansiedad se saliera de control. ¿De qué habían hablado Lexi y Addie con Ford?

Ford se encogió de hombros y mascullló cosas de la boda, pero su humor había cambiado de forma drástica.

El tipo despreocupado de antes había sido reemplazado por una versión estoica. Atractivo y robusto, era capaz aún de prenderle fuego con una simple mirada, pero lo sentía muy lejos. ¿Por qué todo se sentía tan apagado?

¿Va a dejarme? ¿Por qué me llevaría a conocer a sus amigos para luego dejarme? Tal vez no les caí bien. Pero habían sido tan amables, por no decir tan directos, seguramente me habría dado cuenta.

Sin embargo, después de ordenar sus miedos y concentrarse en Ford, el movimiento repetido de sus dedos por su pelo y la forma como sujetaba el volante, se parecían mucho al estrés.

Si bien no podía hacer mucho respecto de la distancia emocional, sí podía achicar el espacio físico que los separaba. Su corazón latía a un ritmo de martillazos, que se coordinaban con la idea de salir de allí. Tenía dos opciones: volverse loca o intentar amainar la tormenta que se estaba formando en la cabeza de Ford.

Liberó su cinturón de seguridad con un fuerte ruido que resonó en medio del silencio. Se deslizó por la cabina de la camioneta, mirando el perfil de Ford. Un músculo de su quijada se tensó. Pero Violet se siguió recorriendo hasta pegarse a su costado.

–Eso. Así está mejor.

Dame una señal. Algo para continuar. Cualquier cosa...

Con una mano, Ford le envolvió la pierna. Al llegar a una señal de alto, redujo la velocidad, relajó los músculos de hombros y cuello y le dio un beso rápido sobre la sien.

–Mucho mejor.

Violet se aferró al hueso que Ford le acababa de lanzar con la misma ferocidad que había hecho Torbellino. Y no pudo evitar pensar en lo mucho que extrañaba a la bola de pelos que la amaba exactamente como era. La luz de unos faros brilló detrás de ellos. Ford miró por el espejo retrovisor.

–¿Quieres que te lleve a casa? En este momento estoy procesando algo de mierda mental y me está poniendo de mal humor. No quiero que te lleves la peor parte.

–¿Y qué tal si estoy dispuesta a lidiar con ello? O... –dijo, temerosa de ser demasiado audaz–. Podemos ir a tu casa y ver si logro hacer que se te pase lo gruñón...

Violet podía prescindir de la desagradable sensación que crecía en su pecho, pero se dijo a sí misma que valía la pena darle una oportunidad al amor. Aunque esperaba no repetir los mismos errores del pasado.

–Además, extraño a mi cachorro. Cada día que paso sin un saludo baboso, se forma este pequeño hueco en mi pecho.

–Te estás encariñando demasiado con un cachorro que no es tuyo. Ni siquiera es mío.

–No finjas sorpresa. Ambos sabíamos que iba a pasar. Y él también está encariñado conmigo.

–Ha sido un verdadero dolor de cabeza los últimos dos días. Creo que te extraña –Ford se detuvo en otra intersección, si giraba a la derecha irían a casa de Maisy, pero si giraba a la izquierda, irían a su casa. Apretó más su pierna y posó sus labios sobre los de ella–. Yo también he echado de menos que estés allí.

Allí estaban: esas palabras que se filtraron en su alma y remendaban su roto corazón. En el instante en que ella se abrió a él, Ford deslizó su lengua dentro de su boca y la acarició con ella.

–En realidad, tengo una idea diferente –dijo, con su voz ronca–. ¿Tienes ganas de otra aventura?

–Hmm –Violet actuó como si tuviera que meditarlo mientras todo en su interior gritaba sí–. ¿Habrá roedores o alimañas involucradas? Dados los acontecimientos del fin de semana pasado, esa es una pregunta que ahora siento que debo hacer.

–No hay alimañas –respondió el chico después de soltar una carcajada y negar con la cabeza–. Bueno, podríamos encontrarnos con algunas en la naturaleza, pero no será necesario hacernos cargo de ellas.

Hablar de vida salvaje la hizo pensar en que su cuerpo estaba en cortocircuito. Gracias a Dios nadie se había parado detrás de ellos. Presionó sus labios contra los de él, disfrutando de la forma en que se movían automáticamente contra los suyos.

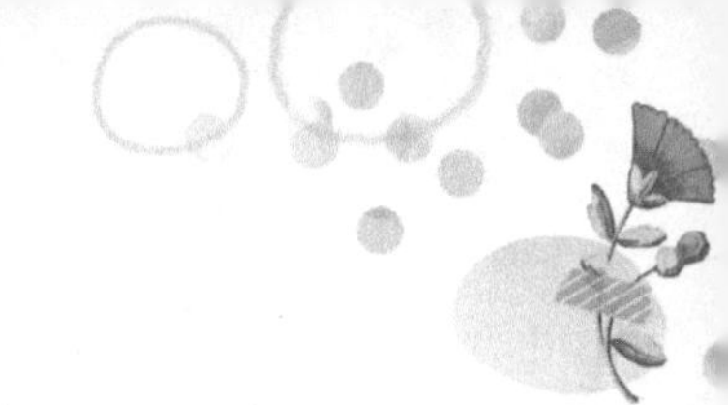

—Bésame así otra vez e iré a casi cualquier lugar contigo.

* * *

Los conflictivos pensamientos de Ford estuvieron a punto de arruinar la noche. En lugar de enfadarse o permitir que él mantuviera la distancia, Violet se había acercado y le recordó lo increíble que era.

Tal vez no tenía todas las respuestas, pero la mujer le mostró lo que se sentía ser genuinamente feliz. Pensó que ya había experimentado ese tipo de alegría antes, pero estas últimas semanas le habían mostrado un nivel nuevo por completo.

Además de todas sus otras increíbles cualidades, le había ayudado a entrenar a los cachorros y a convertirse en un mejor padrino de bodas. Incluso defendió su honor ante la mujer más temible de la ciudad. Sin mencionar lo bien que encajaba con sus amigos. A decir verdad, desde el momento en que se conocieron, ella encajaba perfectamente en su vida.

¿En qué estaba pensando cuando permitió que sus ideas y sus miedos se interpusieran? Sobre todo porque cada parte de su ser le gritaba que sería un imbécil si dejaba escapar a Violet. Alto el riesgo, alta la recompensa: esa era su base de operaciones, pero ya era hora de arriesgarse.

Después de una rápida parada para comprar provisiones y para tomar la cámara de Violet, Ford se dirigió al lado más alto del lago Jocassee. Estacionó su camioneta en el sendero, y luego salió y rodeó la cabina. Abrió la puerta del pasajero, sujetó a Violet por la cintura y la puso de pie.

La luz de la luna iluminó sus encantadores rasgos y todas sus dudas se desvanecieron. Tenían una conexión innegable y se debían a sí mismos explorar hasta dónde podía llegar.

Se echó la mochila al hombro y unió sus dedos con los de ella.

–¿Lista para una corta caminata?

–¿Qué es un paseo corto en idioma Ford McGuire?

–Más o menos dos kilómetros.

–¿Es lo que tenemos que caminar para encontrar un lugar donde no te hayas acostado con otra mujer? –preguntó con una mezcla de burla y una pizca de curiosidad.

–Shep y su gran bocota –murmuró Ford con un movimiento de cabeza.

Violet levantó la vista y miró el sendero de tierra que conducía a la roca de la chimenea.

–Supongo que hasta alguien tan fuera de forma como yo puede recorrer un par de kilómetros.

–Muñeca, me gusta tu forma –era claro que la idea de ir por todo lo llevaba al extremo de la cursilería, pero desbordaba felicidad y le importaba un bledo bajar la guardia.

A mitad del camino, Violet le reclamó que su "más o menos" podía significar más de cinco kilómetros. Pero continuó subiendo a su lado y su agitada respiración le recordó a Ford sus sesiones entre las sábanas.

Su corazón latía a un ritmo carnal, embriagador que despertó a su cavernícola interior. Si esta noche salía como había planeado, la tendría en esa posición de nuevo muy pronto, tenía una manta en su mochila, por si acaso. Tal como decía el dicho, era mejor prevenir, que terminar con agujas de pino pinchándote el trasero.

Por fin, llegaron a la cima de la roca de la chimenea. Desde ese lugar, se podía ver todo el lago. La forma como Violet quedó boquiabierta mientras oteaba el paisaje le confirmó que había tomado la decisión correcta en llevarla a ese lugar. La chica se llevó una mano al pecho, suavizando sus rasgos.

–Es hermoso.

–Tú también –justo cuando estaba a punto de patear su propio trasero por ser tan sensiblero, una lenta y dulce sonrisa se dibujó en el rostro de Violet.

Mientras ella tomaba algunas fotografías, Ford tendió la manta bajo un árbol cercano. Se arrodilló sobre la tela y vertió vino en dos tazas de camping marcadas con fuego que hasta entonces solo habían contenido café.

Cuando Violet se acercó, se puso de pie e intercambió una de las tazas por su cámara. El aparato era más pesado de lo que parecía. Depositó su taza en una roca plana y se aferró a la cámara con más fuerza, consciente de lo importante que era para ella.

–¿Solo apunto y disparo?

–Mantén el botón a medio camino para enfocar y luego presiónalo hasta abajo para tomar la foto, pero hay mucho más que únicamente apuntar... –Ford le tomó una foto y ella ladeó la cabeza–. Ni siquiera estaba lista y no me dejaste terminar...

Clic, clic. Ese último disparo capturó solo una palma borrosa.

–¿Dirías que tu musa ha vuelto, entonces? –preguntó mientras entregaba la cámara.

–Diría que sí.

Un hilo de preocupación se abrió paso a través de su pecho. Un pinchazo, agudo, de nuevo. ¿Podría significar eso que pronto dejaría la ciudad? Por alguna razón, pensó que tendrían más tiempo para resolverlo todo.

–Es gracias a mí, ¿verdad? Soy tan inspirador y eso.

–Sí. Tú y tu cara bonita –llevó una mano a su mejilla y un beso a sus labios–. Y tu selecto vocabulario.

–Gran charla para alguien que no sabía que Shakespeare también era poeta –además de buscarlo en Google, memorizó la línea de uno de los sonetos–. ¿He de compararte a un día de verano? Tú eres más adorable y más templada –Violet se rio. Su risa reverberó por todo el lugar, desde la roca hasta el árbol, y le dio justo en el pecho. Sus ojos brillaron, y allí estaba la diosa que había descubierto aquel día en el lodo–. ¿Ese es el fragmento? Bueno, no me siento avergonzado. Y con toda honestidad, la mayoría de las personas son más templadas que el sol de Alabama.

Después de beber el contenido de su taza, Violet la dejó junto con su cámara a un lado de la mochila. Se enderezó y apartó el pelo de su cara.

–En cuanto a mi musa, no la he puesto a prueba. Hasta ahora solo he tomado fotos por diversión, no por trabajo –Violet cerró la distancia que los separaba y le rodeó la cintura con los brazos–. Ese será el verdadero factor decisivo. Ya tengo un par de sesiones reservadas, incluyendo una con Shelby y su familia, así que ya veremos qué sucede.

»Pero no hablemos de trabajo ahora mismo –Violet metió las manos en los bolsillos traseros de los jeans–. Supongo que no es por eso que me trajiste hasta aquí para disfrutar de esta increíble vista.

Y le apretó el trasero, lo que lo hizo sentir fuego por dentro. Apenas pudo recordar de qué habían estado hablando.

–Podría haber tenido motivos secretos –le pasó el pelo por detrás del hombro y deslizó sus labios hasta la base del cuello. Mientras besaba esa deliciosa porción de piel, la recargó contra el árbol.

Con una mano apoyada contra el tronco, deslizó la otra debajo de su camisa. Su suave piel contrastaba con la corteza áspera debajo de la palma de su mano, acarició la línea de su columna con su pulgar mientras le besaba el mentón.

En la oscuridad, sus labios se encontraron y, a continuación, devoró su boca al tiempo que luchaba por quitarle la camisa. Tan pronto como lo logró, la arrojó lejos. Necesitaba sentir de nuevo el contacto de su piel sobre la suya.

Le desabrochó el sostén y le dio un tirón, exponiéndola al aire fresco de la noche y a su mirada ardiente.

–Maldición. Sigo pensando que la próxima vez que te vea desnuda no sentiré la misma descarga, pero cada vez me golpea igual de fuerte.

El rubor recorrió la piel de Violet y el corazón de Ford se aceleró. A lo lejos, un pobre diablo cantaba una canción. Ford se tomó un momento para empaparse de la visión que tenía delante y deleitarse con la suerte que tenía de tocar a esa mujer. Besarla, abrazarla y hacerla suya. Si la soltaba, podía perder la cabeza por Violet Abrams.

El tiempo se volvió lento al desabrochar y bajar la cremallera de sus jeans. Violet se movió para quitarle la camisa mientras él le bajaba los pantalones y chocaron a la mitad de la maniobra. Ambos se echaron a reír y ella se tambaleó con las piernas aprisionadas en su ropa de modo que se tuvo que apoyar en él para no caer.

El roce de sus uñas contra su piel provocó que su excitación golpeara la cremallera de sus jeans con fuerza, al parecer con una sola idea en mente.

Una vez que liberó a Violet de los jeans, se sacó la camisa por la cabeza y la tiró a un lado. Violet le rodeó la espalda, sus manos explorando y palpando mientras besaba la línea de la quijada.

Ford deslizó un nudillo entre sus pechos y siguió bajando hasta el centro de su abdomen. Con el roce, sus músculos se contrajeron y, cuando se acercó a la cintura de su ropa interior, se detuvo. Era una tortura para ambos. Tan pronto como bajó sus manos, Violet se arqueó contra él, buscando su tacto.

Un gemido ahogado se liberó al sentir su humedad y lo dispuesta que estaba para él. Se estremeció cuando encontró el punto dulce. Sus jadeos llenaron el aire, desesperados y necesitados, y cuando Violet le desabrochó los pantalones, lo recorrió un alivio.

Ahora eran sus tobillos los que estaban prisioneros entre la tela de sus pantalones. La condujo hacia atrás, hasta la manta. Descendieron en una maraña de extremidades y él estrelló su boca contra la suya. Con los dedos de los pies, empujó la tela que aún sujetaba sus piernas.

El movimiento presionó su deseo palpitante contra el centro de Violet y su grito de placer coincidió con el gruñido que él lanzó hacia la noche. La fricción por tratar de liberarse los había llevado a ambos a lo más alto.

Por fin era libre, ni un segundo antes de tiempo. Podía sentir la calidez húmeda de Violet a través de su ropa interior. Estar en el bosque sobre una manta terminó siendo más sensual de lo que había imaginado.

Mientras Violet se sacaba las bragas, sus dedos tocaron la mochila en busca de un preservativo.

Ford lo sostuvo como un trofeo.

–Date prisa –dijo Violet, tirando de su ropa–. Te necesito aquí conmigo. Ahora. Mismo.

–Tus deseos son órdenes –una vez que tuvo puesta la capa de látex se colocó muy cerca de ella. Se deslizó dentro sin mucho esfuerzo, provocándola y poniendo a prueba su fuerza de voluntad.

–Ford –jadeó suplicante.

–¿Qué? –preguntó inocentemente.

Con un gruñido de frustración, ella levantó sus caderas para encontrar las suyas y él perdió la capacidad de hablar. De hecho, no estaba seguro de que sus brazos fueran a ser capaces de sostenerlo más.

Por fortuna, Violet se hizo cargo, enganchando sus tobillos alrededor de su cintura y atrajo su cuerpo para que la cubriera, de hombro a muslo.

Después de un brevísimo momento para centrarse, Ford tomó el control. Entrelazó sus dedos con los de Violet y colocó sus manos detrás de su cabeza para poder deleitarse con cada centímetro de piel desnuda.

Luego se sumergió en su interior. Se volvió uno con ella y no pudo evitar buscar sus labios, bebió sus suspiros mientras empujaba una y otra vez.

El sudor se deslizó por su piel, Ford se interpuso entre ellos y buscó la rosa del placer que la haría tocar el cielo.

En el instante en que encontró el botón suave, sus paredes lo absorbieron profundamente. Ford lo acarició en círculos cada vez más rápido. Sus rasgos evidenciaron el éxtasis que resonó a través de su cuerpo.

Violet clavó sus ojos en él, pero cuando alcanzó la cima del placer su mirada se tornó borrosa. No solo era la cosa más sensual que hubiera visto, también provocaba en él una sensación desconocida que lo recorría, arrasando cada pensamiento que no tuviera que ver con esta mujer y este momento.

El último hilo de su control se rompió y su propia liberación se disparó. Cayó al lado de Violet y la arrastró contra su pecho, inhalando y exhalando contra su piel.

Y mientras la abrazaba con fuerza, tuvo la idea de que nunca, nunca quería dejarla ir.

CAPÍTULO 21

Cuando recuperó el aliento, Violet recorrió con un dedo la nariz de Ford y le dio un toquecito en el centro de la boca. Él le besó la punta de los dedos. El contacto le puso la piel de gallina más que el aire fresco.

–¿Tienes frío? –la cobijó entre sus brazos y se movió para poder levantar la manta y cubrirse con ella. Su cuerpo irradiaba calor y ya no se molestó en decirle que él era la causa de su escalofrío.

Aunque había sido muy dura consigo misma por no haberse podido deshacer de esos diez kilos, la forma en que Ford adoraba su cuerpo la hacía agradecer cada centímetro extra. Sumado a ello, la pasión en sus ojos hacía que le fuera más fácil ser amable consigo misma. Siempre que estaba con él, se sentía hermosa y sexy y, lo mejor de todo, deseada.

Claro, era algo de lo que ella debería haber sido capaz por sí misma, pero después del daño que Benjamín causó a su autoestima, el estímulo era más que apreciado.

Un suave brillo le llamó la atención, un resplandor amarillo entre las agujas de pino oscuro. Otra chispa y otra más.

–Luciérnagas –susurró mientras estas iluminaban la oscuridad, añadiendo un efecto de bosque encantado.

Sentía la electricidad recorrer su piel al contacto con los suaves labios de Ford y con su barba descuidada que rozaban la línea de su hombro.

–Sí, les pedí que montaran un espectáculo solo para ti.

–Oh, ¿apenas se los pediste?

Una sonrisa se extendió por su cara mientras asentía, toda falsa inocencia y travesura.

–Bueno, es increíblemente romántico.

–Antes de que aparecieras, no me hubiera considerado un romántico. Gracias a ti, Violet Abrams, podría estar cambiando mi postura.

Otra cuerda se enrolló alrededor de su corazón, atándola a este hombre, a esta noche y a este lugar.

La posibilidad de que todo se desmoronara había estado peligrosamente cerca, pero así como había venido se había ido. El afecto había sido reemplazado por una emoción más fuerte, una que no se atrevió a nombrar.

Las defensas de Violet dieron la alarma, una advertencia tardía para reforzar sus muros. Un grito de guerra troyana: dejar entrar al enemigo y luego cerrar el puente levadizo para que se quedara dentro a luchar, sin escapatoria visible.

Ahora su única opción era una bandera blanca y, aunque esperaba no tener que agitarla, la apretó en su puño por si acaso.

–No he tenido una novia en años y las pocas que he tenido… –Violet se congeló, temerosa de moverse–. Lo que intento decir es que no traigo chicas aquí. No hago esto –hizo un ademán entre él y ella y todo en el interior de Violet comenzó a resquebrajarse–. Pero quiero hacerlo contigo.

Uno por uno abrió los dedos que sostenían la metafórica bandera blanca para poderse aferrar a Ford. Colocó la palma de su mano sobre el centro de su corazón, sintiendo el *pum*, *pum*, *pum* en respuesta.

Cuando levantó la vista pudo ver, a través de sus pestañas, que él miraba profundamente en su alma y dejaba huella en ella. En aquel momento supo que nunca sería la misma. Y, por primera vez, en lugar de asustarse, se sintió reconfortada.

–Gracias –susurró.

–¿Por qué?

Por hacerme sentir ingeniosa, cuidada, comprendida y hermosa. Por mostrarme un lado diferente de Las Dudas y la otra cara de ti mismo. Por empujarme a retomar la fotografía. Por traerme aquí. Por hacerme creer en el amor otra vez.

Las palabras se alojaron en su garganta y, como de cualquier forma no estaba segura de cuáles elegir, se limitó a mantenerlo simple.

–Por todo.

Los dedos fuertes de Ford alrededor de su cadera la hicieron rodar para que sus corazones se alinearan y latieran uno contra otro. Después él recorrió con sus manos la parte baja de su espalda mientras sellaba la noche perfecta con el beso perfecto.

Perdida como estaba en un mar de eufórica felicidad, sus palabras sonaron lejanas cuando Ford habló de nuevo.

–Vístete. Quiero enseñarte una última cosa antes de ir a casa.

* * *

Entre cortarle la circulación y una posible caída por el camino rocoso, Ford decidió sujetar su mano con toda su fuerza. Como la grava se deslizaba bajo sus pies, se aseguraba de que estuviera firme antes de pisar la siguiente gran roca. Finalmente, llegaron a una superficie plana.

–¿Ves ese hueco de ahí?

Violet lo rodeó para asomarse.

–Sí.

–En el colegio pasé incontables noches allí dentro. Mi padre se iba de juerga y eso irritaba a mis hermanos. O alguna de sus novias andaba por allí y discutían a todo volumen o cog... –Ford se frotó el cuello, deseando haberse interrumpido antes–. Como sea, el caso es que cuando era demasiado, venía aquí con mi mochila, mi saco de dormir y mi caña de pescar.

–¿Y cuántas noches te quedabas?

Se encogió de hombros.

–Eh. Dos, cinco...

–¿Tu papá no envió un equipo de búsqueda y rescate tras de ti? ¿O fue eso lo que inspiró tu carrera?

Aunque no era exactamente gracioso, se rio solo de pensar que Jimmy McGuire pudiera admitir que necesitaba ayuda de cualquier tipo.

–Para eso tendría que haberse dado cuenta de que yo estaba desaparecido. Nos enseñó habilidades de supervivencia en el bosque, así que supongo que debo agradecerle por eso. Esas habilidades me permitieron encontrar la paz aquí, incluso en los momentos más duros.

Violet bajó la mirada.

–Yo… no sé qué decir –lo abrazó por la cintura–. Suena duro. Pero también me alegro de que tengas esas habilidades y admito que encuentro tu lado rudo supersexy. Solo desearía que no hubieras tenido que huir para encontrar paz.

Sintió una opresión en el pecho, que se contrajo con cada inhalación y exhalación. La realidad es que con frecuencia sentía envidia de la vida familiar de sus amigos. Cuando se quejaban de esto y de aquello, él fingía que agradecía tener tanta libertad. Pero en realidad era solo indiferencia.

Ahora tenía más que eso, sobre todo cuando su padre o sus hermanos querían algo. Lo molestaban con que él era el McGuire confiable, hasta que lo necesitaban. Como no quería entrar en ese tema, se centró en la otra pregunta de Violet.

–En cuanto a mi carrera, tuvimos una sequía un año y hubo un gran incendio –Ford giró a Violet en sus brazos para que su espalda se encontrara con su pecho y ambos vieran al lago–. Aquí en esta cima. Era el otoño de mi tercer año del colegio. Los bomberos trabajaban sin parar para apagarlo y pensé: "Es un trabajo duro, correr hacia las llamas en vez de alejarse de ellas". Antes de eso, estaba decidido a convertirme en un doble de acción –apoyó la barbilla en la coronilla de Violet–. Hablé con algunos de los bomberos cuando entraron en el Martin's Trading Post y uno de ellos me dijo que debía convertirme en paramédico, ya que eso abriría mis opciones. Cuando busqué la certificación, me pregunté si era lo bastante inteligente para aprender todas esas tonterías médicas. Pero habrás notado que soy un poco competitivo…

–¿Solo un poco? –Violet se burló y él le dio una nalgada juguetona que solo la hizo reír.

–Addie también necesitaba tomar el curso de anatomía y me apostó que podría obtener una mejor calificación, así que...

Violet se relajó contra él, sus dedos se deslizaron sobre sus antebrazos. Eso alivió su confusión interna por haber revelado tantos detalles personales.

–¿Y cuándo te involucraste en búsqueda y el rescate y en el entrenamiento de perros?

–Digamos que fue por casualidad. Había un cazador perdido y estoy familiarizado con el área, así que ayudé. El equipo de Búsqueda y Rescate de Talladega me preguntó si me interesaba unirme a ellos y resultó bueno que la gente me quisiera cerca en lugar de esperar a que me alejara para poder chismorrear sobre mi familia –Violet lo miró. Sus ojos destellaban adoración. Ford no estaba seguro de merecer todo eso, pero su corazón se hinchó convencido de que ella sí lo merecía.

»El tipo que me entrenó también entrenaba unidades caninas y estaba a punto de retirarse. Cuando me preguntó si quería el trabajo, casi le provoco un ataque al corazón con el sí tan entusiasta que le di.

Vaya, ahora estaba metido hasta el fondo. Sus amigos lo acusaban de ser un hablador, charlatán y lépero. Aderezaba la conversación con sus chistes. Pero cuando se trataba de hablar de verdad, solo había logrado esa intensidad con Addie. Por un momento, se cuestionó si quería llevar a Violet al interior de su escondite.

Pero luego la hizo girar para verla de frente y allí estaba la sonrisa de esa hermosa mujer, un sueño hecho realidad. Lo besó con suavidad y apoyó su cabeza contra su pecho.

–Me encanta todo lo que me dijiste. ¿Estás listo para admitir que eres, en verdad, un buen tipo?

–No estoy seguro –repuso mientras ella inclinaba la cabeza lo suficiente como para que él pudiera verla poner los ojos en blanco.

Eso confirmó su decisión. Al menos, quería grabar este recuerdo en su cerebro. De esa manera, no importaba lo que pasara después, podía recordar la noche en que nada existía aparte de él y esa mujer haciendo un desastre en sus entrañas.

–Será mejor que sigamos con lo que vinimos a hacer, aparte del sexo, por supuesto.

–Por supuesto –dijo, su voz ronca sugiriendo que estaba reviviendo su sesión bajo el gran cielo de Alabama.

Uniendo sus dedos con los de ella, la llevó a su escondite.

Al fondo una pila de cenizas de fogatas pasadas daba cuenta de la pesca que había cocinado en el pasado. Ford encendió su linterna y recorrió los muros con el haz de luz.

–Las rocas exteriores tienen todos esos diferentes nombres, colores y banderas pintadas, y estaba pensando… –revisó su bolso hasta que sacó la pintura en aerosol–. Deberíamos dejar nuestra marca aquí, donde solo nosotros podemos encontrarla –*Mierda*. Apenas lo dijo, deseó meter reversa. Era una idea tan absurda–. ¿O es algo muy estúpido?

–No es estúpido –dijo Violet, apoderándose de la pintura púrpura–. Me voy a poner a trabajar, porque de lo contrario podría llorar por un gesto tan perfecto –seguramente, porque sus palabras salieron recortadas– y entonces dirás que soy una dramática.

Le dio un rápido beso en la mejilla que le provocó fuegos artificiales en el interior de su pecho.

–Si te hace sentir mejor, estoy casi seguro de que ahora soy yo el que está obsesionado.

–No lo sé, espera que veas lo anticuada que soy, terminarás burlándote –agitó la lata y luego escribió sus iniciales, añadió un signo de suma debajo y luego vinieron las iniciales de Ford–. ¿Agrego el AVXS?

–No te entiendo.

–Amor verdadero por siempre, duh.

¿Ella le estaba pidiendo…? O peor y más aterrador aún ¿acaso él…?

Relájate. Son solo letras, no es una propuesta.

Su corazón palpitó y se expandió, se dio cuenta de que sus sentimientos por esta mujer, de esos que empiezan con la letra A, podrían estarse haciendo más profundos.

–Hazlo –la animó.

Violet trazó la A y enlazó las letras, como recordaba haber visto en la secundaria. Después de completar la S, dibujó un gran corazón alrededor de todo.

Con el bote de pintura blanca, Ford pintó los pétalos de una flor. Cambió la pintura blanca por la púrpura y perfiló la imagen.

–¡Listo! Es una violeta.

–¡Aww! –Violet apretó los labios y se llevó una mano al corazón. Luego levantó la lata de pintura blanca y apuntó a una zona limpia de la roca–. Tengo que añadir una cosa más –impidiendo que viera lo que hacía, roció, sacudió y roció de nuevo. Con una floritura, dio un paso atrás–. ¡Ta-rán! –el símbolo de los camiones Ford destacaba sobre la roca oscura–. ¿Lo entiendes? –el rostro de la chica brillaba de felicidad y, en ese preciso instante, ya no tuvo que preguntarse nada más. No había dudas ni peros ni quizás. Una certeza lo golpeó fuertemente.

Enamorarse de Violet fue algo que le cayó por sorpresa. No estaba seguro de qué hacer al respecto, pero la idea de decírselo provocó que se le acumulara la presión bajo las costillas.

Prefirió entonces demostrárselo. La atrajo hacia sí y le plantó un beso en sus labios, aún sonrientes. Solo quería darle un beso, pero todo lo que hizo fue abrir su apetito y despertar su lado carnal.

Respiraciones agitadas que entraban y salían de sus bocas.

La respiración de él.

La de ella.

La de ambos.

Y antes de que pudiera analizar y reprimir las palabras, estas volaron fuera de su boca.

–Quiero que te quedes.

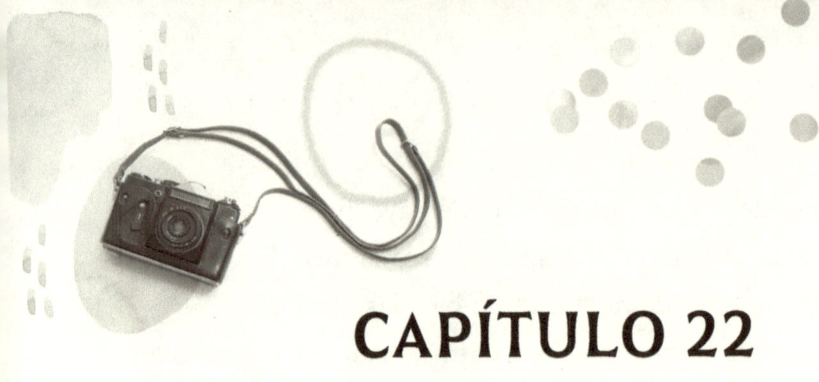

CAPÍTULO 22

A Violet le tomó unos cuantos segundos averiguar dónde estaba. Un techo diferente al de casa de Maisy y, además, los cuerpos calientes. Un hombre grande con pelo oscuro y despeinado, brazos fuertes y piernas enormes descansaba a su derecha. Se sintió tentada a arrastrar los dedos de los pies hasta su pantorrilla, pero el canino enroscado sobre sus pies lo impidió.

A Violet y a Torbellino les advirtieron: "Nada de perros en la cama", pero evidentemente el cachorro lo había olvidado. Como si el pastor alemán sintiera que estaba despierta, levantó la cabeza. Una de sus orejas marrones y negras caía de un modo ridículamente adorable, por lo que Violet le dio una palmadita en la panza.

–Ven aquí, amigo –le susurró.

Desde su propia cama en el suelo, Pyro también levantó la cabeza. Violet se preguntó en cuántos problemas se metería si le decía a Pyro que podía acompañarlos.

Antes de que pudiera deliberar los pros y los contras, Torbellino estaba encima de su pecho y le lamía la cara. Ford gruñó mientras abría un ojo.

–Estoy casi seguro de haberles dicho que no se permitían perros en la cama. Lo consientes demasiado.

–Eso tiene sentido porque es chiquito, ¿no crees? –Violet acarició todo el lomo del cachorro, desde las orejas hasta las ancas traseras–. Eres mi bebé, pero no se lo digas a Ford, ¿de acuerdo? Cree que no debo encariñarme, pero es demasiado tarde para eso. ¿No es así?

–Eso veo. Y también que él te está dando el beso que yo debería estarte dando ahora.

–Sí. Y quisiera hablar con ambos sobre cuánta lengua usan.

–Es suficiente –Ford rodó hasta ponerse encima de ella, presionando su cuerpo contra el colchón–. Ya no es tan divertido, ¿verdad?

Torbellino la había abandonado para reunirse con Pyro en su cama. Aunque quizás quería echarlo, no parecía entender que era mucho más pequeño que el gran perro negro.

La corpulencia de Ford había ahogado la risa de Violet. Pero ella deseaba que la aplastara más contra la profunda suavidad de la cama para disfrutar de esa lengua de la que se había burlado.

Violet rodeó su cuello fuerte con los brazos y se deleitó con el peso de Ford, que la aplastaba. El cabello grueso, las venas salientes y el olor almizclado hacían difícil que ella pensara.

–Iba a decir que me gustas mucho. Me alegro de que no me lamas la barbilla como Torbellino, pero… –la punta de la lengua de Ford golpeó la base de su cuello. Luego la deslizó hasta el punto sensible bajo su oreja, una larga y húmeda lamida que le hizo apretar los muslos–. No importa. Obviamente ya sabes lo que me gusta.

Ford le devoró la boca, profundizando y explorando, saboreando y tomando. Respondía tan bien a cada suspiro. En poco tiempo, se enredaron en la sexy segunda ronda de diversión en la fiesta de pijamas.

Para cuando cayeron de nuevo al colchón para recuperar el aliento, dos de los perros que habían huido cuando la intensidad de los besos se convirtió en amor comenzaron a rascar la puerta. Sin duda, estaban listos para comer y recibir atención. Al menos tenían la puerta abatible para poder salir cuando necesitaban ir al baño.

Ford se levantó de la cama, abrió la gaveta de su cómoda y cogió un par de interiores.

Cuando ella se subió las bragas, Ford se la quedó mirando mientras rumiaba un *mmm, mmm, mmm.*

–Alguien podría acostumbrarse a ese panorama.

Con un rápido tirón, Ford se enfundó en sus jeans y se le acercó. Sin camisa, con el botón superior de los pantalones desabrochado. Cuando la alcanzó, en lugar de ponerse la camiseta, la deslizó sobre la cabeza de Violet. Luego presionó sus labios contra los de ella.

–¿Hambre?

–Mucha, todas esas caminatas y tanto sexo realmente despiertan el apetito.

–Vaya que sí –dijo, tomándola de la mano y llevándola a la sala de estar.

Como Violet estaba más capacitada para preparar comida de perro que un par de huevos, alimentó a los cachorros y luego se dirigió a la cocina para ver a Ford ir del refrigerador a la estufa.

La luz del sol entraba por la ventana encima del fregadero, resaltando cada músculo y surco de su torso desnudo. Colocó un plato de huevos y tocino delante de ella, luego rodeó la barra y se sentó a su lado con su propio plato.

Violet dio unos cuantos bocados mientras reunía el valor suficiente para formular la pregunta que aún no hacía. Si iba a considerar en serio su permanencia en Las Dudas, necesitaba saber que eso significaba compromiso. Despacio, integrando sus vidas haciendo las típicas actividades de pareja.

No es que quisiera probar a Ford, pero tampoco quería cometer los mismos errores que antes. Desde el encuentro con Cheryl en el bazar, le había costado mucho no preocuparse por la reapertura de la pastelería.

–¿Tienes planes para el jueves por la noche? –dijo por fin–. Revelación completa: tengo que pedirte un favor.

–Bueno –respondió Ford, girando en el taburete hasta que sus rodillas chocaron–, no llevas pantalones, así que las probabilidades están a tu favor.

Todo está bien, inhala profundo, exhalaaa…

–¿Sabes que mi padre y yo tenemos una relación tensa? –eso era por completo retórico, ya lo había dejado claro antes, así que siguió soltando la sopa–. Bueno, por si no lo notaste en el bazar, eso aplica doble para Cheryl. Intentó, muy en serio, sobornarme para que me fuera de la ciudad.

–Típico movimiento Hurst –respondió él con la mandíbula apretada–. Lanzar dinero para que sus problemas desaparezcan –su tenedor chocó con el plato vacío–. Lo siento. No debí decirlo.

La honesta y clara indignación de Ford la conmovió.

–Está bien. Te lo agradezco, de hecho –era hora de hacerle la pregunta y ver qué tipo de hombre se revelaba–. El caso es que

Maisy tiene este evento de colgar carteles y reabrir la pastelería a las cuatro. Fue idea de Cheryl. Y mi padre estará allí en su papel de alcalde para cortar el listón. Y para apoyar a Maisy, por supuesto. Me vendría bien una mano para sostenerlo –Violet enrolló su labio inferior–. ¿Irías conmigo? Sería más fácil todo contigo allí. Y así no tendría que enfrentarme a mi padre y a Cheryl sola.

–Allí estaré.

Violet casi dejó pasar el resto de lo que quería decir. Pero esa estúpida frase de "Si me engañan dos veces, la tonta soy yo" rebotó en su cabeza, recordándole que tenía que aprender de los errores del pasado.

–Aunque estoy segura de que esto te sorprenderá, tengo algunos problemitas… –Violet arqueó una ceja, advirtiéndole que no hiciera comentarios–. Problemas de confianza, principalmente –la ansiedad le carcomía las entrañas y sentía que en sus pulmones se alojaba una mínima reserva de aire–. Por más que me encantaría decir que todo fue culpa de Benjamin y que fue el único responsable de que termináramos, no siempre le dije lo que necesitaba. También cometí mi parte de errores… *–como vandalizar su carro.* Era un tema que tocaba historias pasadas, era denso y de divertido no tenía nada–. Mi padre también rompió promesas y eso me hizo darme cuenta de lo mucho que necesito a alguien confiable, que si dice que va a llegar, cumpla con su palabra –inquieta, jugueteó con el dobladillo de la enorme camiseta que Ford le había puesto, dando lo mejor de sí.

–Ey –Ford tomó su mano y la cubrió con las suyas–. Mi trabajo es ser confiable.

–Sí, pero necesito que llegues no solo porque es tu trabajo sino porque haces lo que dices. Porque quieres estar ahí para mí.

–Para ti, Vi, siempre apareceré –respondió y después besó sus nudillos con dulzura–. Te lo prometo.

El oxígeno regresó gradualmente a sus pulmones. Justo cuando abría la boca en un intento de encontrar las palabras para expresar lo mucho que significaba para ella, los perros se volvieron locos ladrando.

Un golpe sonoro en la puerta rompió la calma.

* * *

Ford abrió la puerta y de inmediato deseó no haberlo hecho. Su padre estaba allí. La burbuja de felicidad en la que flotaba desde la noche anterior estalló. Todas sus preocupaciones terminaron por reventarla. La presencia de su padre significaba que quería algo y Violet estaba ahí. El pedestal en el que ella lo había puesto, aunque se sentía muy bien, estaba a punto de derrumbarse bajo sus pies.

–¿Qué quieres? –preguntó.

–¿Es esa la forma de saludar a tu querido y viejo padre?

Ford miró por encima del hombro, lo cual fue un error. No solo le dio la oportunidad a su papá de colarse, sino que le dio a entender que no estaba solo.

–¿Tienes compañía? –preguntó, confirmando que lo había pillado.

–Sí. Toma asiento y dame un segundo.

Ford se metió en la cocina, pero todo lo que encontró fueron platos vacíos. Corrió por el pasillo hasta su dormitorio, donde Violet se estaba poniendo sus jeans.

–Lo siento.

–¿Por qué?

–Estás a punto de conocer a mi padre. Desearía poder prepararte mejor, pero... Ni siquiera estoy seguro de que eso sea posible.

–Puedo manejarlo –como el ángel que era, Violet le rodeó la cintura con sus brazos–. Especialmente ahora que tengo los pantalones puestos.

–Lo cual es una pena... Pero si ayuda... –le besó la frente, empapándose de su aroma y de la forma en que su abrazo calmó sus nervios. Aunque podía quedarse allí para siempre, lo mejor era terminar con esa incómoda reunión.

Tomó a Violet de la mano y la condujo a la sala de estar. En otras circunstancias, el asombro en la cara de su padre habría sido cómico. Ford se aclaró la garganta.

–Papá, esta es Violet. Violet, mi padre, Jimmy McGuire.

–Encantada de conocerte –dijo, alisando su revuelto cabello.

Tras la sorpresa, su padre recuperó la compostura, se puso de pie y le tendió una mano.

–Eh, igualmente. Me resultas familiar. Eres una Hurst, ¿verdad?

–Me llamo Abrams, pero el alcalde Hurst es mi padre biológico.

Papá asintió con la cabeza. Sus ojos se entrecerraron mientras los estudiaba y Ford envolvió un brazo protector alrededor de los hombros de Violet.

–Parece que he interrumpido algo, así que me daré prisa. Gunner y yo nos dirigimos a las colinas y necesitamos que nos prestes tu cuatrimoto. La mía todavía tiene problemas con el embrague.

–Claro –dijo Ford.

–Tal vez necesite que me ayudes a subirla a la camioneta.

–De todas formas, yo tengo que ir a la pastelería –terció Violet–. Le advertí a Maisy que llegaría tarde, pero no quiero plantarla –le dio a Ford un beso fugaz–. Oh, y no olvides esta tarde la reunión de planificación de boda. Es a las seis.

–Mierda, se me había olvidado. Lexi me mataría.

–En otras palabras, te estoy salvando ahora.

En más de un sentido.

–¿Puedes pasar por una botella de vino rosado cuando vengas? –pidió la chica antes de darle una palmadita en el pecho–. Así Lexi se sentirá apreciada. Además, Priscilla y Lucia probablemente no beben cerveza o whisky y, como sabes, yo también estoy en el mismo barco.

»Pratsch o Château La Cardonne-Endless Crush de Inman es mi favorito. No estoy segura de que lo tengan en esta pequeña ciudad, porque es muy caro y solo se fabricó un número limitado de botellas –Violet se llevó un dedo a los labios–. Estoy segura de que no recordarás todo eso, así que te enviaré un mensaje de texto, pierde cuidado.

A regañadientes, Ford la acompañó hasta la puerta.

–¿La hija del alcalde Hurst? –preguntó su padre tan pronto como la chica se fue–. ¿En serio? Vaya que sabes elegirlas –sus rasgos se tiñeron de amargura–. ¿Y escuché la palabra boda? Te enseñé a no dejarte atrapar por una de esas.

–Es la boda de Addie y Tucker. Es el próximo fin de semana –si Papá pensó que iba a hablar de Violet o a profundizar en el tema del amor, estaba muy equivocado–. Vamos. Esa cuatrimoto no se va a cargar sola –los perros pensaron que se refería a ellos y los cuatro salieron corriendo hacia la puerta. Ford se adelantó para abrirla y dejarlos salir, por lo que aprovechó para indicarle a su papá que saliera. Pero en lugar de hacerlo, se detuvo en el umbral.

–No te estás poniendo serio con esa chica, ¿verdad?

Ford dudó demasiado tiempo.

–No es una buena idea, hijo. Esa familia nunca jamás te va a aceptar.

Sintió el impulso de corregir el doble negativo… pero de cualquier forma, no haría diferencia alguna. Cuando se trataba de diatribas en contra de las relaciones, su padre podía seguir todo el día.

–Violet ni siquiera es cercana a su familia, salvo Maisy. Y creo firmemente que una persona es mucho más que su parentesco –ese comentario hizo que su padre soltará una carcajada.

–Solo porque corres por ahí jugando a ser un héroe no significa que la gente olvidará quién eres. Te crees mucho mejor que yo y que tus hermanos, pero ni siquiera puedes aprender de nuestros errores.

Años de historia ahogaron el aire. Claro, deseaba lo mejor para su familia. Lo que no significaba que tuviera que dejarse absorber por el tóxico ambiente en el que había crecido, que consistía en ver quién lo tenía más grande. ¿Quién era más fuerte? ¿Quién era más rápido?

A veces parecía que competían por ver quién era mejor en la vida y otras veces, por quién era peor. Por fin, papá salió al porche y Ford resistió el impulso de empujarlo por la acera para terminar con la conversación.

–No pude evitar notar que te dio una "lista de cosas que hacer, cariño" –añadió–. Así es como las mujeres las llaman, pero en realidad son órdenes. Hoy te está dando órdenes, exigiendo vinos de lujo, mientras que insinúa que eres un tonto ignorante que no recordará la marca correcta. Lo siguiente que sabrás, será que los muebles son nuevos y que se está remodelando la cocina…

»Tu mamá era parecida. Cuando nos casamos, dijo que todo lo que necesitaba era amor. En menos de un año todo fue: "¿Cuándo vamos a tener una casa más grande y bonita?" o "Necesito ir a la ciudad a comprar ropa nueva". Continúo así hasta que conseguimos todo eso y, de todas formas, nada la hacía feliz.

El suspiro de Ford no logró aliviar la frustración que estaba sintiendo. Ese tipo de peleas conformaban la mayoría de sus recuerdos de cuando era más joven.

Sus padres discutían sobre quién trabajaba más duro. Ambos se empeñaban en ganar el pleito, cuando en realidad, todos los involucrados perdían. Incluyéndolos a él y a sus hermanos, que tenían que cargar con el peso de la rabia del perdedor.

–Violet no es así –dijo Ford–. Ni siquiera la conoces.

–Todas las mujeres son así. Al principio ponen su mejor cara, todo es miel sobre hojuelas, todo es dulzura. Básicamente son un señuelo brillante, pero una vez que te comprometes y muerdes el anzuelo, descubres el gancho escondido.

»Ahí es cuando accionan ese loco interruptor y todo se vuelven quejas. Por todo quieren pelear. Te dicen que tienes que cambiar. Me tomó dos fracasos matrimoniales –su padre levantó los dedos como si de otro modo Ford fuera incapaz de comprender el significado de dos– y un compromiso roto para aprender eso.

Por suerte, ya habían llegado a donde tenía las rampas de la cuatrimoto. Ford la maniobró hasta la puerta trasera de la camioneta de papá. Encendió el vehículo, alineó los neumáticos y lo subió a la batea.

Desde allí, Ford deslizó las rampas a ambos lados para que papá pudiera meter y sacar él mismo la cuatrimoto.

–Ahí la tienes. Solo déjala cuando termines.

Papá le colocó una mano sobre el hombro y cuando sus ojos se encontraron se dio cuenta de que hoy los tenía menos rojos que de costumbre. Eso era inconveniente porque al parecer las palabras de su viejo no eran solo producto de la borrachera.

–Estoy a favor de disfrutar de esos comienzos, son la parte divertida de las relaciones... Pero tan pronto como mencionan bodas y bebés, es hora de cortar y correr. Las relaciones serias siempre terminan en peleas y, una vez que hay niños de por medio, olvídalo. Todo se vuelve cada vez más complicado, hasta que ninguno de los dos reconoce en quién se ha convertido.

Papá se quedó en silencio, el tic de sus labios indicaba que estaba luchando contra sus emociones, un gesto que Ford había presenciado una vez en el pasado.

Fue el día que Ford le informó que había hablado con la abuela Cunningham y que mamá no solo ya no volvería a casa, sino que además estaba comprometida con un tipo rico.

Durante años, había intentado mantenerse al margen de las peleas de sus padres, pero la única vez que quiso despotricar sobre su madre, papá se desmoronó.

Y ahora estaba pensando en las palabras de Doris de una manera diferente. Ella había mencionado que extrañaba a su esposo desde hacía diez años y lo difícil que era la vida sin él. Recordó el anhelo en su voz por verlo de nuevo, ya que estaba segura de que él la estaba esperando.

¿Y si el verdadero riesgo del amor era que eventualmente te perdieras a ti mismo? ¿Sentirte como media persona? Su respiración se volvió rápida y superficial, se sentía mareado y trataba de mantener el control de sus pulmones.

–Has construido una buena vida para ti mismo –le dijo papá con brusquedad–. Una en la que puedes disfrutar de tus aventuras. Las chicas como Violet esperan las mejores cosas de la vida. Tarde o temprano, se convertirá en un problema. Solo… ten cuidado.

Era irónico que papá eligiera la palabra cuidado ahora y no durante los años de juventud de Ford, cuando los dejaba a él y a sus hermanos correr salvajemente por el bosque.

–En cuanto a mí… –su padre le dio una palmada en la espalda, ya sin emoción en el rostro–. He decidido que cuando se trata de mis adicciones, entre las mujeres y alcohol, el alcohol es la apuesta más segura.

Con ese sentimiento encantador en el aire, papá subió a su camioneta y se marchó. Ford se quedó allí diciéndose a sí mismo que era solo un viejo cínico.

Aunque comenzó a preguntarse si realmente sabía en lo que se había metido.

CAPÍTULO 23

—¿Conseguiste el vino rosado? –le preguntó Violet en cuanto la encontró frente a la pastelería.

Ford levantó la botella, esforzándose para que la frase "ella cree que eres un tonto ignorante" no le pegara. Mientras recorría los estantes en la licorería, casi estuvo a punto de elegir la marca más barata para probar la reacción de Violet.

En especial porque la razón por la que sugirió que llevara una botella fue para mantenerlo en gracia con Lexi. Por otra parte, ¿por qué tenía que esforzarse para eso? ¿No era suficiente con ser parte de la fiesta de la boda y apoyar a Addie? Violet dejó escapar un pequeño chillido.

–Tenían Endless Crush... ¡Eso va del lado de los pros para quedarme en Las Dudas!

Su emoción levantó el ánimo de Ford. Si solo se necesitaba un buen vino para hacerla tan feliz, no importaba si costaba el doble. Y de todas formas eso era lo que gastaba normalmente en bebidas en La Vieja Estación de Bomberos. Si eso inclinaba la balanza a favor de que se quedara, mejor aún.

–Hace rato, cuando estábamos en la pastelería hablando de lugares, Lexi mencionó el vino, y esperaba que lo recordaras. Le encantará el toque de sandía, es mi favorito, y ella y yo tenemos muchos gustos similares.

Volvió a sentir un hueco en el estómago. Desde la visita de papá, todo se sentía apagado.

Ninguno de los cachorros había prestado atención cuando hizo los ejercicios de la tarde. Incluso Pyro había perdido su toque.

La irritación volvió a aparecer cuando comenzaron el corto paseo a la casa de Addie, no por la ubicación sino por el tema que se discutiría *ad nauseum*.

–No puedo esperar hasta que esta boda termine y todos podamos seguir adelante con nuestras vidas.

–No es tan malo –respondió Violet después de chasquear la lengua.

–Sí lo es. Esta es la primera y última vez que hago de dama de honor.

–Nunca digas nunca.

–Lo digo en serio. Nunca jamás.

–¿Y si te lo pidiera yo? –Violet enganchó su mano en su codo.

–Entonces diría que no –Ford quería seguir andando, pero Violet lo detuvo con la boca abierta–. ¿Qué? Eso significa que te casarías con otra persona y yo no soportaría verlo.

El placer reemplazó la ofensa y Ford pensó que tal vez no debió de haberlo dicho de modo tan audaz, fuera cierto o no.

–¿Qué sucede con esa casa? –preguntó Violet, señalando una construcción victoriana color amarillo en la calle principal con un gran cartel de "Se vende".

–Desde hace un año que está a la venta.

–Es hermosa.

–Es cara.

–Supongo que será mejor que ponga en marcha mi negocio de fotografía lo antes posible.

¿Qué estaba diciendo…? La única casa en la ciudad más grande que la antigua casa victoriana era la del alcalde.

Las chicas como Violet, esperan las cosas más finas.

Ford estudió la ropa de Violet. Pero no sabía lo suficiente sobre moda para determinar si era cara. Entonces su atención se enfocó en cómo sus jeans se ajustaban a su trasero y luego su mente se dirigió por una *d-erección* completamente diferente.

Maldita sea, estaba tan bien antes de esa visita inoportuna. Además, papá era extremadamente parcial con las mujeres. Siempre eran ellas las difíciles, como si su padre fuera un ángel y vivir con él fuera un día de fiesta, con su exceso de alcohol, falta de afecto y todo eso.

A pocos pasos de casa de Addie, Ford se recordó a sí mismo que tenía una mejor amiga y ella era una de las personas más razonables que conocía.

Como llamar a su puerta era más un mero trámite, tras tocar un par de veces, Ford simplemente entró en la casa de Addie.

Y casi retrocede, seguro de haberse equivocado de casa. Pero allí estaba el jersey firmado de Addie y el sofá que él le había ayudado a mover. Aunque estaba cubierto de girasoles, cinta amarilla y un sinfín de otras manualidades.

En el momento en que Lexi miró hacia ellos, su instinto de huida se disparó, pero por desgracia Violet lo mantuvo en su lugar.

–¡Oh, qué bien! –dijo Lexi–. Ya están aquí para que podamos seguir.

Como el caballero que le habían pedido que fuera, entregó el vino. Tras hacer un cumplido por la excelente elección, Lexi fue a buscar copas. Mientras tanto, Lucia Murphy se levantó del sofá y los saludó con sendos besos en la mejilla.

Addie y su madre estaban en medio de una conversación acerca de su hermana, Alexandria. Algo acerca de que estaba enferma y que su esposo pensaba que era un problema de estómago. Tal vez incluso un caso tardío de influenza. Murph levantó la vista.

–Estará bien y a tiempo para la boda, ¿verdad? –de todas las formas en que Ford esperaba que respondiera a esa noticia, esa no era una de ellas–. Quiero decir, espero que se sienta mejor pronto, por supuesto –añadió Addie con un movimiento de cabeza, como si se hubiera dado cuenta de lo insensible que sonaba–. Estoy tensa porque pensé que estaría aquí a tiempo para la despedida de soltera del próximo fin de semana. Aún no se ha probado el vestido de dama de honor y esperaba que ella y yo pudiéramos ponernos al día antes de irme de luna de miel.

–No te preocupes. Va a ir al médico hoy, estoy segura de que pronto estará bien –Priscilla frunció los labios y dirigió su mirada hacia él. Décadas de experiencia le advirtieron que las próximas palabras que salieran de su boca no serían un buen presagio para él–. ¿Addison? –o tal vez Ford estaba perdiendo su toque–. ¿Has hablado con Ford sobre su pelo? Necesita un corte. Piensa en las fotos y que las tendrás colgadas en la pared para siempre.

A su lado, Violet disimuló una carcajada con una tos. Pasó las yemas de sus dedos por el centro de su espalda y jugó con las puntas de su pelo, haciéndolo sentir como Sansón y dándole motivos para proclamar que nunca se lo cortaría.

–En realidad –dijo Addie–, es lo suficientemente largo como para pensar que podría ponerlo en un chongo a juego con los peinados de Lexi y Alexandria.

Esta vez Violet no pudo contener su risa, salió con un resoplido al final. De repente él también se encontró riendo. Los pensamientos amargos que se habían apoderado de él se esfumaron de repente.

–¿Crees que se da cuenta de que estoy aquí? –le susurró a Violet con una inclinación.

–Por supuesto que sí –dijo Priscilla. Ford se había olvidado del fino oído de murciélago que tenía la mujer–. Pero si te digo lo que tienes que hacer, te pondrás difícil y harás lo contrario –la madre de Addie se acercó y hundió un dedo en su abdomen–. Pero escúchame, Ford McGuire. Te estaré vigilando como un halcón. Hay un momento y un lugar para las bromas, pero una boda no es uno de ellos.

»Primero, a Addie se le ocurre ser padrino en una boda y ahora pone a un hombre entre sus damas de honor –continúo con su monólogo mientras se hacía un espacio en el sillón y negaba con la cabeza–. ¿Por qué los jóvenes de hoy en día están tan empeñados en ir en contra de la tradición? Si me lo preguntan, creo que no hay nada de malo en conservar las tradiciones.

La forma en que Addie se pellizcó el puente de su nariz sugirió que había estado lidiando con eso todo el día.

–Tampoco hay nada malo en hacer nuevas tradiciones, mamá.

–Esperaba que el compromiso te hiciera madurar. Que te convirtieras en una dama.

–No y no, pero gracias por tu preocupación. Ahora, ¿recuerdas cuánto te gusta decorar? –Murph levantó una perturbadora y familiar carpeta de bodas color púrpura–. ¿Y cómo les di a ti y a Lexi rienda suelta siempre y cuando respetaran mis otras opciones para la ceremonia? Eso incluía a mi amigo de honor, saltarnos la cena de ensayo y absolutamente ningún baile protagonizado por mí.

–Pero encontré la canción perfecta y… –Addie levantó una ceja y Priscilla bufó exasperada, luego tomó la carpeta–. Violet, dijiste que esto ya habías lo visto antes con rosas, ¿verdad?

–Sí –respondió, soltando a Ford y acercándose a estudiar la imagen–. Lexi y yo estuvimos hablando antes. Podemos llenar las peceras con agua y velitas pequeñas, y poner margaritas en lugar de rosas. Va a ser impresionante. Como dije, es lo que había planeado para mi boda, pero con violetas.

Ford sintió que por sus venas corría plomo y sus pies se pegaron al suelo. Las palabras "mi boda" parpadearon en rojo como un letrero de emergencia, una y otra vez, elevando su presión sanguínea.

–¿Estás segura de que tienes suficientes? –preguntó Priscilla.

–Segurísima –Violet se instaló junto a la madre de Addie en el sofá–. Tengo estas mismas peceras en un almacén, compré varias en una tienda de artesanías en liquidación. Además, cada vez que era dama de honor, la gente me daba una caja y me decía que podría usarlas en mi boda.

Ahí estaba otra vez. *Mi boda, mi boda, mi boda.*

–Lo cual claramente no sucedió –continuó Violet–, pero me sentiría mejor si tras varios años de guardarlas terminaran en un evento tan maravilloso como la boda de Addie.

–¿Y podrías sacarlas de tu bodega en Florida para la próxima semana? –Priscilla garabateó algo en un *post-it* y lo pegó en la cubierta de plástico de la carpeta.

–Ese es el plan. Mi auto no tiene mucho espacio y está a tres horas y media de viaje, así que esperaba... –Violet alzó la mirada hacia Ford, quien hizo su mejor esfuerzo para sofocar el pánico que le asolaba por dentro–. Pensé que podríamos hacer un miniviaje por carretera para recogerlas si tienes tiempo. Y tal vez, reunirnos con mi mamá para almorzar antes de volver.

Un viaje por carretera. Para recoger los suministros de la boda. Conocer a su madre... Las paredes parecían cerrarse a su alrededor, sus pulmones solo le permitían respiraciones superficiales e infructuosas.

–Perfecto –dijo Priscilla, sin esperar una respuesta...

Aunque, ¿qué iba a decir? ¿No? Después de prometerle a Violet que siempre estaría para ella. ¿Le daría un ultimátum, como lo hicieron sus ex? Ahora ella estaba planeando viajes por carretera, asumiendo que él la acompañaría.

Tan pronto como mencionan bodas y bebés, es hora de cortar y correr. Las palabras de su papá resonaron en su cabeza, un poco injustas cuando se trataba de la palabra con B, porque la planificación de las nupcias de Addie era el motivo por la que estaban aquí esta noche.

–... te ayudará a unirlos –Violet se volvió hacia Lexi, llena de emoción y anhelo.

Y allí estaban hablando a mil kilómetros por hora, mientras él se decía a sí mismo: *No te asustes, no te asustes, no te asustes.* Mientras su garganta ignoraba a su mente y se estrechaba cada vez más.

Hasta que se convirtió en el tipo parado solo, en medio de una habitación, que se sofocaba lentamente por toda la charla sobre el matrimonio.

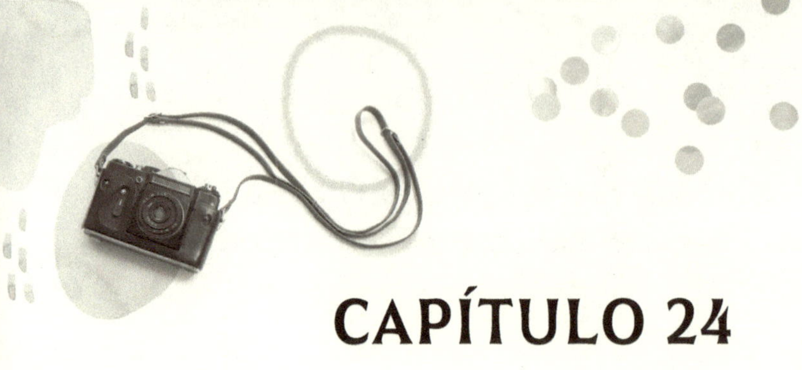

CAPÍTULO 24

—Maisy.

Maisy enloquecía en la cocina, colocaba un tazón tras otro sobre el mostrador. Mientras, Violet se acomodaba mejor a Isla. Apenas dos minutos antes se la habían puesto entre los brazos. Justo después de que Maisy mirara la gigantesca mesa llena de bocadillos y declarara:

–No estoy segura de que eso vaya a ser suficiente.

Violet, con Isla en los brazos, se interpuso entre Maisy y los ingredientes que había empezado a sacar de la estantería.

–Tranquilízate un segundo.

–No puedo ir más despacio. Si todo el mundo quiere cupcakes de chocolate, no habrá suficientes para todos. ¿O crees que todos querrán vainilla hoy? La fresa se vende bien en el verano, que está a la vuelta de la esquina... ¿por qué no preparé algunos de esos?

Con su mano libre, Violet sujetó a Maisy por el hombro.

–Si alguien se queja de los cupcakes gratis para celebrar tu gran reapertura, les diré que se metan sus comentarios por donde no brille el sol.

Aunque bloquear a Maisy con todo el cuerpo había resultado exitoso solo en parte, ese comentario la hizo detenerse.

–No puedes decirle eso a la gente.

–¿O qué? ¿Irán a la otra pastelería de la ciudad? –Violet pasó su mano por el brazo de Maisy, pasando de bloquear sus movimientos a intentar tranquilizarla–. La gente de Las Dudas te quiere a ti y a tus postres, además, hay más que suficiente para todos. Ahora, aléjate de la batidora o empezaré a presionar los botones de tu horno.

–No te atreverías –jadeó Maisy.

–¿Cuál debemos presionar, Isla? –dijo Violet con un dedo extendido tras acercarse al horno.

–¿Hola? –la voz profunda proveniente del frente de la pastelería aceleró el corazón de Violet, de una forma muy distinta a los nervios de Maisy.

–Oh, Ford está aquí. Vamos a saludarlo –Violet acomodó de nuevo la regordeta pierna de Isla y sacó a Maisy de la cocina–. Trajo una escalera para que podamos colgar la pancarta sin pararnos en las mesas recién pintadas y rompernos el cuello. ¿Ves? Todo estará bien.

Desde el amanecer habían empezado con los preparativos. Era la primera vez en mucho tiempo que la pastelería cerraba. Como Maisy quería a Isla en la apertura, la recogió temprano de la guardería mientras Violet ponía cupcakes en las mesas y arreglaba las sillas recién renovadas.

La pastelería se veía increíble, todo era colorido y delicioso. No era por presumir, pero los toques que añadió transformaron por completo el lugar.

–Hola, sexy milusos –Violet se inclinó a darle un rápido beso en los labios. Aunque en comparación con Maisy estaba menos nerviosa, al ver a Ford su ansiedad por estar en el mismo espacio con su papá, Cheryl y el resto del pueblo disminuyó hasta convertirse casi en un susurro.

Mientras Ford se subía a la escalera para colgar el gran cartel de apertura, Violet se paseaba con su botella de agua, tarareándole a Isla una tonada sobre que la fiesta sería un gran éxito. Durante el mes pasado, se había vuelto bastante optimista. Eso le ayudó a no tener que buscarle el lado luminoso de la vida o a redirigir sus pensamientos negativos.

Gracias al tipo que levantaba y bajaba el cartel medio centímetro para ajustarse a las instrucciones de Maisy, estaba rodeada de luminosidad en su vida. Tenía un novio increíble, una hermana increíble y, gracias a una sesión de fotos con Shelby, Dylan y el resto de su encantadora familia el día anterior, la confirmación de que su musa había vuelto.

Por el rabillo del ojo, Violet vio un destello de la camisa floral amarilla de Maisy: allí iba de nuevo a meterse a la cocina.

¿En serio? Voy a tener que pegar con cinta adhesiva a la mujer a una de las sillas de colores.

–¿Algo más? –soltó Ford cuando terminó de arreglar el cartel.

–Toma –dijo Violet, entregándole a Isla–. Cárgala un momento mientras voy a taclear a mi hermana.

–Oh, yo…

–El chupón está prendido a su ropa –le avisó por encima del hombro, mientras corría hacia la cocina–, así que si se le cae y llora, simplemente mételo de nuevo.

* * *

Ford miró a la bebé en sus brazos. Una vez más, estaba en una posición en la que no podía dejar de pensar en todas las cosas que preferiría enfrentar.

Vientos torrenciales. Avanzar con el agua hasta el cuello para llegar hasta autos y casas con Pyro nadando a su lado. Bajar en rappel por un acantilado escarpado. Caminar sobre la espalda de caimanes hambrientos como si fuera un juego de rayuela.

–No sé en qué estaba pensando tu tía –Isla lo miraba fijamente y sin pestañear–. Nunca he cargado a un bebé –dos hoyuelos se formaron en las mejillas gordas de Isla mientras sonreía, causando que el chupón se cayera de su boca–. ¿Crees que eso es gracioso? Es de ti de quien hablo, así que no estoy seguro de que debas de hacer eso.

Isla soltó otra sonrisa acompañada de un fuerte chillido, como si todavía estuviera averiguando cómo funcionaba su voz. Lo cual era probablemente lo que estaba haciendo.

Cuando vio a Violet cargando a la bebé, su presión sanguínea se disparó por los cielos. Le recordó cuando la vio con el vestido de novia encima de su ropa.

Durante las últimas semanas, se las había arreglado para enterrar el incidente en la tienda de novias y la carpeta llena de planes de boda.

Hasta su última reunión en casa de Addie. Entonces no pudo dejar de darle vueltas al hecho de que Violet había planeado toda una boda. Había comprado incluso adornos. Estuvo a punto de casarse. Era algo que indiscutiblemente quería hacer. Y él había observado el afecto y el anhelo en su rostro mientras bailaba con su sobrina en la pastelería, los bebés eran también parte de su plan a largo plazo.

Lo cual, es verdad, era el anhelo de muchas mujeres. Sentar cabeza. Estabilidad. Una familia.

Las relaciones serias siempre terminan en peleas y, una vez que hay niños de por medio, olvídalo. Todo se vuelve cada vez más complicado, hasta que ninguno de los dos reconoce en quién se ha convertido.

No tenía idea de cómo la atracción y el afecto se convertían en dinamita y devastación con tanta facilidad. Sin embargo, lo había visto ocurrir una y otra vez.

Ahora agonizaba ante la idea de lanzarle palabras repugnantes a Violet. De arruinar todo lo que una vez tuvo, incluyendo la toda la fe que depositó en él y la ternura que le había demostrado. Ella insistía en llamarlo "héroe", pero en esos momentos "cobarde" sería más exacto.

Ford vio la puerta que pronto se abriría ante una afluencia de gente, incluyendo al padre de Violet, Cheryl y a las integrantes del Club de los Gatos Artesanos. Si su piel pudiera, se arrastraría fuera de su cuerpo y se iría sin él.

Pero necesitaba quedarse. No solo se lo había prometido a Violet, sino que también tenía a una bebé entre los brazos. Lo que aumentó su temperatura interna y le dejó los músculos doloridos de no moverse porque ¿y si se movía mal?

Es muy linda. Como un cachorro sin pelo.

El rostro redondo de Isla se arrugó, lo que empujó su ya de por sí acelerado pulso a una zona de fiebre. Ford la sostuvo más alto en sus brazos.

–No llores, ¿de acuerdo? Porque me gusta tu tía y ella cree que soy un tipo grande y fuerte, y no quiero que cambie de opinión cuando vea que le tengo miedo a una bebé.

Cinco pequeños deditos envolvieron uno de sus grandes dedos y una sensación de ternura que no había sentido antes lo recorrió.

–Debo confesarte algo –en ese momento Violet rodeaba el mostrador de la pastelería–. Estoy dudando de que seas el clásico tipo rudo –Ford frunció el ceño y puso cara de rebelde. Violet se acercó y colocó una mano sobre su brazo–. Está bien, sí lo eres –le apretó el bíceps y él sintió que sus entrañas se licuaban. Como la aprensión y la anticipación hicieron un extraño pero fuerte coctel, su intestino no supo cómo procesarlos al mismo tiempo. Isla volvió a fruncir su carita, toda roja, se retorció y soltó un chillido. Violet se acercó y le puso el chupón en la boca–. ¿Estabas jugando con Ford mientras yo calmaba a tu mami? –una arruga se formó entre las cejas de Isla y el chupón se cayó de nuevo cuando la bebé empezó a "hablar" con Violet.

»Al principio pensé que era un poco engreído, también. Sí lo es, pero una se acostumbra. Más que eso, es un bombero, paramédico, buscador y rescatador que también adiestra lindos cachorros y es entrenador de béisbol, así que puede respaldar su ego gigante.

–Y algo más –añadió Ford, sonriendo a la mujer que estaba a su lado mientras le susurraba a Isla–: para que conste, pensé que tu tía podría estar un poco fuera de sí al principio, pero me ha demostrado lo contrario.

Violet estaba a punto de darle un puñetazo en el brazo pero pareció darse cuenta de que estaba sosteniendo a un bebé.

–Lo guardaré para más tarde. Claro que sí –dijo entre dientes.

Isla sonrió a Violet del mismo modo que Ford no podía evitar hacerlo siempre que estaba cerca de ella. De acuerdo, tal vez podría hacerlo. Sólo tenía que concentrarse en Violet. En lo que sentía por ella. A lo dejos escuchó la campana de la puerta, seguida de una exclamación.

–Aww, qué precioso –Lucia Murphy entró a la tienda–. Vine temprano para comer un pastelito antes de que llegue Priscilla, pero me encontré este bizcocho que no me esperaba –hizo un además de chef con los dedos y los besó dando a entender que estaba delicioso–. *Bellissimo.* Es tan agradable verlos a los dos felices y juntos, como una familia perfecta. Ahora ya pueden sentar cabeza y tener sus propios y adorables *bambini.*

Lo que empezó como una risa nerviosa se convirtió en algo forzado, por lo que Ford devolvió rápidamente a Isla con Violet.

–Será mejor que vaya a ver si Maisy necesita ayuda.

–¿Tienes un tranquilizante en tu bolsa de paramédico? –Violet preguntó–. Porque creo que eso sería el método más efectivo para someterla.

–Escuché eso –llamó Maisy–. Y para tu información, papá y mamá están en camino, así que prepárate.

Violet miró a Lucia de reojo, porque no quería que la gente supiera que tenía que prepararse para tratar con ellos. Por eso lo necesitaba aquí, para que él se preparara.

–No te preocupes –Lucia llevó un dedo a sus labios–. Será nuestro secreto –pasó su mano por el pelo de Isla y le regaló una sonrisa a Violet–. Siempre y cuando me des probaditas extra de brownie.

–Eres incorregible.

Ford trató de sonreír pero no estaba seguro de haberlo logrado. Las palabras "familia perfecta" daban vueltas en su cabeza. No estaba listo para una familia. Ni siquiera sabía si quería tener hijos.

Los bebés eran lindos... eso no era ninguna novedad. Pero no significaba que estuviera listo para dejar su estilo de vida aventurero por una rutina que incluía pañales y papillas mientras pasaban los mejores años de su vida.

¿Y las noches de póquer? ¿El entrenamiento de perros? Poderse ir a las montañas a su antojo durante varios días. La gente con niños no hacía eso. Diablos, los tipos casados no podían hacer eso.

Me vendría bien una botella de whisky fuerte ahora mismo. Genial. Ahora estás lidiando con las cosas como hace cualquier McGuire.

–Oye –Violet le dio un codazo y temió que su pánico se reflejara en su cara. Se sentía como si estuviera en un territorio inexplorado, sin un mapa, con el cielo oscuro y las estrellas escondidas, sin nada que le ayudara a recuperar el sentido de la orientación–. ¿Estás bien?

–Sí –el apretado tornillo de acero que tenía cautivo sus pulmones dio otra vuelta cuando cayó en cuenta de lo mucho que lo apretaba esta mujer. Lo estaba convirtiendo en el tipo de hombre que se presentaba a los eventos del pueblo con regularidad. Lo comprometía a ir a de viaje para recoger adornos de boda y a conocer a su madre sin hablar con él primero.

¿Qué más iba a planear e informarle después? ¿Una boda como la que había hecho con su ex? Había decidido dar un paso adelante en este camino de la pareja, pero había subestimado los giros y las vueltas. Ahora miraba el camino que tenía delante y se cuestionaba si debía volver sobre sus pasos.

–Voy a tomar un poco de aire rápidamente.

–Oh. Por supuesto. Pero ¿volverás pronto? –se inclinó más cerca y su voz tembló ligeramente, su apariencia feliz se resquebrajó y la preocupación se asomó en su rostro–. Porque mi padre y Cheryl están en camino y estoy tratando de no ser cobarde, pero…

–Solo un rápido paseo alrededor de la manzana –su cerebro y sus pulmones necesitaban volver a estar en sincronía.

Los ojos de Violet se encontraron con los suyos. No estaba seguro de lo que ella esperaba. ¿Pensó que la culpa lo haría cambiar de opinión? Si no despejaba su mente, era probable que explotara. Con lentitud, Violet se puso de puntillas y le besó la mejilla.

–Hasta pronto, entonces.

Ford se inclinó y besó a Violet de tal forma que pareció ofender a Isla. Esta vez, hizo los honores de poner el chupón en la boca de la nena. Luego salió a toda prisa de la pastelería, jadeando por aire.

Se suponía que alejarse del alboroto ayudaría, pero Ford no podía caminar lo suficientemente rápido. Lo suficientemente lejos.

Sin darse cuenta de a dónde se dirigía, terminó frente a la casa de Murph. No es que normalmente creyera en las señales, pero esta parecía ser una. Después de todo, fue Addie quien lo había presionado para que le diera una oportunidad a Violet y ahora necesitaba su consejo para no perder la cabeza ni a Violet.

Unos pasos lo alertaron de que no estaba solo y una mirada sobre su hombro reveló a Lexi subiendo por la acera en tacones.

–Vaya, ¿dónde está el incendio? –Ford dio una palmadita en el bolsillo que contenía su teléfono–. No recibí ninguna llamada.

–¿No estás aquí por la emergencia?

Evidentemente, su corazón podía latir más fuerte y más rápido.

–¿Qué pasa? ¿Está herida Addie?

Lexi se apresuró y alcanzó el pomo de la puerta.

–Iba de camino a la gran reapertura de la pastelería y Addie me llamó llorando. No pude entender lo que decía, así que es todo lo que sé.

La chica abrió la puerta a empujones y Ford la siguió, pisándole los talones.

Addie estaba sentada en el sofá, con una caja de pañuelos a su lado, envuelta en una manta como si afuera no hicieran treinta grados. Se sonó la nariz y luego levantó sus ojos rojos.

–Siento haberles hecho perder tanto tiempo planeando, porque ahora mismo, ni siquiera estoy segura de que vaya a haber una boda –con esa declaración, se echó a llorar.

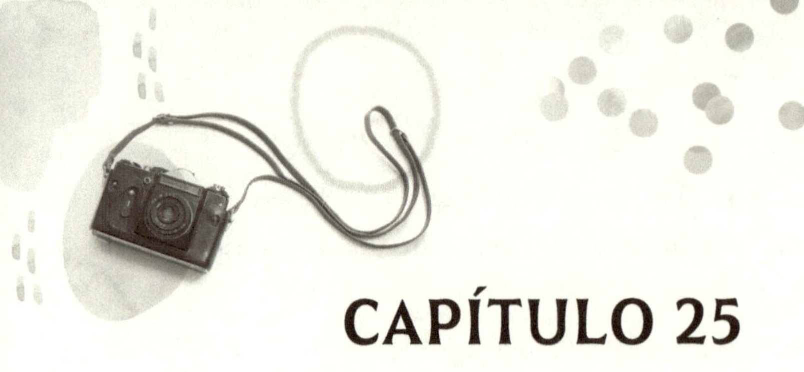

CAPÍTULO 25

Las lágrimas eran una cosa. Pero lágrimas rodando por las mejillas de Addie eran otra. Si él la consolaba, ella podía darle un puñetazo y si no lo hacía, ella podía darle un puñetazo. Lexi corrió al otro lado de la habitación y se inclinó frente a Addie.

–Cariño, ¿qué pasó?

–Nada. Yo solo… –un sollozo le sacudió el pecho–. Descubrí que estoy comprometida con un imbécil misógino.

–¿Qué hizo? –preguntó Ford, doblando sus manos en puños–. Solo dilo y arrojaré su cuerpo en el pantano donde nadie lo encontrará.

Addie hundió la cabeza entre sus manos. El golpe en la puerta los hizo saltar a todos, aunque Ford no lo aceptaría.

–Addison –a través de la madera se escuchó la voz apagada de Tucker–. Vamos. No salió bien. Por favor, déjame entrar para que podamos hablar de esto.

–Tengo una idea mejor –le gritó–. Ve a llamar a los chicos para que puedan jugar a la pelota sin mí. Y para tu información, jugarás con todo tipo de pelotas tú solo a partir de ahora.

Ford caminó frente al sofá, la hostilidad en el aire intensificaba el fuego de todas las alarmas que en ese momento atentaba contra su cordura.

–Murph, ¿qué quieres que haga?

–Solo… dile a Tucker que lo llamaré cuando no esté tan enojada como para estrangularlo–. De si eso será esta noche o mañana o nunca, no estoy segura.

Siempre es divertido ser el portador de malas noticias.

Ford salió y usó su cuerpo para bloquear la puerta mientras entregaba el mensaje de Addie. Tucker echó la cabeza hacia atrás y suspiró.

–Amigo, últimamente cada pequeña cosa se convierte en una maldita montaña enorme. La mitad del tiempo es la chica con la que crecí y la otra mitad me siento ahí, preguntándome qué diablos acaba de pasar y por qué.

–Lo entiendo. Pero como la primera vez que ustedes dos pelearon, le prometí a Addie que la protegería, incluso de ti, es una promesa que pretendo cumplir.

–Y como esa noche en la cena de ensayo de Lexi y Shep, te lo agradezco. Me siento mejor sabiendo que te tiene a ti –Tucker se pasó los dedos por el pelo, enviando las ondas en diferentes direcciones–. Dile que cuando se calme, estaré listo para venir a pedirle perdón. Aunque todavía no estoy seguro de por qué.

Murph rara vez se enojaba sin una razón. Como había pensado incontables veces a través de los años, era una de las personas más lógicas que conocía, sin duda alguna. Incluso aunque durante el último mes no había sido tan razonable, Ford podía apostar a que Tucker había dicho o hecho algo estúpido.

Era una de las especialidades de su grupo. Antes de que los dos comenzaran a salir, las cosas eran tan felizmente sencillas. Pero a la vez, Ford nunca los había visto tan felices.

Salvo esta tarde.

Después de prometerle a Tucker que vería lo que podía averiguar, Ford se repuso lo mejor que pudo para lidiar con todas las emociones. Luego se dirigió de nuevo adentro para ver cómo estaba Addie.

Apenas entró en la habitación, ambas mujeres lo miraron, con los ojos entrecerrados, como si sospecharan que se había unido al enemigo.

–¿Se ha ido? –preguntó Addie.

–Sí –dijo Ford–. Pero quiere que lo llames después de que te calmes.

El fuego se encendió en sus ojos y su voz salió en el mismo tono que el silbato de su perro.

–¿Qué me calme? ¿Como si estuviera exagerando?

–No disparen al mensajero –dijo Ford levantando ambas manos y después se sentó en el brazo del sofá, ya que Lexi se encontraba al otro lado de Addie–. Mejor cuéntenme qué sucedió.

–Tucker y yo hablábamos de nuestro futuro –las lágrimas no dejaban de salir de sus ojos–, de los planes para la casa que estamos construyendo y de nuestro patio. Y luego dijo que siempre ha querido un hijo con el que jugar a la pelota.

Lexi frunció el ceño mientras Ford se devanaba los sesos por comprender qué había de malo en eso. Él pensó exactamente lo mismo cuando estaba con Dylan en el campo de béisbol. No veía nada fuera de lo común en esa aseveración.

–Así que dije: "¿Y si tenemos una hija? También puedes jugar a la pelota con una chica". Y él... –Addie se sorbió los mocos–. Dijo que no es lo mismo. ¿Puedes creerlo?

Ford subió los hombros por si necesitaba bloquear uno de los golpes de Murph.

–*Um*, no me mates, pero estoy perdido. Creo que todo hombre sueña con jugar a la pelota con su hijo.

A pesar de su petición de que no lo matara, Addie lo miró como si estuviera considerando cómo desgarrarlo miembro por miembro.

–¿En serio? Ambos crecieron jugando a la pelota conmigo. ¿Estás diciendo que no fue lo suficientemente divertido? ¿Que no puedo lanzar tan lejos y tan fuerte como cualquiera de ustedes?

Ah, diablos. Porque Addie era una chica. A veces él..., bueno, no es que se le olvidara. Solo no tomaba en cuenta su género.

–No. Por eso cada vez que fui capitán del equipo en nuestros partidos de fútbol, te elegí a ti primero. No solo sabes lanzar, sino que eres muy rápida.

–Oh, no seas condescendiente conmigo, McGuire –ahora se arrepentía de no haber huido de la escena con Tucker. ¿Qué le había pasado a su mejor amiga y quién era esta mujer irracional que estaba en su lugar?

–No lo soy. No me atrevería.

–Dices eso, pero una vez que llegamos a la secundaria, me protegiste. No tanto como Tucker, pero algunas veces lo hiciste.

–¿Le dije a algunos tipos que si te lastimaban les pondría el pie tan adentro del trasero que sabrían la mierda de caimán que era mi zapato? Claro. Pero nunca tuve que ir más lejos. Sobre todo, por la velocidad que mencioné.

–Entonces, ¿no sería natural suponer que mi hija sería igual de buena en atrapar y correr y hacer todo lo que mi hijo pueda hacer?

–Sí, hasta cierto punto. Una vez que la gente llega a una cierta edad, la masa muscular y la clase de peso... –ambas mujeres se quedaron mirando, así que él cambió de táctica–. ¿Te decepcionarías si tuvieras una hija que odiara jugar a la pelota? ¿Una hija que usara vestidos con holanes y organizara fiestas de té?

Addie jugueteó con el anillo de diamantes en su dedo, dándole vueltas y vueltas, y se esforzó por no lanzar un resoplido. *No iba a pensar en el matrimonio ni en las ganas de Violet de casarse, había que concentrarse en un desastre a la vez.*

–No. Quiero decir, tal vez me entristezca por no poder compartir el fútbol con ella, pero... –frunció el ceño aún más–. Ese no es el punto.

"Y entonces, ¿cuál es el punto?", eso era lo que quería preguntar pero sabía que era mejor no hacerlo.

–Todo lo que digo es que Tucker te adora. Están discutiendo sobre un "qué pasaría si". ¿No hay suficientes cosas sobre las que discutir en el presente?

–Sí, como cuando le dijo a su mamá que podíamos añadir algunos bailes porque la señora insiste en un baile madre-hijo, aunque yo le dejé claro que no quería bailar en mi boda –hizo una mueca, mirando a Lexi–. No te ofendas, Lex.

–No hay problema –Lexi se retorció en su asiento y alisó su falda con sus manos. Era una chica muy femenina y si la tensión en el aire no fuera tan espesa y desconcertante, les diría que se llevaban muy bien sin importar que Lexi usara vestidos elegantes y fuera malísima en el lanzamiento de bolas.

–Mira, he estado en tu lugar –la mirada de Lexi se fijó en los tenis de Murph–. Bueno, en tu lugar, ya que tú y yo tenemos preferencias de calzado muy diferentes y eso está bien –le dio una palmadita en el muslo a Addie–. Las diferencias son lo que impide que el mundo sea un gran festival de aburrimiento. Planear una boda es estresante. Ambas familias te tironean y eso hace que todos se sientan abrumados. Lo que significa que las pequeñas peleas se convierten en grandes.

»Te diré algo… –Lexi se puso de pie con sus tacones altos–. Voy por el bote de helado que escondí en tu congelador, junto con tu botella de Jack. Entonces dejaremos de hablar de bodas y nos relajaremos. Las cosas irán bien cuando llueva mañana por la mañana… eso o tendremos demasiada resaca como para preocuparnos.

La carcajada de Addie fue coronada con un sollozo.

–Solía presumir de lo genial que era bajo presión y que rara vez me ganaba la emoción. Y ya ni siquiera sé quién soy.

Ford se deslizó en el lugar que Lexi había abandonado y le pasó el brazo a Addie.

–Eres la chica con un gancho de derecha asesino. La chica que hizo bromas a los profesores y me superó. La chica que está en casi todos mis recuerdos.

Y la chica que había cambiado desde el momento en que se comprometió. La idea lo golpeó y aunque resolvió guardarse eso en su mente y no atreverse nunca a pronunciar esas palabras, nada cambiaba los hechos.

Los problemas que tenían sus mejores amigos, las advertencias de papá sobre las relaciones y cómo todo siempre terminaban en peleas lo atormentaban.

O tal vez solo se burlaban de él. Era difícil de decir, pero en todo caso, las campanas de advertencia comenzaron a sonar, haciéndose más fuertes a cada segundo.

Su teléfono vibraba en su bolsillo y cuando el nombre de Easton apareció en la pantalla, se excusó y entró en la cocina para atender la llamada.

–Estás en la reapertura, ¿verdad? –preguntó Easton.

–En realidad, estoy en casa de Murph. Aunque probablemente debería ir a la pastelería –Ford echó un vistazo a la hora. Con seguridad el papá de Violet ya debía de haber llegado y se preguntó en cuántos problemas se había metido por no estar presente.

Con las cosas entre Addie y Tucker enredadas y sus pensamientos hechos un desorden, era el último lugar al que quería ir.

–Bien, no te preocupes por la llamada sobre la llanta ponchada que llegó de la central. Estoy en camino y parece que Darius está delante de mí.

Eso era lo que sucedía cuando Ford ignoraba su radio y no ponía atención a las alertas. Ni siquiera había escuchado el mensaje de la llanta ponchada. Pero la excusa le cayó como un salvavidas en medio del conflicto en el que estaba a punto de ahogarse.

–¿Dónde es? Te veré allí.

–¿Estás sordo? La única razón por la que llamé fue para decirte que lo tenemos controlado. Ve a la pastelería y haz lo tuyo. Luego, tal vez más tarde, tú y yo podamos tomar una cerveza en La Vieja Estación de Bomberos. Hay algo de lo que necesito hablarte.

* * *

Hasta ahora, Violet había evitado a Papá y a Cheryl, que estaban preparando la gran revelación del cartel. Claro que llevaba a su sobrina en la cangurera y la usaba como excusa para caminar y evadir un encuentro incómodo con su papá, pero Isla se estaba divirtiendo mucho.

Como ya antes había visto a Ford correr, sabía que era rápido y le desconcertaba que todavía no hubiera regresado.

–¿Lo ves, Isla? –Violet se puso en pie. Cada vez que entre la multitud veía una cabeza con cabello oscuro se le aceleraba el corazón, pero luego, cuando se volvía y no era él, sentía una punzada de decepción.

Su teléfono vibró en su bolsillo. Consideró ignorarlo, pensando que era un mensaje en el chat de Las Damas de Honor que podía leer después de la miniceremonia, pero le ganó la curiosidad.

FORD:
Sé que prometí estar allí y lo siento mucho, pero no voy a poder llegar. Hubo una llamada de emergencia de la que tengo que encargarme.

Sintió un hoyo en el estómago. *No va a venir. Estoy por mi cuenta. Cuando hay una emergencia no me puede ayudar. Y yo me siento en medio de una gran emergencia, pero no me estoy desangrando.*

Desde que lo vio salir por la puerta de la pastelería, había pensado mucho en los últimos minutos. Lo sorprendió hablando con Isla. Viendo su pequeña manita que envolvía uno de sus dedos.

Sus ovarios se percataron y echaron a andar su reloj biológico. Sintió una especie de cosquilleo, como si quisieran decirle que no se habían rendido. Violet se dio palmaditas en la parte baja del vientre.

–Tienes que calmarte, caja de bebé –murmuró–. Ford y yo apenas comenzamos la relación y esto es el tipo de cosas que lo asustan –Isla levantó la barbilla y pestañeó, con sus cejas diminutas fruncidas. Violet le besó la mejilla y le susurró–: supongo que Ford tenía razón sobre que yo estaba un poco fuera de lugar. Pero espera hasta que tengas que lidiar con los chicos. Son confusos y asombrosos y frustrantes y fascinantes. Un día son increíbles y al siguiente actúan con extrema cautela.

La forma en la que había actuado Ford al final. Mientras más tardaba en aparecer, más le preocupaba que hubiera percibido las visiones de bebés bailando en su cabeza. Claro que eran visiones a largo plazo. Pero después de haber descartado la idea, solo era agradable volver a soñar despierta con la posibilidad.

Violet reajustó el calcetín rosado que se había deslizado por la mitad del pie de Isla.

–A menos que decidas que quieres una novia. Con toda honestidad, yo iría por ese camino si pudiera elegir, pero la atracción es algo poderoso. Aunque el drama viene con cada relación, supongo, así que...

–¿Me hablas a mí? –preguntó la mujer que estaba a su lado y Violet le devolvió una sonrisa apenada.

Uups.

Con Maisy de un lado y Cheryl del otro, asintiendo con la cabeza, papá comenzó su discurso de alcalde diciendo lo orgulloso que estaba de su hija. Como estaban ocupados, Violet se acercó todavía más.

Con cuidado de que no rebotara contra Isla, jaló la cámara que tenía colgada en la espalda, la levantó y sacó varias fotos.

–... orgulloso de mis dos hijas –la mirada de papá se fijó en Violet–. Como la mayoría de ustedes probablemente saben, Violet se encargó de la pintura y la decoración.

Violet miró a su alrededor, como si esperara que otra Violet, con la que por casualidad compartía el mismo padre biológico, diera un paso adelante.

–¿Puedes subir? –Papá le hizo un gesto para que se acercara y un ligero tamborileo comenzó a sonar en sus sienes.

Lentamente, se dirigió al podio. Apretó un puño y luego lo soltó: abierto, cerrado, abierto, cerrado. Se suponía que Ford iba a estar aquí para tomarle la mano. Para apoyarla.

¿Y si hago el ridículo delante de todo el pueblo?

¿Papá está extendiendo una rama de olivo? ¿O está a punto de tirar del tapete que está debajo de mí?

Desearía que Ford estuviera aquí.

Estoy a punto de desmayarme de todos modos, así que tal vez alguien llame al 911 y pueda resucitarme después de que atienda a quien sea que esté ayudando ahora.

Maisy le tendió la mano, ofreciendo un muy necesario anclaje en la tormenta, y Violet la aferró. Así como así, su confusión interior se calmó.

–Quiero agradecer a toda la comunidad por su paciencia mientras remodelábamos y por venir aquí hoy a celebrar. No podría haber hecho nada de esto sin mi hermana –Maisy le dio un rápido apretón y un nudo del tamaño de una roca se formó en la garganta de Violet–. Y ahora, sin más preámbulos...

Maisy sujetó el cordón fijado a la tela de lona que ocultaba el nuevo cartel. Ella tiró y la tela se deslizó para revelar un letrero en forma de cupcakes con las palabras "Pastelería Maisy".

Todo el mundo aplaudió y la gente se apresuró a felicitar a Maisy para después entrar en el local. Violet se quedó atrás, levantó su teléfono y compuso una respuesta para Ford. Sí, le había consternado recibir su mensaje de disculpa, pero lo importante era que, si pudiera, él habría elegido estar aquí con ella. Eso era lo que importaba.

VIOLET:

No te preocupes. Tengo a Isla para protegerme. Me aseguraré de guardarte un cupcake y nos escribimos más tarde. Beso.

Se tomó una rápida *selfie* con Isla y la envió también.

–Hola, angelito.

Todo dentro de Violet se congeló, de la misma manera que lo hizo en el bazar cuando escuchó la voz de Cheryl.

Violet sonrió mientras la esposa de su padre se aproximaba. *Oh, mierda. Papá acaba de reconocerme públicamente delante de la mayoría de la ciudad.*

Con tantas emociones a la vez, todavía no había resuelto exactamente cómo se sentía al respecto, pero le preocupaba que Cheryl se molestara más de lo normal y buscó una manera de aplacarla.

–¿Quieres cargar a Isla?

–Siempre.

Le costó un poco de trabajo, pero al final Violet se las ingenió para sacar a Isla de la cangurera y se la entregó a su abuela.

–Creo que entraré y... –Violet pasó junto a Cheryl mientras hablaba, pero la detuvo con una mano en el brazo.

Papá también se acercó, yendo en contra del flujo del tráfico, y el corazón de Violet intentó salir de su pecho. *Olvídalo,* le quería escribir a Ford. *Cualquier emergencia de la que te estés ocupando, la mía es más grande, ¡así que ven aquí!*

¿Y si estaba siendo tan melodramática, como dijo Ford esa vez aquella vez?

–Quería disculparme –dijo Cheryl, las palabras se recortaron–. No te he tratado justamente. No solo hablo de la otra noche en el bazar, sino desde el principio –papá daba los últimos pasos, cerrando la distancia entre ellos–. También quiero disculparme por no haber estado ahí para ti a lo largo de los años –Cheryl se esforzó por leer la mirada de Violet. Aclaró su garganta y se dio cuenta de que intentaba controlar sus emociones. Una suave sonrisa curvó su boca al tomar la manita de Isla. Era raro, pensar que eran los abuelos de la bebé con la que había pasado tanto tiempo.

»Maisy ha sido tan feliz este último mes que pensé: "¡Qué bueno!, por fin ha superado la depresión postparto!" –Cheryl se llevó una mano temblorosa a la boca–. Pero cada vez que hablamos, ella te menciona y hoy me di cuenta de que es sobre todo gracias a ti.

–Oh, yo no diría eso –respondió Violet, acomodándose el cabello detrás de la oreja–. Todo lo que hice fue ayudarla a decorar y ser un poco de compañía.

La mano de papá cayó sobre su hombro.

–A lo largo de los años, no te hemos dado suficiente reconocimiento. Déjanos decirte lo maravillosa que pensamos que eres. Por favor.

Una sensación flotante, surrealista pero feliz, se gestó debajo de su esternón, extendiéndose lentamente a otras partes de su cuerpo. La siguiente media hora estuvo llena de disculpas, lágrimas y cupcakes.

Aunque le dolían todos los desaires recibidos por el simple hecho de existir, Violet entendió lo difícil que debió de haber sido para Cheryl aceptarla. El engaño dolía hasta la médula. Te hacía dudar de ti misma y de tu valor, era un infierno para la autoestima.

Cada vez que Violet había visto o escuchado mencionar a la mujer con la que Benjamin la había engañado, se abrían viejas heridas y se formaba una cicatriz más profunda.

Ahora que tenía a Ford y se daba cuenta de lo bien que le hacía en todos los sentidos, ese efecto devastador tenía mucha menos fuerza. De todas formas, había hecho cosas locas por coraje e, incluso después de arruinar las cosas de Benjamin, seguía clamando por justicia, aunque se había arrepentido al instante.

La sonrisa que se dibujó en su rostro al ver a papá y Cheryl reír y abrazarse era benditamente genuina.

No se imaginaba perdonando a Benjamin como Cheryl había perdonado a papá. Seguro había sido difícil para ella disculparse con Violet. Y, aunque no estaba segura de que su relación con papá o con su madrastra fuera a ser muy cercana, por primera vez en mucho tiempo, creyó que tenían una oportunidad de ser… bueno, más que conocidos.

Después de recoger y limpiar, cuando las hermanas cayeron en el sofá, demasiado doloridas para moverse, Violet le informó a Maisy que había tomado una decisión.

Iba a quedarse en Las Dudas.

CAPÍTULO 26

Violet solo había estado en La Vieja Estación de Bomberos un par de veces, incluyendo la noche en que ella y Ford jugaron al billar, pero estaba segura de que nunca había lucido así.

Globos rosados que decían "¡Viva! ¡El mismo pene por siempre!" flotaban en grupos alrededor de la habitación, serpentinas brillantes destacaban entre las paredes de ladrillo rojo y ramos de rosas de colores intensos adornaban las mesas, que estaban llenas de confeti plateado en forma de pene. Era como si Cenicienta conociera a Barbie en la Fiesta de la Pasión, donde era igual de probable encontrar una zapatilla de cristal que un consolador de cristal.

Hasta ahora, todos los tipos que entraban al bar se retiraban de inmediato. Lexi esponjó sus rizos platinados.

–Puse un cartel en la puerta advirtiéndoles que el lugar había sido reservado para una despedida de soltera, como si todos en el pueblo no lo supieran ya, pero que los mayores de veintiún años pueden entrar bajo su propio riesgo –sus labios color fucsia, que combinaban a la perfección con la decoración, se curvaron en una sonrisa coqueta.

–Creo que los hombres de Las Dudas son curiosos hasta que ven el intimidantemente enorme pene inflable de metro y medio.

Violet bufó. Tan solo un poco antes, ella y Lexi se habían turnado para inflar la cosa esa para el juego de lanzamiento de aros mientras el cantinero las observaba y chocaba contra mesas y taburetes, además de derramar innumerables bebidas mientras la novedad se hacía cada vez más grande a punta de... soplidos.

El pobre tendría que recibir una propina por ofrecerse como voluntario para atender durante la fiesta. Por otra parte, estaba a punto de obtener una maestría en educación sobre mujeres de forma gratuita y eso, como dicen los comerciales, era ¿invaluable?

Lucia Murphy, por otro lado, tenía las manos en jarras mientras estudiaba la atrocidad del rosa melocotón.

–Ha pasado tanto tiempo, que casi he olvidado cómo son. O mi memoria no es lo que solía ser o cómo han cambiado en la última década. ¿Y por qué me sonríe?

La cara de la caricatura con su sonrisa espeluznantemente grande no entraba en la categoría realista, pero tampoco el tamaño.

–Los penes siempre sonríen felices ante una mujer hermosa –repuso Violet y Lucia se rio como una adolescente.

–Oye, tú –le dio una palmadita en la mejilla antes de tomar asiento–. Me caes bien. Decidiste quedarte en nuestro pequeño pueblo, ¿sí?

–Sí –la emoción se agitaba en su vientre. Después de la gran inauguración, casi le envió un mensaje a Ford con las buenas noticias, pero pensó que sería más divertido hacerlo en persona. La espera no había sido fácil, porque su chico se había ido de pesca el día anterior con Easton–. Me mudo a Las Dudas.

–Eso me hace feliz. Ford es tan buen chico. Sabía que algún día vendría una mujer que podría soportarlo.

Violet había aprendido que para Lucia Murphy todos eran buenos chicos o chicas. Pero al siguiente comentario mencionaba que esa persona era un verdadero hijo de puta o que aquella otra tenía algunos tornillos sueltos, etcétera.

Como hablar sobre Ford la hacía inmensamente feliz, y sentía que terminaría dando grititos y bailes de celebración, prefirió dejarlo para más tarde. Se había ofrecido como voluntaria para ser la fotógrafa de la velada y su dedo índice tenía ya ganas de empezar a documentar la noche.

La futura novia casi se muere dos veces al ver los adornos. Addie había dicho que todo lo que quería era una noche memorable en La Vieja Estación de Bomberos, pero no tenía ni idea de lo "memorable" que sería.

La puerta del bar se abrió. Eran Lottie y otras integrantes del Club de los Gatos Artesanos. Violet le había preguntado a Lexi si le preocupaba que el grupo se ofendiera por la parafernalia fálica. Lexi le dijo que había visitado su círculo de confección de edredones para aprender ella misma a hacer un cubrecama y lo que había descubierto era que las damas eran mucho más pícaras de lo que parecían.

Durante años las damas se habían pasado una copia del *Kama Sutra* con perritos que protagonizaban sus posiciones favoritas. Aparentemente, la sección "Sé más ruidoso en la cama" era una de las favoritas del club.

Cuando las integrantes de los Gatos Artesanos se acercaron, Violet hizo lo que pudo para borrar esa información de su cerebro.

Pero, aun con todo, la fugaz imagen de Lottie en un traje de cuero de dominatrix con látigo en mano hizo que Violet anhelara una un trago fuerte y bien servido.

Una franja de luz solar precedió el arribo de Maisy al bar y Violet se apresuró a ayudarla con las bandejas de postres. La técnica que su hermana le había mostrado en la pastelería esta mañana se llamaba "glaseado real", un suave glaseado que hacía de cada galleta de azúcar una obra de arte.

Corazones rosados con la frase "Viva la novia" y anillos de diamantes con la fecha de la boda adornaban las bandejas de plata, junto con corsés que habían sido un dolor de muelas para decorar, pero que resultaron superlindos.

Las clases de arte de Violet le habían ayudado en el departamento de remodelación, pero la decoración de galletas requería de habilidades completamente diferentes. Unas que no tenía.

–Vaya, este lugar se ve increíble –dijo Maisy mientras colocaban las galletas en la mesa con el resto de los aperitivos–. ¿Está mal que lo que más me emocione sea ver qué hace Ford en la fiesta?

–No quiero tener la razón. Pero es buen tipo y una de las cosas que más amo de él es que haría cualquier cosa por Addie y el resto de sus amigos.

–¿Una cosa que amas de él? Significa eso que… tú… –Maisy miró a su alrededor, evidentemente concluyó que había demasiadas orejas cerca y empujó a Violet hacia el pasillo de los baños–. ¿Lo amas?

Como si quisiera responder a su favor, el corazón de Violet bombeó afecto por todo su cuerpo, de la cabeza a los pies.

–Yo… no se lo he dicho todavía. Pero sí.

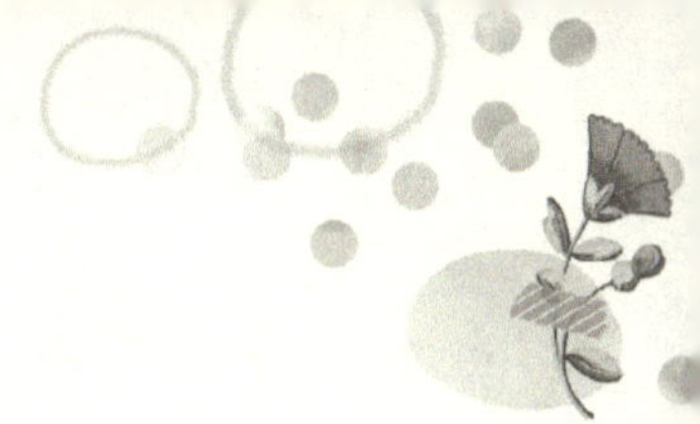

Maisy soltó un gritito agudo.

–Lo sabía. Y dijiste que no era tu tipo.

–¿Alguna vez me dejarás de recordar eso?

–No –dijo Maisy con demasiado regocijo–. Ya me imaginaba que él tenía algo que ver en tu decisión de quedarte en la ciudad. Me di cuenta de que estaba enamorado de ti desde el principio... nunca le he visto mirar a nadie de la forma en que te mira a ti.

Maisy suspiró y tomó las dos manos de Violet entre las suyas.

–Te mereces esto, Vi. Después de todo, más que nadie te mereces un "felices para siempre".

Parte de ella quería objetar, no en cuanto a lo de ser felices para siempre, sino a hablar del tema tan pronto. Rodeada de múltiples adornos que celebraban el amor, Violet siguió adelante y se permitió creer que su historia podría terminar con las campanas de su propia boda.

–¡Ya vienen! –Lexi gritó.

–Eso se dice en la luna de miel –alguien gritó y todas rieron.

Una orquesta de trompetas saludó a Ford y Addie mientras entraban, junto con gritos y chillidos y un silbato lo suficientemente fuerte como para romper el vidrio. Lexi tomó el velo personalizado de la "Futura señora Crawford" y clavó la peineta en la cola de caballo de Addie.

Al ver los adornos, Addie se echó a reír. Mientras tanto, parecía que los ojos de Ford se iban a salir de sus cuencas, el impulso de huir escrito en sus rasgos rudos. Violet levantó su cámara y capturó todo.

Cuando la futura novia comenzó a abrazar a la gente, Violet se conmovió por el sentido de comunidad, que se mezclaba con todo lo que sentía por el tipo al lado de Addie. Era como Ford había dicho: estaban allí unos para los otros. Y en ese momento ella pudo sentir la solidaridad en el aire.

Tan pronto como tomó fotos de todos, hizo un zoom sobre el amigo de honor, quien todavía tenía expresión de venado asustado. Entonces decidió ir a rescatarlo. Prácticamente voló, con la cabeza en las nubes del enamoramiento.

Un grupo de globos flotaba frente a Ford y él los apartó. Uno de ellos tenía demasiada estática porque se acercó de nuevo a su brazo y chocó una, dos, tres veces, como si tuviera algo que decirle.

Sus oscuras cejas se arquearon al leer el texto escrito sobre el látex rosa. Con un movimiento de su cabeza, apartó nuevamente el globo y murmuró.

–¿En qué diablos me he metido?

–Probablemente es mejor que no lo sepas y solo dejes que suceda –dijo Violet mientras cerraba los últimos centímetros que los separaban.

–Estoy un poco asustado –respondió él mientras pasaba sus dedos por el mentón de la chica.

–Deberías estar muy asustado –Violet puso su mano en su pecho, lo que hizo que él se estremeciera–. ¿Estás adolorido o algo?

–No. Solo... –sacudió la cabeza de nuevo, con la mirada fija en el resto de las decoraciones–. Guau.

–No te preocupes. Te protegeré. Tú puedes ser el experto en puercoespines, mapaches, caimanes y todo tipo de animales salvajes, pero yo... Yo sé de penes.

Esperaba que se riera, pero no le hizo gracia la broma. Quizá no había sido tan graciosa como pensaba.

Antes de que pudiera preguntar sobre su viaje de pesca, la gente pululaba por la zona y había tantas conversaciones al mismo tiempo que su cabeza comenzó a divagar.

Lexi le dio un golpecito a Violet en el hombro y le preguntó si quería encargarse del lanzamiento de aros del Prosecco Pong.

Entonces la fiesta estaba oficialmente en marcha, la multitud tirando en diferentes direcciones de Violet y del hombre al que planeaba confesarle su amor.

* * *

En el transcurso de los últimos treinta minutos, Ford había oído hablar mucho de tener sexo con una persona por el resto de su vida.

También había escuchado mucho más sobre la vida sexual de los miembros del Club de los Gatos Artesanos de lo que nunca quiso saber. ¿Y los chistes sobre pechos caídos que tenían que fajarse dentro de los pantalones?

Bueno, no estaba seguro de si volvería a tener una erección. En circunstancias normales, podría ignorarlos. O tal vez hacer bromas o decirles a los chicos que estaba recibiendo información de mujeres entre bastidores.

Pero sus pensamientos seguían dando vueltas en torno a una mujer. Violet había estado atendiendo la mesa del Prosecco Pong durante los últimos cuarenta y cinco minutos. Mientras Ford era muy bueno en el Beer Pong, no había probado la variación femenina y no tenía nada que ver con que él no fuera un gran bebedor de vino espumoso.

–He estado dándole vueltas sobre si decirte o no algo –dijo Easton mientras pescaban al amanecer.

–Ahora tienes que decírmelo –había respondido Ford, sin tener idea de lo que saldría de la boca de su amigo a continuación. O cómo desenredaría ese último hilo al que se había aferrado en su relación con Violet.

Un minuto miraba al otro lado del bar y pensaba que era un bastardo afortunado de que una mujer como Violet considerara enganchar su ancla a su barco. Luego, las casamenteras de Las Dudas comentaban que él sería el siguiente en ir al altar y luchaba contra el impulso de desaparecer como el Hombre Invisible.

Ford siempre había sido el tipo de persona que tomaba sus decisiones y se apegaba a ellas porque odiaba seguir dándole vueltas a un mismo tema. Otra cosa curiosa es que su cerebro había optado por repetir las peleas que había escuchado. Entre sus padres. Entre parejas en la ciudad. Las discusiones entre él y Trina.

La idea que no lo había dejado respirar la noche que Addie se asustó porque Tucker quería jugar a la pelota con un hijo lo apretó más fuerte.

Por fortuna, parecía que todo había sido perdonado y olvidado en ese frente. La boda estaba de nuevo en marcha. Y eran felices. Pero eso también le recordó que Addie y Lexi le habían advertido que no hiciera daño a Violet.

Era lo último que quería. Desafortunadamente, no estaba seguro de si no lastimarla era una opción. Y después de lo que Easton le había dicho, tampoco estaba seguro de estar a salvo.

Ford podía sentir el balanceo del bote, oler el agua y sentir el cebo entre sus dedos mientras lo ponía en su anzuelo.

–¿Sabes que hago comprobaciones de antecedentes de todos los que visitan la ciudad durante más de una semana o así? –Easton había preguntado mientras le quitaba el cebo de pesca.

Los pelos del cuello de Ford se habían erizado, sus instintos gritaban que no le iba a gustar lo que vendría después.

–Investigué a Violet –continuó Easton–. Si quieres que me detenga, solo dilo.

Ford lanzó el hilo de pescar y lo dejó colgar holgado. Las dudas ya le estaban carcomiendo las entrañas, así que quería decirle a Easton que prefería no oírlo. Al mismo tiempo, se reprochaba por no usar su sentido común y escarbar en su pasado antes de encariñarse.

El anzuelo de Easton hizo un ligero *plop* al caer al agua.

–¿Sabías que fue acusada de delito en primer grado?

La tensión en su cuerpo se relajó, las palabras de su amigo tan lejos de lo que esperaba se sintieron como un alivio.

–No. Pero eso no suena tan mal.

El silencio se extendió mientras la mirada de Easton bajaba al suelo del barco y la poca esperanza que quedaba en Ford se sumergió en las aguas turbias.

–Golpeó el coche de su exnovio con un palo de golf –completó Easton–. Estamos hablando de ventanas rotas y abolladuras tan grandes que parecía que le había lanzado bolas de boliche.

Centímetro a centímetro, el hielo se deslizó a través de Ford hasta que sus extremidades se volvieron pesadas y agobiantes.

–¿Qué tipo de coche? –no estaba seguro de qué tenía que ver eso con nada más que con retrasar una conclusión a la que no quería llegar.

–Un BMW nuevecito con techo convertible.

Ford puso una cara amarga.

–Ese es el tipo de coche al que acuden los ricos cretinos para presumir de lo increíble que se siente el viento en su pelo.

–Mientras toman una bebida frutal –Easton comenzó a enrollar su sedal–. No te equivocas. Es un coche estúpido para que lo conduzca un hombre.

–Pero ella llevó un palo de golf… –Ford se pasó los dedos por el mentón, el olor a pescado del cebo de pescar le hizo dejar caer su mano sobre su regazo–. Eso es algo que haría una persona loca.

–Loca. Enojada. O locamente enfadada –el asiento chirrió cuando Easton apoyó sus antebrazos en sus muslos–. Solo pensé que deberías saberlo. Tal vez ser cauteloso y tomarte tu tiempo. Sé lo paranoico que eres con las relaciones.

–Pff. No soy paranoico –repuso Ford–. Escéptico, tal vez –golpeó el hombro de Easton–. Mira quién habla.

Easton le había lanzado una cerveza a Ford y abrió una lata para él.

–Pero yo no me pongo serio.

Esas palabras pasaron por la cabeza de Ford todo el día, un disco rayado que no se arreglaría con ninguna cantidad de sacudidas de cabeza.

Una alegre Lucia bailó junto a él, se detuvo y arrojó la boa de plumas rosadas alrededor de su cuello sobre su hombro.

–¿Ves esto? Lo gané en el lanzamiento de aros. ¿No me veo fabulosa?

–Siempre te ves fabulosa. Pero esas plumas rosas te sientan bien.

Lucia se rio y le dio una palmadita en la mejilla.

–Hablando de belleza, tú y Violet van a hacer unos *bambini* preciosos. Y yo también seré su *nonna*. Porque conociendo a Addison, me va a convertir en una *bisnonna*, o sea, en una bisabuela –tarareando y balanceándose, Lucia levantó el vaso en su mano. Sorbió fuertemente de la pajita con forma fálica–. Ya se acabó. Será mejor que consiga más.

Continuando con el tarareo, se acercó a la mesa de bebidas. El maldito puño que apretaba la garganta de Ford se apretó más, la habitación se volvió borrosa mientras luchaba por jalar aire.

El golpe en su hombro permitió que un sorbo de oxígeno pasara. Miró de reojo y vio que Violet se había hundido en el taburete a su lado.

–Me relevaron del puesto –deslizó una bebida roja delante de él–. No te preocupes, es whisky. Mezclado con jugo de cereza y amaretto de almendra. Lucia los hizo para que Addie tuviera su whisky, pero también para que encajaran con la decoración. Genial, ¿no?

Violet envolvió la pajilla con sus labios, cosa que Ford se esforzaba por ignorar, y le dio un sorbo enorme a la bebida que tenía entre sus manos.

Pensando que podría usar la fortificación, Ford levantó su bebida y sorbió de la ridícula pajilla.

Maldición, está muy bueno. Concéntrate, McGuire. Cuanto más tiempo pases sin abordar el tema, más daño van a sufrir los dos.

En la hora de la verdad, no querrían las mismas cosas. Ella quería sentar cabeza y tener bebés y él estaba en búsqueda de aventuras. Anhelaba libertad, le gustaban los trabajos peligrosos y poder ir a las montañas durante días.

Eso de la "vida plena" estaba bien para otras personas, pero no para él. No cuando su satisfacción requería aventura e independencia.

Ford se aclaró la garganta, no es que eso ayudara. Tal vez si disminuyeran el ritmo de sus encuentros, podrían encontrar un punto medio feliz. ¿O eso solo abonaría para que fuera más doloroso en el futuro? De cualquier manera, no pudo aguantar más.

–Siento que las cosas se están poniendo demasiado serias.

–Amigo, estoy bebiendo de una pajilla con forma de pene, como tú. No creo que vayamos en serio.

–Quise decir entre nosotros.

El rostro de Violet se frunció y luego se puso tenso, mientras las palabras colgaban en el aire. En el fondo, las mujeres seguían riendo y gritando y celebrando.

–Me gustaría que pudiéramos meter un poco el freno. Tomar las cosas con calma.

Violet levantó la mirada del lugar de la barra en el que se había fijado. Las luces se reflejaban en sus ojos brillantes, las lágrimas eran inevitables y se maldijo a sí mismo por no esperar hasta después de la fiesta.

En su defensa, prolongarlo más tiempo hubiera sido como una tortura. ¿No sería más cretino fingir que las cosas estaban bien? Violet apretó los músculos de la quijada y sus palabras salieron estranguladas por la emoción.

–¿Demasiado serias? ¿Hablas en serio? ¿Qué? ¿Te acabas de dar cuenta de que solo has tenido sexo con una persona las últimas dos semanas? Mejor mete el freno y empieza a tirarte a otras mujeres lo antes posible.

–No es eso –la verdad era pesada y necesitaba descargarse con desesperación antes de que lo aplastara–. Es la charla sobre el matrimonio y la gente que menciona a los niños. Puedo sentir los grilletes cada vez más apretados.

Violet hizo un gesto de dolor como si la hubiera abofeteado.

–¿Grilletes? En este escenario tuyo, ¿soy yo el grillete? ¿O te los puse como un guardia de prisión y te arrastré detrás de mí? Porque me parece recordar que me pediste que me quedara. Y estaba tan emocionada de decirte esta noche que había decidido hacerlo.

Exhaló una respiración superficial.

–¡Oye! ¡Si es nuestro héroe local! –Noah, el barman que ocasionalmente se unía a ellos para los partidos, eligió el peor momento para pasar y darle una palmadita Ford en la espalda. Ford se giró en su taburete, abriendo la boca para pedir unos minutos de privacidad.

–Las generaciones futuras contarán la historia de cómo tú, Easton, Darius y la señorita Reynolds, de sesenta años, salvaron al señor García de una llanta ponchada a dos kilómetros de la vulcanizadora.

–Nunca mencionaste nada sobre una… –una extraña máscara de calma se apoderó de los rasgos de Violet y, a juzgar por la electricidad estática que zumbaba a través de Ford, la tormenta estaba en camino–. ¿Qué día fue ese?

Ford levantó la voz, desesperado por detener un desastre que se avecinaba de modo implacable.

–Escucha, Vi…

–Jueves por la noche –dijo Noah–. La gente ha estado haciendo chistes de "cuánta gente hace falta para cambiar una llanta ponchada" desde entonces –añadió un resoplido–. De todos modos, esto es una gran fiesta, ¿eh, Ford? Me alegro de que hayas aparecido y me hayas salvado de ser el único hombre aquí.

Un resplandor asesino se filtró a través de las lágrimas que se asomaban en los ojos de Violet. Muy pronto, Noah sería de nuevo el único macho en el lugar.

–¿Nos disculpas un momento? –Ford preguntó, aunque lo que quería hacer era gritarle a Noah para que se fuera, rebobinar el tiempo y hacer lo contrario de todo lo que hizo desde que respondió a esa llamada de emergencia.

–Tú... –Violet luchó por tragar y la oscuridad se deslizó a través de él, robándole cada gramo de felicidad que había sentido–. Cuando respondiste la llamada de emergencia, ¿sabías que habría otras personas allí?

Ford abrió la boca, se le ocurrió un montón de nada y dejó caer la cabeza. Más lágrimas llenaron los ojos de Violet, a un parpadeo de desbordarse.

–Te dije que te necesitaba. Me enfrenté a mi padre y a Cheryl sola. Y aunque salió mejor de lo esperado, ese no es el punto. Me prometiste que harías lo que dices. Que estarías ahí para mí. Te dije que era lo único que necesitaba y no te importó –Violet inclinó su bebida, un sonido ahogado salió mientras chocaba el vaso contra la barra–. No soy yo la que habla de matrimonio, tú estás en una maldita boda. Si recuerdas, te dije que había dejado las bodas y los hombres. Me pediste ayuda para hacer un buen papel como dama de honor y, lo que es peor, es que me hiciste creer que eras diferente al resto.

»Y, oye, es normal que la gente hable de los niños y yo tengo una adorable sobrina a la que quiero mucho. Esos son tus problemas, no los míos.

–Oh, ¿entonces no quieres casarte? –su voz salió más fuerte de lo que quería y reajustó el volumen–. ¿Me estás diciendo que esa carpeta que llevas no está llena de la boda soñada que no puedes esperar a organizar? –ella se llevó una mano al pecho y dejó caer los hombros, pero la lengua de Ford seguía desatada y afilada–. ¿Quieres hablar de los problemas? ¿Por ejemplo, de cómo fuiste arrestada por golpear el coche de tu ex? Algo que no mencionaste, por cierto.

Batió las pestañas y el agua salada se derramó en sus mejillas. A pesar de todo, Ford tuvo el impulso más fuerte de usar su pulgar para secar sus lágrimas.

–Qué tonta soy por no confesar desde el principio una de las experiencias más embarazosas de toda mi vida –Violet se sorbió los mocos–. Mi ex me engañó y sí, me emborraché mucho y tomé una mala decisión. No solo me arrepiento, sino que está en el pasado, así que no veo cómo es relevante para ti y para mí.

–Claro, hasta que te enojes conmigo y vayas con un palo de golf a golpear mi camioneta. Vi las señales de advertencia de que eras inestable y de que estás obsesionada con el matrimonio y esto es culpa mía por ignorarlas.

–Y yo vi las señales de que eras un mujeriego –espetó Violet, asintiendo una y otra vez–. Escuché todo acerca de que no eras del tipo de los que sientan cabeza. Qué estúpida soy por haber caído bajo tu hechizo, de todos modos. Por pensar que conmigo, serías diferente.

Maldición. La realidad de la situación lo golpeó a él y a su gran boca. Su corazón y sus pulmones se convirtieron en órganos marchitos que tal vez nunca volverían a funcionar. La pesadez se apoderó de su pecho con un dolor que nunca había experimentado antes. Eso no era lo que él quería.

–Mira –dijo, metiendo reversa lo más rápido posible–. Esta conversación se está saliendo de control y no es lo que quería que pasara. Lo último que quería era que nos separáramos. Solo pensé que debíamos pisar el freno. Bajar la velocidad –tomó su mano y la envolvió en la suya–. Tal vez algún día…

Ella se liberó y, aunque se sentía frustrado, de inmediato extrañó tener su mano en la suya.

–Déjame adivinar. Quieres que nos sigamos acostando. Tal vez tener una cita de vez en cuando y quizá algún día, por arte de magia, estarás listo para ir en serio.

Ford parpadeó. La mujer le había quitado las palabras de la boca, salvo por las palabras "por arte de magia".

–¿Qué tiene eso de malo? O sea, quiero que seamos más que solo personas que se acuestan. Se trata de preservar mi libertad, no de salir con otras mujeres. Solo pensé que podríamos seguir haciendo lo que hemos estado haciendo y conocernos. Dar un paso a la vez.

Una risa aterradora y sin alegría salió de sus labios.

–Ustedes son todos iguales. Puede que haya caído en eso una vez, pero ya he estado con el tipo de algún día. Gracias a Dios que no me muevo tan rápido como me acusan o habría planeado otra boda de ensueño con un completo imbécil.

Violet apartó el taburete con tanta violencia que se volcó y el estruendo llamó la atención de todos.

–Esta vez, me elijo a mí misma.

La decepción y el dolor que inundó su expresión desató una oleada de vitriolo en su pecho. Un tipo diferente de pánico, que

Ford no entendía del todo, clavó las garras en lo que quedaba de sus pulmones.

–Adiós, Ford McGuire –Violet tiró la servilleta arrugada en su puño sobre la barra. El "¡Viva! ¡El mismo pene para siempre!" pareció burlarse de él–. Gracias por recordarme por qué había renunciado a los hombres.

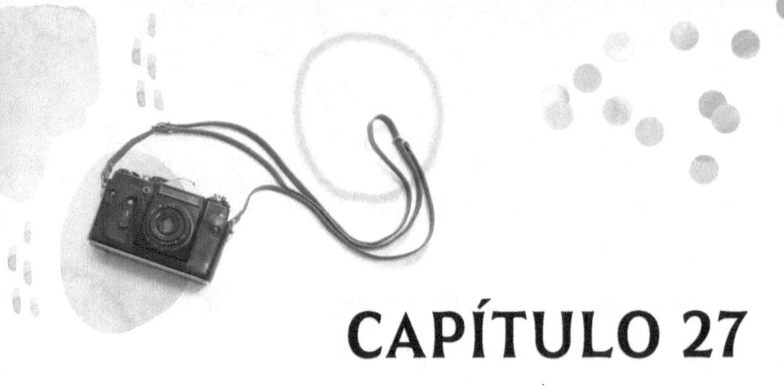

CAPÍTULO 27

Decir que los últimos días habían sido un asco total era quedarse corto. Una y otra vez, Ford trató de convencerse a sí mismo de que había hecho lo correcto. Que aunque no quería que terminaran así, era mejor descubrir que no eran compatibles a tiempo que terminar arrastrándolo a largo plazo.

Le quedó clarísimo que no tenía derecho a ver a Violet. Ni pasar por la pastelería y preguntarle cómo estaba. Pero no le quitaba las ganas de hacerlo.

Lexi se enojó al saber que habían terminado, por eso cuando Ford le preguntó cómo estaba Violet, le recordó la única cosa que le había pedido que no hiciera: que no la lastimara, porque ya estaba lastimada. Y en el colmo de su furia, le dijo que si tantas ganas tenía de saber cómo estaba, tuviera pelotas y se lo preguntara a Violet en persona.

Era la primera vez que la escuchaba decir algo tan rudo. Aunque al principio estaba entusiasmado con la boda de Addie y Tucker, y también con que se acabara, para ser sincero, no esperaba con ganas que llegara el día siguiente.

A pesar de que insistía en que a él no le importaba lo que la gente del pueblo pensara, no iba a ser fácil ignorarlos ni a Violet ni a Maisy ni a cualquiera que decidiera clavarle los puñales que se merecía.

No es que nadie pudiera decir algo peor que lo que se había estado diciendo a sí mismo. Hizo un buen trabajo al grabar en su memoria la noche que pasó con Violet en la roca de la chimenea. Si dejaba caer sus defensas por un segundo, terminaría bajo un árbol con ella.

Adorando su cuerpo desnudo mientras yacían en la manta.

Imaginando los símbolos que habían dibujado en un lugar que solía pertenecerle solo a él. Torbellino se arrastraba hasta la puerta principal, mirándola fijamente y lloriqueando.

–Lo sé, amigo –se formó un nudo en la garganta de Ford y se frotó los ojos resecos–. No va a volver.

Los quejidos se hicieron más fuertes e intensos cuando el pequeño Torbellino se metió en el bosque y Ford no tuvo el corazón para regañarlo. Porque él mismo quería tirarse al suelo junto al cachorro y echarse a llorar.

Vio el montón de latas de cerveza vacías en la mesa de la sala, producto de su sesión de conmiseración de la noche anterior. Inició en la despedida de soltero, que fue una celebración discreta que incluyó póquer y recuerdos de antaño. Después de perder su pila de fichas en un tiempo récord, volvió a casa y continuó bebiendo y bebiendo hasta que no hubo ni una sola gota de alcohol en la casa. Todos esos meses con sus amigos insistiendo en que apagara la radio y estuviera presente, y no pudo. Hasta anoche, cuando apagó la maldita máquina y... la lanzó a través de la habitación.

Entre las latas vacías y el estado desordenado de su casa, se sentía como su padre más que nunca y eso le sentó como patada de mula en el trasero.

Insultar para herir parecía ser el tema de moda. Como cuando Tucker y Shep se mostraron desconcertados al enterarse de que las cosas entre él y Violet no habían funcionado. Y aunque Easton les había contado la información sobre Violet con la intención de respaldar la decisión de Ford de cortar las cosas, los dos amigos lo miraron como si él fuera el inestable.

–Supongo que será mejor que me duche y limpie este lugar –dijo Ford a su público canino. Sus articulaciones tronaron cuando recuperó la radio. Presionó el botón y le dio gusto ver que no parecía descompuesto. Lo volvió a colocar en su lugar en la chimenea–. Luego deberíamos continuar nuestro entrenamiento. He estado holgazaneando últimamente y nunca alcanzaremos la marca de las seiscientas horas si nos quedamos sentados lamentándonos.

Las cejas de Pyro se movieron, su tácito *tú eres el que ha estado deprimido y lamentándose* le llegó fuerte y claro.

–Eso es lo que estoy diciendo. Que ya he terminado de lloriquear. Sí, me gustaba Violet. Por más loca que estuviera, también era una presencia tranquilizadora. Sin mencionar ese gran sentido del humor –una sonrisa temblaba en su boca y el corazón se aceleró en su pecho–. Luego estaba la forma en que se distraía y se perdía en su propio mundo… –de acuerdo, eso no estaba ayudando y, en un intento por superarlo, enterró las sensaciones sentimentales debajo de las imágenes de esa ridícula carpeta de planificación de bodas–. Pero no estoy listo para sentar cabeza. Al final, queríamos cosas diferentes. Se supone que la vida es una aventura, no una institución.

Con un resoplido, Pyro se dejó caer en su cama y entonces se sintió como si el mundo entero se decepcionara de él.

–Grandioso. Perdí a la chica y ahora estoy sentado hablando con los perros, estoy a nada de convertirme en tema de canción country –y con ese olor suyo a cervecería tal vez no estaba lejos de ser el protagonista de esa canción.

Ford reunió entre sus brazos tantas latas de cerveza como pudo y las llevó al cubo de basura. Por su falta de ganas de mover un dedo, la basura se desbordaba, así que la tuvo que compactar para poder sacar la bolsa y llevarla afuera.

Cuando volvió a entrar por la puerta trasera, los cuatro perros estaban ladrando.

Su corazón saltó en su pecho: era un pensamiento tonto acompañado de una cantidad aún más absurda de esperanza.

Tal vez Violet esté aquí.

A pesar de lo horrible que fue el final, habían tenido un montón de grandes momentos. Con su traslado a Las Dudas para siempre, ¿tendría que revivirlos una y otra vez? Peor aún, ¿la vería salir con un perfecto imbécil que estuviera listo para el matrimonio y los bebés?

Una serie de palabras entre la estática salieron de la radio, trayéndolo de vuelta a la realidad, un lugar triste donde Violet Abrams nunca le hablaría de nuevo.

–... excursionista herido... La tormenta que se avecina...

Un sentido renovado de propósito lo embargó. Se apresuró a la chimenea y tomó la radio. Luego llamó y habló con la central.

Así era: de eso se trataba su vida. Dirigirse a una tormenta que se aproxima para encontrar a un excursionista perdido. Aventura.

Sin nadie a quien responder, su vida completamente propia y libre de dramatismo.

–¿Quién está listo para una misión? –preguntó a sus perros. Pyro brincaba en círculos, ansioso por ponerse en marcha. Ahora, tenía que decidir que otro perro debería llevar para que lo acompañara.

Torbellino le estaba mordiendo la cola a Tanque y, aunque Violet podía hacer que el can distraído fuera medio útil, Ford no tenía tiempo de lidiar con la falta de concentración del cachorro.

Nitro podía oler más lejos y seguía las órdenes con la mayor rapidez y precisión. Después de tomar su equipo, Ford dejó a Pyro y Nitro en la cabina de la camioneta. Iban a tener que lidiar con el frío esta noche. Luego se apresuró a la estación de policía, donde los miembros de la familia del excursionista perdido estaban esperando.

Veinte minutos después, Ford iba a toda velocidad hacia el norte por un camino de tierra en mal estado. El señor Wagner había llamado a su familia y les había dejado un mensaje entrecortado. Pudieron distinguir las palabras "perdí el camino" y "perdido", pero cuando su familia rastreó el teléfono, dijo que estaba desconectado.

Por fortuna, habían podido delimitar la zona antes de que se perdiera la señal, lo que les daba un punto de partida. Por desgracia, la mayoría de la gente continuaba moviéndose cuando lo que debería de hacer era permanecer donde estaba.

Había una camioneta roja en lo alto del sendero y, tras un rápido vistazo a la marca, modelo y matrícula, pudo confirmar confirmó que pertenecía al señor Wagner. Ford salió de su camioneta para asomarse al interior del vehículo, pero estaba vacío. Su GPS indicaba que estaban a unos tres kilómetros de donde el hombre había hecho su última llamada.

–Parece que tendremos que caminar –les dijo a Pyro y Nitro mientras les abría la puerta del pasajero. No sería importante si no se les estuviera acabando el tiempo.

Pesadas nubes grises oscurecían el cielo, el aroma de la lluvia y el pino se sentía en el aire. Las tormentas en el bosque eran una bestia de otro tipo. Un minuto podía estar soleado y sin nubes y, antes de que notaras el cambio, la lluvia torrencial te empapaba hasta los huesos.

Ford llamó por radio al equipo en el pueblo y les informó que vendría del sureste. Ellos iban a empezar por la parte noroeste del sendero y harían pases amplios hasta que se encontraran en el medio.

Para no terminar empapado y con hipotermia, se puso su chaqueta impermeable naranja neón con las palabras "Búsqueda y rescate" blasonadas en la espalda. Luego se puso los pantalones de nylon ligero sobre los jeans y se colgó el equipo de búsqueda.

Como lo último que quería era perder a Nitro en su primera misión, le puso la correa más larga que tenía.

Luego se acercó al camión del señor Wagner, entonó una oración a los dioses del karma y tiró de la puerta. Estaba abierta y, aunque los perros podían oler en las inmediaciones de la camioneta, era más efectivo que olieran el interior.

Pyro puso sus patas en el asiento y olfateó, ya en la tarea, y Ford instruyó a Nitro: "Olfatea". Recorrió todo el asiento un par de veces, presionando su nariz contra la tela deshilachada.

–Ahora busca –dijo Ford con voz firme.

Ambos perros pusieron sus narices en el suelo y, después de un par de segundos, Pyro salió a toda velocidad. Nitro salió disparada detrás, aunque ni ella ni Ford serían capaces de mantener el ritmo.

Otra cosa que tenían los perros de búsqueda era que no siempre elegían el camino más fácil para alguien de 1.80 m que caminaba en dos patas en lugar de en cuatro.

Lo más importante era la velocidad, así que Ford se encorvó bajo los arbustos, se lanzó sobre los troncos caídos y corrió tan rápido como pudo sin herirse.

–Aguante, señor Wagner –murmuró.

Una gruesa gota salpicó su nariz, su mejilla, el antebrazo de su chaqueta... Era hora de darse prisa y ganarle a la tormenta.

* * *

–¿Estás segura? –preguntó Maisy, sentada junto a los montones de ropa en la cama de Violet. Puso a Isla de espaldas y la monada empezó a juguetear con los dedos de sus pies, abriendo los ojos mientras las estudiaba.

En medio de su emoción, Isla pateó y soltó sus piececitos. Su cara se arrugó y se puso rosada, mostrando su devastación por perder su nuevo juguete, aunque era responsable de ello.

Maisy le metió un chupón en la boca y la bebé concluyó que estaba tan bueno como sus dedos.

Si Violet no se obligaba a apartar la mirada de las mejillas gordas de su sobrina, no estaba segura de poder seguir adelante con la decisión que había tomado. Desabrochó su maleta y comenzó a transferir los montones de ropa.

–Una cosa que he aprendido este último año es que estar segura no es suficiente, como solía pensar. Prometo que te visitaré más, pero estoy segura de que necesito tiempo y espacio.

–Si sigues evitando a Ford, podrás conseguir esas cosas aquí.

–Tú y yo sabemos que aquí en Las Dudas evitar a alguien es inútil –respondió Violet ladeando la cabeza–. Cualquier lugar me recuerda a él, además, lo vi corriendo tres de las últimas seis mañanas. Y todas las veces sentí como si alguien me hubiera destrozado otra vez.

Tan solo de pronunciarlas, las palabras se clavaban en la herida abierta en su pecho y cada recuerdo era como poner limón en ella.

Detente o llorarás. Y no tienes tiempo para llorar. Por no mencionar que ya había derramado suficientes lágrimas.

–Mi musa ha regresado, la pastelería se ve increíble y tengo un nuevo trabajo en puerta, así que misión cumplida –Violet debatió si empacar o dejar fuera sus amados pantalones de yoga desgastados–. Puedo quedarme con mi mamá por un mes o dos mientras encuentro un apartamento, luego estaré como si nada.

–Deberías aceptar la oferta de mi madre con la que originalmente intentó sobornarte. Después de todo, ella y papá te lo deben. Me prestaron dinero para mi pastelería, así que es justo.

Cuando Violet habló con papá durante el almuerzo de esa tarde, él también se ofreció a ayudarla económicamente. Pero Violet sacudió la cabeza.

–Orgullo obstinado o no, pero no quiero mirar alrededor y pensar que solo tengo lo que tengo gracias a ellos. Así es como me sentí después de Benjamin y fue una mierda. Y fue peor cuando me quitaron todo.

La linda ropa interior que usó en la despedida de soltera, cuando fue tan tonta como para pensar que debía decirle a Ford que se iba a quedar porque estaba enamorada de él, pareció burlarse de ella. Había idealizado el momento, imaginando que se lo diría y luego se desnudaría, y…

–Ferozmente independiente es mi nuevo lema –dijo al tiempo que metía las bragas bajo una pila de camisetas–. No necesito a nadie.

–¿A nadie? –preguntó Maisy haciendo un puchero.

La pila de jeans sobresalía unos cuantos centímetros y Violet los empujó a nivel de la maleta para poder abrochar la división de nylon. Luego extendió la mano y tomó la de su hermana.

–Excepto a ti y a Isla, por supuesto. Puedes visitarme cuando quieras y espero que lo hagas. Podemos llevar a Isla a la playa y recorrer la bahía.

Maisy levantó el único par de tacones que Violet había traído, con correas plateadas y con un lazo púrpura en el dedo del pie.

–Quería pedirte prestados estos antes de que te fueras.

–Puedes tomarlos prestados cuando vengas a visitarme –Violet los arrancó de las manos de su hermana y los metió en el otro lado de su maleta.

–La fotografía comercial está lejos de ser el trabajo de tus sueños –dijo Maisy.

–No empieces –advirtió Violet.

–Demasiado tarde. Dices que tu musa ha vuelto, pero te gusta tomar fotos conmovedoras. No fotos de yates de otras personas para una revista.

–No te olvides de los barcos de pesca.

Isla empezó a repelar y Violet apartó su maleta, puso su cara sobre la de su sobrina y jugó con un rizo en la parte superior de su cabeza.

–Hola, niña bonita.

Isla sonrió y pataleó felizmente con sus piecitos.

–¿Puedes decirle a tu mami que no haga esto más difícil de lo que ya es? ¿Y recordarle que puedo tener más de un empleo? –Violet deslizó sus dedos por el torso de Isla, luego tomó los dedos de los pies y los movió–. ¿Quizás deberías añadir que tu padre estará de regreso en menos de un mes y no va a querer compartir la casa con su cuñada deprimida?

Isla lanzó un gorgorito que Violet creyó que significaba que haría lo que pudiera. El suspiro de Maisy dejó claro que no estaba convencida. Abrió la boca, pero sonó el timbre y ella murmuró que no habían terminado de discutir todavía.

Como Violet tenía todo empacado excepto los artículos que necesitaba para el día siguiente, y el plan era salir después de la boda, tomó en sus brazos a Isla. Se acurrucó a su lado, añadiendo una docena de besos a sus gloriosos cachetes.

–Vas a crecer mucho antes de que te vuelva a ver y eso me pone supertriste, pero tengo que intentar ser una adulta con vida propia –sería solo suya, porque no pensaba incluir nunca a nadie más.

No solo estaba renunciando completamente a los hombres, de verdad esta vez, estaba considerando conseguir un cachorro.

Solo que ella quería a un cachorro que no era realmente suyo. Necesitaría superar la pérdida de Torbellino tanto como atravesar el duelo por la ruptura con Ford.

¿Cómo pude estar tan ciega?

Más bien, ¿cómo pudo dejar que sus ojos y su corazón tomaran las decisiones cuando sabía que no iba a funcionar?

Eran preguntas que ya había hecho en el chat de la Tripulación de las Damas de Honor después de contarles que había terminado con Ford y les pidió a las chicas que por favor la golpearan en la cabeza si volvía a hablar de un tipo atractivo y tentador.

Ellas le respondieron con una mezcla de empatía por sus sentimientos, comentarios consoladores y amenazas contra Ford. Todo lo cual apreció y eso hizo que amara aún más a su grupo de amigas.

No puedo esperar a verlas de nuevo, pensó, pero no era del todo cierto. Sí, quería verlas, pero ellas tenían sus vidas y Violet tenía... Bueno, ya lo averiguaría sobre la marcha mientras se reconstruía una vez más.

La boda de Addie y Tucker iba a ser dolorosa, pero Violet quería estar ahí para ellos y para Lexi. Se quedaría cerca de la salida y felicitaría a la feliz pareja cuando se alejaran del amigo de honor. Sobreviviría. De alguna manera.

–Violet –llamó Maisy–. Te buscan.

Por un segundo, el mundo se detuvo.

¿Ford? Su corazón traidor se agitó, con su memoria a corto plazo lista para hacerla quedar en ridículo. Iba a dominarla y usaría su cerebro esta vez. Mientras caminaba hacia la sala de estar con Isla en sus brazos, su garganta se secó.

En lugar de Ford, allí estaban Lexi y Addie. Violet se dijo a sí misma que se sentía aliviada, aunque su estómago tocó fondo y la llamó mentirosa.

–Hola, señoritas. ¿Cómo va todo?

–Horrible –dijo Lexi–. La boda se está desmoronando y tenemos un favor gigante que pedirte –miró a Addie y se movió entre ellas, murmurando algo acerca de si debía hacerlo o si Addie quería hacerlo.

Un presentimiento le recorrió la piel y ¿dónde estaba su vaso de agua, porque podría morir de sed en el próximo minuto si no se rehidrataba?

–Bueno, ¿sabías que mi hermana sería una de las damas de honor? –preguntó Addie–. El caso es que no tenía bichos en la panza. Resulta que está embarazada, el ultrasonido estimó que ya tiene tres meses. Ha tenido unas náuseas terribles, pero de todas formas planeaba estar en la boda.

»Solo que cuando llegó ayer, empezó con un sangrado y terminó en el hospital. El médico le recetó reposo en cama. Puede venir a la ceremonia, pero no a la recepción y no puede hacer nada más que sentarse y mirar. El doctor nos lo dijo como cien veces. Y añadió un recordatorio amenazador de que él también asistiría.

Aunque Violet lamentaba lo que le contaba Addie, no estaba segura de por qué le habían dado la noticia.

–Lo siento mucho. Desearía poder hacer algo para ayudar.

–Es gracioso que digas eso –dijo Lexi–. Porque tú y Alexandria son casi de la misma talla. Y tú sabes todo sobre la boda, así que…

–¿Serías mi dama de honor suplente? –preguntó Addie, con la esperanza brillando en sus rasgos–. Entiendo que es complicado, gracias a que mi amigo de honor es un gran imbécil, algo que él y yo vamos a discutir, créeme.

–Y nos aseguraremos de que no tengas que caminar por el pasillo con él –dijo Lexi–. Literalmente, solo tienes que pararte ahí con el vestido y de cuando en cuando ayudar a enderezar el vestido de

Addie. Tal vez sostener un ramo extra y tener una pequeña charla con la gente del pueblo. Cosas así.

–De lo contrario, Lexi será la única mujer además de mí –Addie enroscó la punta de su cola de caballo alrededor de su dedo–. Y después de décadas, finalmente conseguí que el pueblo se diera cuenta de que soy, en verdad, una chica. Así que aunque una parte de mí quiere decir que a quién le importa lo que digan, resulta que a mí sí me importa, hasta cierto punto. Especialmente cuando se trata de mi boda.

Un pozo se abrió en el intestino de Violet mientras su cerebro chirriaba a toda velocidad. Había renunciado a ser dama de honor y a todo lo relacionado con las bodas porque le dolía mucho. Había renunciado a los hombres. Había renunciado a casi todo.

–Nos damos cuenta de que estamos pidiendo un gran favor y que es totalmente de último minuto –le dijo Lexi, tocando con delicadeza el brazo con el Violet sostenía a Isla.

–Solo quiero que mañana sea perfecto y tú ya has sido la dama de honor antes… –las respiraciones de Addie fueron cada vez más rápidas–. Estoy tratando de no entrar en pánico, pero la montaña rusa nupcial me trae como loca.

»Y cuando me perdí con lo de las decoraciones y el pastel y en una docena de cosas diferentes, interviniste y me calmaste, rapidísimo –Addie se acercó y apretó el hombro de Violet–. Incluso he pensado que si te hubiera conocido antes habrías estado en mi cortejo nupcial. Ahora podemos arreglar eso. Y sin presiones ni nada, pero no podré dormir hasta que sepa que se ha solucionado.

Tanto ella como Lexi juntaron las manos en posición de oración y, como si lo hubieran practicado cien veces.

–¡Por favor!

CAPÍTULO 28

La lluvia caía a cántaros, tanto que Ford se había puesto la capucha de la chaqueta sobre su gorra de béisbol. La visera mantenía su cara bastante seca y estaba agradecido por los trajes impermeables. Unos riachuelos se formaron en la ladera y el lodo cubrió las suelas de sus botas, añadiéndole un par de centímetros de altura.

Pero también haciendo que avanzara más lento. Igual que Nitro, que caminaba insegura y con esfuerzo. La lluvia no borraba el olor del señor Wagner, pero los charcos podían confundir a los perros. En particular a los inexpertos.

Pyro lo encontrará. Es el mejor de los mejores.

Hacía un rato que Ford había perdido de vista a su fiel pastor alemán negro, pero no estaba preocupado. Incluso con las inundaciones en el sur, Pyro entendía sus límites. Encontraría al excursionista y si Ford no respondía a su ladrido, el perro iría por él y lo llevaría de vuelta al señor Wagner. Nitro olfateó el suelo y dio un salto.

–¿Lo encontraste de nuevo, amiga?

La perra dio un giro a la derecha, lo que los condujo a un lado de la colina. Ford raspó el lodo que pudo en una roca para tener mejor tracción para la subida.

A lo lejos se escuchó un aullido cortado en el aire. Pyro había encontrado al señor Wagner.

Mejor aún, Nitro se dirigía en la dirección correcta.

Ford encendió su linterna hasta que vio a Pyro en una enorme roca. Nitro se trepó también y comenzó a aullar.

Luego de resbalar y caer un par de veces, Ford llegó a la cima.

Desafortunadamente, Pyro y Nitro tenían sus narices apuntando hacia abajo.

La lluvia ahogaba un grito y Ford miró por encima del borde de la roca, en la grieta. Allí en el fondo estaba el señor Wagner.

Ford se presentó y le pidió un rápido resumen de los hechos.

El señor Wagner estaba de excursión y había querido contemplar el panorama desde arriba. Había perdido el equilibrio y se había caído. El estrecho y pedregoso afloramiento en el que había aterrizado era afortunado en muchos sentidos. Si no lo hubiera "atrapado", habría caído en picada el equivalente a seis o siete pisos y Ford habría encontrado tan solo un cuerpo sin vida.

–Voy a asegurar una cuerda –le informó al hombre–. ¿Cree que pueda escalar?

–No estoy seguro. Mi tobillo podría estar roto. Se hinchó lo suficiente como para tener que quitarme el zapato.

Mierda. Lo último que se suponía que tenías que hacer era quitarte el zapato, eso le daba al tobillo demasiado espacio para hincharse.

–Sujétese fuerte. Bajaré en breve.

Ford informó por radio de su ubicación y pidió refuerzos. Luego buscó el mejor lugar para establecer un punto de anclaje.

El pino más cercano estaba muerto y por lo tanto no había nada que hacer. Después de evaluar los troncos de los otros árboles cercanos y el largo de la cuerda necesaria, Ford se puso a trabajar. Un rápido nudo de cinta, dos hebras de tela apretada, y se enganchó en el mosquetón.

Con el equipo listo, Ford se puso su arnés, aseguró todo y se dirigió al borde de la roca para bajar en rappel. Miró a los perros.

–Sentados. Quietos –sus peludos traseros chocaron contra el suelo, pero Pyro no apartaba la atención del excursionista.

–Voy a rescatarlo. Ustedes dos quédense y esperen los refuerzos –lentamente, Ford se colgó por el borde. Por más seguro que fuera el anclaje, ese momento siempre ponía a prueba sus nervios, una mezcla embriagadora de trepidación y emoción.

Un pie a la vez comenzó el descenso. A mitad de camino de la saliente, la superficie debajo de sus pies se desmoronó, el musgo, la lluvia y el lodo apelmazando sus botas eran un combo peligroso.

La cuerda dio un latigazo y un dolor le recorrió la pantorrilla. Por un instante se quedó sin aliento, estaba en caída libre, metros y metros de vacío se abrían bajo sus pies. Su arnés se sacudió y se estrelló contra el acantilado rocoso. *¡Ay!*

En automático, sus pies y dedos buscaron y encontraron asidero. Cada golpe de su corazón era un doloroso alivio, porque por más frenéticos que eran sus latidos, le confirmaban que estaba vivo.

Las nubes se abrieron y revelaron una luna llena, que se coló un resplandor. Lo suficiente para ver la distancia que lo separaba de irse a la mierda. Así como así, su vida pasó ante sus ojos, junto con sus arrepentimientos. En especial uno.

Tenía pelo oscuro, ojos cafés y la clase de sonrisa que encendía una hoguera en su interior y borraba todos sus problemas. Violet lo hacía sentir fuerte, seguro y más importante que nadie.

Ella hacía de él una mejor persona, no solo porque se había esforzado en superar su pasado, sino porque su fe en él le hizo querer ser su mejor versión.

–¿Estás bien? –preguntó el señor Wagner. Por un momento sus papeles se invirtieron.

–Sí. Pasa todo el tiempo bajo la lluvia –respondió Ford. Lo último era cierto. Lo primero, una mentira descarada.

¿Tienes novia? Las palabras de Doris resonaban en su mente. *¿Alguien que haga que tu vida sea mejor?*

Hay paz en el hecho de estar satisfecho. En vivir sin arrepentimientos. Y si es mi hora de irme, sé que mi Harold me estará esperando en el otro lado.

Los últimos días habían puesto su vida bajo la luz de un microscopio. Se obstinaba en negar lo que su cerebro le susurraba desde que Violet se alejó de él el sábado por la noche.

La descarga de adrenalina que tomaba el control derribó su escudo mental y vio su vida como lo que era. Incompleta.

Por la noche, cuando se daba la vuelta buscaba a la mujer que debía estar a su lado, solo para salir con las manos vacías. Nadie le hacía ver su mierda. La ausencia de su risa recorría su casa, el silencio era tan fuerte que apenas podía soportarlo.

Demonios, hasta los perros notaban el vacío. Si se desplomara hasta su muerte ahora mismo, su vida no valdría ni de lejos lo que podría haber sido con Violet a su lado.

A pesar de hablar todo el tiempo sobre aventuras, lo cierto era que estaba demasiado asustado para correr un riesgo real. El amor era la mayor aventura de todas, pero había metido el rabo entre las piernas y se había alejado de la mujer de la que estaba enamorado.

No habría nadie como ella, lo sabía. Había tomado una horrible decisión. Por un lapsus de juicio o por un miedo rancio, no importaba. Lo que importaba era que amaba a Violet y había sido un idiota al dejarla ir.

La extraño. Mi vida no es plena. Está tan vacía que apenas me soporto a mí mismo.

Ford sujetó la cuerda al tiempo que una firme determinación se apoderaba de su cuerpo. No iba a caer, porque tan pronto como el señor Wagner estuviera de camino al hospital, Ford iba a poner en orden sus ideas y a elaborar un plan para arreglar lo que había roto sin querer.

Una rápida recalibración y Ford se deslizó sobre la saliente. Después de comprobar los signos vitales del señor Wagner, evaluó su tobillo. Definitivamente estaba roto, por lo que metió una mano en su mochila y fabricó una tablilla.

Los ladridos rompieron el silencio y un par de minutos más tarde dos rayos de luz cortaron la oscuridad. Los refuerzos habían llegado. Ford le dio una palmadita al señor Wagner en el hombro.

–¿Oye eso? Eso significa que solo tiene que aguantar un poco más. Lo sacaremos de aquí y lo llevaremos al hospital en un santiamén.

–Llamarán a mi mujer para que espere cuando lleguemos, ¿verdad? Necesito verla.

El corazón de Ford se expandió, inundándose de imágenes de la mujer que anhelaba ver. Aclaró su garganta y asintió con la cabeza.

–Ella estará allí.

Mientras tanto, su casa estaría vacía, salvo los perros, que se alegrarían más de ver a Violet que de verlo a él.

Voy a arreglarlo. Tiene que haber una forma de arreglarlo.

Cruzó los dedos, esperando que no fuera demasiado tarde.

CAPÍTULO 29

Violet arrastró los pies mientras seguía a Lexi fuera del cambiador y Addie le pisaba los talones.

Aunque solo podía imaginar lo mucho que Tucker y Addie esperaban este momento, desde que accedió a ser la dama de honor suplente, era el instante que Violet más temía. No dejaba de sobresaltarse cada vez que alguien entraba a la habitación, pero también luchaba contra las ganas que tenía de ver el rostro de Ford.

Aun así, el día no se trataba de ella y, mientras miraba por encima del hombro, los nervios que estaban usando su estómago como trampolín se calmaron.

Addie estiró la mano como si fuera a enroscar la punta de su cola de caballo alrededor de su dedo antes de recordar que su cabello había sido tejido en un romántico peinado alto. Su maquillaje era natural y su vestido blanco estaba impecable. Giró la punta de sus Converse amarillos brillantes mientras jugueteaba con el anillo de compromiso en su dedo.

–Te ves hermosa –dijo Violet, y sus ojos se llenaron de lágrimas que amenazaban los límites de su mascara a prueba de agua.

Así era como se ayudaba a atravesar el día, concentrándose en el "felices para siempre" de Addie. Lexi se dio la vuelta y tomó a su amiga de la mano. Luego tomó la de Violet también.

–En medio de toda esta locura, no estoy segura de haberles dicho lo mucho que he disfrutado planeando esta boda. Puedo ponerme un poco tensa cuando se trata de estar preparada...

–No, para nada –Addie se burló, y las tres se rieron.

–Lo escondo bien, lo sé –dijo Lexi, consiguiendo que se rieran–. Pero ustedes dos lo hicieron divertido.

–¿A pesar de la aversión a todo lo femenino y todo eso? –cuestionó Addie arqueando las cejas.

–Sí. Más que nada porque Violet me apoyó con eso –Lexi apretó con cariño la mano de Violet.

Ahora Violet realmente iba a llorar. Se frotó con la punta de un dedo el rabillo de los ojos, y Lexi agitó una mano frente a su cara mientras exigía que lloraran por dentro.

Aunque Violet sabía que era el momento de volver a su vida real, en su angustia, había subestimado lo mucho que estas mujeres habían llegado a significar para ella. La aceptaron al instante y la hicieron sentir bienvenida en un pueblo que ella solía ver como un adversario.

También estaba su reconciliación con papá y Cheryl y, claro, Maisy e Isla, pero si pensaba ahora en eso no habría parpadeo que lograra contener las lágrimas.

El ruido de pasos interrumpió la escena. Unos pasos que Violet de algún modo reconoció, aunque se dijo a sí misma que era una tontería. Era simplemente que no podía evitar pensar en Ford. Sin mencionar que era hora de encontrarlo en el cortejo nupcial.

Ford se aclaró su garganta y Violet se convenció a sí misma de que debía asociarlo con el sol para evitar mirarlo directamente. Aunque su cerebro estaba a cargo, sus ojos la traicionaban.

Para todos los chistes que había hecho Ford sobre ponerse un vestido de dama, su porte con la corbata de moño amarilla, el botonier de margaritas y unos tirantes dorados era injusto. Sus pantalones grises abrazaban esos muslos en los que ella no iba a pensar. Se había cortado el pelo que antes llegaba hasta el mentón y ahora se acomodaba justo por encima de las orejas y llevaba un poco de gel. La desolación bombeó dentro y fuera del corazón de Violet hasta que le dolió todo el cuerpo.

Verlo era más difícil de lo que había imaginado… y vaya que lo había imaginado. Más que nada, esperaba sentirse diferente. Pero su corazón destrozado que se desprendía de su pecho le susurraba que, de alguna manera, todavía lo amaba.

Mientras se abría paso entre el tornado de emociones, Violet se aferró a la ira y a la rabia.

–Violet –dijo, y la sangre de su cuerpo se volvió helada y punzante. Lexi se adelantó y le siseó, las palabras fueron inaudibles pero la advertencia era clara.

Will y Easton doblaron la esquina, vestidos igual que Ford. Will y Lexi hicieron el truco telepático y él apartó a Ford mientras Lexi tomaba los ramos de flores que tenía en una nevera junto a la puerta.

Los girasoles dorados, las margaritas blancas y las ramas de eucalipto contrastaban con el tejido de gasa amarilla de los vestidos de las damas de honor. Los corpiños drapeados eran prácticamente idénticos al escote sin tirantes de Addie y las coquetas faldas acampanadas les llegaban a las rodillas.

Cuando el padre y la abuela de Addie llegaron, y a pesar de que Ford había chupado cada gramo de alegría de Violet, Lucia se las arregló para traer las vibras felices.

La anciana dio una vuelta sobre sí misma. El tul amarillo de su falda hasta el tobillo se acampanó para revelar su par de Converse a juego. Un girasol adornaba la blusa de encaje blanco y la corona de girasol de su cabeza contrastaba con sus rizos blancos.

–¿Dónde está mi cesta? ¡Estoy lista para arrojar pétalos a todo el mundo!

–Pétalos sobre el pasillo, querrás decir –la corrigió Lexi.

Lucia arrebató la cesta de pétalos y Violet se mordió el interior de la mejilla para no reírse de la habilidad con que evadió darle la razón a Lexi.

La mujer hacía lo que quería y Violet respetaba su espíritu. Cuando hablaron de su traje, Lucia insistió en un vestido de niña de flores, burlándose de los estilos conservadores que su nuera le había mostrado. Al final, le pidieron a Lottie que le hiciera uno.

Considerando la forma en que Lucia sonreía y daba vueltas, Violet opinaba que más gente debería usar lo que quisiera. ¿Quién había decidido que solo las niñas podían disfrutar de faldas de tul y coronitas de flores?

La mirada de Violet se enganchó en la de Ford y la angustia la golpeó en el pecho. Otro golpe como ese y temía que su corazón dejara de latir por completo.

–Es hora –Lexi llevó a Lucia al frente y luego enganchó su brazo con el de Will. Violet colocó su mano en el codo de Easton, agradecida de que Ford se hubiera movido detrás de ella, donde sus ojos no podían desviarse tan fácilmente.

El señor Murphy se acercó al otro lado de la novia, él y Ford tomaron a Addie del brazo. Esa configuración se había establecido para contrarrestar los números desiguales, incluso antes de que Violet tomara el lugar de Alexandria.

De todas formas, la idea de estar en el mismo pasillo que Ford era insoportable. Como su cerebro la odiaba, le devolvió el recuerdo de la noche en la que Ford le dijo que era la primera y última vez que sería dama de honor y ella le había preguntado en broma. *¿Y si te lo pidiera yo?*

Y le dijo que no, porque significaría que se casaría con alguien más y él no soportaría verlo.

Estúpido encantador idiota, pero yo fui más estúpida por pensar que era romántico en ese momento. Sus esperanzas y sueños idealizados habían sido expuestos y exhibidos, como la tonta enamorada que siempre había sido.

Para sobrevivir el resto de la noche, las barreras alrededor de su corazón necesitaban ser reforzadas. Además de los ladrillos extra, una capa de púas de acero y un foso con un caimán gigante devora-hombres.

Piensa en el puercoespín. Espinoso. Si Ford se atreve a acercarse, me aseguraré de que acabe con la cara llena de púas. No de un modo dramático, por supuesto, ya que me niego a que me acuse de arruinar la boda de otra persona con mis fracasos en relaciones.

Puedo hacer esto, puedo hacer esto, puedo hacer esto…

Invocando hasta la última pizca de su fuerza de voluntad, Violet se puso a sonreír y comenzó su última marcha por un pasillo.

* * *

La desesperación se apoderó de Ford mientras veía a Violet alejarse de él, del brazo de su mejor amigo.

Aunque no tenía a nadie que culpar más que a sí mismo, parecía como si Easton se la hubiera arrebatado y, cuanto más lejos estaba, más fuerte era su sentido de la urgencia.

Ella se le escapaba de las manos y no solo físicamente. Había visto el dolor en sus ojos, reemplazado rápidamente por el desprecio.

La noche anterior, para cuando instalaron al señor Wagner en el hospital de Alexander City, ya eran casi las once. Una enfermera insistió en que Ford se atendiera de los rasguños y cortes de su pierna, ignorando sus muchos intentos de insistir en que estaba bien.

Para cuando pudo volver a casa ya era la una y media de la madrugada. Exhausto, cayó en la cama sin poner la alarma y se despertó tarde. Después de pasear a los perros, corrió a casa de Maisy para tratar de arreglar las cosas.

Solo que Maisy le había informado que Violet no estaba allí y se negó a decirle dónde podía encontrarla. Aunque estaba seguro de que la vería en la boda, quería arreglar las cosas antes de la ceremonia.

Su teléfono había ido directamente al buzón de voz y tarde se dio cuenta de que había estado arreglándose con Murph y Lexi.

–Podrías haberme advertido que Violet iba a ser dama de honor –le susurró a Addie.

–Estoy tratando de evitar el drama y no tener un ataque de pánico, ¿de acuerdo? Ya es bastante estresante que Alexandria esté reposando en cama y, al tiempo que me preocupaba por ella, tuve que hacer lo necesario para asegurarme de que todo saliera bien.

»Pero es mi boda y no tengo que explicarte nada. Y créeme, esta es la menos violenta de las opciones que consideré después de descubrir que dejaste a Violet. ¿Qué tan idiota tienes que ser para dejar que alguien así se escape? –Addie lanzó una expresión severa a su manera–. Y lo digo con amor.

Hubiera sido peor escucharlo sin la parte del amor.

–Sé que lo eché a perder.

–Vaya que lo hiciste.

El señor Murphy se asomó desde el otro lado de Addie, con los ojos bien abiertos.

–No quiero sonar como mi esposa, pero ¿se dan cuenta de que estamos a unos cuantos minutos de estar frente al predicador?

–Estoy dolorosamente consciente –repuso Addie. Luego se volvió hacia Ford y soltó su brazo–. Mira, cuando acabe la fiesta te diré otras cosas. Ahora mismo, estoy ocupada y a punto de casarme con mi sexy mejor amigo.

Esa era la prueba de realidad que Ford necesitaba para dejar de lamentarse.

–Y yo estoy haciendo un trabajo de mierda como dama de honor. Lo siento. Cerraré la boca –se enderezó y le puso la mano en el codo una vez más. Con todos los demás en su lugar en el frente, Lucia estaba lista para su recorrido.

Tomó un puñado de pétalos de girasol y los arrojó en un amplio arco, arrojándolos sin duda contra la gente que estaba en las orillas del pasillo central. Dio vueltas, lanzó y esparció sonrisas a todos a su alrededor y Ford se forzó a sí mismo a concentrarse en la boda. En asegurarse de que Addie consiguiera todo lo que quisiera hoy.

Pero entonces tuvo un pensamiento que despertó su curiosidad una vez más. Y, como nunca había sido bueno para resistirse, le preguntó:

–Aquí hay otra cosa que probablemente no debería decir ahora, pero ¿cómo arreglaron Tuck y tú su pelea? ¿La del hijo y la pelota?

–Es pésimo momento, pero creo que tenemos medio minuto antes de entrar. Cuando me tranquilicé, Tucker vino y se disculpó. Me dijo que cuando pensó más en la idea de tener hijos, se dio cuenta de que nuestros genes atléticos superiores se transmitirían tanto si tenemos un hijo como una hija –la sonrisa que curvaba sus labios hablaba de lo mucho que amaba a Tucker y la idea de tener una familia con él–.

»Luego añadió que lo único que le importaba era que, independientemente de lo que nos depara el futuro, lo más importante era que lo atravesaríamos juntos –Addie apoyó su cabeza en el hombro de Ford–. Puedo pasar mi vida con Tucker Crawford. Una vez que encuentras a la persona adecuada, las otras cosas que creías demasiado importantes se desvanecen.

–Escucha, escucha –añadió el señor Murphy desde el otro lado, irradiado orgullo mientras sonreía a su hija. La música cambió, señalando que era hora de poner en marcha el espectáculo.

Como prometió, Ford hizo una rápida comprobación para asegurarse de que el vestido y el pelo de Addie eran perfectos y luego empezó a caminar al altar. *Pie derecho, pie izquierdo,* repetía Ford en su cabeza, forzándose a caminar más despacio que de costumbre.

A medida que se acercaban al final, ya no podía evitarlo. Gracias al momento de iluminación de la noche anterior, no tenía dudas de que estaba enamorado de Violet y no quería vivir sin ella.

Mientras la miraba, la música, los adornos, todo menos ella se desvanecía en el fondo. Durante toda la ceremonia, no pudo evitar mirarla de vez en vez.

Cuando Tucker y Addie leyeron sus votos, una brillante y arrebatada expresión se apoderó de los rasgos de Violet, su sonrisa acuosa le despertó emociones que él no se daba cuenta de que tenía: alegría, empatía y tanta adoración que pensó que podría ahogarse en ella.

Addie prometió darle a Tucker el beneficio de la duda, usar su "gorra de los Santos" solo de vez en cuando y acompañarlo a pescar en sus botes hechos a mano.

Tucker juró proteger a Addie solo cuando ella se lo pidiera, lo que sabía que nunca sucedería porque era demasiado terca. Entonces le dijo que ella podría protegerlo en cualquier momento.

–Durante mucho tiempo, el futuro me asustó –dijo Tucker–. Pero luego volví a Las Dudas y me comprobé de que mientras tú, Addison Diana Murphy, estuvieras en mi vida, estaría llena de alegría, amor y felicidad.

Por mucho que Ford odiara admitirlo, se había asustado. Dejó que otras personas, y su pasado, revolvieran su cabeza.

Violet Abrams era su futuro. Y tan pronto como la ceremonia terminara, él iba a hacer lo que fuera necesario para recuperarla.

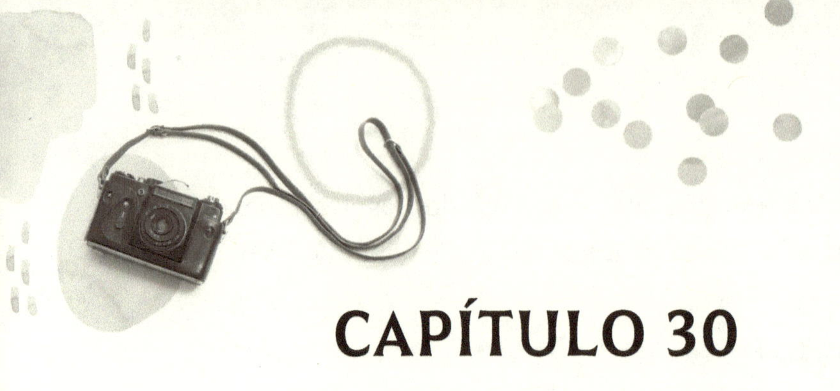

CAPÍTULO 30

El fotógrafo tenía una cámara antigua, un artilugio gigante que debía requerir un entrenamiento con pesas para poder cargarlo. Y aunque Violet quería hacer sugerencias, se contuvo.

Tomar fotos no era su trabajo hoy. Hoy su trabajo era ser la dama de honor perfecta. Así que levantó la barbilla y la sacó unos centímetros, movió su peso sobre la pierna de apoyo y levantó la cadera.

No es que le importara, pero Ford vería estas fotos, así que se esforzaría al máximo. Literalmente, ya que el fotógrafo les hizo levantar sus faldas unos cuantos centímetros para que se vieran sus tenis.

El amigo de honor estaba del otro lado de Addie y levantó la pierna de su pantalón también, su tenis, que era mucho más grande, se unió a los de ellas. Aunque le disgustaba la idea de que Ford se hubiera cortado el pelo, resaltaba su mentón y esos labios con los que había soñado demasiado a menudo como para quitárselos de la cabeza. Pelo corto, pelo largo, barba o bien peinado como ahora, era tan sexy que debería considerarse ilegal.

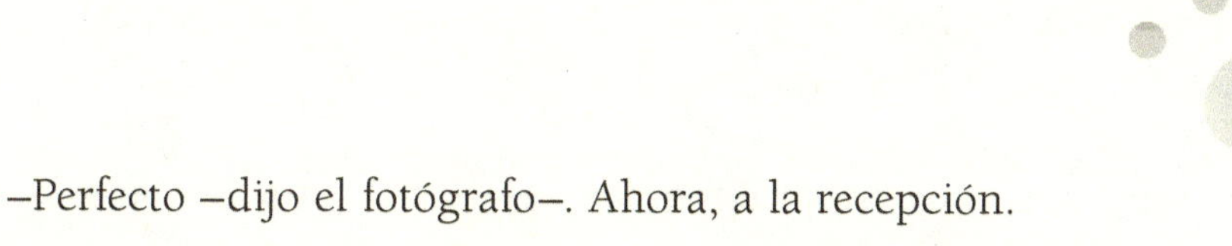

–Perfecto –dijo el fotógrafo–. Ahora, a la recepción.

Hicieron fila, Lexi y Will junto a Violet y Easton. El fotógrafo retrocedió, bajó su cámara y frunció el ceño, y los instintos de Violet se pusieron en alerta por razones que no podía entender.

–Lexi y Will, pónganse del otro lado de la novia. Ford, tú te quedas a la espera… –el fotógrafo señaló a Violet–. ¿Cómo te llamas, cariño?

En trance, Violet se quedó indefensa mientras estaba en medio de Ford y Easton. Tan pronto como el flash se disparó, Ford puso una mano en la parte baja de su espalda. Una dulce tortura. Su piel rezumaba vida bajo su toque y ¿tenía que oler tan increíble?

–Necesito hablar contigo –susurró.

Violet mantuvo una tensa sonrisa y habló entre dientes.

–Si haces un drama o me obligas a hacer una escena en esta boda, tendré que matarte. Después, Lexi también lo hará y luego Addie te revivirá para poder matarte.

–No estoy tratando de causar una escena. Pero yo…

–Solo cállate y sonríe para que podamos terminar con esto.

–Volteen todos –gritó el fotógrafo.

Clic, clic, clic.

Cambio de posición, pose y de nuevo. El fotógrafo anunció que casi habían terminado y Violet echó un vistazo anhelante a las mesas que llenaban el área de la recepción.

Durante la mayoría de las bodas, eran sus pies los que le rogaban que se sentara. Gracias a los Chucks, sus pies estaban increíblemente cómodos, pero si no se tomaba un descanso de estar pegada al lado de Ford, iba a tener un colapso mental.

Después de la última foto, Violet se dirigió hacia las mesas, pero unos dedos grandes la sujetaron por la muñeca.

–Ford, lo juro –dijo ella mientras giraba para enfrentarlo. Lo que tenía en mente era golpearlo en su rostro devastadoramente hermoso.

–Solo prométeme que después de la recepción podremos hablar.

–¿Prometes no decirme nada más hasta entonces?

El dolor se reflejó en su cara y una punzada golpeó su pecho. Era tan triste que no pudo evitar sentirse preocupada.

–Si eso es lo que quieres.

Violet le dijo que eso era lo que quería. El soltó su mano y Violet retomó su camino, con los ojos en la silla que Lexi había preparado para ella, lo más lejos posible de Ford.

Habían llegado a un acuerdo sobre el baile. Tucker y Addie tuvieron su primer baile lento como pareja, balanceándose en el centro de la pista por menos de un minuto antes de que el DJ les pidiera a todos que se unieran.

Easton miró a Ford y los músculos de Violet se tensaron.

–No te atrevas –le advirtió.

Con un suspiro, el policía la acompañó a la pista de baile. Su mano abandonó la espalda baja de la chica para frotarse la frente.

–Es que... me siento responsable. Yo le conté a Ford sobre tu historial.

Se preguntaba cómo se había enterado, pero a la hora de la verdad, no pudo enojarse con el tipo acongojado que tenía delante.

–Está bien. Sucedió y pagué mis deudas. Ford fue quien decidió que valía la pena dejarme.

–Sí, pero ha tratado con muchas mujeres volátiles. Y supongo que pensé que tú podrías ser una de ellas. Pero luego hablé con Addie y Lexi, te juzgué mal. Ahora siento que necesito hacer lo correcto.

–Me voy de la ciudad esta noche. No hay nada que hacer. Por favor, ya déjalo así.

Easton no parecía feliz por ello, pero dejó el tema por la paz. Después del baile con los padres, hubo brindis y corte del pastel y más fotos y un sinfín de saludos y buenos deseos. Cuando la recepción terminó, Violet buscó a Addie y Lexi.

–Felicidades de nuevo –dijo abrazando a Addie.

–Muchas gracias por tu ayuda. Por todo.

Lexi se acercó y convirtió su abrazo en un abrazo grupal.

–¿Te vas?

Violet asintió con la cabeza, su garganta estaba demasiado apretada para hablar. Se despidieron por última vez y luego Violet se escabulló del bullicioso centro de la ciudad.

Se habría sentido más culpable de romper su promesa a Ford si él no le hubiera roto el corazón. No pudo despedirse de él. Era mejor cortar por lo sano, aunque ella dudaba que eso fuera posible.

Las lágrimas llenaron sus ojos mientras se cambiaba de ropa y empacaba sus últimas cosas. Qué tontería, llorar por dejar Las Dudas, Alabama, cuando antes, tener que ir siempre acababa en lágrimas.

* * *

Ford buscó entre la multitud mientras la gente se alineaba para desearles felicidad a Addie y Tucker. ¿Dónde estaba Violet? No debería ser tan difícil encontrar un vestido amarillo brillante.

Después de pasar dos veces por la línea de despedida que se había formado, se lanzó al interior del edificio. El resto de sus amigos estaba allí, reunidos en el vestíbulo, pero no veía a Violet por ninguna parte.

–¿Dónde está Violet? –preguntó, y Addie, ahora vestida con su típica camiseta y jeans, y Lexi se miraron.

–¿Qué?

–Se va de la ciudad –dijo Easton–. Esta noche.

–Amigo, ¿y por qué decidiste esperar hasta ahora para decirme?

–Parecía decidida. Traté de asumir la culpa, pero dijo que no había nada que hacer y me pidió que lo dejara por la paz.

–No acepto eso –el pánico que Ford sintió antes de que se volviera completamente tonto y arruinara las cosas con Violet palideció en comparación con la histeria que sofocaba su cuerpo ahora–. La amo.

La sorpresa se dibujó en los rostros de cada uno de sus amigos.

–Dime qué hacer. Me arrojo a tu misericordia, te ruego que me digas qué hacer –su mirada se dirigió a las maletas que llevaban Addie y Tucker–. Mierda. Aquí estoy, arruinando tu día otra vez. Vayan ustedes. Ellos están conmigo –Ford miró a Lexi, Shep y Easton–. Están conmigo, ¿verdad?

–Nosotros nos hacemos cargo –dijo Lexi.

Ford le dio a Tucker un rápido abrazo de hermano, luego tomó a Addie en sus brazos y la apretó fuerte.

–Disfruta de tu luna de miel. Te quiero.

No era algo que dijera normalmente, pero había decidido aprender de sus errores.

–No volamos hasta mañana por la mañana, así que envíame un mensaje para saber cómo van las cosas con Violet –Addie le dio un beso rápido en la mejilla–. Creo en ti, McGuire. Siempre lo he hecho, siempre lo haré.

Un bulto se alojó en su garganta y se las arregló para ahogar una despedida a medias. Tomados de la mano, Tucker y Addie salieron corriendo por la puerta y avanzaron flaqueados por la valla que la gente del pueblo había formado. Tan pronto como subieron a la camioneta decorada de Tucker, Ford se dirigió al resto de sus amigos.

–Tengo una idea, pero necesito ayuda y tenemos que trabajar rápido.

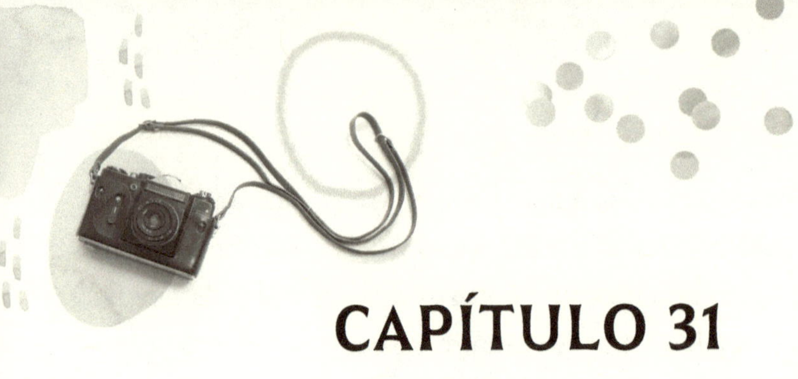

CAPÍTULO 31

El abrazo número tres fue demasiado corto, así que Violet fue por el cuarto, abrazando a Maisy una vez más.

Violet le dio un último beso a la mejilla de Isla y luego se obligó a subir a su coche y encender el motor.

A pesar de que ya había llorado, en el instante en que dio la vuelta sobre la calle principal las lágrimas brotaron de nuevo. Parte de su corazón siempre permanecería en Las Dudas con Maisy, Isla, los amigos que había hecho y el resto de la mezcla de gente que componía la pequeña ciudad.

Y bueno, un lugar siempre pertenecería a Ford McGuire.

Aunque las cosas no funcionaron, le deseó lo mejor al llegar a la curva que la alejaría de él para siempre.

Luces rojas y azules parpadeaban detrás de su auto y soltó una maldición. Revisó el velocímetro y descubrió que estaba dentro del límite permitido.

¿Estará fundida una luz trasera?

Si era así, ella prometería arreglarlo y eso sería todo. Mantenerla en la ciudad unos minutos más por algo tan trivial parecía cruel.

Sin embargo, era consciente de su historial, así que se detuvo a un lado de la carretera y buscó en su guantera su seguro y su licencia de conducir.

El aire húmedo de la noche se filtró en el coche mientras bajaba la ventanilla. Pero cuando vio al policía su rabia se intensificó.

–¿Hablas en serio?

Easton se cruzó de brazos ante la ventanilla abierta. Los tirantes habían desaparecido, al igual que la corbata, dejándolo con una camisa blanca lisa, el par de botones de arriba desabrochados y sus pantalones grises.

–Me temo que no puedo dejarla salir de la ciudad, señorita. Necesito que salga del coche y venga conmigo.

–Ni siquiera llevas puesto tu uniforme de policía.

–Todavía tengo mi placa –se la mostró como si eso cambiara todo. Entonces abrió la puerta e hizo un gesto para que saliera del coche–. Tengo órdenes de llevarla al centro de la ciudad.

En lugar de seguir sus instrucciones, se cruzó de brazos.

–No.

–¿Qué vas a hacer? ¿Llamar a un abogado?

–Tal vez.

–Eso requeriría que tuvieras uno y sé que no lo tienes.

–Sí tengo –dijo, estrechando los ojos–. Es… Tucker.

Easton apretó los labios hasta que su boca formó una línea apretada.

–¿Quieres que llame al hombre cuando lleva veinte minutos de luna de miel?

Todo el interior de Violet se desinfló.

–No.

–Eso es lo que pensé. Ahora, si por favor vienes conmigo, resolveremos este asunto en breve.

Con un gruñido, Violet se desabrochó el cinturón de seguridad, tomó su bolso y su teléfono y se puso en camino.

–Odio esta ciudad.

–Me di cuenta –dijo Easton, su comportamiento tranquilo la tentaba a añadir agresión a un oficial de policía a su expediente. Caminaron hasta la patrulla, hizo que rodeara el auto y abrió la puerta del pasajero en lugar de hacerla sentar atrás, como si eso fuera a amainar su furia. Violet se cruzó de brazos mientras Easton se ponía al volante de la patrulla.

–Egregio abuso de poder.

–Egregio. Voy a añadir eso a mi vocabulario –Easton giró en redondo y se dirigió al corazón de la ciudad–. No es que no esté de acuerdo, pero hiciste una promesa de hablar con mi amigo que no cumpliste.

Prácticamente le salió vapor de los oídos y dejó de hablar, ya que nada de esta situación tenía lógica.

En pocos minutos, Violet estaba de vuelta en el centro de la ciudad. Ya habían retirado la mayor parte de los adornos de la boda, pero todavía había un punto brillante.

El kiosco.

Estaba adornado con luces púrpuras y blancas.

¿Y ese era Ford parado en el medio?

Easton aparcó tan cerca del kiosco como la calle lo permitía, luego rodeó el capó del auto y le abrió la puerta.

Un torbellino se agitaba en el interior de su cuerpo paralizado, sin saber si podría soportar lo que fuera que le esperaba. Había sido fuerte todo el día. Se suponía que debía estar sola en su auto ahora, llorando por lo que pudo haber sido, y maldiciendo a Ford y Easton por no dejar las cosas en paz.

–Si después de que él diga su parte, decides dejar la ciudad –dijo Easton–, te sacaré de aquí en tiempo récord.

–Bien –Violet salió del coche. Cada paso requería tres veces más esfuerzo de lo habitual. Sus pies se volvieron aún más pesados cuando notó las flores púrpuras colocadas alrededor del kiosco.

Tanto púrpura que casi parecía... Bueno, sacado de las páginas de su brillante carpeta. Un ladrido cortó el silencio y Torbellino se precipitó hacia ella tan rápido como le permitieron sus patitas. Una cinta y un moño púrpura gigante rodeaban su cuello y, a pesar de su inquietud, Violet se puso en cuclillas y acarició al cachorro.

Lo tomó entre sus brazos y hundió la nariz entre su pelo, su corazón no sabía si expandirse o contraerse, lo amaba tanto que su cuerpo apenas podía contenerlo.

–¿Usas a Torbellino en mi contra? –dijo en dirección a Ford, incapaz de mirarlo por completo–. Es una nueva bajeza, incluso para ti.

–Me lo merezco –Ford dio un paso hacia ella.

¿Estaba cojeando?

–Pero no lo uso en tu contra. Es un regalo. Si lo quieres.

Entre las lágrimas, los rasgos de Ford parecían borrosos, pero por desgracia no lo suficiente como para debilitar el efecto que le provocaban.

–Por supuesto que lo quiero.

–¿Y a mí? –preguntó Ford. La pregunta salió grave y cruda, la cuerda de su corazón se jaló y se jaló y todo lo que quedó fue un hilacho desmarañado.

Las lágrimas se deslizaron por sus mejillas en senderos cálidos y Ford cerró la distancia que los separaba.

–Violet, lo arruiné. Tenías razón cuando me dijiste que el matrimonio y la charla sobre los niños eran mis problemas, no los tuyos.

Ella abrió la boca y él le puso el dedo en los labios.

–He estado ensayando mientras luchaba por poner todo esto en orden y sé que no es tan elegante como las fotos de tu carpeta, pero con tu partida, no podía arriesgarme a pasar más tiempo arreglando todo. Convencí a Nellie Mae que me abriera la floristería y le compré todas las flores púrpuras que tenía.

Ford sacó una anémona púrpura del jarrón más cercano y la deslizó detrás de su oreja. Violet se aferró a Torbellino, que se lanzó sobre su pecho y atacó la flor.

–Gracias por eso, amigo –dijo Ford riendo–. Me he dado cuenta de muchas cosas esta última semana. Por ejemplo –sus ojos verdes se fijaron en los de ella mientras la tomaba de la mano–, aunque me gusta jugar al héroe, soy un cobarde. Tú eres la heroica mostrándote tal como eres y sin excusas sobre quién eres o qué quieres. Dejé que mis miedos sacaran lo peor de mí y en el proceso, te perdí.

»Por alguna razón, pensé que si sentaba cabeza, mis aventuras llegarían a su fin. Pero anoche, mientras bajaba a rappel a un excursionista herido…

–¿Por eso estás cojeando? ¿Estás herido? ¿Qué sucedió? –Violet puso a Torbellino sobre la banca y se inclinó para mirar la pierna de Ford. Le levantó los pantalones y gimió al ver el enorme raspón que le atravesaba la espinilla.

Ford también se inclinó, llevando sus dedos hasta su barbilla e inclinó suavemente su rostro hacia él.

–Ahí está mi ángel distraído –dijo con una sonrisa–. Puedo con los raspones y los magullones. Pero perderte… –la voz de Ford se volvió ronca y su pulgar rozó su mentón–. Es una herida de la que nunca me recuperaré. Me tomó mucho tiempo darme cuenta, pero si me das otra oportunidad, pasaré el resto de mi vida compensándote.

Los latidos de Violet se tropezaron entre sí y su aliento se alojó en su garganta.

–¿El resto de tu vida? Sabes lo que significa esa frase, ¿verdad? ¿Que podrían ser décadas?

La comisura de su boca se torció hacia arriba de esa manera que ella adoraba.

–Ya no me asusta. Quiero estar contigo, Violet –Ford se arrodilló completamente–. Estoy aquí rogándote que me des otra oportunidad. Quiero que todas mis aventuras te incluyan. Porque me he enamorado completamente de ti.

–¿Acabas de…? –los ojos de Violet se abrieron de par en par al igual que su boca.

–Así es –tomó sus manos entre las suyas–. Te amo, Violet Abrams. No quiero ir demasiado rápido y arruinar todo o asustarte, pero si me quieres, te prometo que estaré en esto a largo plazo. Te elijo a ti, estaré para ti y seguiré eligiéndote para siempre.

»Y no “algún día”, sino un día, quiero casarme contigo y tener hijos contigo. Ya no me asusta. Lo único que me asusta es perderte.

Otro torrente de lágrimas la golpeó y no pudo contenerse. Torbellino saltó a su regazo y lamió los ríos de agua salada, mientras lloriqueaba.

–Estoy bien –le susurró al cachorro. Luego miró alrededor contemplando el kiosco y todo el trabajo que Ford había hecho en tan poco tiempo.

Las flores, las luces y Ford de rodillas, su declaración de amor flotando en el aire. Era un sueño al que ella había renunciado y, sin embargo, ahí estaba haciéndose realidad.

–Te das cuenta de que tendría que ser una tonta para aceptar esta disculpa y quedarme en la ciudad, ¿verdad?

Ford pasó saliva con dificultad, la esperanza que brillaba en sus rasgos se desvanecía mientras bajaba la cabeza.

–Lo sé. Pero tenía que intentarlo.

Violet puso una mano sobre su rostro, estudiando al hombre que amaba con todo su corazón y alma.

–Por suerte para ti, y como has insinuado varias veces desde que nos conocimos ese día ante un horno en llamas, estoy un poco loca, especialmente cuando se trata de ti.

Sacudió la cabeza, la felicidad inundó la curva de su sonrisa contagiándole alegría a Violet.

–¿Estás diciendo...?

–Yo también te amo.

Ford chocó sus labios con los de ella. La atrajo hasta su regazo, abrazándola a su pecho como si temiera que si la soltaba, se desvanecería.

–Necesito que lo digas. Dime que te quedarás.

–Me quedaré.

Al escucharlo, la alegría se derramó en el rostro de Ford, salpicádole las mejillas y la boca con besos antes de sonreírle. No cabía en sí de felicidad.

–Prometo que nunca más seré un idiota –Violet arqueó una ceja, dudosa–. Prometo que nunca más seré un idiota –repitió– al menos en lo que a nosotros respecta –añadió con una risa baja.

Esta vez fue Violet quien comenzó a besarlo, lanzando sus brazos alrededor de su cuello y acercando su boca a la de él.

Al sonido de vitores y silbidos, Ford se puso de pie y la atrajo hacía él. Easton, Will y Lexi salieron de entre las sombras, Violet volvió a reír.

Hundió la cabeza en el pecho de Ford, demasiado feliz para preocuparse por la vergüenza que encendía sus mejillas.

–¡Rápido! Tenemos que tomar una foto y hacerles saber a Addie y a Tucker que volvemos a estar juntos –Violet presionó sus labios contra los de Ford mientras él tomaba la foto.

–Será mejor que también advierta a Maisy –dijo Violet, y le dio el número de teléfono de su hermana.

Más tarde, habría detalles que resolver y llamadas que hacer. Pero, por ahora, se deleitaba en el hecho de que justo cuando había renunciado al amor, el amor había decidido no renunciar a ella.

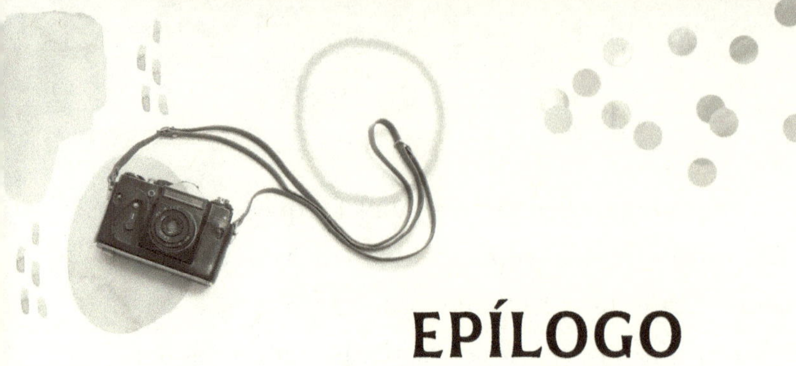

EPÍLOGO

VIOLET:
Oigan, ¿alguna de ustedes estaría disponible para ser mi dama de honor? Quizá por mayo o junio.

LEAH:
Espera, ¿Qué estás diciendo?

AMANDA:
¡¡¡¡¡¿Ford te hizo la pregunta?!!!!! ¡Amiga, necesito detalles!

CAMILA:
Ese imbécil no tuvo ninguna oportunidad una vez que te conoció.

ALYSSA:
¡Felicidades! ¡Estoy tan feliz por ti!

MORGAN:
¡Ay, Dios! Estoy segura de que todas están sorprendidas de que esté respondiendo, jajaja. Pero desde los trillizos, Mark y yo

estamos superados en número. Casi tuve un colapso hoy, así que me mandó a que me hicieran una pedicura y con esta noticia, ¡es el mejor día de todos! Me alegro mucho por ti, Vi.

LEAH:
Y sabes que estaremos ahí para ti, de la misma manera que tú estuviste ahí para nosotras.

AMANDA:
Pero recuerda que una de nosotras, yo, acaba de tener el segundo bebé y necesitará un vestido halagador para mantener todo en su lugar.

ALYSSA:
¡Jajaja! Y todavía preguntas por qué no tengo otro bebé. Entre tú y Morgan, tengo miedo. Aunque Jeff es definitivamente del equipo "procrea más". Pero creo que, sobre todo, es porque hay sexo de por medio.

Violet sonrió, se desconectó y deslizó su teléfono en el bolsillo. Metió el bote de salsa de tomate bajo un brazo, el de mostaza en el otro y luego tomó el platón de papas fritas y las bolsas de bollos. Con mucho cuidado, lo equilibró todo y se dirigió a la puerta de atrás.

Allí estaba su sexy prometido, balanceando a su sobrina en el aire. Isla reía y aplaudía, ansiosa por poder decir *otra*, que era su palabra favorita además de *no*.

El aroma de hot dogs y hamburguesas llenó el aire y Maisy se acercó para ayudarle a Violet con los condimentos.

Pusieron todo sobre la mesa de picnic que Violet acababa de comprar para el patio trasero de Ford, bueno, ahora suyo también. Se había mudado a principios de la semana anterior y estaban celebrando con una barbacoa con su familia y amigos.

Todos los amigos estaban aquí y, aunque al principio Violet los consideraba amigos de Ford, ahora también eran suyos.

Todos se encontraban esparcidos por el prado en sillas de jardín y se contagió de las alegres vibras, la emoción le hacía cosquillas en el estómago mientras se preparaba para el gran anuncio que les tenían.

Caminó hasta donde estaban Ford e Isla y le hizo cosquillas en el cuello a su sobrina. Isla se rio y dejó caer su cabeza en el hombro de Ford como si esperara que la salvara.

Claro que lo haría. Del mismo modo que había salvado a mucha gente en la ciudad, incluida a Violet.

La primera vez que vio a Ford con Isla en brazos, pensó que sus ovarios habían causado un escándalo, pero no era nada comparado con verlo jugar con ella. La mitad de las veces que visitaban a Maisy y Travis, Ford olvidaba saludarlos porque se apresuraba a cargar a Isla.

Torbellino se acercó a sus piernas y la bebé insistió en que la bajaran. Se arrastró detrás de la cola del perrito, mientras el cachorro perseguía sus piececitos desnudos y daban vueltas y vueltas en círculo.

Travis grabó con su teléfono el adorable momento y Maisy lo miró, con una sonrisa gigante dibujada en su rostro. Aunque Violet se perdería lo que parecía una interminable fiesta de pijamas en casa de Maisy, era hora de una nueva fase.

Con Travis en casa, su hermana tenía el apoyo que necesitaba. También ayudaba el hecho de que Isla había empezado a dormir toda la noche.

Ford rodeó con sus brazos a Violet por la cintura y la puso de espaldas contra su pecho. Mientras ella se deleitaba con las charlas y risas de sus seres queridos más cercanos, todo se sentía bien con el mundo.

–Para tu información, puede que nunca te deje ir –Ford le besó el cuello, lo que le puso la piel de gallina. Cada pequeño gesto, cada día, cada cosa era mejor con Ford en su mundo. No solo había cumplido su palabra de aparecer siempre y estar ahí para ella, sino que anoche había cumplido otra de sus promesas. *Un día...*

Violet estaba acurrucada con Torbellino y sintió que algo le golpeaba el pecho. Cuando vio el anillo de diamantes que colgaba de su cuello, su corazón se detuvo.

Entonces se giró para ver a Ford en una rodilla, Pyro a su lado, y eso hizo que su corazón se pusiera en movimiento. De vez en cuando todavía extrañaba a Nitro y a Tanque, pero en unos meses tendrían otra camada que entrenar. Los equipos a los que habían ido los perros les enviaban noticias de los cachorros, lo que la ayudó a sentir que su pequeña familia había tenido un comienzo fuerte y feliz. Ford aclaró su garganta y levantó la voz.

–Violet y yo queremos darles la bienvenida a nuestro hogar –Violet dejó que la frase "nuestro hogar" la bañara–. Y tenemos otro anuncio –dijo y la miró. El diamante en su dedo refulgió en el aire cuando alzó su mano para mostrarlo–. ¡Nos vamos a casar!

Todo el mundo se emocionó y los felicitó. Hubo abrazos y bromas, luego se acomodaron en sus sillas para comer, porque el banquete iba de la mano con la celebración. Cuando terminaron de comer, Ford le dio un codazo a Easton.

–Bueno, espero que seas mi padrino de boda.

–Amigo, empiezo a pensar que hacemos bodas tan a menudo como jugamos al póquer. Mis chicos están cayendo como moscas –Easton le guiñó un ojo a Violet y luego golpeó a Ford en el hombro–. Será un honor.

Lexi se revolvió en su asiento, inclinándose para poder mirar a Will.

–¿Ya empezaron a planear la boda?

–Estoy casi seguro de que Violet tiene una… carpeta, ¿no? Una superorganizada carpeta, tipo asesino serial, pero de bodas… ¿No es así, amor? –Violet le dio un coscorrón a su prometido. Sí, iba a usar mucho ese gesto–. Solo bromeo –Ford envolvió su mano alrededor de su pierna y se inclinó para darle un beso–. Sabes que amo tu carpeta casi tanto como a ti. Y no solo porque significa menos trabajo para mí.

–Ya quisieras –Violet se giró en su asiento para dirigirse a Lexi–. Aunque hay ciertas cosas en las que me encantaría que me ayudes.

Lexi aplaudió y rebotó en su asiento.

–Ay, me encantan las bodas.

Todos empezaron a reír y a hablar de nuevo, y cuando se acabaron las cervezas Violet fue a la cocina por más.

Aparentemente, Easton se le había adelantado. Estaba de pie frente al refrigerador con un *six pack* en la mano, pero concentrado en una invitación de boda que Violet había colgado con un imán.

–¿De dónde la sacaste? –preguntó Easton, haciendo un gesto hacia la invitación.

–La coloqué esta mañana. Estaba en el correo y me imaginé que era de uno de los amigos de Ford. Y como la forma segura de que vea algo es que esté en el refrigerador... –se rio, pero la tensión en la postura de Easton se mantuvo. Nunca lo había visto tan pensativo antes.

–¿Vi? ¿Te perdiste de camino al refri? –eran los pesados pasos de Ford–. No te preocupes, tu gran y fuerte hombre malo está aquí para salvarte.

Tan pronto como Ford entró en la cocina, Easton arrancó la invitación y se la mostró a Ford.

–¿Sabías de esto?

Ford entrecerró los ojos, se formaron dos pliegues entre las cejas y luego sus rasgos se suavizaron mientras estudiaba las imágenes.

–No. Hermano, lo siento mucho.

–Como sea... me voy –Easton le entregó las cervezas a Ford, arrugó la invitación en la que había una fotografía de la pareja de novios y la tiró sobre la barra. Luego salió furioso de la casa y azotó la puerta.

–¿Qué fue todo eso? –preguntó Violet, dudosa de si seguir o no al amigo, aunque no tenía la menor idea de qué decir.

–Esta mujer –Ford tocó la imagen arrugada y Violet estudió a la hermosa pareja. La rodeó con un brazo, su gran mano se abrió en su estómago y le hizo pensar en el día que sentiría a su pequeño crecer dentro de ella–. En el caso de Easton, ella fue la que se escapó.

* * *

AGRADECIMIENTOS

Normalmente termino agradeciendo a mi familia hasta el final, pero después de uno de los años más duros que hemos tenido, necesito decirles cuánto los amo y los aprecio. Me hacen reír, me animan y todos colaboran cuando llego a la fecha límite. Son la razón por la que me levanto de la cama todos los días. (Bueno, ellos y los gatos, que con sus mimos exigen su comida).

En este momento, ni siquiera tengo palabras para la cantidad de amor que siento por Rebecca Yarros y Gina L. Maxwell. Desde nuestras charlas diarias cuando salimos a correr, a nuestros *sprints* de escritura, hasta nuestras llamadas telefónicas nocturnas y todo lo demás. #UHT4EVER.

Gracias a Stacy Abrams, Liz Pelletier y todo el maravilloso equipo de Entangled. Una vez más, este año fue extremadamente difícil para mí y sé que estuvimos al límite, así que muchas gracias por cubrirme las espaldas cuando necesité cuidar de mi familia y de mí misma.

Gracias a Riki Cleveland, al equipo de marketing, a Jessica Turner, Katie Clapsadl, Heather Riccio y a todos los que ayudan a que mi libro llegue a las manos de los lectores.

¿Mencioné que ha pasado un año? Bueno, gracias a Dios que tuve a mi agente estrella de rock, Nicole Resciniti, a mi lado para ayudarme a sortear los giros no solo de esta industria sino de mi vida. Gracias por las llamadas telefónicas, las palabras de aliento y el apoyo emocional. No puedo agradecerte lo suficiente por todo lo que has hecho por mí.

Miranda Grissom, me estaba ahogando en medio del montón de cosas por hacer y te abalanzaste y me alivianaste encargándote de muchas de ellas. ¡Abrazos enormes!

Muchas gracias a mis lectores por apoyar mis libros y enviarme mensajes que me hacen seguir adelante. ¡Y gracias a ti, querido lector! Ya sea que este sea el primer libro mío que lees o si has leído varios, aprecio cada vez que alguien le da una oportunidad a una de mis novelas. Y por supuesto, estoy muy agradecida por los reincidentes.

SAMANTHA
YOUNG
¿Jugamos?
ANÍMATE
a AMAR
VeRa

SOLTAR EL PASADO + PERDONARSE =

Abrirse al amor

Creyó que una propuesta de matrimonio le permitiría escaparse, pero solo ha agregado más dolor a su vida.

NADA SALIÓ COMO LO ESPERABA.

La culpa por las decisiones equivocadas no la deja dormir y sus sueños frustrados son una carga tan pesada...
Cuando creía que ya no era capaz de amar ni dejarse amar, todo cambia en su vida.

¿PODRÁ NORA ANIMARSE

a ser feliz?

Elegí esta historia pensando en **ti**
y en todo lo que las mujeres románticas
guardamos en lo más profundo
de **nuestro corazón** y solo en contadas
ocasiones nos atrevemos a compartir.

Y hablando de compartir, me gustaría
saber qué te pareció el libro...

Escríbeme a
vera@vreditoras.com
con el título de esta novela
en el asunto.

VeRa

yo también
creo en el amor

vera.romantica

www.ingramcontent.com/pod-product-compliance
Lightning Source LLC
LaVergne TN
LVHW041057080826
845145LV00007B/1605